# LA CORTE DE LA ALTA MONTAÑA

LAS CINCO CORONAS DE OKRITH

A.K. MULFORD

Traducción de Eva García Salcedo

UMBRIEL
Argentina • Chile • Colombia • España
Estados Unidos • México • Perú • Uruguay

Título original: *The High Mountain Court*
Editor original: HarperVoyager, un sello de HarperCollins*Publishers*
Traducción: Eva García Salcedo

1.ª edición: mayo 2023


Plaza de los Reyes Magos, 8, piso 1.º C y D – 28007 Madrid
www.umbrieleditores.com

ISBN: 978-84-19030-38-2
E-ISBN: 978-84-19497-60-4
Depósito legal: B-4.427-2023

Fotocomposición: Ediciones Urano, S.A.U.
Impreso por: Romanyà Valls, S.A. – Verdaguer, 1 – 08786 Capellades (Barcelona)

Impreso en España – *Printed in Spain*

*A mi mamá. Gracias por repetirle a esa niñita que iba por ahí con sus libretas llenas de historias que algún día publicarían su novela y tú la sostendrías.*
*(No leas el capítulo 23 ni el 24, porfa.)*

Okri
Murreneir
Valtene
Corte de la Alt
Yexshi
Swifthill
Corte Oeste
Puerto de las Are
Plateadas
Mar Callipho

h
N
O
E
S
Norte
Mar Wetamuir
ntaña
Cima
Podredumbre
Wynreach
Corte Este
Crushwold
orte Sur
Saxbridge

# Capítulo Uno

Un gato negro retozaba en sus piernas. Remy suspiró con pesar. Ahora toda la taberna sabría que era bruja.

A su espalda, una copa se hizo añicos al caer al suelo y dos taberneros desenvainaron sus dagas. El escándalo que armó la reyerta resonaba por toda la estancia. Remy ni se inmutó. Con su bota ajada de color marrón espantó al gato. No le daban miedo las dagas, las arañas propias de esos antros ni los borrachos airados. Temía que la descubrieran. Pues si algún tabernero se enteraba de que era una bruja roja, treparían unos sobre otros para decapitarla.

¿Cuántas monedas de oro pagaba el rey del Norte por las cabezas de las brujas rojas?

Bajó otra pesada silla de madera de la taberna El Hacha Oxidada. El olor a mugre y cerveza pasada la envolvió. Era el aroma que asociaba con su hogar. Otro puñado de empleados iba de acá para allá, con el ajetreo vespertino que provocaba la llegada de lugareños, que acudían en masa en busca de bebidas fuertes y platos sazonados.

Remy barrió con lentitud la suciedad que habían dejado los viajeros del mediodía. Miró de soslayo la barra. En ella se sentaban dos cortesanas de la taberna con aire aburrido. Josephine y Sabine charlaban con el tabernero, que las escuchaba embelesado, cautivado por sus bellezas.

Remy observó con envidia los vestidos confeccionados con esmero que realzaban sus figuras. Deseó llevar ella también collares de cuentas y pendientes colgantes; deseó que su tutora, Heather, le dejase pintarse el rostro y delinearse los ojos; deseaba destacar, pero eso era justo lo contrario de lo que se buscaba en los continuos esfuerzos por mantener oculta a Remy. Tiznaba su piel morena con hollín, ataba sus tirabuzones negros con un moño bajo e informal y procuraba pasar inadvertida.

Sustituyó el cubo lleno por uno vacío y miró cómo goteaba el techo de paja. A pesar de su aspecto destartalado, El Hacha Oxidada superaba con creces a la anterior taberna. Remy y las brujas marrones que la acompañaban llevaban casi un año allí. Era la mejor taberna en la que habían trabajado en mucho tiempo.

Las tabernas eran el único lugar en el que seguían contratando brujas. Heather insistía en que se mudaran de taberna cada tres años. No abandonaban la cadena de tabernas rurales que se extendía por las faldas de las Altas Montañas. Remy intentó convencer a su tutora de que las más próximas al litoral de la corte Oeste serían mejores, pero Heather insistía en que las más cercanas al pueblo tendrían más clientes fae y no valía la pena arriesgarse.

En su reino, los fae estaban en la cúspide y gobernaban las cinco cortes de Okrith... Bueno, cuatro, desde que la corte de la Alta Montaña había sucumbido al rey de la corte Norte.

De pronto, una voz enérgica a su espalda dijo:

—¿Limpiar sartenes o limpiar sábanas?

Remy miró hacia atrás. Fenrin tenía la misma edad que ella. Lo conocía desde los doce años. Era un joven brujo que se había quedado huérfano. Tanto Heather como Fenrin eran brujas marrones, el aquelarre oriundo de la corte Oeste. Al ver que vivía en la calle, Heather le ofreció asilo temporal. Pero ahora, siete años después, era una parte inseparable de su improvisada familia.

Fenrin era tan alto que llamaba la atención. Pese a que comía el doble que Heather y Remy juntas, no engordaba ni un gramo. Aun con su cuerpo de cigüeña y sus extremidades enjutas, era sorprendentemente fuerte. Su cabello era una mata pajiza y sus ojos, azules como el mar.

Remy estiró el cuello y dijo:

—Voy a servir la comida.

—Esta noche hay muchos forasteros —repuso Fenrin—. Mejor trabajar atrás.

Remy encorvó los hombros y se limpió las manos en su delantal color crema. Hubo una época en que discutía con Fenrin sobre lo de permanecer en las sombras, pero ya no. La probabilidad de que uno de esos viajeros fuera cazador de brujas era ínfima —ventajas de vivir en aldeúchas—. Sin embargo, le hizo caso. A lo largo de los años había cometido muchísimos errores. Errores que los habían llevado a abandonar pueblos a toda prisa en plena noche, y todo para preservar el secreto de Remy: que era una bruja roja.

Cuando el rey Vostemur de la corte Norte asesinó a los fae de la Alta Montaña, también masacró al aquelarre de brujas rojas originario de allí. Las brujas se diseminaron por las cortes para esconderse de los cazadores, que vivían de las cabezas de brujas que llevaban al rey del Norte. Quedaban muy pocas brujas rojas. Las únicas que conocía Remy pertenecían a los fae de la realeza que las protegían de la ira del rey del Norte; pero las libres estaban muy bien escondidas o estaban muertas. Hacía siglos que Remy no oía rumores de que hubiera habido una matanza de brujas. Tal vez ella era la única que quedaba.

—Sartenes —resopló resignada. Con cualquiera de las tareas volvería a mancharse. Estas eran las opciones entre las que se debatía Remy: sartenes o sábanas, fregar el suelo o pasar el plumero, cocinar o servir.

Prefería limpiar gravilla y grasa a eliminar las manchas de las sábanas. Remy sabía más de las costumbres de alcoba por lavar sábanas de taberna que por las enseñanzas de Heather. Lo demás lo había aprendido del hijo de un zapatero y de las habladurías de las cortesanas, por más que Heather tratara de alejarla de ellas. Las brujas debían ser retraídas.

No se podía confiar en los humanos ni en los fae, como le recordaba Heather todos los días. Su mundo se regía por una nueva jerarquía. Esta jerarquía cambió tras el asedio de Yexshire, un motín que llevó a la masacre de toda la capital de la corte de la Alta Montaña. Sucedió cuando Remy tenía seis años. Ahora las brujas rojas estaban en el fondo del barril.

—Siempre eliges sartenes —refunfuñó Fenrin.

Remy, que no pudo evitar sonreír, replicó:

—Es que sé lo mucho que disfrutas limpiando sábanas sucias.

Las carcajadas de los borrachos resonaban por toda la taberna. El gato negro seguía maullando a los pies de las brujas. Fenrin miró mal al animal.

—Vete a molestar a los humanos —le espetó con los ojos en blanco, y le abrió la puerta de la cocina.

Remy cubrió sus doloridas y agrietadas manos con un ungüento acre. Fregar sartenes le había pasado factura. Por suerte, Heather era una bruja marrón avezada. La tutora de Remy tenía una poción, un elixir o un bálsamo para todos los males habidos y por haber. Muchos humanos acudían a ella en secreto y le daban monedas a cambio de remedios. Entre su trabajo en la taberna y la venta de pociones, tenían para ir tirando los tres y costear sus desplazamientos.

—¡Cerveza! —gritó una voz grave al fondo de la taberna.

Matilda, la tabernera de El Hacha Oxidada, salió en tromba por las puertas batientes de las cocinas.

La mujer rolliza de pelo cano se quejó para sí y maldijo al cliente que la hubiera llamado. Se colgó un trapo al hombro, tomó una bandeja de copas limpias y la levantó con facilidad. Señaló con la cabeza los cuatro platos que había preparados en la mesa de la cocina.

—Remy, ¿nos echas una mano? —preguntó exasperada—. Los platos de los escandalosos del reservado.

—Voy, Matilda —contestó Remy.

La tabernera suspiró aliviada, como si la reacción de Remy fuera un gesto de cortesía y no de obediencia. A Remy le caía bien Matilda. Era, con creces, la tabernera más amable que había conocido hasta la fecha. Otorgaba salarios y descansos justos a sus empleados. El turno de Remy había acabado tras limpiar las sartenes, pero el jaleo de la taberna llena la llevó a ignorar la advertencia de Fenrin y a ayudar. Que la dueña la viera con buenos ojos compensaba los minutitos adicionales.

Remy tomó los cuatro platos: se colocó dos en el antebrazo izquierdo y uno en cada mano. Abrió la puerta de madera con la cadera.

La recibieron una cháchara estrepitosa y la alegre melodía de un violín y un tambor. Se abrió paso en el bar atestado de lugareños borrachos y animados. Apartaba a los clientes a empujones sin dejar que ni un solo guisante se le cayera de los platos que portaba. Remy llevaba sirviendo a multitudes enfervorecidas en tabernas desde niña. Pasó junto a los músicos y miró de reojo al violinista. Este vestía una túnica oscura que cubría sus anchos hombros y un gorro que ocultaba su cabello rojo. Como la mayoría de los habitantes de ese pueblo, era humano, ni bruja ni fae. Aparentemente no había diferencias entre humanos y brujas, salvo cuando las últimas usaban su magia. Irradiaban un brillo mágico y sobrecogedor que las delataba, pues era del color de su aquelarre natal: azul, verde, marrón o rojo.

El violinista le guiñó un ojo a Remy, que se sonrojó. Se alegró de que Heather y Fenrin se hubieran retirado ya al cuarto del ático y de que ella pudiera gozar de la atención del músico. Aunque, con el paso de los años, Remy había aprendido que las dádivas de un hombre medio borracho no significaban nada.

Fue hasta el reservado del rincón del fondo que había bajo las escaleras de la taberna. Se le erizó el vello de los brazos. Una brisa invisible le heló el rostro. Un halo de poder flotaba en el ambiente; esa noche había magia en el lugar. Con el tiempo y el reposo suficientes habría averiguado de quiénes se trataba, pero Remy estaba demasiado cansada. Quería atender esa mesa y tumbarse en su petate del ático, encima de las caballerizas.

La lámpara que solía alumbrar el reservado estaba apagada. La vela de la mesa tampoco titilaba. Los cuatro hombres del rincón estaban sumidos en la oscuridad. Remy solo distinguía sus siluetas. No era raro que los comensales se sentaran a oscuras. Muchos tratos se sellaban en secreto en los reservados del fondo. Quizá fueran políticos y ladrones, o *sheriffs* y bergantes. A Remy le traían sin cuidado sus asuntos, y no pensaba mirar bajo sus capuchas.

—Su comida, caballeros —dijo mientras servía los platos.

Cuando hizo ademán de alejarse de la mesa, una mano la agarró de la muñeca. El cálido roce hizo que un chispazo le corriera por las venas. El hombre que la sujetaba le giró la mano y le dejó dos druni de plata en la palma.

Remy observó las lunas crecientes y menguantes que había grabadas en las monedas de bruja. Las monedas de Okrith se confundían, pero cada raza tenía sus predilectas. Los fae preferían las de oro; los humanos, las de bronce; y las brujas, los druni de plata. Quizá esos hombres fueran brujos.

—Hemos pedido cerveza —protestó otro sin quitarse la capucha. Remy esperaba una voz grave y ronca, pero, para ir encapuchado, su tono era más bien jovial.

Remy no le quitaba ojo al hombre en penumbra que no le soltaba la muñeca. Agarró con fuerza las monedas y trató de vislumbrar su rostro pese a la oscuridad.

—Si tanto quieres que os la traiga, dile a tu amigo que me suelte para ir a por ella —dijo con los dientes apretados.

El hombre que la agarraba de la muñeca se echó hacia delante y la luz iluminó un poco más su torso. Con la otra mano se bajó la capucha. Su rostro era anguloso; su tez, dorada por el sol; y las ondas castañas de su cabello le tapaban los ojos, de color gris. Era el hombre más bello que había visto en toda su vida. No era de este mundo. Su poder la recorrió de nuevo. La magia no se debía a que hubiera brujas en la taberna, sino al poder del glamur feérico.

Remy se quedó paralizada.

Ante ella se hallaba un fae macho que usaba su glamur para hacerse pasar por humano. Ahí. En El Hacha Oxidada. A los humanos de ese pueblo no les hacía gracia que hubiera fae entre ellos, pero los humanos no percibían la magia como las brujas. Para ellos, eran meros viajeros humanos y nada más.

Remy se fijó en las otras tres figuras encapuchadas y las observó con más detenimiento. Sospechaba que también eran fae. Se tragó un grito que pugnaba por salir de su garganta. Dominó su expresión con la esperanza de que no olieran su miedo.

—Mis disculpas —dijo el imponente fae mientras la soltaba—. Solo quería decirte… —Le acarició la mejilla con un dedo largo y bronceado. Remy se esforzó al máximo para no estremecerse.

El fae le enseñó el hollín que manchaba su yema. Remy se frotó la mejilla.

—Pensé que querrías saberlo. —Remy clavó los ojos en sus labios carnosos y sonrientes. El fae la observaba, miraba su boca. Dioses. Se había ruborizado cuando un humano que tocaba el violín le había guiñado un ojo, pero aquello… Aquel fae era harina de otro costal. No era culpa suya que quisiera comérselo con los ojos.

No obstante, Remy era incapaz de aguantarle la mirada. Esos ojos insondables y grises como el humo acabarían hechizándola.

—Gracias —soltó y miró al suelo.

—Ha sido un placer. —La voz del hombre tenía un puntito grave que hizo que Remy curvara las puntas de los pies—. Que vaya bien la noche, brujita.

¡Por todos los dioses! Lo sabía.

El fae macho sabía que era bruja. Eso como mínimo. Y como se quedase ahí mucho más, ese incordio de una belleza irritante adivinaría qué clase de bruja.

Ese era el problema con los fae. Ese era el motivo por el que Remy evitaba a esos cabrones encantadores y astutos como si fueran la peste.

Su expresión artera no perdió detalle, pero Remy se negaba a confesar que sabía que era fae.

—I-i-igualmente —musitó.

No era un delito ser cualquier clase de bruja…, excepto una bruja roja. Heather afirmaba que era su madre, así que mientras Remy no se entretuviera con aquellos fae, todo marcharía bien. Miró al macho en penumbra que había hablado antes y dijo:

—Enseguida os traigo la cerveza.

Echó a correr y se perdió entre la multitud. Pasó a toda prisa junto a los músicos. Esta vez ignoró la mirada que le dedicó el violinista. Entró en tromba en las cocinas y salió por la puerta trasera. Se protegió del viento húmedo mientras se dirigía como un rayo hacia las caballerizas. Entró a correr de forma sospechosa. Debía encontrar a Heather. Estaba convencida de que la bruja marrón querría marcharse de inmediato. Fenrin se pondría furioso. No llevaban ni un año en esa taberna y ya tenían que volver a salir disparados.

Remy subió a galope los dos tramos de escaleras chirriantes y entró de sopetón por la puerta baja del ático. Nada más verle la cara, Heather se levantó del catre de un salto.

—¿Qué ha pasado? —le preguntó ya yendo a por su morral raído.

—Fae machos, cuatro… —jadeó Remy en mhénbico, la lengua natal de las brujas—. Acabo de servirles. Nos dará tiempo.

—Cuatro. Joder. —Sin levantarse del taburete, Fenrin agarró un manojo de hierbas secas que colgaban del techo y lo estampó en la mesa. Esta estaba llena de pociones y elixires a medias, cuencos de setas y semillas silvestres y una caja de frasquitos marrones vacíos y corchos—. Con lo que me gustaba este sitio…

Aunque maldijera por lo bajo, ya había empezado a guardar los utensilios propios de las brujas. Solo se llevarían lo que entrara en sus bolsas de cuero. Heather tenía dos para las pociones, y normalmente las llevaba Fenrin. Siempre se daba por hecho que Fenrin era el más fuerte. Remy no los corregía.

—Me han llamado bruja —dijo Remy.

Fenrin volvió a maldecir.

—Pues ya ves tú —soltó—. Aquí todos somos brujas marrones.

Lo dijo como si las paredes oyeran. Quizá si lo repetía lo suficiente se haría realidad. No revelaría la identidad de Remy ni en el ático.

Heather sacó dos druni de plata de su morral y se los dio a Remy.

—Despídete como una bruja —dijo.

Remy se planteó agarrar el arco que estaba apoyado en el marco de la puerta, pero eso llamaría la atención. Era un arco antiguo y gastado, pero aún servía para cazar conejos. Además, Remy tenía una puntería excelente incluso con un arma poco práctica.

Bajó las escaleras corriendo. Se colaría en la cocina para agarrar las provisiones habituales de sus viajes: unas rebanadas de pan y una cuña de queso. Bastaría para sacarlos del apuro.

Tras años de práctica, habían convertido sus desplazamientos en un arte. A veces era una huida lenta y planeada, y otras se escabullían por la noche. Huían más a menudo cuando Remy era niña y no controlaba tanto sus poderes. Pero también escaparon del pueblo anterior a ese cuando el primer y único novio de Remy descubrió que tenía poderes. Remy no creía considerar a Edgar realmente su novio, pero este acabó con la posibilidad cuando intentó matarla. Servir a esos fae, a pesar de la advertencia de Fenrin, fue un error más de su larga lista.

Remy bajó las escaleras como una flecha y cruzó el patio para volver a la taberna.

Por suerte, en las cocinas aún había gente trabajando, y Remy seguía con su uniforme de trabajo manchado de grasa. Nadie se fijó en ella cuando agarró unas manzanas y se las guardó en los bolsillos. A continuación, birló pan, queso y pinchos de carne seca hasta que tuvo los bolsillos llenos.

Sabía perfectamente qué agarrar y dónde estaría. Cuando llegaban a una nueva taberna, revisaba la despensa de arriba abajo. Al salir como una centella por la puerta de atrás, dejó los dos druni en el dietario de Matilda (pago más que suficiente por la comida). Las monedas serían su única despedida. Lo llamaban el adiós de las brujas. Matilda no era bruja, pero contrataba a muchas. Cuando viese las dos monedas de plata, sabría que se habían ido.

Remy volvió a subir las escaleras de las caballerizas. Notaba la inquietud que reinaba en el ático. Heather y Fenrin ya habrían acabado de guardar las cosas de ella.

Perfecto.

Cuando cruzó la puerta del ático a toda prisa, reparó en su error.

Heather y Fenrin estaban en el suelo, atados y amordazados. Tres fae encapuchados se cernían sobre ellos. Los ojos de Heather se abrieron como platos cuando vio a Remy, e intentó gritar pese a estar amordazada.

Remy supo qué gritaba.

—¡Corre!

La joven se giró sin pensárselo dos veces y se dio de bruces con el cuarto fae macho, el que la había agarrado antes de la muñeca.

—Hola otra vez, brujita —le dijo con una sonrisa.

# Capítulo Dos

—No tienes derecho a atar a mis amigos —soltó Remy—. Las brujas son libres en el Oeste.

El fae macho aún no había revelado sus intenciones. Fenrin tenía razón: quizá los fae dieran por hecho que los tres eran brujas marrones. Tal vez fueran traficantes en busca de dinero fácil. De ser así, usar su magia roja sería una sentencia de muerte.

—Eres tan astuta como bella, brujita —dijo el fae que se cernía ante ella, con su voz grave y encantadora.

Contempló su rostro como si procesara su belleza. Remy no pudo evitar sonrojarse. Ese fae era verdaderamente apuesto. Jamás había visto a alguien así. Tenía la piel tersa y bronceada, los pómulos altos y una mandíbula fuerte con una barba reciente. Le sacaba una cabeza, y tapaba la entrada con su cuerpo grande y musculoso.

Remy procuró no rendirse a los encantos del macho, pues ese era el objetivo del fae.

Se recompuso e interpretó su papel. Ni el de peleona ni el de tonta, sino el de zorra. Sabine y Josephine no solo eran expertas en el arte del sexo, también eran diestras en el arte de la seducción, y Remy aprendía rápido.

Se permitió observar su cuerpo enarcando una ceja. Quiso aparentar que estaba deleitándose con su figura, pero en realidad estaba analizando a su rival. Remy llevaba toda la vida evaluando a desconocidos.

Era evidente que ese fae era un guerrero. No solo por sus músculos, sino por su postura. Vestía prendas de cuero escogidas con cuidado.

Bien ceñidas a sus estrechas caderas, llevaba unas dagas. Remy detectó una hoja envainada oculta en la parte trasera de su bota.

Se detuvo deliberadamente un segundo más de la cuenta en sus labios abultados y volvió a fijarse en sus cautivadores ojos grises. Le sonrió con suficiencia.

Se pasó un mechón suelto por detrás de la oreja.

—Vaya si eres astuta —dijo el fae.

—Si venís a adquirir los servicios de las brujas marrones, no veo cómo atar a mi madre y a mi hermano va a hacer que os ayuden —dijo Remy.

El guerrero fae miró detrás de Remy, al lugar donde estaban Heather y Fenrin. Remy no se parecía en nada a ellos. Ambos eran pálidos, mientras que la tez de Remy era de un bello tono marrón. El cabello de Heather era cobrizo y el de Fenrin, pajizo, pero los dos lo tenían liso. En cambio, los tupidos bucles de Remy del color de la medianoche caían en cascada hasta la parte baja de su espalda. Era obvio que no eran parientes de sangre. Remy miró al fae alzando el mentón y lo desafió a contradecirla.

—Además, no dais la impresión de buscar pócimas de amor —dijo esbozando otra sonrisa pícara. Un brillo de sorpresa iluminó los ojos del macho—. Así que asumo que habéis venido a llevarnos al Norte y vendernos como esclavos. De ser así, os aseguro que no os darán ni una moneda de oro por una bruja marrón, con lo que a duras penas pagaríais el coste de llevarnos allí.

—¿Cómo te llamas? —preguntó el macho con una sonrisa radiante.

—Remy.

—Remy. —El fae hizo una pausa como para paladearlo.

—¿Y tú? —Aunque le sacara una cabeza, la bruja no se amedrentó y lo miró a los ojos.

—¿No me reconoces? —inquirió él con un deje de sorpresa. Una sonrisa ladina le cruzó el semblante—. Supongo que una bruja de campo no conoce mi rostro.

Se le hizo un nudo en el estómago. No era un fae macho cualquiera entonces, sino uno importante. Los dedos le pedían que usara su magia.

—Permíteme que me presente. Soy Hale Norwood, el príncipe heredero de la corte Este.

A Remy se le cayó el alma a los pies. Sí que había oído su nombre antes. Por supuesto que sí. Era el primogénito del rey Norwood de la corte Este. Se decía que era un hijo bastardo, pero que, aun así, ostentaba un título nobiliario. Se rumoreaba que era un príncipe guerrero de lo más imprudente. Había conquistado aldeas y hostigado pueblos en nombre de su padre, el rey. Nadie sabía dónde aparecería el príncipe bastardo ni qué estragos causaría. Y ahí estaba, en el diminuto ático de Remy, nada menos que en la corte Oeste… No auguraba nada bueno.

Remy hizo una rápida reverencia.

—Su alteza. —El príncipe sonrió. Remy estaba convencida de que la había descubierto—. ¿Desea adquirir los servicios de las brujas marrones?

El príncipe se rascó la barba sin dejar de observarla.

—No deseo adquirir los servicios de una bruja marrón. —Sus ojos plomizos refulgieron cuando añadió—: Pero tú sí puedes ayudarme, ¿verdad que sí, Roja?

*Mierda.*

Se acabó la farsa.

A la porra lo de ser una zorra; era hora de pelear.

El príncipe avanzó. Remy tomó el arco que había junto a la puerta y lo blandió con todas sus fuerzas. La madera se quebró contra el musculoso bíceps del fae e hizo un chasquido ridículo.

Maldijo a los dioses por su arco roto e hizo magia. Derribó la puerta de detrás del príncipe, que trastabilló y despejó la entrada. Remy salió como una exhalación y bajó las escaleras mientras con su magia cerraba a cal y canto el cuarto que dejaba atrás.

*Aguanta, aguanta, aguanta.*

Su magia sentía la fuerza de los cuatro guerreros fae tratando de echar la puerta abajo.

Apremió a sus piernas para que corrieran más deprisa y salió a la calle. Miró hacia atrás y vio que aún no la seguían. Al volver su rostro se dio de bruces con el duro pecho del príncipe fae, que rio mientras la sujetaba para que no cayera. Remy miró la ventana abierta del segundo piso. ¿Había saltado? Había olvidado lo fuertes y veloces que eran los fae.

El príncipe la agarró de los antebrazos mientras le imploraba:

—No he venido a por tu cabeza, bruja. Necesito que me ayudes.

Remy procesó sus palabras al instante. Embustes. Eso es lo que eran. Nada tenía sentido. Forcejeó para soltarse. Le propinó una patada en la pierna que hizo que le soltase una mano, pero el fae la atrapó por el puño y le dio media vuelta. La sujetó por los brazos y la estrechó contra su pecho. Remy volvió a hacer magia. Un brillo carmesí emergió de sus manos aprisionadas e hizo levitar un cubo cercano. El balde sobrevoló la cabeza del príncipe y cayó sobre él. Este maldijo pero no soltó a Remy, que le pisaba los pies.

—Maldita sea. Lo digo en serio, Roja. Necesito que me ayudes. No voy a soltarte hasta que me escuches —mientras se esforzaba por agarrarla, volvió a maldecir y agregó—: Dioses, qué fuerte eres.

Remy convocó una escoba para atacarlo, pero esa vez no lo agarró desprevenido. Alargó un brazo para agarrar la escoba al vuelo. Solo uno de sus gigantescos brazos bastaba para sujetarla. Pero su agarre era más flojo, y cuando Remy levantó las piernas, el príncipe se vio obligado a inclinarse hacia delante para ajustarse al repentino cambio de peso. Remy no esperaba que la soltase, pero la bajó lo justo…, lo justo para agarrar la daga que llevaba escondida en la bota. Antes de que se diera cuenta de qué estaba haciendo, Remy le hundió la daga en el muslo más lejano.

El príncipe gritó y la soltó. Remy echó a correr y, con su magia, invocó un torbellino de escombros. Cubos, barriles y palas zumbaron a su espalda.

Corrió hacia la linde del bosque que había detrás de la taberna. Les dio un empujoncito mágico a sus muslos, que aumentaron la velocidad. Pero ese fae corría como el viento. Remy oía al príncipe chocar tras ella.

La puñalada que le había asestado en la pierna no había reducido su ritmo. Los fae se curaban deprisa, pensó Remy, desesperada, mientras repasaba sus opciones en vano.

No moriría así.

Cuando Remy ya había atravesado el límite del bosque, se zambulló en su poder. Reunió toda la magia que le quedaba y la dirigió hacia el enorme pino que tenía delante. El árbol hizo un estruendo al doblarse. Remy insistió más; le temblaban las manos del esfuerzo.

*Vamos. Un poco más. Un poco más. ¡Sí!*

Al ver que el pino cedía, cruzó por debajo a toda velocidad mientras oía el silbido de las ramas gigantescas. Las esquivó y el suelo tembló con un estrépito ensordecedor cuando cayó el árbol. El viento aulló a su espalda. Aun así, no se detuvo. Le ardían las piernas.

No muy lejos de allí, en el bosque, había un río. Se metería en él. Los fae tenían un olfato sobrenatural, pero no era infalible. Si nadaba río abajo, sería todo un reto saber dónde emergería.

Debía llegar al río.

Rezó para que no castigaran a Heather y Fenrin por ocultarla. No obstante, ese fue el trato que hicieron hacía tanto tiempo. En el caso de que no supiese qué hacer, Remy prometió que huiría.

Siempre huiría.

Remy solo oía las hojas que crujían bajo sus pies y sus resuellos. Con cada zancada sus pulmones le recordaban que no estaba en forma. Debía correr más a menudo y quizás aprender a luchar cuerpo a cuerpo.

Mientras pensaba en sus futuros entrenamientos para escapar, percibió el cambio en el ambiente. Se agachó hacia la derecha con la esperanza de haber sido lo bastante rápida. Confiaba en su fuente de magia. Derribar un pino había agotado su poder desentrenado.

Los pasos a su espalda se oían cada vez más fuerte. No se atrevió a mirar atrás.

*Más deprisa*, les suplicó a sus piernas. Presa del pánico, reunió más magia. Un escudo chisporroteante le apartó las ramas, que se partieron a su espalda. Avanzó con denuedo; le costaba tanto respirar que le quemaba la garganta. Los pasos le pisaban los talones.

Una mano hizo ademán de agarrarle el codo. Remy la apartó de un manotazo, pero olvidó emplear su poder con la rama que tenía delante. Maldijo a medias y se estrelló de bruces con el implacable tronco.

Se dio un buen porrazo al caer.

Los arrebatadores ojos del príncipe refulgieron por encima de ella. Le limpió una gotita de sangre de la sien con el pulgar.

—¿Estás bien? —Su voz no era clara, como si un viento invisible la amortiguara.

Remy trató de levantarse, pero el suelo se movió bajo sus pies. El príncipe extendió los brazos y la atrapó antes de que cayera de nuevo. La puso en pie mientras ella forcejeaba.

—Te lo he dicho, no voy a hacerte daño —dijo con un tono que la enfrió como el viento invernal. El fae permanecía erguido. No daba muestras de dolor pese a que la pernera de su pantalón estaba empapada de sangre. Remy no se arrepentía en lo más mínimo. Los fae sanaban tan deprisa que en unos días estaría como nuevo.

Remy no confiaba en él ni por un segundo. Convocó una rama para que lo apaleara en la cabeza, pero no le dio más que un golpecito.

—¿Quién eres? —se carcajeó. En sus ojos brillaba la sorpresa y algo similar a una admiración recelosa.

—No soy nadie —contestó Remy mientras se enfrentaba a la oscuridad que nublaba su vista y amenazaba con engullirla.

—Lo dudo mucho, brujita. —El príncipe sonrió de oreja a oreja.

Remy vio cómo abrió sus fulgurantes ojos cuando exhaló.

La oscuridad la llamó.

Remy oía sonidos de refriega resonando por el cavernoso pasillo antes de abrir los ojos. No estaban en el ático que había encima de las caballerizas de El Hacha Oxidada. No, estaban en una especie de ruinas. Le dolía la cabeza. Ya no veía tan borroso. Parecía una antigua catedral de piedra. La mitad del techo se había desmoronado. Por las ventanas abiertas entraba el aire nocturno, salvo por las esquirlas coloridas de las esquinas.

Miró a su espalda y vio al príncipe. Remy recordó que se llamaba Hale. Estaba agachado ante un hogar de piedra ornamentado. A juzgar por las llamas que lamían con avidez los leños, se había encendido hacía poco.

En la oscuridad del pasillo, Remy oyó movimiento y después la voz de Heather.

—¡Remy! —gritó, y acudió a su encuentro a toda prisa.

Fenrin venía detrás. Estaban indemnes y desatados. Remy no entendía por qué su cabeza seguía pegada a su cuerpo o por qué Heather y Fenrin estaban ahí, ilesos.

Su tutora se arrodilló a su lado y la atosigó como una niña. Le tocó el chichón que tenía en la frente y se volvió hacia el príncipe con brusquedad.

—¿Qué le habéis hecho? —lo atacó.

—Nada —contestó el príncipe mientras se encogía de hombros. Estiró el cuello en dirección a Remy y, con una sonrisa gatuna, dijo—: Se lo ha hecho ella solita.

—Bastardo —gruñó Remy entre dientes.

Heather reprimió un grito. Agarró a Remy por el brazo para advertirle sin hablar. Remy puso los ojos en blanco. No en vano era el príncipe bastardo del Este.

—Muy original, Roja. —Hale apretó los labios y la miró con los ojos entornados.

—No me llames Roja —masculló Remy.

No le hacía gracia que el príncipe hablara de su magia de bruja roja. Aunque estuvieran en unas ruinas en pleno bosque, podía oírlo alguien.

—Pues no me llames bastardo —repuso el príncipe.

—Niños, niños —dijo una voz femenina en la penumbra.

Una hembra fae apareció en el umbral. Era alta y esbelta, y su larga trenza rubio platino se balanceaba a su paso. La abertura de su capa revelaba su traje de cuero de combate y la espada ceñida a su cadera. Otros dos fae aparecieron a su espalda: un macho y una hembra.

Remy palideció y dijo:

—¿Contáis con dos soldados hembra?

—¿No crees que una hembra pueda repartir mamporros? —La segunda rio mientras entraba en la estancia.

La fae rubia se aproximó a Remy. Sus grandes ojos azules refulgieron con la luz de las llamas.

—Dice la brujita que por poco escapa de un príncipe fae y ha derribado un pino gigante solo con su magia. —Hablaba con una voz dulce y aterciopelada—. Aquí nadie te infravalorará porque seas mujer. —Le tendió la mano y la trenza se posó en su hombro cuando dijo—: Carys.

Remy le estrechó la mano a la fae. Era fuerte.

—Remy.

—Esos son Talhan y Briata, los mellizos Águila. —Carys señaló con la cabeza a los dos otros fae que se habían quitado la capa mientras cruzaban el corredor y estaban desabrochando los sacos de dormir de los morrales.

Era obvio que eran mellizos, incluso sin el mote. Ambos eran altos y musculosos. Sin embargo, el macho era ligeramente más alto y corpulento que la hembra. Era evidente por qué los habían apodado los Águila: no solo por su cabello castaño y corto y sus narices aguileñas, sino por sus ojos, que remataban el parecido. Eran dorados, de un amarillo extraordinario y etéreo. Remy se estremeció cuando la miraron. Eran tan atractivos como cualquier fae, pero sus llamativos rasgos harían que cualquiera los mirara dos veces. No le extrañaba que se hubieran dejado las capuchas puestas en El Hacha Oxidada.

Los mellizos Águila le hicieron un gesto con la cabeza y siguieron en lo suyo.

—No solo cuento con dos soldados hembra —señaló el príncipe—, sino que estas son mis mejores luchadoras. Por eso las elegí para que me acompañaran en esta misión.

—¿Y cuál es la misión exactamente? —preguntó Remy.

Heather volvió a tocarle el brazo. *No los presiones*, le pidió con la mirada.

El príncipe se limpió las manos y se sentó de espaldas al fuego. Carys le dio un odre de agua que aceptó.

—Estamos buscando al príncipe Raffiel —dijo Hale como si no fuera nada del otro mundo que estuviera buscando al primogénito de los reyes caídos de la corte de la Alta Montaña.

Esa vez fue Fenrin el que rio, pero la mirada que le echó el príncipe convirtió su risa en una tos. En comparación con el príncipe guerrero que se sentaba frente a él, Fenrin parecía un crío.

—Vais tras un fantasma…, alteza. —Fenrin se apresuró a agregar el título al final.

—¿Estás seguro? —inquirió Hale—. Conocí a Raffiel de niño. Tenemos la misma edad.

El corazón le dio un vuelco a Remy. Hale lo había conocido. Ella también, hacía mucho tiempo, cuando no era más que una chiquilla. Hizo los cálculos y llegó a la conclusión de que Hale tendría veintiocho años.

—Siento que perdierais a vuestro amigo, alteza —añadió Heather con algo más de amabilidad.

—No creo que lo haya perdido —replicó el príncipe mientras observaba el rostro de Heather—. Estoy convencido de que habréis oído los mismos rumores que yo. Se ha cuchicheado sobre la aparición de Raffiel por todo el continente.

—Cuchicheado —dijo Remy.

—Entonces, dime, brujita —soltó el príncipe, mirándola—, si de verdad la corte de la Alta Montaña ha desaparecido, ¿por qué el rey del Norte no puede empuñar la Hoja Inmortal?

Se hizo el silencio. Esa era la pregunta del millón. Si en teoría todos los miembros de la corte de la Alta Montaña habían fallecido, el lazo de sangre que los unía a la Hoja Inmortal se había roto. Cualquier fae podría manejar dicha espada. Volvía poderoso a quien la portase. Una hoja mortífera que, en manos de un profesional, diezmaría ejércitos enteros de un solo tajo. Asimismo, mataba desde lejos; ni siquiera era necesario tocar al objetivo. Estaba imbuida de una magia feroz. Aunque no concedía una vida eterna, como su nombre prometía, volvía a su portador invencible en combate. Ningún acero podía derrotarlo. Si el rey del Norte forjaba un lazo de sangre con la Hoja, se desataría una matanza nunca vista en Okrith.

—El linaje de la Alta Montaña sigue vivo —dijo el príncipe con confianza—. Son muchos los que afirman haber visto a Raffiel escapar de las llamas de la matanza de Yexshire.

Remy se estremeció y trató de quitarse esas imágenes de la cabeza: el palacio ardiendo, gente aporreando los barrotes de las puertas con desesperación, otros saltando por las ventanas… Algunos escaparon solo para que los soldados del Norte los aniquilaran nada más respirar aire fresco. Remy aún olía el humo, oía los gritos y notaba las curtidas manos de Baba Morganna, la suma sacerdotisa de las brujas rojas, que la alejaba de la masacre.

—Eso ocurrió hace trece años —dijo Fenrin, que se pegó más a Remy conforme hablaba. La bruja se dio cuenta de que el príncipe había notado el movimiento, aunque el único rasgo visible fuera su mandíbula apretada—. El propio rey Vostemur lo ha buscado sin cesar y aún no ha dado con él… —Fenrin no finalizó su pensamiento: *¿Qué os hace pensar que saldréis victorioso cuando el hombre más poderoso del mundo ha fracasado?*

—Puede que el rey del Norte sea poderoso —dijo el príncipe del Este—, pero también es arrogante. Hasta donde sabemos, Raffiel bien podría haber usado su glamur para hacerse pasar por un humano o por un brujo.

Carys rio entre dientes mientras se sentaba junto a su príncipe. Remy los miró y se preguntó si saldrían juntos. Descartó la idea.

—No tenemos ningún interés en dar caza a Raffiel, al igual que él tampoco tiene motivos para esconderse de nosotros. Es más, queremos que recupere el trono. ¿Por qué no se descubriría ante sus verdaderos aliados?

—¿Por qué creería que tus palabras significan algo tras trece años de espera? —dijo Remy.

Había dado en el clavo. Lo vio en la cara del príncipe. Había pasado más de una década, y la corte Este no había hecho nada para detener al rey Vostemur en su afán por capturar hasta el último fae y bruja roja de la Alta Montaña.

—La ira del Norte era muy grande al principio —se excusó el príncipe. Remy rio con amargura—. Vostemur ha formado el mayor ejército que haya existido jamás. Destruyó la corte fae más poderosa de Okrith. ¿De verdad esperas que volvamos contra el Este a ese ejército sanguinario?

Remy arrugó el ceño. El rey del Norte no les habría pasado ni una. Rendirse a su poder era una estrategia de supervivencia. Aun así, culpaba al Este, el Sur y el Oeste por su inacción. Ni siquiera esos tres ejércitos juntos habrían bastado para detener a la corte Norte trece años antes.

A Remy le traía sin cuidado. Si su gente iba a arder, todos arderían.

—Sus ejércitos menguan —dijo Carys, que rompió el silencio penumbroso—. No hay bastante dinero ni conquistas para mantener un ejército de esa magnitud. Muchas legiones de Vostemur se han disuelto, por lo que ha centrado sus esfuerzos en el interior. Si no da con Raffiel, intentará deshacer el lazo de sangre de la Hoja Inmortal.

Heather ahogó un grito y dijo:

—¿Es eso posible?

—Las brujas azules que tiene esclavizadas están en ello. El rey ha estado empleando los cadáveres de las brujas rojas que ha cazado para manipular la magia. —Carys miró a Remy con gesto de disculpa. Estaba hablando de su gente—. Pero sabemos que las demás brujas rojas van a reunirse.

El príncipe alzó una mano para interrumpir a Carys, que calló.

—Te diríamos dónde van a reunirse si con eso estuvieras dispuesta a ayudarnos. —Miró a Remy y agregó—: Pero me da miedo que ese dato te haga huir con tu aquelarre y nos dejes tirados.

El corazón le iba tan deprisa que se le iba a salir por la boca.

—¡¿Que las brujas rojas van a reunirse?! —exclamó.

# Capítulo Tres

La vehemencia del anuncio de Hale la paralizó de arriba abajo. Si las brujas iban a volver a juntarse, eso significaba que quedaban las suficientes… y que se encontrarían. Remy entornó los ojos en la penumbra y procesó la información. Las brujas rojas habían huido en todas direcciones. Daba la impresión de que las habían capturado a todas. Durante mucho tiempo Remy se preguntó si sería la última de su aquelarre.

—Sí —le confirmó Hale mientras veía lo confundida que estaba—. Baba Morganna las guía.

A Remy se le encogió el corazón. No podía ser verdad.

—¿Baba Morganna está viva? —Se retorció las manos. Había visto cómo la cima de una montaña se derrumbaba sobre la suma sacerdotisa. Estaba convencida de que el desprendimiento de rocas la había matado. Pero quizá su recuerdo de cuando tenía seis años no fuese exacto—. ¿Cómo esperáis que crea lo que decís?

—Un amigo de nuestra corte la ha visto con sus propios ojos —repuso Hale.

—Vaya cosa —dijo Remy—. Vuestro amigo podría estar aliado con Vostemur.

—Bern es de fiar. Tiene… lazos con la corte de la Alta Montaña. Nunca los traicionaría —le aseguró Hale. Las comisuras de sus labios se alzaron para pronunciar las siguientes palabras, como si llevara mucho tiempo deseando soltarlas—: Pero me ha pedido que te diga que enciendas la vela roja de tu bolsa si no le crees, Gorrioncillo.

Remy se quedó lívida. *Gorrioncillo*. Ese era el apodo por el que la llamaba Baba Morganna cuando era niña. Entonces era cierto. Estaba viva. Podía encender la vela de bruja roja para invocar a la suma sacerdotisa y comprobarlo…, pero en tal caso la vela se extinguiría para siempre. Eran demasiados detalles para ser mentira. Encendería la vela roja si en algún momento dudase de ellos, pero si las brujas rojas iban a reunirse, eso lo cambiaba todo. Remy se había pasado todos esos años deseando que la suma sacerdotisa hubiera sobrevivido, pero que se lo confirmaran… Cerró los puños para no llorar.

—Aún no me habéis explicado por qué me necesitáis —dijo Remy, que disimuló su estupor y volvió a mirar con desprecio al príncipe, a lo que él respondió con una sonrisilla de suficiencia.

—Tu magia te une a la corte de la Alta Montaña. Percibes su magia y los objetos creados con ella —dijo. Se apartó el pelo ondulado de la frente.

—Si sabéis que las brujas rojas van a reunirse, ¿por qué no os unís a ellas y ya está? Sus poderes juntos son mucho más fuertes. Os serán de más ayuda que yo —repuso Remy—. Ni siquiera sabía que pudiese hacer eso.

—Dudo de que tu aquelarre vaya a confiar en mí o quiera ayudarme —explicó Hale—. Pero no te necesito para encontrar a Raffiel.

Remy dejó de dar golpecitos con la pierna y el príncipe prosiguió:

—La magia de las brujas rojas se halla en la Hoja Inmortal, cierto, pero también en dos talismanes gemelos: el anillo de Shil-de y el amuleto de Aelusien.

«Shil-de» significaba «escudo eterno» en mhénbico. Las brujas rojas forjaron el anillo para proteger a su portador y volverlo indestructible. Había pasado por muchas manos a lo largo de los años y nadie conocía su paradero.

Los antiguos fae de la Alta Montaña ocultaron el amuleto en el monte Aelusien. Imbuyeron el talismán de magia brujesca y quien lo llevara podría acceder a los poderes de las brujas rojas. Fueron tantos los que perdieron la vida en las laderas del monte Aelusien buscando el amuleto que ahora se conocía a la montaña por un nombre funesto: la Cima Podredumbre.

—¿Queréis que os ayude a encontrarlos? —Remy miró a Fenrin alzando las cejas, y su amigo rio. El príncipe había perdido la cabeza.

—Tengo una idea de dónde puede estar el anillo —prosiguió el príncipe—, pero necesito una bruja roja que lo autentifique. Y también necesitaré magia roja para sobrevivir a la Cima Podredumbre. Mi intención es llevar los talismanes a las brujas rojas para que avisen a Raffiel. Aunque las brujas no nos revelen el paradero de su príncipe, los talismanes que poseamos lo sacarán de su escondrijo. Con el amuleto y el anillo podrá derrotar al rey del Norte. Podría acabar con la guerra antes de que estallase.

—¿Y si jugarnos el pellejo por esos talismanes no lo saca de su escondite? —saltó Remy.

Heather seguía atosigándola. Sacó un ungüento de su morral y se lo aplicó en el moretón de la frente. La magia sanadora que emanaba de la yema de sus dedos despedía un brillo marrón claro. Remy se estremeció al notar un escozor y la apartó de un manotazo. La herida no tardaría mucho en curarse sola.

—Entonces la corte Este contará con dos poderosas monedas de cambio en la inevitable guerra contra el Norte —contestó el príncipe con una tranquilidad pasmosa—. La Hoja Inmortal debería luchar para atravesar nuestras tierras si esos talismanes nos protegieran. Ofreceremos un lugar seguro en la corte Este a las brujas rojas y, de ser necesario, convenceremos a las demás cortes de que se alíen con nosotros.

—Habláis como si la guerra entre cortes fuera una realidad —masculló Fenrin.

—Ya hemos tenido nuestras escaramuzas con los engreídos del Norte en la frontera oriental —dijo Carys—. ¿Crees que Vostemur se detendrá? Su ambición no tiene límites. No estará satisfecho hasta que sea el único soberano de todo el continente.

Hale asintió y dijo:

—Tenemos la oportunidad de actuar mientras esté distraído con la Hoja.

—¿Y qué sacamos nosotros de este acuerdo? —lo interrumpió Remy—. Porque hasta el momento solo nos habéis secuestrado y amenazado.

—Te dije que no era buena idea atarlos —dijo Briata, el Águila hembra, desde la otra punta de la estancia. Hablaba con un gruñido bajo y cautivador que hizo que Remy volviera a quedarse prendada de sus llamativos rasgos.

—Di que sí, Hale. Nada como el secuestro para inspirar confianza —añadió Talhan con una risita.

El príncipe los miró con mala cara, pero sus guerreros se limitaron a sonreírle de oreja a oreja. Era raro oír a unos soldados contestar a su príncipe. Le hablaban como amigos, no como fieles súbditos.

—Quizá deberías ir a dar un paseo, Hale —agregó Carys, que se acercó al príncipe para susurrarle tan bajo que Remy apenas la oyó—. Ya hablo yo con ellos.

—Lo tengo todo controlado —murmuró Hale.

Remy tuvo que disimular que lo oía todo.

—Pues que se note —gruñó Carys entre dientes.

A Remy le caía bien esa guerrera. También los mellizos Águila. Como todos los fae, tenían carisma, pero a su vez le sorprendía que fueran tan graciosos e informales. Si no fueran fae ni sirvieran al príncipe bastardo, quizá Remy querría conocerlos.

—Su pregunta es lógica —dijo Carys en alto con toda la intención de que la oyeran las brujas—. ¿Por qué debería ayudarnos?

—¿Además de para ver al príncipe al que juró servir recuperar su legítimo trono? —Hale esbozó una sonrisa petulante al observar a Remy. Esta lo miró con los ojos entornados. Las brujas rojas juraban lealtad a la corte de la Alta Montaña, pero era un golpe bajo pedirle tanto. ¿Acaso su lealtad era tan fuerte como para ir en busca de dos talismanes perdidos?

El príncipe del Este le leyó la mente y dijo:

—Podemos hacer que vuelvas con ellas sana y salva. Me da la sensación de que no habréis estado más protegidas en trece años.

Fue Heather la que consideró su oferta. Puede que fuera cariñosa, pero era bruja, no humana, y eso la volvía perspicaz. Ni ella ni Fenrin serían capaces de llevar a Remy de vuelta con su aquelarre solos. La joven se había librado por los pelos de que la atrapasen o la asesinasen en numerosas ocasiones, y eso que los intentos se habían producido en pueblecitos rurales. Si iban a recorrer las cortes, necesitaba más protección que la que podían brindarle una bruja y un brujo marrones. Remy sabía que debía encontrar a Baba Morganna en cuanto el príncipe pronunció el nombre de la suma sacerdotisa.

Heather asintió cortésmente. Era la líder de su grupito, por lo que le correspondía a ella decidir. O bien creía que el fae les ofrecía protección de verdad, o bien no confiaba en el príncipe pero creía que valía la pena correr el riesgo y aliarse con él. En cualquier caso, Remy sabía que Heather haría lo que estuviera en su mano para ponerla a salvo.

Sentía que llevaba trece años dormida y que había despertado para huir despavorida. La paciencia abandonó su cuerpo. Estaba como loca por volver con las brujas rojas.

Se frotó el rostro dolorido con la mano. Lo que iban a aceptar distaba mucho de ser un adiós a esconderse en las tabernas. Era un riesgo tremendo, y podía ser todo mentira. Se preguntó si Heather querría entregársela a alguien. No, eso era impropio de la bruja marrón. Aun así, Remy había sido un lastre para ellos todos esos años. Ese acuerdo mejoraría sus vidas.

Se mordió el labio y miró primero a Heather y después a Hale. El príncipe seguía mirándola a ella. Esperaba a que contestase.

Remy, sin dejar de mirarlo a los ojos, se hizo rogar. Entonces habló:

—¿Conque queréis que os ayudemos a encontrar el anillo de Shil-de, el amuleto de Aelusien y a un príncipe desaparecido largo tiempo atrás? Eso es pedir mucho.

—Solo te lo estoy pidiendo a ti —repuso Hale, con los ojos grises como el humo clavados en ella—. Si tus camaradas desean venir, solo pido que no nos retrasen, aunque creo que sería mucho mejor que volvieran a la taberna.

—No —dijo Heather.

Y Fenrin a su vez:

—De eso nada.

—Nos quedamos con Remy. —Heather le advirtió con la mirada a la bruja roja que más le valía estar de acuerdo con su tutora. El príncipe tenía razón: era más seguro para las brujas marrones que se quedaran atrás. Su magia solo era sanadora; carecían del poder de las brujas rojas de animar objetos. Pero Remy le debía la vida a Heather. La bruja marrón la había salvado tantas veces que había perdido la cuenta, por lo que no podía negarle nada.

Remy evaluó al príncipe del Este una vez más. En el mejor de los casos, lo que decía eran sandeces y, en el peor, desgracias. Se negaba a confiar en él, pero una alianza temporal con ellos parecía una buena estrategia. Lo ayudaría hasta que le revelase dónde se reunirían las brujas rojas. Entonces huiría antes de que la enredasen en una cacería descabellada tras un príncipe fantasma.

Era como si sus vidas hubiesen estado congeladas todos esos años y, de repente, el nombre de Baba Morganna las hubiera devuelto a las llamas.

La decisión estaba tomada.

Remy observó cómo la luz del hogar incidía en las afiladas facciones del príncipe.

—Heather y Fenrin vienen con nosotros y no les tocaréis un pelo.

—De acuerdo. —Hale sonrió, sabedor de que la había convencido.

—Bueno, príncipe, tenemos un trato —dijo Remy, que selló su destino.

Los bosques de la corte Oeste eran infinitos. El terreno era escabroso e irregular. Grandes bloques de granito emergían de la tierra. Álamos temblones, abetos y arces dominaban el techo del bosque. Los rayos del sol se colaban entre las copas de los árboles, lo que permitía que el frondoso sotobosque brotase desde el manto de hojas crujientes que tapaba el suelo.

El equinoccio otoñal estaba cada vez más cerca. Algunos árboles aún vestían diferentes tonos de verde estival, mientras que otros ya habían sucumbido al frescor nocturno. Hojas naranjas, doradas y rojas caían al suelo del bosque con la ligereza de las plumas.

—¡Mira! ¡Cebolleta! —exclamó Fenrin con alegría tras salir de detrás de un matorral amarillo con un puñado de brotes verdes en la mano—. Las hojas y el tallo son comestibles, le da consistencia al estofado y… no te importa.

—No, me importa, es que… —empezó Remy, mientras metía los tallos verdes y acres en el bolsillo delantero del mandil que le había pedido prestado a Heather. Se pasó la mano por la túnica granate y arrugada para quitarse el olor a cebolla.

—Remy, te da igual la cebolleta, no pasa nada. —Fenrin rio.

—Tienes razón, me da lo mismo. —Remy le sonrío abiertamente.

Habían dejado a los demás en el campamento para buscar comida. En cuanto sus morrales tocaron el suelo, Remy se quitó sus ajustadísimas botas. Estaba convencida de que le saldrían ampollas en los próximos días.

Como la mayoría de las brujas marrones, Fenrin y Heather eran recolectores consumados. Las plantas medicinales que recogían en un solo paseo por el bosque bastaban para que se llenaran los bolsillos de druni.

Aunque los aquelarres compartían algunos poderes, cada uno tenía los suyos propios. Las brujas azules tenían el don de la visión, las verdes preparaban manjares y hacían florecer los jardines, las rojas daban vida a los objetos y las marrones eran curanderas y excelentes recolectoras.

No obstante, a Remy se le daba fatal identificar plantas. No distinguía una seta medicinal de una venenosa. Pero, aun así, acompañaba a Fenrin cuando salía a por comida.

En el pasado, ellos solos llevaban un negocio lucrativo. Podrían haberse trasladado a tabernas más grandes y cercanas a las ciudades de la corte Oeste, pero su objetivo era permanecer en el campo, donde la vida era dura y el dinero escaso… Y todo porque Remy era una bruja roja.

—Ojalá tuviera mi arco. —Remy hizo pucheros y hundió los dedos de los pies en el frío musgo que pisaba descalza. Se subió los pantalones grises hasta las pantorrillas. ¡Qué bien les sentó el aire fresco a sus pies doloridos!

—Tal vez, si se lo pides muy educadamente, el príncipe te compre uno. —Fenrin rio por lo bajo y, sin dejar de moverse, le pasó dos setas.

—Prefiero pasar hambre a pedirle un arco. —Remy se guardó las setas en el bolsillo.

Resultaba muy extraña la facilidad con la que habían vuelto a la rutina. ¡Míralos! De viaje con una pandilla de fae aristócratas, separados del grupo para irse a recolectar juntos como de costumbre.

—¿Confías en él? En el príncipe del Este, digo —preguntó Fenrin, que escudriñaba el bosque con sus ojos azules.

—Ni por asomo. —Remy resopló.

—Bien. No te fíes de él —dijo Fenrin, más para sí que para Remy—. Los demás me caen bastante bien. Son simpáticos. Carys me ha dicho que algún día me enseñará el Este y que...

—Tampoco te fíes de ellos, Fen —dijo Remy—. Puede que se comporten como si fueran tus amigos, pero son peligrosos.

—Lo sé. —Fenrin le tendió otro puñado de setas—. Aun así, es mejor que lo que hacíamos, ¿no? Prefiero viajar con una pandilla de guerreros fae a limpiar sábanas en El Hacha Oxidada.

Remy sonrió con suficiencia y se limpió las manos manchadas de tierra.

—Y yo.

—Nuestra mansión de Yexshire tendrá armería. —Fenrin rio y se agachó detrás de un tronco—. Entonces tendrás cientos de arcos entre los que elegir.

A eso jugaban para pasar el rato. Imaginaban la casa de sus sueños: un castillo que erigirían en la nueva ciudad de Yexshire. Era una fantasía que empezó el día en que se conocieron con doce años y que, siete años después, todavía perduraba.

Remy miró las copas de los árboles de su izquierda como si fuera a ver las Montañas Altas a través del bosque. Al otro lado de esa cordillera se hallaba la corte caída, su hogar. La corte de la Alta Montaña tenía las estaciones más bellas: veranos verdes y calurosos e inviernos blancos y nevados. Incluso en pleno invierno, el sol brillaba cada día, aunque fuera solo un instante. En la corte Oeste, podían pasar semanas y semanas hasta que un rayo de sol atravesase los deprimentes nubarrones. Remy recordaba su corte como un lugar mágico con vistas magníficas y vertiginosas. Se preguntó hasta qué punto su memoria habría exagerado la belleza de la corte de la Alta Montaña. La sensación que le evocaba su hogar aún resonaba en su cuerpo como una melodía que solo conocía su alma.

—¿Cuál era nuestro plan? —Remy pateó una hoja roja—. En nuestro sueño, ¿esperábamos que derrocasen al rey del Norte, Yexshire resurgiese de pronto, nos cayese del cielo una fortuna y…?

—Eh —la cortó Fenrin—. Eso no formaba parte del juego.

—¿Cuál era el plan, Fen? —insistió Remy. Esa fantasía ya no encajaba con ella—. ¿Iba a esconderme para siempre o hasta que el mundo se arreglase sin mí?

Fenrin ladeó la mandíbula y lo meditó. No hablaban así. Se limitaban a cumplir con su trabajo en la taberna e imaginar su vida soñada. Ahora que su destino estaba unido al de esos fae era distinto. Como si de verdad estuvieran haciendo algo por el mundo.

—No lo sé, Remy —dijo—. Lo único que sé es que eres demasiado importante como para arriesgarte a que te decapiten por arreglar el mundo.

Era el mismo consejo que le había dado Heather. Ambos querían empequeñecer a Remy y que permaneciese oculta. Por lo visto era tan importante que tenía que parecer insignificante. Estaba harta de esperar a que el mundo se encauzase. Aunque la búsqueda de los talismanes fuera en vano, Remy sentía la acuciante necesidad de hacer algo por fin.

La corte de la Alta Montaña merecía venganza.

# Capítulo Cuatro

—Cuéntanos una historia de las brujas rojas —le pidió Briata a Remy desde el otro lado de la hoguera.

Hicieron un alto para pasar la noche a diez minutos al oeste del camino, por si otros viajeros los cruzaban mientras dormían. Hacía fresco y les salía vaho cada vez que hablaban.

—No me sé ninguna buena. —Remy contempló el cielo estrellado por entre los árboles—. Llevo casi toda mi vida rodeada de brujas marrones.

—Cuéntanos cómo Baba Morganna derribó la montaña —repuso Bri.

—¿Estabas ahí? ¿Lo viste? —Talhan, en cuclillas frente a la olla, removía los ingredientes. Los mellizos Águila habían cazado un conejo y dos ardillas nada más llegar al campamento, que añadieron a la cacerola. Fenrin había encontrado verduras y setas. A Remy le rugió el estómago al oler la olla burbujeante. Los tres brujos se quedaron de piedra cuando Talhan sacó una cazuela de hierro macizo de su morral. ¡Con razón tenía las piernas como troncos!

—Tenía seis años durante el asedio de Yexshire. No recuerda nada —adujo Heather, que se ciñó mejor alrededor de los hombros su manta raída. Remy observó con envidia a los fae al otro lado de la hoguera, con sus mantas de piel gruesa.

Heather se dispuso a hacerle una trenza para dormir. Sonrojada, la bruja roja se apartó y miró con dureza a su tutora. Ya no necesitaba que le trenzaran el pelo como si fuera una niña. Y menos delante de un grupo de guerreros fae.

—Cuéntanoslo de todas formas —exclamó Bri desde su saco de dormir—. Estos tontos nunca cuentan nada interesante ni entre los tres.

Talhan y Carys se rieron. Hasta una débil sonrisa asomó a los labios de Hale.

—Vale, pero no prometo que sea bueno —dijo Remy, que arrojó a las llamas el palo con el que había estado jugueteando—. Había una vez una bruja roja llamada Morganna Ventisca. Vivía en el templo de Yexshire con las demás miembros de su aquelarre. Esa noche era como cualquier otra noche invernal. El castillo de Yexshire se alzaba en el valle entre las montañas y estaba atestado de personalidades como Hennen Vostemur, el rey del Norte, y su corte, que visitaban a sus amigos de la Alta Montaña.

Remy no miraba a nadie mientras hablaba. Tenía la mirada perdida en las llamas danzantes de la hoguera, que le recordaban a las que arrasaron Yexshire.

—Nada hacía presagiar que ocurriría algo malo —prosiguió—, pero, esa noche, Morganna tuvo su primera visión. Vio el palacio en llamas antes de que se blandiera la primera espada. Momentos antes de que se produjera la matanza, fue corriendo a pedirles a las brujas rojas que tomaran la senda del Este, pero unos soldados norteños les impedían el paso. Como era de esperar, bloquearon las cuatro salidas de Yexshire. Morganna sabía que debían huir por el collado entre las montañas si querían escapar. Escalaron la ladera, una pendiente casi vertical, pero los soldados del Norte les iban a la zaga, disparando flechas. Una alcanzó a Morganna en la garganta.

Carys ahogó un grito cuando Remy se clavó un dedo en el cuello.

—Iba a morir ahí mismo, acorralada contra la ladera. Pero Baba Theodora, la suma sacerdotisa de las brujas rojas por aquel entonces, estaba ahí. Invocó el *midon brik*, el conjuro más poderoso que una bruja puede realizar, y cambió su vida por la de Morganna. Baba Theodora sabía que Morganna era su sucesora. Dicen que ver morir a su Baba fue lo que imbuyó a Morganna de un poder extraordinario. Se puso a cazar flechas al vuelo y se las devolvió a los arqueros. Morganna hizo que las brujas subieran y cruzaran el collado y esperó a que los soldados norteños la alcanzaran.

Remy vio a Bri sonriendo por entre las lenguas de fuego.

—Cuando estuvieron todos los soldados en el collado, Morganna hendió la montaña que se alzaba sobre ellos y enterró a la legión del Norte bajo las rocas de su patria. Derribó una montaña para salvar a su gente y se ganó el título de Baba, la nueva suma sacerdotisa de las brujas rojas.

Se hizo un largo silencio que rompió Hale mirando el fuego.

—Entonces, ¿las brujas rojas no corrieron a ayudar a la corte de la Alta Montaña? —preguntó.

Remy lo fulminó con la mirada. ¿Cómo se atrevía a insinuar que las brujas rojas no habían hecho lo suficiente para salvar a los fae? Parecía que solo importaba cuánto estaban dispuestas a sacrificar por ellos.

—Muchas sí... —contestó Remy con desprecio—. Y todas perecieron.

Hale ladeó la cabeza y se rascó la barba.

—¿Cómo escapaste tú?

—Con otras. No lo recuerdo.

—¿Huiste con tus padres? —inquirió Hale a la vez que un leño restallaba y unas chispas salían disparadas hacia el cielo estrellado.

Talhan se pellizcó la nariz, Carys hizo una mueca y Briata puso los ojos en blanco.

—No. Están muertos. —Remy miró a Hale como desafiándolo a que dijera una palabra más.

—Dices que no te acuerdas. ¿Cómo lo sabes? ¿Has intentado buscarlos? —insistió Hale, que observaba a Remy por entre las llamas titilantes con sus ojos de lince.

—Ya basta —gruñó Carys.

—Tenía curiosidad —se excusó Hale mientras se encogía de hombros.

—¡Cómo no! Porque nuestras vidas no significan nada para ti, solo existimos para tu divertimento. Las brujas solo despertamos curiosidad a los fae —explotó Remy, a quien se le había agotado la paciencia.

—Yo no he dicho eso. —Hale la miró con los ojos entornados. Tenía el valor de hacerse el ofendido después de lo que había insinuado.

—¿Nuestro sufrimiento te excita, príncipe? —preguntó Remy con sorna. Heather apoyó el hombro en el de Remy, como pidiéndole sin palabras que se relajase, pero no podía. Los aires de superioridad de los fae eran el peor mal del mundo. Los fae de la Alta Montaña trataban a las brujas rojas como a iguales y a los demás fae no les hacía gracia ese comportamiento…, sobre todo a Hennen Vostemur.

—Estás tergiversando mis palabras, bruja —dijo Hale con los dientes apretados y la mandíbula crispada.

—Nunca te has encontrado en algún aprieto, ¿verdad? Necesitas contratar a otros para que te cuenten los suyos. —Remy sabía poco del combate cuerpo a cuerpo, pero sí de machacar a sus enemigos con su labia.

—Estás diciendo tonterías —le dijo Hale sin ambages.

—Qué bastardo más rico y mimado eres —escupió Remy. Hale abrió los ojos como platos y alzó las cejas por un instante. Entonces volvió a fruncir el ceño.

Ahí. Había dado en el blanco.

—Prefiero ser un bastardo que esconderme como un cobarde —repuso Hale. El inesperado contraataque le sentó como una patada en el estómago. Eso era lo que hacía Remy: esconderse como una cobarde. Y lo peor es que todos eran conscientes de ello.

Remy observó el brillo rojo de sus manos. Había vuelto a perder el control. Se levantó y se giró hacia el bosque mientras se excusaba.

—Di que sí, Hale —oyó mascullar a Briata mientras se marchaba con paso airado.

Oyó que Fenrin se ponía en pie. Sin detenerse, gruñó:

—No me sigas, Fen.

Esta vez Fenrin le hizo caso.

El arroyo no quedaba lejos. El brillo de las manos de Remy era más evidente aún conforme se alejaba del fuego. La tenue luz roja le permitía ver el suelo del bosque. Iba con cuidado de no pisar las piedras que asomaban entre las hojas caídas. La tierra le ennegrecía los pies, pero al menos el dolor que le había causado la caminata de esa mañana había remitido.

Remy se acercó al riachuelo en el que habían rellenado los odres y cuya agua habían usado para preparar el estofado. Se quedó ahí viendo cómo serpenteaba con lentitud y respiró hondo. Hale la había acusado de esconderse como una cobarde. La vergüenza que le inspiraban esas palabras la asaltó de nuevo. Le resplandecían las manos. Estaba segura de que si tuviera un espejo vería que también le brillaban los ojos. Lo notaba sin verse, pues percibía un zumbido vibrante detrás de ellos.

Remy volvió a tomar aire despacio para tranquilizarse. El zumbido disminuyó. La oscuridad ganó terreno a medida que su magia roja se desvanecía.

Oyó unos pasos suaves a su espalda y supo sin volverse que era Carys. Remy había caminado lo suficiente con esos guerreros fae como para reconocer los andares de cada uno. Talhan marchaba como un oso furioso. El paso de Briata también era pesado, pero no tan molesto. Hale caminaba con confianza y sigilo, como un puma. Carys, elegante y grácil, era la de los andares más ligeros.

La fae se plantó al lado de Remy, se desató su larga trenza rubia y se la desenredó con los dedos. Se quedaron un rato en silencio contemplando el arroyo. Al final, Remy decidió trenzarse sus largos tirabuzones para dormir mientras Carys se peinaba junto a ella. Las manos de Remy eran torpes. Heather hacía que pareciera fácil. No podía creer que la bruja marrón llevara tanto tiempo trenzándole el pelo.

Carys coló un par de dedos en su pelo y se lo sacudió. Le llegaba justo por encima de las caderas.

—Nunca he visto a nadie sacarlo tanto de quicio —le dijo Carys a la oscuridad—. Es impresionante.

—¿Estás con él? —escupió Remy. Apretó los labios nada más soltar la pregunta.

—Ya tardabas en preguntármelo. —Hasta la risa de Carys era delicada.

Remy no contestó, se limitó a seguir trenzándose el pelo y esperó a que Carys respondiera.

—No, ni estoy con él ni quiero estarlo —dijo la fae.

—¿Por qué no? Es… —Remy no sabía acabar la frase. Era la persona más atractiva que había visto en su vida. Solo con mirarlo perdía el equilibrio.

—¿Guapo? —Carys rio—. A ver, tengo ojos, claro que es guapo, y también buena persona… —Remy chasqueó la lengua, pero Carys insistió—. Lo es. En serio. Es que es un poquito bruto.

—Entonces, ¿por qué no quieres estar con él? —Remy los había visto juntos. Siempre acababan yéndose solos. Era a quien más caso hacía Hale.

Carys abrió la boca dos veces para decir algo. Con los hombros caídos, musitó:

—Hubo alguien…

Remy asintió con la cabeza. No hacía falta que siguiera. Había oído la misma historia infinidad de veces. La historia de los corazones rotos en mil pedazos.

—Hale también estuvo destinado una vez —añadió Carys. Remy miró de inmediato a la figura en penumbra de la fae.

El amor destinado era otra clase de magia fae, la más insólita de todas. Las almas de algunos fae se entrelazaban mucho antes de que empezaran sus vidas. La magia destinada era tan poderosa que a veces era posible percibir el vínculo incluso estando en el útero. Muchas de las familias fae más ricas pagaban a las brujas azules para que les predijeran el destinado de sus hijos. Otras eran supersticiosas y creían que traía mala suerte saberlo, pero el amor destinado era incuestionable.

Remy se fijó en el tiempo que había empleado Carys.

—¿Estuvo?

—Murió antes de que se conocieran —contestó—. Su destinada era una princesa fae de la Alta Montaña. Falleció en el asedio de Yexshire.

La oscuridad se cernió más sobre ella. Notó una opresión en el pecho.

—Hay quien dice que es un destino peor que la muerte —prosiguió Carys—. Vivir sin el vínculo destinado destroza a la gente. Y lo que es peor: Hale sabe que no lo hallará jamás. —Remy se tragó el duro nudo que se le había formado en la garganta—. No voy a pedirte que seas amable con él, puesto que a veces se lo tiene merecido. —Carys rio—. Pero lo ha pasado peor de lo que parece.

Remy se mordió el labio. Un búho ululó en el bosque y los grillos callaron en respuesta.

Carys se volvió hacia la luz de la hoguera. El olor del estofado hizo que a Remy le rugiera el estómago. Oyó las risitas lejanas de los mellizos Águila y Fenrin. Por lo visto, los Águila le habían tomado el gustillo a chinchar al joven brujo, y él estaba encantado de ser el blanco de sus bromas. Era evidente que Fenrin los admiraba.

—¿Vienes? —preguntó Carys, que volvió al campamento sin esperar a que le contestara.

Remy escudriñó la oscuridad y rogó a los dioses por energía para aguantar al insoportable príncipe una noche más.

Después de otro arduo día de travesía, acamparon. Remy dejó el delantal junto al fuego cada vez más vivo. Los alimentos recolectados estaban desperdigados por el suelo. Le dolían los pies tras otra tediosa caminata.

Carys agregó yesca a las llamas y Talhan desembaló el menaje. Heather quitó el lino que envolvía sus frágiles frascos y comprobó que no se hubieran resquebrajado o aflojado los tapones. A Hale no se le veía el pelo.

Pero era con Briata con quien quería hablar Remy. La guerrera estaba sentada en su morral, afilando una daga mortífera con una piedra.

—¿Te sobra un cuchillo? —le preguntó Remy.

Las finas orejas de la fae se enderezaron.

—Desde luego. —Le sonrió abiertamente y sacó una hoja más pequeña del cinturón.

—Un momento, ¿para qué lo necesitas? —le preguntó Carys a lo lejos. Miró mal a Briata cuando la guerrera le ofreció a Remy su arma.

—Quiero cazar algo para comer —contestó Remy mientras se encogía de hombros.

—¿Acaso no te alimentamos suficiente? —inquirió Carys mientras partía otra rama por la mitad.

—No, es más que suficiente, pero me gustaría añadir algo. —Remy vaciló. Se sentía inútil hasta para preguntar.

—No necesitas un cuchillo, Remy —la reprendió Heather. La bruja detestaba ese tono. A veces su tutora la menospreciaba en exceso. Se aseguraba de que fuera tan inútil como se sentía.

—No creo que te las apañes con un cuchillo —dijo Briata, que miró a Heather y después a Remy. Giró la hoja y le ofreció la empuñadura—. Pero será divertido verte intentarlo.

—Cazo mejor sola —dijo Remy, y aceptó el arma. Asintió en señal de agradecimiento.

—Qué mal se te da hacer amigos, Bri —se burló Talhan de su melliza.

Remy miró a uno y a otro. ¿Estaban siendo amables? Se alejó del campamento en dirección a los bosques.

—¿Quieres que te acompañe? —le gritó Fenrin. Estaba agachado, desenvolviendo el delantal de comida. Remy negó con la cabeza. Echaba de menos los ratos en los que se aventuraba sola y tenía sus pensamientos y el silencio por única compañía. Que constantemente la vigilasen los fae la ponía de los nervios.

Remy volvió a adentrarse en el bosque. Sus pies descalzos se resentían más aún tras otro día de caminata. No sabía cuánto aguantaría con esas endemoniadas botas hasta que le royesen los pies, pero andar descalza por el bosque era como mejor se sentía. Suponía que era por la sangre de bruja que corría por sus venas. Se movía entre las piedras y esparcía hojas sin hacer ruido. Cuando estaba sola, adquiría la agilidad de una depredadora, como si su magia saliera a relucir cuando no la miraba nadie.

El aire frío la envolvió, su respiración se ralentizó y un peso invisible abandonó sus hombros cuando suspiró.

A lo lejos, oía hojas arremolinarse y pájaros piar en voz baja. Parecían aves de caza. Escudriñó el bosque y se centró en un grupo de faisanes que escarbaban en la hojarasca. Abrió mucho los ojos. La considerarían una heroína si llevaba uno de esos ejemplares al campamento.

Se acercó a ellos de puntillas cuando una voz la detuvo.

—Esto no me lo pierdo.

Remy miró atrás para ver a Hale de brazos cruzados y apoyado en un árbol. El peltre de sus ojos refulgió cuando la vio fruncir el ceño. Puede que Remy se hubiera movido por el bosque con sigilo, pero Hale debía de haber hecho un silencio sepulcral para tomarla desprevenida.

—¿De verdad crees que puedes cazar un faisán con un cuchillo? —Hale alzó las cejas mientras la miraba sonriendo.

—Sí —contestó Remy con desprecio. Estupendo, ahora tendría que demostrarle que se equivocaba.

—¿Quieres apostar? —A Hale se le marcaron los hoyuelos de las mejillas.

—Vale —escupió Remy—. Si gano, me compras un arco y flechas nuevos en el próximo pueblo en el que paremos.

Hale sonrió más abiertamente.

—Acepto —dijo con un murmullo grave—, pero, cuando gane, vas a tener que hacerme un cumplido.

—¿Tan falto estás de halagos que tienes que apostar para recibirlos? —se mofó la bruja.

—Solo estoy falto de los tuyos. —Sus ojos ahumados centellearon—. Sé lo mucho que lo detestarías.

Era el peor castigo que podría imponerle: decirle algo bonito.

—Está bien. —Remy lo miró con los ojos entornados y añadió—: Pero no se vale espantarlos.

Hale subió y bajó los hombros en señal de conformidad.

Remy observó a los faisanes, que seguían escarbando en el suelo del bosque. Sigilosa, se movió de roca en roca, cada vez más cerca. No oía al príncipe a su espalda, pero notaba que estaba ahí.

Si tuviera un arco, estaría a la distancia ideal. Sabía que era una pérdida de tiempo lanzar el cuchillo. Erraría el tiro seguro. Notaba la chulería de Hale. Pero el príncipe había olvidado un detalle muy importante: Remy poseía magia de bruja roja.

La vibración mágica, cada vez mayor, salió de sus manos. Sus dedos extendidos despidieron un fulgor rojo cuando conjuró su hechizo y rodeó con él a los tres faisanes gordos.

El resto del grupo huyó por la ladera, pero su magia atrapó a las tres aves y las dejó suspendidas en el aire. Remy les rebanó el cuello de un solo tajo. Las sostenía por los pies para que no le salpicase la sangre. Sonrió al príncipe.

—Vaya, eso no me lo esperaba. —Hale resopló—. Lo tengo merecido por subestimarte, bruja.

—Estoy deseando ver mi nuevo arco, alteza.

A Hale se le dilataron las pupilas mientras la miraba; parecía fascinado con el brillo de los ojos de Remy. Era extraño que alguien la mirase con aprecio en vez de con miedo. Los únicos que no huían de su magia eran Heather y Fenrin. Pero Hale la miraba con asombro, no con pavor.

Remy se miró los pies.

—No —dijo Hale, cuya voz había bajado una octava. Remy volvió a mirarlo, pero la intensidad de su mirada hizo que cambiara el peso de un pie a otro—. No tienes por qué esconder tu magia de mí.

—Sí, ya has dejado claro que soy una cobarde que se esconde —replicó Remy.

—No debería haber dicho eso. —Ahora era Hale el que desplazaba el peso de un pie a otro, tenso.

—Pero es cierto. —Remy seguía con la vista en el suelo para aplacar su magia. Sentía que menguaba y el brillo desaparecía.

Hale avanzó otro paso y se plantó ante ella, a escasos centímetros de distancia. Le alzó la barbilla para que lo mirara. Su magia volvió a resurgir y vio el brillo rojo reflejado en los ojos del príncipe.

—Has hecho lo que necesitabas para sobrevivir —dijo con un tono más dulce. Su aliento le calentó la mejilla—. Pero tu magia… es poderosa y hermosa a la vez.

A Remy se le iba a salir el corazón por la boca. Nadie había halagado su magia jamás. Siempre era un rasgo del que avergonzarse. Pero ¿hermosa? ¿El príncipe la consideraba bella con las manos y los ojos rojos? No podía ser verdad. Pero si mentía, Remy se preguntó por qué habría de hacerlo.

—Gracias —susurró atrapada por sus ojos centelleantes y la levísima unión de su dedo y su barbilla. La gravedad de Hale tiraba de ella, como si fuese a desplomarse en sus brazos si se dejaba llevar.

Remy se reprendió. No solo era una idea estúpida, sino también peligrosa.

Carraspeó.

—¿Llevamos la cena? —propuso mientras se apartaba de él a regañadientes. No sabía qué más decirle. Antes de ese episodio, Hale solo había sido estricto e insensible, y Remy no sabía tratar con esta faceta suya…, pero al menos se había granjeado un arco nuevo.

# Capítulo Cinco

Recorrían los bosques a pie; atravesaban un amplio sendero de tierra. El camino menos transitado del bosque del Oeste era tranquilo, pues los viajeros preferían ir a caballo por las vías rápidas. Solo se habían cruzado con otra caravana, e iba en dirección contraria.

Los únicos miembros de la tropa que hacían ruido eran las brujas: partían ramas con las botas y sus resuellos resonaban en el aire.

—¿Cuánto falta? —preguntó Fenrin con voz jadeante, lo que rompió el largo silencio. Remy habría apostado a que ahora se arrepentía de llevar tanto su morral como las mercancías de las brujas marrones. El sol estaba alto. La promesa de un clima más fresco cedía el paso a un sol de justicia.

Hale, en su mundo, les llevaba mucha ventaja, pero las orejas de fae le habían permitido oír la pregunta de Fenrin. Carys no distaba mucho del príncipe. Las brujas transitaban afanosas por el centro y los mellizos Águila iban a retaguardia.

Hale miró a las brujas y el grupo fue deteniéndose. A Remy le dolían los pies. Sus músculos aún no habían cedido al cansancio, pero le ardían los pies. Estaba deseando parar, pero, de hacerlo, no tenía claro si volvería a andar.

—Solo unas horas más —contestó Hale como si nada.

—¿Horas? —se lamentó Fenrin. Heather no dijo nada, pero se echó hacia delante y apoyó las manos en las rodillas para tomar aire. Su vestido azul de flores estaba manchado de sudor.

—Tienes las piernas más largas que yo, bruja. Esto para ti es pan comido —dijo Briata desde atrás. Su hermano rio con disimulo.

—Podríamos parar aquí —concedió Carys—, pero en ese caso no llegaremos al siguiente pueblo mañana.

—¡Sí, hombre! —Talhan era ahora el que se lamentaba—. Quiero dormir en una cama mañana.

Remy se dejó caer en la roca más cercana con un gruñido. No podía esperar unas horas más. Necesitaba quitarse las condenadas botas ya mismo. Que los dioses maldijeran a ese príncipe fae. Debería obligarlo a llevarla en brazos.

—Paremos a beber agua —sugirió Carys mirando a Remy—. Diez minutos. Luego decidimos qué hacer.

Remy se percató de que Carys había tomado las riendas. A los demás guerreros fae les traía sin cuidado que las brujas lo estuvieran pasando mal. Los fae poseían magia corporal, por lo que para ellos resultaba sencillo. Así de egoístas eran: no podían ponerse en los zapatos de los demás. Y, en ese momento, los de Remy estaban impregnados de sangre.

Los fae tiraron sus morrales y se sentaron encima, excepto Carys, que se apoyó en un árbol. Ella y Hale descansaron lejos de los demás, que se sentaban en círculo. Manipulaban sus morrales de una forma ensayada que le indicó a Remy que esa era su vida cotidiana. Qué curiosos eran esos guerreros nómadas.

—Lo tenéis dominado —dijo Fenrin, que se hizo eco de los pensamientos de Remy. Briata se encogió de hombros—. ¿Y el resto de vuestros camaradas?

—En Falhampton —contestó Briata como si todo el mundo supiera dónde estaba ese sitio.

—Está en la frontera con la corte Norte —explicó Talhan. Tenía las mejillas coloradas, pero esa era la única muestra de cansancio—. A los fae del Norte les gusta atravesar la frontera del Este y armar lío allí. Llevan años haciéndolo. El rey envió a Hale el año pasado para deshacerse de ellos de una vez por todas.

—Supongo que triunfó —dijo Fenrin.

—No es tan sencillo como echar a unos cuantos norteños —dijo Briata.

—Bri tiene razón —añadió Talhan—. Hay que levantar muros, entrenar a los lugareños y asegurarse de que cuando regresen los norteños…

—Que siempre vuelven —interrumpió Briata.

—... se haya enseñado a los habitantes a ahuyentarlos —finalizó Talhan—. Los soldados de Hale siguen defendiendo el pueblo hasta que el rey dé la orden de retirarse.

Fenrin le dio un trago largo a su agua y le pasó el odre a Remy, que lo aceptó, encantada. El frío líquido le alivió el picor de garganta. Tras pasárselo a Heather, volvió a centrarse en sus pies.

Remy siseó al quitarse las botas.

—Deberías dejártelas puestas —le aconsejó Briata señalando las botas con la cabeza.

—Se te van a hinchar los pies y no te volverán a entrar —agregó Talhan mientras le pasaba a su hermana una tira de carne desecada.

—Prefiero ir descalza que llevar estos zapatos un minuto más. —Remy contuvo un grito cuando se despegó los gruesos calcetines de lana de los pies. Ahora sí se veía el daño. Tenía dos ampollas como huevos en los talones. Las botas le habían pelado las primeras capas de piel y le habían abierto heridas rojas y supurantes. La uña del dedo gordo ya se le estaba amoratando. Remy estaba convencida de que se le caería al cabo de un día.

Heather ahogó un grito y dijo:

—¡Dioses! Creía que te iban bien.

Remy se encogió de hombros. Creía que ya habían dejado de crecerle los pies, pero se equivocaba. Esas botas siempre le habían apretado y molestado, pero se pasaba el día trabajando de pie en El Hacha Oxidada y lo soportaba, por lo que supuso que también podría caminar con ellas.

—¡Ahí va! —exclamó Talhan al verle los pies.

—Qué asco —dijo Briata. Su sonrisa sarcástica no casaba con su franqueza.

Los mellizos Águila eran una extraña mezcla de rasgos bellos y peculiares, y de cuerpos musculosos. Talhan le recordaba a los borrachos felices que pululaban por las tabernas. Y Briata a los viejos ariscos que escupían a todo el mundo salvo a los que tenían un humor zafio.

—Ten. —Heather ya estaba revolviendo en uno de los morrales de Fenrin. Sacó dos frascos marrones y una tira fina de lino blanco y limpio.

Remy se percató de que Hale había desaparecido.

—¿A dónde ha ido? —preguntó señalando con la cabeza su morral abandonado.

—Habrá ido a cagar —contestó Talhan, que le hincó el diente a un pedazo de queso duro.

Briata le dio un codazo a su mellizo, que se partía de risa.

—Va a informar al rey.

Remy los miró enarcando una ceja.

Fenrin suspiró y dijo:

—Fuegos feéricos.

*Ah, sí.*

Remy había olvidado esa magia. La mayoría de los poderes de los fae estaban relacionados con el cuerpo: fuerza, sanación, olor, oído y vista extraordinarios. Pero también poseían otros, como el de usar el glamur para hacerse pasar por humanos y el de comunicarse mediante el fuego. Sus llamas les permitían establecer una vía de comunicación directa con quienquiera que contactasen. Muchos fae de la realeza mantenían vivo un fuego mágico en palacio, que atizaban unos criados, que les avisaba si los llamaban.

Las brujas rojas les habían robado ese poder a los fae y fabricaban velas mágicas para llamarse entre ellas. Pero las velas requerían grandes cantidades de magia y solo funcionaban una única vez. Remy miró su morral. En él llevaba escondida una vela roja. No obstante, la mayoría de las brujas recurrían a los mismos medios de comunicación que los humanos: enviar palomas mensajeras o cartas por correo itinerante.

—No entiendo por qué se molesta en hacerlo así —comentó Talhan, que miró en la dirección en la que se había marchado Hale—. Ni que las brujas pudierais oír los susurros de las llamas como los fae.

Bri rio por la nariz y dijo:

—Se está haciendo el misterioso.

Remy se preguntó qué le estaría contando Hale a su padre. ¿Sabría el rey del Norte que su hijo había encontrado a una bruja roja? ¿Sabría el rey dónde se hallaba el anillo de Shil-de?

Un fuerte pinchazo en el talón la sacó de sus pensamientos. Gruñó con los dientes apretados mientras Heather aplicaba una poción curativa en sus heridas.

—Caray —dijo Briata, que se apartó su cabello corto y castaño de los ojos.

—Perdona —masculló Heather mientras destapaba el segundo frasco con los dientes. Se echó una gota de un ungüento amarillo y espeso en el dedo y se la extendió por la herida. Al menos la pomada no picaba.

—Debes de ser una bruja marrón muy poderosa —dedujo Talhan, cuyos ojos ambarinos iban de las diestras manos de Heather a la frente de Remy—. Ya se le ha ido el moretón de la cabeza.

Heather se quedó quieta un instante y después siguió.

—Es más mi cutis que otra cosa, que disimula bien los cardenales —dijo Remy mirando a los mellizos—. Pero sí, es la bruja marrón más habilidosa que conozco.

Heather sonrió mientras proseguía con sus cuidados en los pies doloridos de Remy.

La bruja marrón se sentó sobre sus talones y dijo:

—Voy a vendártelos para que no te entre tierra en las heridas, pero no te servirá de mucho con este terreno.

—No voy a volver a ponerme eso. —Remy señaló con la cabeza las botas que había tirado.

Heather le realizó un vendaje rápido. Remy lamentó abusar de sus remedios y vendas. Heather sería una bruja rica si no fuera porque Remy se hacía daño sola continuamente. Se prometió para sí que en el próximo pueblo repondría los bienes que había gastado.

Hale reapareció por entre los árboles. Él y Carys se miraron y el príncipe asintió. Se sacó un cuchillo del cinturón y le cortó el bolsillo de cuero marrón a su morral.

Las brujas lo miraron perplejas.

Sin mediar palabra, Hale se acercó a Remy y, de camino, partió el trozo de cuero por la mitad. Se arrodilló ante ella.

—¿Qué haces? —Remy observó desconcertada cómo agarraba su pie recién vendado y se lo ponía en la rodilla. Le subió la pernera del mismo tono gris piedra que sus ojos tormentosos.

—No llegaremos al campamento si vas descalza. Más adelante el sendero es de gravilla —dijo como si ese fuera motivo suficiente para destrozar su morral.

Tras envolverle la planta del pie con el trozo de cuero, Hale agarró sus botas, las deshizo y le sujetó el pie con fuerza. Se le erizaron los vellos de la pierna cuando el príncipe le rozó el empeine con el pulgar.

Hale rasgó el cuero acordonado como si fuera papel. Era una demostración de fuerza feérica sin importancia, pero no por ello menos impresionante. Le anudó el cuero como si lo hubiera hecho mil veces, le pasó las cuerdas sobrantes por el tobillo y las ató con un lazo. Procuró no rozar las heridas que no había visto pero sí notado.

Dejó el pie de Remy en el suelo y se dispuso a hacer lo propio con el otro. La bruja no sabía qué decir. Ver que se arrodillaba ante ella y le anudaba esos zapatos improvisados le pareció un gesto sumamente íntimo. Los demás volvieron a hablar de trivialidades, comer y beber agua, pero Remy solo tenía ojos para las manos del príncipe, que le tocaban el pie con destreza.

Cuando hubo acabado, se miraron. ¿Qué tenían los ojos del príncipe? Remy detestaba que dijeran mucho más que su voz. Detestaba que sus propios ojos fueran a contestarle.

—¿Bien? —le preguntó con su voz baja y cavernosa.

Remy asintió ligeramente, apartó el pie y se levantó. Aún le escocía la piel en carne viva, pero el ungüento de Heather ya estaba surtiendo efecto.

Hale volvió a por su morral y se lo colgó al hombro.

—Se acabaron los descansos. Andando —dijo Hale, que volvió a iniciar la marcha.

Remy puso los ojos en blanco. Hale era mitad general mitad príncipe… y se le daba de lujo dar órdenes.

En un visto y no visto, los fae estaban listos para partir.

Fenrin fue a agarrar el morral más cercano pensando que era suyo. Por poco se le cayó el brazo.

—¡Dioses! —exclamó, y miró a Briata—. ¿Qué llevas aquí? ¿Rocas?

La fae lo levantó con facilidad y se lo colgó a la espalda. Se le marcaron los músculos con el gesto. Remy observó a Briata con los ojos entornados. Fenrin no era débil. El morral debía de pesar una tonelada, y más teniendo en cuenta el montón de armas que ya lastraban cada uno de los fae.

—Lo de siempre. —Briata le guiñó un ojo a Fenrin y añadió—: Y un par de piedras de la suerte.

Las brujas tardaron más en recoger sus pertenencias. Talhan ayudó a Heather a cargar su morral.

Siguieron su camino pisoteando las hojas mientras volvía a reinar el silencio. Remy andaba con un alivio inmenso, pues ya no le rozaban los pies ni le ardían de dolor cada vez que desplazaba el peso. Le estaba agradecida a Heather y a sus remedios curativos por salvar a sus pies de tan ardua caminata. También le estaba agradecida al príncipe inoportunamente apuesto.

La fría brisa matutina azotó los cabellos de Hale mientras contemplaba el claro de más adelante. Carys se había descolgado el morral nada más detenerse y ahora se apoyaba en un árbol, mirando en la misma dirección.

Al acercarse a ellos, Remy vislumbró una aldea. Más abajo, tejados y chimeneas asomaban por encima de la arboleda. Un cartel del sendero señalaba al este: Newpond, a 16 kilómetros. Alguien había clavado un cartelito debajo: Guilford, a 1,5 kilómetros. Así pues la pequeña aldea que observaban era Guilford y, si no se desviaban del camino, llegarían a un pueblo mayor llamado Newpond. Remy guardó ese dato en el fondo de su mente. Esperaba encontrar un mapa en Guilford para situarse.

Sospechaba que se dirigían a la frontera que separaba la corte Oeste de la corte Sur, pero no podía confirmarlo sin un mapa. Remy, Heather y Fenrin solo se habían labrado un futuro en pueblos rurales en plena corte Oeste.

Esas aldeas tranquilas proliferaban en los senderos occidentales. Servían a los viajeros que tomaban atajos y a los clásicos mercaderes y comerciantes. Lo que necesitaran para emprender su viaje, lo encontrarían en el pueblo de abajo.

Fenrin, que se había pasado el día muy por detrás de Remy, le siguió el ritmo. Los dos últimos días habían sido tan extenuantes que lo habían agotado.

Heather vigiló a Fenrin más de cerca. Los mellizos Águila les pisaban los talones. A Talhan se le escapó una sonrisa cuando vio la aldea de Guilford. No dejaba de repetir que quería pasarse la mañana durmiendo en una cama. Descargaron los morrales y, aprovechando la oportunidad para descansar, se sentaron encima de ellos.

—¿Qué provisiones necesitamos? —preguntó Hale sin mirarlos.

Los reabastecimientos de siempre. —Carys se cruzó de brazos.

—Para mí, pedernal y bramante. —Briata esbozó una sonrisa ladina y agregó—: Y quizá algo para rellenar mi petaca.

—No me importaría echar un vistazo a las navajas —dijo Talhan. Miró a las tres brujas y recordó lo siguiente—: Ah, y tres cuencos y tres cucharas más.

Talhan llevaba recipientes y cubiertos de madera clara para sus camaradas. Pero solo llevaba cuatro, uno para cada fae. Las tres brujas compartían el cuenco de Talhan y él compartía el suyo con su melliza, pero tres cuencos más no les irían mal.

—Yo también necesito provisiones —intervino Heather. Había gastado algunos de sus remedios curativos en los pies de Remy.

—Y yo zapatos nuevos —añadió Remy. Hale miró por encima de su hombro los zapatos improvisados de Remy. Hasta el momento habían aguantado, pero el camino de grava destrozaría el cuero fino. No resistirían un día más.

—Los demás deberíamos ir a por nuestras provisiones. Uno debería llevarse a la bruja a la posada —dijo Briata, que señaló a Remy con su pedazo de queso—. Ella no debería venir.

—Buena idea. —Talhan ya estaba sacando un trozo de carne seca del bolsillo y su odre de agua.

—¿Por qué no? —inquirió Fenrin. Ni él ni Heather habían dejado sus morrales, pero apoyaban el peso en el amplio tronco de una conífera. Si los descargaban, les costaría mucho volver a colgárselos.

—Los fae usan el atajo para ir a Newpond —contestó Briata—. Alguien debería ir a por provisiones a Guilford. No es buena idea que las brujas rojas se paseen de tienda en tienda.

—Estoy de acuerdo. —Hale usó el dobladillo de su túnica para secarse el sudor de la frente. A Remy se le fueron los ojos a la piel dorada de la cintura que asomó tras el gesto. Hasta que no volvió a bajar la túnica no recordó lo que iba a decir.

—¿Cómo voy a comprarme zapatos si no puedo ir? —Remy hizo aspavientos con los brazos, exasperada.

—Bri tiene buen ojo para las tallas —dijo Carys, que se cruzó de brazos mientras se apoyaba en el tronco—. Seguro que te elige unos que te van como anillo al dedo.

Heather se acercó a Fenrin y le susurró:

—Voy a necesitar que me eches una mano con las provisiones.

Esa conversación le hizo fruncir los labios a Remy. No se comunicaban solo con palabras y estaba perdida. Sin embargo, Fenrin se limitó a hacerle un gesto con la barbilla a su tutora.

—Iré a la posada con la bruja —anunció Hale mientras oteaba la aldea de más abajo.

Remy abrió la boca para protestar, pero Heather la fulminó con la mirada. Las arrugas que rodeaban la boca de su tutora se volvieron más evidentes. Sabía que Heather no quería que deambulase por un pueblo lleno de fae. Suspiró con pesadez, pues sabía que la decisión ya estaba tomada: iría con Hale.

—Glamures —dijo Hale, que adoptó su forma humana hasta hablando. El brillo de sus ondas castañas palideció. Las mechas rojo caoba desaparecieron. Sus orejas se redondearon y sus ojos grises ya no brillaban como el acero.

Remy observó cómo, uno tras otro, todos los fae se transformaban en humanos. Parecían iguales…, en general. Habían encogido y habían perdido músculo. Su piel ya no rebosaba salud. Los mellizos Águila conservaban sus andares de otro mundo, pero sus ojos dorados eran ahora de un castaño ambarino. No descollaban tanto.

—Vosotros dos sois compañeros de viaje —dijo Briata mirando a Remy y Hale—. Inventaos la historia que queráis, pero que sea creíble. No levantéis sospechas.

—Ah, Bri —le dijo Hale a la guerrera de ojos dorados—, le debo a la bruja un arco.

Se acordaba. A Remy se le escapó una sonrisa, feliz de pensar que tendría un arco nuevecito.

A Fenrin le iban los ojos de Remy a Hale cuando preguntó:

—¿Hay que parar?

—Sí —contestaron los cuatro fae a la vez.

—Mi esposa y yo nos dirigimos a Newpond —dijo Hale más regio que el humano al que interpretaba—. Vamos en una caravana con cuatro personas más del Este. Necesitaremos tres habitaciones.

En la puerta frontal del albergue, la posadera daba golpecitos impacientes con el pie. Era menuda, cascarrabias y llevaba un vestido marrón andrajoso y un delantal grasiento.

—¿Newpond, dice? —preguntó mientras los miraba alternativamente. No retrocedió para dejarlos pasar.

—Sí. Tengo entendido que es un lugar ideal para formar una familia. —Hale sonrió. Remy se estremeció cuando el príncipe le tocó el vientre con delicadeza. Estupendo. No solo tendría que fingir que era su esposa, sino su esposa embarazada.

La posadera miró a Hale enarcando su fina ceja. Hale mentía muy mal, y la mujer lo había descubierto con un solo vistazo. De pronto miró a Remy, que sabía que no se tragaba su sonrisa falsa. Mientras observaba a la bruja, su expresión mudó y un atisbo de reconocimiento le iluminó el semblante.

—Qué buena noticia —dijo la señora con sarcasmo—. Bienvenidos. —Retrocedió y los dejó pasar.

Los miraba de arriba abajo. Remy se percató de que lo veía todo: las botas lustrosas y el nuevo chaquetón de montar beis del príncipe, y la capa ajada y la túnica granate comida por los bichos de Remy. Incluso con el glamur del príncipe, era obvio que era un hombre humano fuera de lo común y que Remy no era su esposa.

El interior del albergue era acogedor, aunque deteriorado. Unas vigas de madera dura de las que colgaban unos faroles sostenían el piso superior, y numerosas filas de velas compensaban la tenue luz que entraba por los ventanales. Las paredes estaban repletas de cuadros polvorientos.

La posadera condujo a Remy a una mesa en medio de la estancia desierta. Hale dejó sus morrales junto a la pared, en uno de los pocos rincones sin telarañas, y se sentó frente a Remy.

—Supongo que usted y su mujer estarán hambrientos. Haré que les preparen algo —dijo la señora, que se detuvo de camino a las cocinas.

Miró a Remy a los ojos desde detrás de Hale. Alzó una mano y se tocó en el centro del pecho. Remy se percató del movimiento. Era una señal para las demás brujas: se daban golpecitos allá donde otrora colgaban las bolsas con sus tótems. Era un gesto sencillo e inofensivo en el que solo reparaban aquellos que lo buscasen.

Los fae y los humanos solían llamarlas las bolsas de los maleficios, pero no era un apodo apropiado. La bolsa no servía para realizar hechizos, sino que contenía objetos especiales y personales de cada bruja. Antes del asedio de Yexshire, siempre las llevaban al cuello. Muchas aún las conservaban cosidas en bolsillos secretos de sus abrigos y vestidos. La de Remy, sin ir más lejos, estaba bien guardada en el forro de su túnica. La tradición pervivía en secreto.

Así pues, la posadera era bruja. Remy asintió lo más ligeramente que pudo para informarle de que ella también lo era. La mujer sonrió a medias. Estupendo. Puede que hubiera descubierto que se habían hecho pasar por marido y mujer, pero, si también era bruja, no los delataría.

Cuando hubo abandonado la estancia, Remy le clavó la mirada a Hale.

—¡¿Por qué has dicho que soy tu esposa?! —gruñó Remy desde la otra punta de la mesa en voz baja—. ¿De verdad es lo único que se te ha ocurrido?

—He pensado que si decía que estabas embarazada tendrías una buena excusa para no aventurarte en el pueblo con los demás. —Hale frunció el ceño y añadió—: No te quejes tanto.

Remy reprimió la risa.

—¿Qué pasa? —A Hale se le crispó la mandíbula.

—Nada —contestó Remy—. Al menos reñimos como una pareja de casados, por lo que resultaremos convincentes.

Hale se reclinó en su asiento. Se le estaba pasando el enfado.

—Se te da bien hacer de mujer embarazada.

—¿Tan natural te resulta soltar cumplidos ambiguos por la boca? —inquirió Remy.

Hale esbozó una sonrisilla de suficiencia y preguntó:

—¿Acaso deseas preocuparte por mi boca?

Hasta con el glamur, Hale era bellísimo. Remy se entretuvo mirándole la línea de la mandíbula y los labios abultados antes de volver a centrarse en sus ojos.

Se le aceleró el corazón. ¡Dioses! Sus ojos eran como el humo gris que precede a la llama. Le abrasaban la piel.

Deseó que Heather y Fenrin estuvieran allí con ella. De vez en cuando, su constante intervención resultaba beneficiosa. En ese momento, Remy necesitaba un mediador para no arrastrarse por la mesa y demostrarle al príncipe lo preocupada que estaba por su boca.

—¿Tres habitaciones? —preguntó en su lugar.

—¿Cómo? —Hale enarcó una de sus pobladas cejas marrones.

—Le habéis dicho a la posadera que necesitamos tres habitaciones —señaló Remy.

—Una para los Águila, otra para ti y tus… amigos —respondió con cuidado de no decir «brujas»— y Carys y yo compartiremos otra.

—Ah —dijo Remy, que agregó—: Bien. Bueno, será raro que compartas habitación con alguien que no sea tu esposa…

—Bien visto. —Hale sonrió de oreja a oreja—. Pero estoy convencido de que tus amigos tendrán algo que decir al respecto. ¿Te apetece pasar la noche en una habitación conmigo?

El tono de su voz hizo que a Remy le entraran ganas de morderse el labio, pero se contuvo. La recorrió un breve escalofrío. Quizás Hale se hubiera inventado que estaban casados para compartir cama con ella.

Remy se debatió consigo misma. ¿Qué implicaba una proposición como esa? ¿Qué ocurriría si aceptaba? Hizo saltar una pierna por debajo de la mesa.

Recordó lo que le contó Carys en el bosque, pero, aun así, que la guerrera fae y Hale durmieran en la misma cama no le hacía gracia.

Hale apoyó un codo en la mesa y descansó el mentón en la mano. La estaba observando, y a juzgar por su cara de engreído, sabía qué opciones barajaba.

Remy se puso como un tomate. Al instante fue más consciente de su aspecto. Su belleza no le había traído más que problemas. Trataba de disimularla recogiéndose el pelo y no lavándose la cara. Los borrachos de las tabernas llevaban años insinuándosele, pero rara vez había querido que un hombre se fijara en ella. Solo una vez, de hecho... Bueno, ahora dos.

La meta en la vida de Remy era que nadie se fijara en ella. Y ahí estaba, pensando en cómo vestirse y peinarse para que Hale la mirara. Quería que el príncipe la considerara hermosa, y se odiaba por ello. Estos aristócratas fae no eran buenos machos. Debería pensar en cómo huir rauda y veloz.

La posadera volvió con dos vasos de agua, lo que salvó a Remy de la penetrante mirada del príncipe. Otra mujer menuda y apocada la seguía con dos platos de comida.

—¡Qué bien huele! —exclamó Remy, que sonrió a la cocinera. La mujer esbozó una sonrisa con sus labios rosas y finos, dio media vuelta y se marchó. Remy detectó la magia que se ocultaba tras su sonrisa. También era bruja. Gracias a los dioses. Cuantas más brujas hubiera por allí, mejor.

Remy miró a Hale mientras este devoraba la carne que tenía delante. Ignoraba que había entrado en una posada con dos brujas más como mínimo.

Remy probó un bocado de las patatas asadas y murmuró con satisfacción mientras las mordisqueaba. Las verduras, doradas a la perfección, tenían el toque justo de romero. Remy llevaba años comiendo su ración de patatas asadas y el menú habitual de las tabernas. A juzgar por lo rica que estaba la comida, supuso que la cocinera era una bruja verde. Las brujas verdes eran oriundas de la corte Sur. Con su magia preparaban platos deliciosos y cultivaban bellos jardines.

Remy comía al ritmo del príncipe. Para ser un miembro de la realeza, Hale comía rápido. Eso la sorprendió. Ella engullía porque raramente gozaba de un descanso para comer, por lo que debía tragar durante sus carreras a la cocina. Dedujo que era el lado guerrero de Hale el que comía. Las anécdotas del príncipe bastardo del Este tenían lugar en todos los rincones, excepto en Wynreach, la capital oriental. Tanto él como sus soldados eran nómadas y viajaban de pueblo en pueblo por orden del rey Norwood.

—Newpond… —caviló Remy mientras echaba una ojeada a la estancia. Allí, en la pared, había un mapa polvoriento del continente de Okrith enmarcado con un paspartú—. Nos acercamos al puerto de las Arenas Plateadas, en la frontera de la corte Oeste. ¿Nos dirigimos al sur?

El puerto de las Arenas Plateadas era una ensenada profunda que separaba las cortes Sur y Oeste. Solo se podía cruzar la frontera por un camino. Este atravesaba el frondoso bosque que había en la falda de los tramos más al sudoeste de las Altas Montañas. Remy hizo pucheros mientras seguía el mapa con la mirada. Se acercarían mucho al puerto. Qué pena estar tan cerca y, aun así, no ver el mar.

Ceñudo, el príncipe miró el mapa.

—Sabes que no puedo revelarte a dónde nos dirigimos. Aún no.

—¿Qué haría yo con esa información? —preguntó Remy, poniéndole ojitos.

—Sigue con tu jueguecito todo lo que quieras, brujita —dijo Hale en voz baja pero amenazante—. Pero no voy a subestimar tu poder. La mayoría de tus congéneres fueron asesinadas en la matanza de hace trece años por jurar lealtad al rey caído. Tú eres una rareza. Y cuando nos topamos contigo en la taberna sabía que habíamos encontrado oro. Eres nuestro pasaporte para escapar de la guerra. Así que no, no eres una dócil brujita de taberna. Puedes dejar de fingir.

Remy le gruñó.

—Eso ya me gusta más —dijo este sonriendo de oreja a oreja.

—Entonces, ¿qué puedes contarme? —Remy se cruzó de brazos.

—Nada. —Hale se llevó otra cucharada de guisantes a la boca.

—¿Puedes decirme tu nombre completo o también está prohibido? —inquirió Remy.

Esa pregunta lo tomó desprevenido.

—Me llamo Hale. —Apretó los labios para que no se le saliera la comida de la boca.

—¡Venga ya! Los príncipes tenéis diez nombres. Va, ¿cómo te llamas?

A Hale se le escapó la risa mientras bebía agua.

—Vale, me llamo Hale Bastion Haast Ashby Norwood. Solo tengo cinco nombres, no diez.

Remy se tronchó de risa. Las brujas no se reían con sutileza o recato, sino con todo el cuerpo. Hale no pudo evitar imitarla.

—Me encantaría decir que es un placer conocerte, príncipe. —Remy volvió a echarse a reír tras pronunciar su título como quien da un puñetazo en broma. Bebió un buen trago de agua y lo miró por entre sus largas pestañas—. Quizá si las circunstancias fueran otras.

No sabía por qué lo había dicho; sencillamente, le apeteció. Pero le complació ver que Hale abrió los ojos como platos. Su ansiada sonrisa volvió a asomar a sus labios. Puede que fuera fae, pero, en cuestión de mujeres, no importaba: los machos fae eran tan simples como los hombres humanos.

—¿Y cómo te llamas tú, brujita? —La voz de Hale bajó una octava mientras hablaba. Tenía un efecto terriblemente maravilloso en las entrañas de Remy.

—Remy Singer —contestó.

—Embustera. —El príncipe sonrió con suficiencia.

Quizá no fuera tonto de remate, y además era extraordinario. No había duda de que sus soldados eran diestros, pero el poder de Hale tenía vida. Remy lo percibía. Irradiaba poder en forma de ondas pulsantes. La baja vibración hacía que le pitaran los oídos. Se compadecía de aquellos que tuvieran que enfrentarse a su acero.

—¿Qué te parece si pedimos vino? —Remy miró apesadumbrada su plato vacío. Había estado tentada de lamerlo. Llevaba demasiados días alimentándose a base de estofado de conejo y ardilla.

—Estás embarazada, cariño —le recordó el príncipe.

—Uf, vale. Pues pastel. —Remy sonrió de oreja a oreja. De todas formas, era lo que de verdad le apetecía y, comparado con el vino, era barato—. Seguro que puedes permitírtelo.

El príncipe se carcajeó mientras sacaba una moneda de oro del bolsillo. Puede que estuviera haciéndose pasar por humano, pero llevar monedas de oro era como gritar a los cuatro vientos que era fae. Aun así, Remy agarró la moneda de la mesa a pesar de todo y se la enseñó a la cocinera, la bruja verde, que hablaba con el tabernero en un rincón.

—Tres trozos de pastel, por favor —le gritó a la bruja mientras le enseñaba la moneda del príncipe.

—¿Tres? —El príncipe alzó las cejas.

—Ah, ¿tú también quieres uno? —preguntó Remy. Se volvió hacia la bruja verde y gritó—: Perdón, que sean cuatro.

La bruja verde le hizo un gesto con la cabeza y le sonrió con complicidad. Daba lo mismo de qué sabor fuera; si lo cocinaba una bruja verde, estaría delicioso.

—Bueno, valdrá la pena pagar para ver cómo te comes cuatro trozos de pastel. —Hale rio más y más solo de pensarlo. A una parte de Remy le gustaba que riera como una bruja. Su risa era franca y vigorosa y hacía que temblara de pies a cabeza. Al contrario de los refunfuños que acostumbraba a soltar, ese sonido era de verdad.

—Como has dicho, cielo, estoy embarazada. —Remy se frotó la barriga.

# Capítulo Seis

Remy estaba tan llena que su vientre realmente parecía de embarazada. Hale había sucumbido y se había pedido una cerveza para él también. El hoyuelo de su mejilla derecha asomó cuando Remy se sirvió su cuarto y último trozo de pastel, decidida a acabárselo.

El pastel del día tenía sabor a manzana con glaseado de crema de mantequilla de arce, perfecto para el clima otoñal. La bruja verde lo condimentó estupendamente bien con clavos, jengibre y canela aromáticos. El glaseado se le derretía en la lengua.

—¿Seguro que no quieres? —preguntó Remy con la boca llena de pastel esponjoso—. Última oportunidad.

Hale aferró el borde de su jarra con los labios mientras negaba con la cabeza.

—Quiero ver si puedes acabártelo —dijo, y le guiñó un ojo.

—No apuestes contra mí —dijo Remy, que lo miró con los ojos entornados mientras se llevaba otro trozo enorme a la boca.

—Los dioses me libren. —A Hale le centellearon los ojos.

Durante esa hora su postura se había ido relajando. A Remy le gustaba esa versión de Hale. Por lo general, parecía mantener el control. Se desabrochó el botón de arriba de la túnica y se subió las mangas verde oliva. Para Remy, de ese modo se asemejaba más al príncipe que se ocultaba tras la máscara. Se preguntó si sería así con sus amigos.

La campana de la puerta volvió a tintinear. Los dos se giraron a ver quién era, pero no se trataba de sus camaradas. Entre los lugareños que iban entrando, una pareja de viajeros tomó asiento en el rincón más alejado, y dos hombres desaliñados, fornidos y con los rostros curtidos por el sol dejaron sus morrales apoyados contra la pared y se dirigieron a la barra. Se asomaron al umbral un padre y su hijo adulto. Olfatearon con deleite los aromas que provenían de la cocina, dejaron sus morrales con los de los demás y se sentaron a una mesa que había detrás de Remy y Hale.

Hale suspiró y se rascó la nuca cuando vio que la otra pareja de viajeros se instalaba.

—¿Qué ocurre? —preguntó Remy, que advirtió su frustración.

—A ver si vuelven ya los demás. —Hale agarró su jarra con más fuerza.

—Debían abastecerse bien. Tardarán una hora más como mínimo.

Hale frunció el ceño y dijo:

—Acábate eso y nos vamos arriba.

Su cambio de humor le hizo enarcar una ceja. Hale movía la pierna con impaciencia por debajo de la mesa. Ahí fue cuando Remy se dio cuenta de lo que le perturbaba.

—¿Necesitas ir al servicio? —Resopló. A Hale se le crispó la mandíbula cuando la miró.

—Sí —gruñó Hale—. Así que espabila.

—Ve. Estaré bien. —Remy rio.

—No quiero dejarte aquí sola.

—Dioses, ¿cuánto tardas en mear? —Remy se desternilló de risa; el azúcar se le estaba subiendo a la cabeza.

Hale hizo una mueca con los labios y dijo:

—Bien. —Arrojó a la mesa la servilleta que tenía en el regazo y agregó—: Vuelvo enseguida.

Remy se mordió los labios para no reírse mientras Hale se dirigía al fondo de la posada. Ella clavó el tenedor en el pastel.

Se oyeron unos cubiertos y el padre y el hijo a su espalda se levantaron de la mesa.

De pronto, la silla de Remy se echó hacia atrás. Por acto reflejo, la bruja alargó las manos para no caerse.

—Uy. Lo lamento, señorita —dijo el hombre más mayor detrás de ella.

El señor recostó la silla de tal modo que las cuatro patas volvían a tocar el suelo con firmeza.

—No se preocupe —repuso Remy, nerviosa.

Miró la barra y se topó con la aguda mirada de los dos fortachones. La magia de Remy vibró bajo su piel. ¿Le habrían brillado los ojos mientras caía? No lo creía, pero quizá sí cuando se sobresaltó.

Apartó la mirada de ellos y la posó en el pastel de su plato a la vez que padre e hijo abandonaban la posada. Reparó en que la magia que vibraba en la punta de sus dedos no provenía de ella, sino de los hombres de la barra. No eran humanos, sino fae haciéndose pasar por humanos por medio del glamur. A Remy solo se le ocurrió un motivo para que hubieran usado el glamur... Eran cazadores de brujas. El tabernero cruzó la puerta de la cocina y los dos fae machos se pusieron en pie. Remy clavó los ojos en la mesa que tenía enfrente. Su respiración no se había alterado. Hale volvería de un momento a otro.

*No corras. No corras.*

Se tapó las manos con la servilleta que tenía en el regazo por si le brillaban del miedo. Mantuvo la mirada baja.

La puerta que daba a la cocina se abrió de golpe y la mesonera la llamó:

—Tesoro, lo he encontrado.

Los dos machos fae se detuvieron y vieron que la mesonera se acercaba a Remy con afán. La mujer sonreía con una alegría extraña y falsa mientras apremiaba a Remy para que se levantase.

—Ven, ten —le dijo a Remy—. He encontrado el regalo que te he dicho que tenía para tu bebé. —Pasaron junto a los dos fae, que se miraron—. Que os atienda Sam —les dijo la mesonera para deshacerse de los dos machos.

Remy sonrió para sí. Le encantaba eso de las brujas. Eran capaces de bajarle los humos a un humano con solo una mirada asesina.

La mesonera no dejó de tocarle la espalda a Remy mientras proseguía.

—Ya no se me da tan bien tejer como antes, pero he encontrado un estampado para mantas precioso... —Atravesaron las puertas que conducían a la cocina de atrás. La mayoría de las tabernas y posadas de la corte Oeste tenían una disposición parecida, y esa era igualita a la de El Hacha Oxidada. La mesonera le puso una bolsita a Remy en la mano y dijo—: Ve. Que la Madre Luna te bendiga, hermana.

La cocinera le aguantó la puerta trasera y le dijo:

—Sigue por aquí hasta la calle Bleecher y gira a la izquierda. Al final de la calle está el bosque. Hay una senda para el venado que conduce a las colinas. No te desvíes. En dos horas llegarás a Westdale. Pregunta por Magda en la taberna local. Ella te ayudará a ir al sur.

Remy memorizó lo que le había dicho. Lo lograría.

—¿Quieres que avisemos al príncipe bastardo o también huyes de él? —preguntó la mesonera.

—¿Lo has reconocido? —inquirió Remy.

—¡Pues claro! No nací ayer —contestó la mesonera con una sonrisa astuta.

—Dile a dónde voy —repuso Remy sin titubear para su sorpresa. La mesonera arrugó el ceño, pero se limitó a encogerse de hombros y empujar a Remy hacia la puerta.

—Los entretendremos lo que podamos —agregó.

—Que la luna os bendiga —les agradeció Remy de la única forma que sabía.

—¡Ve! —La cocinera le metió prisa para que saliera—. Pero no corras, camúflate.

—Por cierto, no he probado un pastel mejor en mi vida —dijo Remy mirando atrás mientras desaparecía al doblar la esquina. Oyó la risa de la cocinera mientras huía.

Hale la alcanzaría de un momento a otro. Necesitaba poner tierra de por medio con los cazadores de brujas hasta entonces. De haberse quedado un segundo más en la taberna, quizá su cabeza ya no seguiría adherida a su cuerpo.

Remy se recordó que debía aminorar la marcha cuando torció a la izquierda en la calle Bleecher. Levantó tierra con los pies a causa del camino polvoriento mientras observaba el pueblo con atención. Era la típica aldea sombría y rural que poblaban los campos del Oeste. La clase de pueblo en el que vivían los que deseaban pasar desapercibidos. Los que no guardaban secretos preferían cruzarlo y dirigirse a un municipio mayor que hacer una breve parada en un paraje como ese.

Buscó alguna señal de Heather, Fenrin o los demás fae que la acompañaban. Pero la calle principal llena de tiendas estaba a su espalda, pasado el mesón, y Remy no podía arriesgarse a volver sobre sus pasos y tropezarse con los cazadores. Hale estaría de camino. Conforme corría y dejaba atrás ventanas cubiertas de telarañas y puertas desconchadas, se repetía que no le pasaría nada. Debía pasar las hileras de tiendas cada vez más escasas y las casas abandonadas cada vez más frecuentes y después Hale la encontraría.

El sol estaba bajo y las sombras eran cada vez más alargadas. Era otoño, por lo que a la hora de cenar ya habría oscurecido.

Ya se veía el bosque delante cuando oyó un ruido de pasos a su espalda. Miró atrás solo para encontrar a un viejo demacrado que volvía a casa al atardecer arrastrando los pies. Remy suspiró con fuerza. Dos casas más y llegaría al bosque.

Cuando Remy se dio la vuelta, dos hombres emergieron de un callejón y la miraron. Uno era alto y escuálido; el otro era una versión más joven de este. Ambos llevaban prendas marrones y deshilachadas. Eran el padre y el hijo que estaban en la taberna.

Remy se estremeció. Entonces ellos también eran cazadores de brujas.

Ahora todo encajaba. El padre había inclinado hacia atrás la silla de Remy a propósito para ver si estallaba su poder, mientras que los dos de la barra esperaban a que su magia hiciese acto de presencia.

Aquello no auguraba nada bueno.

—No tengo tiempo ni dinero —dijo Remy con tedio mientras los rodeaba. Deseaba que sus temores fueran infundados y la dejasen pasar.

—Qué lástima, ¿no te parece? —le preguntó el mayor al joven.

El joven sonrió a Remy con maldad a la vez que desenvainaba una espada corta que llevaba escondida en el lomo de la camisa.

—Qué rabia me va a dar cortar una cabeza tan bonita. —La apuntó con la espada y le ordenó a su padre—: Sujétala.

El mayor se lanzó a por Remy, pero esta retrocedió. Esquivó la mano de su atacante y le propinó una patada en la rodilla. En circunstancias normales, ese movimiento habría hecho que, como mínimo, su rival perdiese el equilibrio, pero reparó en que no eran humanos.

—¡No me toquéis! —exclamó Remy mientras unas llamas rojas le lamían los brazos.

La gente se asomó a las puertas y las ventanas al oír el grito, pero no tardaron en cerrarlas; el ruido de los cerrojos resonó por toda la calle.

No ayudarían a una bruja.

Remy se volvió, pero vio a los dos hombres de la barra doblar la esquina. Desesperada, buscó una salida —una puerta o un callejón— con la mirada, pero los cuatro cazadores de brujas la tenían rodeada.

Se tensó conforme se acercaban a ella. Le temblaban las manos.

¿Dónde se habría metido Hale?

Debía usar su magia, pero ¿cómo? Había derribado un pino gigante. ¿Por qué no se le ocurría qué hacer? Se fijó en las chabolas que tenía a los lados. Había gente dentro.

*Piensa.*

Pero no había tiempo para pensar, pues los hombres de la barra se aproximaban a ella. Hizo lo primero que se le pasó por la cabeza y les lanzó un hechizo al padre y al hijo, que ahora estaban detrás de Remy. Los oyó trastabillar. Se habría reído de imaginárselos tropezando, pero estaba muy concentrada en los dos que tenía delante.

Remy le lanzó un conjuro al más corpulento y le desabrochó el cinturón y las botas. Sin querer, este se llevó la mano a los pantalones, que se le estaban cayendo, y no se percató de que el cinturón volaba libre y se cernía detrás de él.

—¿En serio? ¿Eso es lo mejor que sabes hacer? —Rio. Era el fae más feo que había visto Remy en su vida. Tenía los dientes podridos y amarillentos y los ojos rojos. Su compañero era igual de horrendo. La vida de cazadores de brujas los había echado a perder.

Las manos de Remy desprendían un brillo rojo y aún le temblaban mientras observaba atentamente el cinturón del macho, que flotaba a su espalda. Estaba torpe, como si le faltara experiencia. Debía concentrarse en varias cosas a la vez. No podía olvidar a los demás fae que la rodeaban, pero tampoco podía dejar de prestarle atención al cinturón.

Extendió una mano escarlata hacia el que se aguantaba los pantalones y el cinturón enlazó su cuello. Para cuando quiso darse cuenta de lo que hacía Remy, ya era tarde. Se le hincharon los ojos mientras arañaba el garrote de cuero y su rostro se tiñó de un fuerte tono carmesí. Le estallaron más vasos sanguíneos en los ojos. Mientras tanto, su compañero le hacía surcos en la piel al intentar introducir un dedo por debajo del cuero, que lo tenía bien sujeto. Remy le apretó el cinturón más y más.

La bruja recibió un duro golpe en la parte de atrás de la cabeza y cayó de rodillas. Se había olvidado de los otros dos fae.

—Agárrala —exclamó uno.

Remy vio al que había gritado, pero alguien le arreó un puñetazo en la boca. Escupió sangre mientras todo le daba vueltas. Una bota la estampó contra el suelo con fuerza. El que hacía de padre se arrojó encima de ella; la aplastó con tanta violencia que le costaba respirar.

El cinturón aún conservaba algo de magia incluso inerte. El macho estrangulado se había desplomado, pero Remy apretó el cinturón hasta que sintió que exhalaba su último aliento.

—¡Serás zorra! —El que se había esforzado por salvarle la vida a su amigo sacó dos dagas de su cinturón.

—¡Acaba ya! —le gruñó a su hijo el hombre que aplastaba a Remy.

El fae mayor le pegó el cuello al suelo sirviéndose del antebrazo. Otra bota chocó con fuerza con su oreja. Remy, que luchaba por no perder la consciencia, vio puntitos mientras el corazón le latía desbocado. Tenía tal embrollo en la cabeza que ni notaba el dolor. Ya no los oía. Le pitaban los oídos. Se obligó a mirar al joven fae, que blandía su espada.

Era el fin. El pastel de su estómago se rebeló y Remy vomitó en el suelo un generoso plato de olor acre. Los tres cazadores de brujas restantes solo se detuvieron para reírse de ella.

Remy se preparó para el tajo. Oyó el silbido del metal al hendir el aire y apretó los ojos.

Un chorro de sangre le salpicó en la cara. El cálido líquido le manchó los cabellos. El macho que tenía encima convulsionó y bajó de ella rodando.

Remy miró para entender qué pasaba. Hale se hallaba de pie a su lado.

El príncipe guerrero empuñaba una espada con una mano y una daga con la otra, y miraba alternativamente a los dos fae restantes. Con el pelo rozando el barro, Remy entrevió el cuerpo del fae mayor. Los espasmos habían cesado y unos ojos mortuorios la miraban. Por el corte del cuello seguía manando sangre.

Hale miró de reojo a Remy y bloqueó un espadazo del fae joven.

—Corre —articuló solo con los labios. Hale estaba inmóvil y con los músculos en tensión, como un muelle dispuesto a abalanzarse sobre los dos fae con sus armas en ristre.

Su rostro rezumaba ira pura y dura. Su mirada prometía muerte.

Remy se puso en pie como pudo y echó a correr con las piernas temblándole. Las espadas chocaron a su espalda, pero no se detuvo a mirar. Corrió hacia el bosque.

Cuando llegó a la linde, se dio cuenta de que había permitido que Hale se enfrentase solo a los dos cazadores de brujas. Le echó una mirada furtiva. El príncipe bailaba alrededor de sus adversarios a una velocidad vertiginosa. Remy deseó quedarse a contemplar su danza grácil y mortal.

Sin embargo, se adentró más y más en el bosque. Debía alejarse lo máximo posible por si algún cazador escapaba. Les insufló un poco más de magia a sus piernas para espolearlas; pero le pesaban las extremidades y le ardían los pulmones.

Un grito a su espalda la inquietó, pero no lo había dado Hale. Era el sonido de alguien muriendo por la espada del príncipe.

Remy se arrodilló ante un arroyo. Las piernas le temblaban demasiado. Apestaba a vómito y sangre. Oyó otro grito mortal. Hale había acabado con ellos.

Metió las manos en el agua helada; le tiritaban. Trató de respirar hondo, pero solo despedía suspiros trémulos. El estupor se apoderó de ella. Hilillos de sangre cayeron al arroyo. Con ambas manos formó un cuenco con agua y se remojó el rostro amoratado. El agua fresca la espabiló, por lo que se echó varias veces más, hasta que salió clara.

Una ramita se partió a su espalda, y Remy se volvió con los ojos rojos a causa de la magia.

Hale alargó las manos mientras jadeaba.

—Soy yo —dijo.

Parecía el dios de la guerra. La sangre le manchaba la cara y el icor le tiznaba la ropa. Sus cabellos enredados y con restos de sangre seca se le pegaban a la frente. Cual guerrero que se dispone a aniquilar a cien hombres más, el pecho se le inflaba y desinflaba y seguía con los músculos flexionados.

La amenaza que transmitían sus ojos fue remitiendo cuando miró a Remy.

—¿Estás bien? —preguntó con la mirada clavada en su oreja y su boca.

Remy se tragó el nudo que se le había formado en la garganta y agachó la cabeza. No se derrumbaría delante de él. Un inesperado deseo de que la abrazase hizo que se le crisparan las manos. Por alguna razón, sabía perfectamente cómo sería.

Se levantó con los pies temblándole. En un santiamén, Hale estaba a su lado y le tendía una mano ensangrentada. Remy la aceptó —¡al diablo el orgullo!— y él la aupó con facilidad.

Remy se balanceaba como un cervatillo recién nacido. Hale la agarró de la mano.

—Tómate tu tiempo —murmuró. Su mirada tierna no guardaba relación con sus ropas de guerrero ensangrentadas.

A Remy se le humedecieron los ojos. No podía soportar que la viera y la dejase procesar el trauma. Que no la regañase ni la repudiase. Sencillamente se quedó ahí y lo observó todo sin juzgar. Remy se mordió el carrillo con tanta fuerza que pensó que le saldría sangre. Más sangre. Ya se imaginaba a Heather poniendo el grito en el cielo. Incluso en ese momento le parecía oír a la bruja marrón sermoneándola.

Guardaron silencio un buen rato y esperaron a que a Remy dejasen de temblarle las piernas. Le dolía la cabeza y se le había inflamado el labio. Una vez que se le estabilizó el pulso, su cuerpo al fin empezó a resentirse de sus heridas. Tras varios días caminando y haber empleado una cantidad de magia considerable para derribar el pino, apenas le corría magia por las venas. Le sorprendió que le quedara algo para hechizar el cinturón. Pensó en el semblante vacío del fae. Lo había matado. Había matado a alguien.

Hale, al notar que la tensión hacía mella en la joven, habló:

—¿Por qué siempre acabo persiguiéndote por el dichoso bosque? —Hale rio mientras miraba fijamente el bosque en penumbra.

Remy trató de dar con una réplica ingeniosa y rápida, pero no se le ocurrió ninguna. Sabía lo que pretendía Hale: que se sobrepusiese y volviese a pensar con claridad.

Le quitó una hoja del pelo y le sonrió con dulzura.

—Te has enfrentado a cuatro machos fae y has sobrevivido, brujita —susurró mientras clavaba sus ojos grises en los suyos. La miraba de tal forma… que Remy se estremeció. La miraba como si fuera preciosa, pero, sobre todo, la miraba como si la considerase valiente.

—Deberíamos encontrar a los demás. —Remy apartó la mirada. Su voz era áspera, como si hubiera estado gritando. Quizá fuera así… Lo ignoraba.

—Cierto, hay que encontrar a los demás —dijo Hale, que se quedó mirándola más de la cuenta—. No podemos hospedarnos en Guilford. Tendremos que avanzar de noche por si esos fae no trabajaban solos.

A Remy le dieron escalofríos.

—Talhan nos va a matar por privarlo de dormir en una cama una noche más —dijo Remy para aliviar la opresión de su pecho.

—Ya me encargo yo de Tal. —La voz de Hale era un trueno de terciopelo.

La mirada cariñosa del príncipe y su arrebatadora sonrisa destensaron el pecho de Remy. La bruja dio un paso firme con su pie izquierdo. El príncipe le soltó la mano al comprobar que ya no temblaba. Fue un error. Remy desplazó el peso al pie derecho, que cedió al momento. Hale, raudo y veloz, extendió los brazos para asirla. Remy ahogó un grito y se cayó encima de él, que tropezó con la raíz de un árbol. Ambos fueron al suelo. Hale se llevó la peor parte de la caída, pero aminoró la de Remy con sus brazos robustos.

Rio por lo bajo.

—Sabía que tendría que haberte llevado en volandas. —Le sonrió con suficiencia. Los bucles negros de Remy le rozaban los hombros.

—Es que me ha dado un calambre en la pierna derecha —replicó—. Me ha fallado por abajo.

—¿Aquí? —preguntó Hale.

Le tocó la corva y subió hasta la parte baja de su muslo derecho. Apretó y se le volvió a entumecer. Hale hundió el pulgar en el músculo y lo deslizó hacia arriba por la parte posterior de su pierna. Remy apretó los dientes y gruñó. Repitió el movimiento y, por un segundo, el músculo se ablandó. Hale le frotó el muslo arriba y abajo con fuerza.

Al fin, el músculo se relajó y Remy suspiró aliviada. Sin dejar de tocarle la pierna con ambas manos, Hale le sonrió. La bruja era consciente de cuán cerca de lo alto de sus muslos tenía el príncipe los dedos.

Hale se fijó en los labios de Remy mientras el pecho le subía y le bajaba pegado al de ella. La joven notaba todos los puntos en los que sus cuerpos se unían... La mano que sostenía con firmeza la parte trasera de su muslo. No costaría nada que se le fuera hacia arriba...

A la luz mortecina del bosque, Remy observó a Hale. Los rayos del sol vespertino incidían en las mechas rojas de su cabello. Su rostro había adquirido un brillo rojizo, por lo que Remy dedujo que se le habrían iluminado los ojos de nuevo. Sin embargo, esa vez el motivo no era el miedo. Hale no apartaba la vista de ellos. No los rehuía; le fascinaba su fulgor. No le costaría nada a Remy bajar un ápice la cabeza y juntar sus labios con los del príncipe.

Remy oyó que alguien los llamaba a voz en cuello.

—Es Tal. Están siguiendo nuestro olor —explicó Hale con la voz ronca por la misma frustración que sentía Remy. ¿Qué habría hecho con el príncipe guerrero de haber tenido un segundo más? Era fácil adivinar lo que habría parecido si ella y ese apuesto fae hubieran seguido en la misma postura, pero con menos ropa.

El príncipe carraspeó. Mientras Remy se lo quitaba de encima, se preguntó si la mente de Hale habría ido por los mismos derroteros.

Descartó la idea. Era cosa de la adrenalina. Estaba impactada. Tenía el rostro magullado y apestaba al vómito del que estaba impregnada. Las fantasías de su cabeza eran ilusiones. La atracción solo se había debido a lo aliviada que estaba de que Hale la hubiera salvado. Nada más. En una hora volvería a ser la de siempre.

# Capítulo Siete

Remy nunca había estado tan cerca del mar; si bien aún no lo veía, oía el rítmico sonido del suave oleaje lamiendo la orilla. El puerto de las Arenas Plateadas se hallaba tras la espesura que conformaban los árboles de su derecha. Las huellas de unos pies más pequeños conducían a la playa por el camino principal. Remy no dejó de mirarlas con la esperanza de atisbar el puerto, pero las sombras eran muy oscuras. Se había imaginado cómo sería el mar cientos de veces. Lo había visto a lo lejos en algunas ocasiones durante sus viajes por los bosques occidentales, pero no era más que una franja fina y azul en la lejanía. Pero plantarse en su orilla... Remy se preguntó cómo sería contemplar sus aguas azules e infinitas. Había visto los lagos del oeste y un par de ríos caudalosos, pero aquello era distinto. Remy sabía nadar... más o menos. Si sacudirse para mantener la cabeza a flote contaba como nadar... Pero en aquellas ocasiones no había olas. Había oído historias en las que las olas eran más altas que las casas y los mares tormentosos se tragaban los barcos. No daba crédito.

El aire del bosque en penumbra olía a mar, como provocándola. Por alguna extraña razón, el aroma le resultaba familiar. Le recordaba al príncipe fae que iba varios pasos por delante. Llevaba el mar consigo incluso estando lejos de él.

Caminaban en silencio. Los demás fae habían vuelto sobre sus pasos para ir a por los morrales de Hale y Remy, y el grupo bordeó Newpond y avanzó con denuedo por la senda que conducía al sur. Solo pararon una vez en un río. Remy no había podido quitarse el olor a sangre del pelo. Seguía adherido a ella. Dejó que Heather le curara las heridas y le diera un bálsamo para el dolor, pero insistió en que avanzaran a pesar de sus lesiones. Los gritos de espanto de Heather al ver su rostro apaleado aún resonaban en sus oídos. Las miradas que le echaron ella y Fenrin aún la avergonzaban profundamente. Apretó los labios y se tragó el enorme nudo que le constreñía la garganta.

Hubiera preferido abandonar las prendas ensangrentadas en vez de llevarlas empapadas. De todas formas eran dispares y estaban raídas. Carys se había comprado ropa para ella y le había ofrecido a Remy el traje de cuero que usaba para luchar. Le iba un poco largo, pero era flexible y cómodo. Aunque fuera de segunda mano, era la ropa más bonita que había tenido en su vida. Ponerse el traje también cambió su postura. Se sentía más guerrera. Los recuerdos de la emboscada le contrajeron y tensaron los músculos. Con el traje puesto, Remy se imaginó con los músculos preparándose para enfrentar a un enemigo oculto. Se centró en el vaivén de los árboles y en el arrullo del mar, decidida a ignorar la sensación de que se le caía el alma una y otra vez.

Asimismo, andaba con facilidad gracias a las botas que le había comprado Briata. Pensó que el Águila se conformaría con un calzado de segunda mano, pero eran botas nuevecitas y seguían oliendo a betún. Había que ablandarlas un poco todavía, pero le iban como anillo al dedo. Al final resultó que Briata sí que tenía ojo para acertar tallas.

Ahora viajaban más juntos por la oscura senda. Heather y Fenrin se afanaban detrás de Remy. La luna a duras penas iluminaba lo suficiente como para orientarse.

Remy miró el cielo que se entreveía por entre los árboles. Había luna llena. Otrora, las brujas festejaban las noches de luna llena. Preparaban un festín, encendían velas y contaban historias. Sacaban los tótems que guardaban en las bolsitas, los transformaban en haces de luz y rezaban a la Madre Luna para pedirle que las guiase en el próximo ciclo lunar.

Incluso de viaje encendían una vela y rezaban brevemente. Remy llevaba un cirio blanco en el morral para las ceremonias en honor a la luna llena.

—Paremos —dijo.

—Aquí no se puede acampar. Tenemos que cruzar el puerto —repuso Hale a la cabeza sin perder el paso—. Hay un pueblo minero abandonado a unos minutos del sendero. Dormiremos en alguna cabaña de por allí.

—No he dicho que acampemos aquí, sino que hagamos un descanso —dijo Remy.

—¿Las cabañas esas tendrán camas? —gruñó Talhan a su espalda.

—Lo dudo —contestó Briata.

Talhan soltó una ristra de maldiciones. Todos estaban de un humor de perros. Hasta Talhan estaba perdiendo su jovialidad habitual.

—Hay luna llena —insistió Remy, que miró al cielo. Y no cualquier luna. Esa noche, una enorme luna de la cosecha azul los iluminaba. Las brujas creían que las velas que se encendían a la luz de la luna de la cosecha les permitían comunicarse con sus antepasados.

—¿Y? —dijo Hale.

Carys miró a Remy como disculpándose.

—Pues que tenemos que encender una vela y rezar —contestó Remy, aunque en ese momento le traían sin cuidado las plegarias y las velas. Si llegaba a la orilla, tal vez podría respirar, tal vez al fin dejarían de temblarle las manos y recuperaría la estabilidad—. Podríamos bajar a la playa y…

—No —dijo Hale en tono cortante, lo que truncó sus esperanzas de ver el mar.

—Remy, ya encenderemos velas cuando lleguemos a la cabaña —dijo Heather detrás de ella. Llevaba sin abrir la boca desde que había visto sus ropas ensangrentadas y su cara amoratada. La bruja marrón estaba más consternada que la propia Remy.

—Serán solo cinco minutos —dijo esta.

—No vas a encender una vela para que la vea todo el puerto. Me da igual que te mueras de ganas de hablar con la luna —bramó Hale.

—¡Eh! —le gruñó Fenrin al príncipe. O estaba demasiado cansado o bien demasiado malhumorado para controlarse—. No ha sido culpa de Remy que la atacaran. Vosotros sois los que habéis querido que nos separásemos. Tú debías protegerla.

Todo sucedió muy deprisa. Hale se dispuso a desenvainar la espada que llevaba ceñida a la cadera. En un abrir y cerrar de ojos, Carys estaba junto a Hale con una mano en su brazo.

—Para —le dijo entre dientes al príncipe.

Incluso en la penumbra, Remy vio que Fenrin miraba a Hale con los ojos como platos. ¿Qué pretendía el príncipe? ¿Cargarse a su amigo por decir la verdad?

Remy estaba harta de su actitud de machito. Hale creía que por ser príncipe era superior al resto. Remy había accedido de buen grado a acompañarlos, pero no era la sierva del príncipe del Este. Y ya iba siendo hora de recordárselo.

Remy dejó de seguir las huellas y se desvió a la derecha, lejos de la tropa. El camino de tierra bajaba; notó la arenilla bajo las botas.

—Ya vale, me voy a la playa —anunció por encima del hombro. Unos pasos más y vería el mar. Una brisa le azotó el rostro y, en menos de lo que canta un gallo, Hale se cernía enfrente de ella como un mal augurio y le impedía el paso.

—Moveos —les ordenó Hale a los demás. Sus penetrantes ojos grises seguían clavados en Remy, que le respondió con una mirada igual de autoritaria.

Los fae se volvieron y siguieron las órdenes del príncipe. En cambio, Fenrin y Heather se quedaron quietos. Hale miró detrás de Remy y, con voz matadora, dijo:

—Que os mováis.

—Tú no les das órdenes —gruñó Remy. Hale volvió a mirarla a los ojos de sopetón.

Remy oyó que Heather decía:

—¿Qué tal si seguimos? Ya nos alcanzaréis.

Remy se volvió hacia su tutora enarcando una ceja. No era propio de Heather dejarla sola, pero quizá su tutora creyera que era mejor mantenerse al margen de esa batalla. Remy agachó el mentón en silencio para que Heather supiera que estaba de acuerdo. No le importaba quedarse rezagada. La bruja marrón entrelazó su brazo con el de Fenrin y lo arrastró al camino. El brujo gruñó algo mientras Heather tiraba de él.

Tras escuchar que se marchaban sin vacilar, Remy se volvió hacia Hale. La ceja enarcada de la bruja hizo que se le marcara el músculo de la mandíbula al príncipe. Estaba claro que no le gustaba que las brujas no le obedeciesen. Pero Remy era poderosa. El día que se reafirmase… Cada vez estaba más cerca de aceptar lo que era. Llegado el momento, el príncipe tendría que andarse con ojo.

—Quítate. Del. Medio. —Nadie se interponía entre una bruja y su magia. Las olas la llamaban. La tierra que pisaba se había convertido en arena, pero estaba demasiado oscuro para ver si era de plata bruñida.

—No —repuso Hale, que se cruzó de brazos. Las mangas de la chaqueta le marcaban los hombros fornidos.

—No encenderé ninguna vela —replicó Remy con los dientes apretados—. Solo quiero ver la luna sobre el mar.

—Esto no es por el mar —dijo Hale—. Esto es porque quieres olvidar lo que ha ocurrido hoy.

—No, es porque quiero ver el mar y la luna llena —gruñó Remy.

—No estoy bromeando, bruja. —Hale imitó su tono. Eran dos depredadores en igualdad de condiciones, listos para atacar.

—No me río, hada —replicó Remy entre dientes.

—Vuelve al camino. Ya. —El cuerpo de Hale estaba quieto como una piedra, pero su mirada rezumaba una furia salvaje.

Remy hizo acopio del poco control que le quedaba.

—¿Qué mosca te ha picado? —gruñó con aspereza. Y más alto dijo—: ¿Por qué me presionas tanto?

—¡Porque casi te decapitan! —estalló Hale—. ¡Debería haber prestado atención! Debería haber sabido que esos cazadores eran fae, pero ¡estaba tan distraído que no me he dado cuenta! Cuando he visto al macho ese con la espada, no… —Tragó saliva y apretó los dientes con tanta fuerza que Remy temió que se partiese alguno. Por más que se empeñó, se le rompió la voz cuando volvió a hablar—: Dioses, Remy, casi te matan.

Remy. No bruja. Ni Roja. La había llamado por su nombre.

Se hizo un largo silencio durante el cual Remy vio cómo se sucedían a toda velocidad los sentimientos de Hale en sus ojos: pánico, miedo y congoja. Creyó que no la alcanzaría a tiempo.

El príncipe carraspeó y ese torbellino de emociones se desvaneció tan rápido como apareció. Pasó tan deprisa que Remy se preguntó si de verdad las habría visto.

—A lo que me refiero es a que… —dijo Hale, que se miró los pies en penumbra—. Tardaría siglos en encontrar a otra bruja roja.

Y ahí estaba: el papel de príncipe desconsiderado que tan bien sabía interpretar.

Remy sabía que el príncipe erigía muros a su alrededor para alejar a la gente, pero pasaba tan rápido de cariñoso a frío que Remy ya no sabía quién era en realidad. Sus palabras le afectaron tanto si eran sinceras como si no. A Hale le importaba la bruja en tanto en cuanto saliera beneficiado. El único motivo por el que le asustaba perderla era porque tendría más trabajo.

Quizás eso fuera Remy: una chica con la que se lo pasaba bien tonteando en tabernas y que lo entretenía mientras buscaba los talismanes de la Alta Montaña. Pero era una herramienta para él, no una persona.

La luz de la luna bailaba entre los árboles. El suave arrullo de las olas y el crujido de las ramas traicionó la tormenta que se gestaba entre ellos.

Remy dejó que Hale viera que su indiferencia le había dolido más que un golpe. Sus palabras la habían aplastado con más fuerza que la bota del cazador.

Remy le echó una mirada asesina a Hale.

—Es verdad, qué tragedia más grande —dijo Remy, que lo miró a los ojos una vez más para después girarse y volver a la senda.

—Remy, no… —le gritó Hale a su espalda, pero Remy ya se alejaba dando pisotones.

Había vuelto a decir su nombre por segunda vez en cuestión de segundos. Remy no sabía qué implicaba aquella nueva camaradería. La hería de una forma horrible. ¿Por qué le hablaba como a una amiga y la trataba como a una enemiga?

Algún día vería el mar. Algún día se sentiría tan poderosa como esas olas gigantes. La luna llena la acompañó por el camino mientras ella se tragaba las lágrimas que amenazaban con destrozarla.

Remy no tenía claro cuándo se había quedado dormida. La tenue luz del fuego titilaba y proyectaba sombras en la cabaña. Alguien debía de haberlo alimentado mientras dormía. La noche ya no era tan fría ahora que habían bordeado el puerto y llegado a la corte Sur.

Adormilada, Remy se incorporó y se frotó los ojos para dejar de ver borroso. Observó la cabaña que se había convertido en su campamento. Dos bultos dormían a sus costados: Heather y Fenrin. Los ronquidos de Fenrin hacían temblar las tablas del suelo. Se había resfriado de tanto viajar, y sus suaves ronquidos de siempre se habían transformado en fuertes graznidos.

Tres cuerpos dormían en fila junto a la pared más lejana: los mellizos Águila y Carys. Y otro delante de la puerta: Hale. Era una distribución estratégica para protegerlos por si venía alguna visita indeseada. Remy se preguntó si le habría agarrado miedo a los cazadores de brujas.

La luz de la luna llena iluminaba la entrada abierta. Hacía tiempo que habían arrancado la puerta de sus goznes, lo que dejaba la cabaña a la intemperie.

La luna iluminaba la estancia con su luz cegadora. La luna de la cosecha. Maldición, lo había olvidado. Heather y Fenrin le habían propuesto encender velas cuando llegasen a la cabaña, pero estaba tan cansada que prácticamente se arrojó al saco de dormir.

Sigilosa, y con cuidado de no despertar a Hale, tumbado en el umbral, fue a la puerta descalza. Las heridas de sus pies habían sanado. Pero, cómo no, ahora tenía el labio hinchado por el puñetazo que le había asestado el cazador de brujas. Le dolía cada vez que lo movía. Tenía un cardenal que se extendía desde el entrecejo hasta la mandíbula. Aún le pitaba el oído derecho, y lo notaba sobre todo al tragar.

Metió la mano en el bolsillo exterior de su zurrón y, sin mirar, encontró el cirio más largo. Palpó la vela de cera roja más regordeta. Cada vez que la tocaba, se preguntaba si alguna vez la encendería. Pasó por encima de Hale de puntillas. Se detuvo, pero el príncipe no se movió; su respiración era lenta y estable.

Remy salió preparada para el frío nocturno, pero el clima aún era templado por aquellos lares. Sin duda el Sur era más cálido que el Oeste.

No se alejó mucho. Encontró un hueco bajo la ventana. Allí, la luz de la luna besaba el suelo. Se arrodilló y hundió un dedo en la tierra. Cavó un hoyito para que la vela se mantuviese recta. Con la piedra y el pedernal que llevaba en la bolsa de los tótems encendió la vela y susurró:

—Madre Luna, bendíceme esta noche.

Remy se puso a sacar tótems de la bolsa: una pluma de una cría de cuervo, un trozo de cuerda roja, un caparazón de caracol, canela en rama y una flor blanca aplastada. Los depositó ante la vela. La luna irradiaba su luz blanca sobre los tótems.

Remy contempló la base azul de la llama. Se preguntó si las almas de sus antepasados la escucharían mediante el cirio de las brujas bajo la luna de la cosecha. ¿Qué les diría a sus padres si la oyeran? Apretó los labios y se le humedecieron los ojos.

—Ayer estuve a punto de morir —le susurró a la llama. Una lágrima se deslizó por su mejilla y se precipitó por su mentón—. Me acordé de vosotros. Me pregunté si os vería en el más allá. Me pregunté qué me diríais.

Hecha un mar de lágrimas, inhaló entrecortadamente.

—No creo que estéis muy orgullosos de mí. No he llegado muy lejos en la vida. Solo soy una cobarde que se esconde.

Dijo las palabras con las que Hale se había referido a ella en la hoguera noches atrás. Era cierto. No había hecho otra cosa que esconderse.

—Voy tras el anillo de Shil-de y el amuleto —dijo esbozando media sonrisa—. Me he embarcado en una aventura como las que me contabais para dormir por las noches. También he hecho amigos. Creo que os caerían bien. —Remy imaginó a su padre riendo con los mellizos Águila, contándose batallitas, y a su madre cotilleando con Carys—. Ayer me rescató un príncipe. Como en vuestros cuentos. Él también os caería bien —añadió Remy, temerosa incluso a oscuras de pronunciar el nombre de Hale. Se preguntó qué le dirían sus padres, qué consejos le darían, qué rumbo querrían que siguiese.

Volvieron a humedecérsele los ojos.

—Os echo de menos.

Cambió la flor ajada por una hojita roja que tenía cerca. La hoja sería su tótem en el próximo ciclo lunar.

Esperó a que la Madre Luna la bendijese con su sabiduría, a que le susurrase algo a la mente, a que le marcase un objetivo para el siguiente mes. La llama osciló pese a que no hacía viento.

Oyó un murmullo en su cabeza, pero no era la luna. Conocía esa voz entrañable y afectuosa. Era su madre. Un recuerdo fugaz habló a través de la llama:

—No permitas que nadie te diga quién eres, Remy, ni siquiera a mí. Nadie puede decidir lo fuerte que vas a brillar, excepto tú.

A Remy se le partió el corazón al oír aquello. Recordó la noche en que su madre le había dicho esas palabras. Arrebujadas en sus mantas, contemplaban el cielo nocturno de Yexshire. Había luna de la cosecha, como esa noche. Una ligera capa de nieve cubría sus pestañas y sus pañuelos. Recordaba mirar las luces centelleantes de la ciudad, un reflejo de las estrellas. Su madre la había despertado solo para ver la luna. Sus hermanos mayores y su hermana pequeña aún dormían, pero Remy y su madre disfrutaban del cielo nocturno, las dos solas. Aún notaba los brazos de su madre estrechándola con cariño. Lo que habría dado porque volviera a abrazarla…

Remy se quedó un buen rato rememorando el momento, saboreando el recuerdo. Respiró hondo una última vez.

—Gracias —le susurró a la vela. Entonces pronunció sus últimas palabras, que emergieron a modo de salmo—. Esto o algo mejor se manifiesta ahora para mayor bien de todos a quienes afecta.

Apagó la vela, recogió sus tótems y los volvió a guardar en la bolsa con cuidado. Se secó su última lágrima con la manga de su túnica rugosa.

Al subir los peldaños, ya no había un bulto durmiendo en el umbral.

Tras echar un vistazo a la estancia, Remy localizó a Hale sentado en penumbra en un rincón lejano. Estaba demasiado oscuro como para distinguir algo aparte de su silueta, y, sin embargo, Remy estaba segura de que la observaba. Con cuidado de no molestar a los compañeros que dormían, se acercó a él. Al ir descalza el suelo de madera no crujió tanto. Remy se preguntó si Hale habría oído lo que le había dicho a la vela con sus orejas de fae. Rezó para que el crepitar del fuego hubiera amortiguado sus palabras.

—Deberías descansar. En una hora levantaremos el campamento y nos pondremos en marcha —dijo el príncipe con la voz áspera por el sueño.

—No puedo descansar —susurró Remy—. Me extraña haber dormido siquiera.

El recuerdo de los cazadores de brujas la atormentaba. Aún se imaginaba que la sujetaban. Pero estaba tan exhausta tras toda la noche caminando que no le quedó más remedio que sucumbir al sueño.

Hale gruñó algo por lo bajo y le tendió su odre de agua.

Con cuidado de no agravar sus heridas, Remy se sentó a su lado.

—¿A dónde iremos hoy? —musitó Remy, que le dio un buen trago al odre.

—Sabes que no puedo decírtelo —masculló Hale.

—¿Qué voy a hacer con esa información?

—Muchas cosas. Podrías ir a por el anillo tú solita. O revelarles a tus otras amigas brujas nuestro paradero para que nos tiendan una emboscada —contestó Hale. Se frotaba el dedo índice sin dejar de mirar la pared. Seguía preocupado por algo.

—Primero, mis únicos amigos son Heather y Fenrin. Son los únicos de mi tipo que conozco. —A Hale se le crispó la mejilla—. Y segundo —susurró Remy—, confías mucho en nuestra capacidad para escapar cuando solo somos tres brujas contra cuatro guerreros fae entrenados. Recuerda lo que ocurrió la última vez que cuatro fae me atacaron en grupo.

Se arrepintió de sus palabras nada más pronunciarlas. No le pasó por alto que Hale apretó la mandíbula mientras las decía.

*¡Dioses, casi te matan!*

Estaba convencida de que se le rompió la voz. En el instante en que se le cayó la careta, asomó un temor sincero. Lo que sucedió de camino a Newpond le había afectado, pero hasta que Remy no le gritó no lo demostró. La bruja se dio cuenta de que Hale se sentía responsable de la agresión. Por eso había dormido en la entrada de la cabaña.

—Estabas asustada —dijo Hale mientras se encogía de hombros—. Olvidaste usar tus poderes. Con un poco más de práctica podrías convertirte en una guerrera.

—Sé usar el arco. —Remy frunció el ceño. Miró su nuevo arco, tallado y magnífico, apoyado en la pared. Bri había escogido el mejor arco de madera de arce que Remy había visto en su vida, pero con todo lo del ataque no había tenido ocasión de probarlo—. Pero no creo que un arco o más práctica hubieran cambiado la suerte si no hubieras aparecido.

—¿Es tu forma de agradecérmelo? —Hale la miró. Incluso en la oscuridad, Remy notaba cuando la miraba.

—No —contestó con fastidio. Hale rio entre dientes. Su aliento le rozó los vellos de los brazos. Remy apretó los labios y agregó—: No quiero que me salve un príncipe. Quiero salvarme sola.

—Pues practica —dijo Hale—. Que te enseñe Bri. Tiene más paciencia con los novatos que yo.

—¿Por qué no me sorprende? —Remy sonrió con suficiencia.

Las sombras ocultaban el rostro de Hale, pero Remy lo vio sonreír.

—Ruttmore —dijo.

—¿Cómo? —preguntó Remy.

—Vamos al sur, a Ruttmore. Está cerca de Saxbridge.

—Ah. —Remy asintió y añadió—: Siempre he querido saber cómo es la corte Sur.

De todas las cortes, de la Sur había oído las historias más rocambolescas. Le habían llegado rumores de que había selvas inexploradas, aves de colores llamativos y fiestas que se prolongaban hasta el alba.

Tras un largo silencio, Hale:

—Yo...

—Al final sí que estoy cansada —lo interrumpió Remy.

No saldría nada bueno de su boca. Remy volvió a su saco de dormir, se colocó entre sus dos protectores y se quedó ahí, despierta, pensando en lo que habría dicho Hale si le hubiera dejado acabar la frase.

# Capítulo Ocho

Ese día llovía a cántaros. Seguía oscuro entrada la mañana. Remy notaba que una neblina le embotaba el cerebro. Se sentía aletargada cuando no había sol. No estaba hecha para ese ambiente gris y húmedo. Le amargaba el alma. Sabía que cuanto más se adentrasen en el sur, más sol tendrían. Se dirigían a Saxbridge, la capital, una ciudad en el extremo inferior de la corte Sur en la que, según se rumoreaba, hacía buen tiempo todo el año.

Remy prefería acampar en el bosque. Era incómodo dormir en las ruinas de piedra helada y daba miedo observarlas de noche. Las tabernas eran ruidosas y estaban atestadas de gente y miradas curiosas. Sin embargo, habría preferido que la noche anterior hubieran dormido en un sitio con techo. Aunque los árboles colgantes los habían cobijado, le habían molestado las gotitas. Así como su saco de dormir, que absorbió la humedad del suelo. El clima era más cálido que en el oeste, pero, por lo visto, también más húmedo. Colgaron sus ropas empapadas en un tendedero improvisado junto al fuego.

Briata le había comprado un arco de madera de arce y un carcaj a Remy durante su desafortunada parada en Guilford. Remy era la que se encargaba de cazar en el viaje. Aportar algo al grupo hacía que se sintiera realizada. Sabía que los demás podían atrapar un conejo o una ardilla igual de rápido, pero, aun así, se sentía útil, y ellos parecían contentos de que fuese otro el que asumiese esa tarea para variar.

Briata golpeó a Remy en la espalda con la bota para despertarla.

—Arriba —le dijo la fae de ojos dorados mientras descolgaba su atuendo de viaje y se lo lanzaba—. En marcha.

Remy se vistió con presteza, se alejó del fuego y de los compañeros que dormían y siguió a Briata. A duras penas asomaba el sol por encima de los nubarrones del horizonte mientras Bri la guiaba a un pequeño claro que había en el bosque y que se había despejado hacía poco a causa de la caída de una secuoya.

Una vez que llegaron al centro, Briata se volvió hacia Remy y se cruzó de brazos.

—¿Por qué quieres entrenar? —El Águila ladeó la mandíbula y miró a Remy, que se mordió el labio mientras meditaba la respuesta.

No le apetecía recordar el ataque de los cazadores de brujas, así que se limitó a contestar:

—Quiero ser capaz de defenderme. No quiero que vuelvan a salvarme.

—Perfecto. —Briata asintió. Sacó la daga que llevaba en la cadera izquierda y se la entregó a Remy. Le enseñó a empuñarla—. Así —dijo. El nudillo del dedo índice de Remy debía estar alineado con la parte más alta de la hoja.

Briata le indicó a Remy dónde poner los pies, cómo agarrar el arma y cómo mover los brazos. A diferencia de lo que creía la bruja, era una sensación rara e incómoda. Su cuerpo no se movía como el de los demás. Briata le enseñó tres maneras de colocar los pies: para atacar, para defenderse y para dar varios golpes seguidos. Era una combinación sencilla. Pero ¡Remy no conseguía coordinar pies y brazos! Se confundía. Cada vez que Briata le mandaba alguna combinación, ella se quedaba inmóvil unos cuantos segundos y entonces se movía. Qué espectáculo más grotesco. Mira que Briata se lo ponía fácil… Pues nada, que no daba pie con bola.

—Sigues agarrándola mal —la corrigió Briata por enésima vez en diez minutos.

—¿Por qué es tan importante cómo la agarre? —Remy bajó los brazos, frustrada.

Briata desenvainó la espada que llevaba en la cadera derecha y la blandió tan rápido que Remy no tuvo tiempo ni de pestañear. La daga voló de su mano.

—Por eso —contestó Briata—. Levántala y agárrala como te he enseñado.

—¿Por qué no puedo manejar una espada como tú? —Remy se sentía una niña con esa arma tan pequeña.

—Porque no podrías levantar una espada fae con esos brazos de humana tan escuálidos —dijo Briata. Remy se fijó en los voluminosos bíceps de la guerrera y arrugó el ceño.

—No soy humana, soy bruja. —Remy se pasó un rizo sudado que se le había salido del moño por detrás de su oreja redondeada. Le costaba respirar, y eso que apenas se había movido.

—Bueno, parecéis todos iguales. —Briata se encogió de hombros—. Si no fuera por el olor a magia que desprendes, para mí serías humana.

—Y mis brazos no son escuálidos. Llevo cargando bandejas con jarras de cerveza desde los siete años. —Remy frunció el ceño.

—Te tiemblan los brazos de sujetar una daga diez minutos. —Briata sonrió con suficiencia.

Remy maldijo. Creía que no se notaba tanto que temblaba. A los fae no se les escapaba nada.

Briata se fijó en los pies de Remy y la miró enarcando una ceja. Remy puso los ojos en blanco. Sin mediar palabra, volvió a adoptar la postura de combate que le había enseñado Briata. La situación era desalentadora. Así se veía menos capaz de luchar y todo.

—Es inútil, Briata. —Remy apretó los dientes.

—Llámame Bri —repuso la guerrera fae. Remy sonrió un poco al oír eso. Se había ganado el derecho a llamar a la fae por su apodo. Algo era algo.

—No lo haces tan mal —dijo Carys desde el bosque. La fae hizo acto de presencia y se sentó en una rama gruesa de la secuoya caída—. Tendrías que haber visto a los que entrenábamos en Falhampton y eran fae. Tú ten presente que pelear es como bailar…

—No es como bailar —repuso Bri, molesta.

—¡Anda que no! —Carys le sonrió de oreja a oreja.

—No se parece en nada a bailar —gruñó Bri. Era evidente que lo habían debatido con anterioridad.

—Me da igual a qué se parezca, solo quiero que se me dé bien —dijo Remy. Las fae discutían como hermanas. Era igual que cuando reñía con Fenrin. Hubo un tiempo en que Remy tenía una hermana pequeña, pero murió a los cinco años durante el asedio de Yexshire. Se preguntó si se habrían chinchado así.

—Ni todo el talento del mundo supliría el tiempo y la perseverancia, Rem —dijo Bri tras volver a centrarse. La Águila no sudaba ni un poquito—. A la larga incorporaremos la magia roja a tu entrenamiento. Debes ser capaz de luchar con tus manos y tu magia a la vez. Ahora que estamos en la corte Sur, no debería suponer tanto problema para ti elaborar conjuros.

La corte Oeste estaba plagada de cazadores de brujas rojas, y su reina no hacía nada para detenerlos. Aunque Hale hubiera anunciado que era el príncipe del Este, los cazadores de Guilford igual habrían intentado llevarse a Remy. Sin embargo, en la corte Sur había más justicieros. A los sureños no les gustaba que se llevasen o asesinasen a sus brujas verdes por error. Ya habían pasado por dos pueblos con cabezas espantosas y deterioradas empaladas; una advertencia de lo que ocurría si atrapaban a fae cazando brujas. No había mucho que pudiera hacer el rey Vostemur al respecto, salvo manifestar su descontento. Ir más lejos supondría declararle la guerra a la corte Sur. La amenaza de guerra se cernía sobre Okrith. Vostemur ya había masacrado a la corte de la Alta Montaña. ¿Lo repetiría?

Volvieron a adoptar un ritmo constante. Bri le indicaba una combinación y Remy la ejecutaba con torpeza. Carys observaba tranquila y en silencio. Al cabo de media hora, los movimientos resultaban más sencillos. Remy no se detenía tan a menudo a pensar dónde pisar. Su cuerpo se movía sin preocuparse de la dirección. Tenía la respiración agitada y estaba sudorosa. Le dolía tanto el brazo derecho que a duras penas podía levantarlo, pero estaba bien. De maravilla. Sentía que había recuperado algo, que volvía a tener el control. Siempre se había mostrado pasiva. Veía la vida pasar. Pero eso iba a cambiar.

—Por hoy ya está bien. Hay que levantar el campamento —dijo Bri, que seguía impecable. No se le había salido ni un solo mechón de sus cabellos cortos y castaños.

—No llevamos ni una hora. Sigamos. —Remy volvió a alzar la daga aunque su brazo se resintiese y le pidiese que lo bajase.

—Qué sádica. —Carys rio.

—Debes de estar muy dolorida aunque te cures deprisa —dijo Bri mientras miraba las nuevas botas de Remy. Las ampollas que le había causado su anterior par ya habían desaparecido. El cardenal que manchaba su rostro estaba amarilleando y se le iría pronto—. Lo retomaremos mañana.

—No, sigamos —insistió Remy.

—¿Por qué? —Bri miró a Remy con la cabeza ladeada.

La bruja se tragó el nudo que se le había formado la garganta mientras la asaltaban los recuerdos de aquel día en Guilford. El miedo le atenazó el pecho y le robó el aliento. No quería volver a estar así de asustada nunca más.

—Casi me matan —susurró. El dolor que le provocaba reconocerlo reabrió su herida. Remy pensó en el rostro exangüe y sin vida del cazador al que había asesinado—. Maté a alguien.

—Lo sé. —En un milisegundo, Bri estaba a escasos centímetros de ella, mirándola fijamente con sus ojos dorados—. Los fantasmas siempre estarán ahí. Esa parte no cambia nunca. Pero, a la corta o a la larga, dejarás de oponerte a su presencia, y eso te ayudará. La decisión será cada vez más fácil.

—¿Qué decisión? —preguntó Remy.

—La que tomas cada vez que empuñas un arma: cuando debas elegir entre su vida y la tuya, elige la tuya. No lo dudes. —La voz grave y afectuosa de Bri la envolvió.

Remy agachó la cabeza. Debería ser una decisión sencilla, pero no lo era…; todavía no, al menos.

—Practicaremos cada mañana antes de levantar el campamento —le informó Bri mientras envainaba su espada y le quitaba la daga. Para cuando se hiciese de noche, Remy tendría ampollas en las manos—. Manejas el arco que da gusto. Ahora solo falta que te defiendas igual de bien con la daga.

Carys se bajó de la rama y le pasó a Remy un odre de agua.

—Así de sencillo —dijo Remy.

—Sencillo, sí. Fácil, no. —Bri le dio tan fuerte en el hombro a Remy que le hizo perder el equilibrio—. Te convertiremos en una guerrera.

Caminaban por un sendero perfumado con el embriagador aroma de las flores granates y cubierto por un polen que brillaba como oro en polvo. El ambiente estaba tan cargado que costaba respirar. Mira que la travesía por la corte Oeste había sido agotadora... Pues esta era peor.

Las correas de cuero se le clavaban a Remy en los hombros y su túnica húmeda se mofaba de su morral con cada paso. Heather estaba roja como un tomate y sudaba a mares. Fenrin tenía una mancha de sudor en el pecho.

Cuando Remy vio que Carys y Hale, más avanzados, dejaban los morrales en el suelo, dio gracias a los dioses. ¡Por fin un descanso!

Siguió con la mirada la bifurcación del camino principal y ahogó un grito. El sendero conducía a un claro en cuyo centro se alzaba un árbol vetusto y nudoso. Sus ramas desnudas y sinuosas rogaban al cielo. Pero no fueron su tamaño o sus ramas desnudas y sobrecogedoras lo que le quitaron el aliento a Remy, sino las cintas rojas que había atadas. Unas cintas largas y escarlatas colgaban de las ramas; algunas parecían rosas a causa del sol. Una ligera brisa las movía como si fueran mechones de pelo.

—¿Dónde estamos? —preguntó Remy, que dejó su morral y avanzó despacio. Se sentía más y más ligera según se adentraba en el claro.

—Es un árbol de las plegarias —le dijo Heather a su espalda—. Se cuelga una cinta para rezar por los caídos.

—No he visto algo así en mi vida —dijo Remy, asombrada.

—Es una costumbre de la corte Sur —explicó Heather, que suspiró con fuerza cuando soltó el morral.

Remy dejó de mirar el árbol gigante y observó a Hale, que se arrodillaba ante el tronco. Pasó la mano por algo que tenía delante. Remy se acercó a ver lo que era: una fuente pequeña. La taza de cobre se había vuelto verde con el tiempo. El agua desbordaba por los laterales para que luego la reabsorbiesen cinco chorros de agua. Remy llegó a la conclusión de que los chorros simbolizaban los cinco aquelarres o, quizá, los cinco reinos de Okrith.

Hale dibujó con los dedos los símbolos que había tallados en una piedra junto a la fuente.

—¿Qué pone? —preguntó.

—Es mhénbico —contestó Fenrin, que se acercó jadeando—. Pone: «En memoria de nuestra familia».

Remy contempló la fuente. Era la magia de las brujas rojas lo que daba vida a los chorros. Las brujas rojas erigieron aquel monumento. Solo las brujas rojas y los fae que pertenecieran a la realeza de la Alta Montaña podían animar objetos con magia.

Remy sintió una opresión en el pecho cuando volvió a mirar las cintas. Había cientos de ellas; cada una un recuerdo. La gente colgaba una cinta para rezar por un ser querido que había fallecido…, y había cientos.

Le recordó al templo de Yexshire. En el chapitel más alto había un mástil, y cada estación las brujas añadían una cinta roja como símbolo de las plegarias de la ciudad. Hubo un tiempo en que las cintas que ondeaban al viento simbolizaban un futuro de esperanza; ahora eran una señal de luto. Remy estaba convencida de que quien erigió aquel monumento lo hizo como guiño al hito de su tierra natal, el templo de Yexshire.

Ver aquellas cintas rojas ondeando hizo que Remy notase un nudo en la garganta. El número de brujas caídas era inconmensurable, pero ver esas cintas moviéndose en las ramas hizo que apretase los puños a los costados. Tal era la magnitud del asedio de Yexshire que la sombra del rey Vostemur llegaba hasta la corte Sur.

Carys se acercó a Remy con un gran manojo de cintas. El ovillo de tejido rojo se estaba decolorando. Las copiosas lluvias de la cálida zona envejecían la tela. ¿Cuánto llevaría ese manojo de cintas allí? ¿Cuántas veces lo habrían sustituido?

La guerrera fae desenrolló una cinta y se sacó la daga de la cadera. Cortó la tela y le entregó el primer trozo a Remy. Fue repartiendo cintas hasta que todos sostuvieron una.

Remy se sintió ligera como una pluma mientras Carys se movía, como si su alma quisiera abandonar aquel lugar encantado. El grupo se desplegó alrededor del árbol nudoso y amplio, y fue cada uno a una rama.

Remy se quedó de pie, frotando la cinta raída con los dedos. Heather y Fenrin farfullaron plegarias en mhénbico para la diosa madre de las brujas que vivía en la luna. Las brujas rezaban solo a la diosa, pero los fae rezaban a sus múltiples dioses mientras colgaban las cintas. Daba la impresión de que invocaban a todos los dioses habidos y por haber para llorar por las brujas caídas y susurrar promesas de venganza.

Remy había repetido esas oraciones en mhénbico infinidad de veces a lo largo de los años con Heather y Fenrin. Muchas brujas rojas habían perecido para proteger a Remy y sus secretos. Al menos Baba Morganna seguía con vida. Remy notó un tirón en el ombligo que la devolvió a las Altas Montañas. Debía encontrar a la suma sacerdotisa para suplicarle que la perdonara por todas las brujas que se habían sacrificado por ella.

Remy pensó en sus rostros, en la cantidad de brujas rojas que la habían protegido durante el año que siguió al asedio de Yexshire. Había sido el más sangriento de su vida. El horror de aquel conflicto estaba grabado en su memoria; no lo olvidaría jamás. Y cuando la última bruja cayó, ahí estaba Heather para acogerla. Por aquel entonces Remy era una niña de siete años muerta de miedo. Heather era estricta pero cariñosa, y remendó los pedazos de Remy que estaban deshilachados como la cinta que acariciaba con los dedos. No había suficiente tela roja en el mundo para recordar a todas las brujas que había perdido.

Remy abrió la boca para hablar en mhénbico, pero recitó otra oración. Se trataba de una antigua oración yexshiria que solo se decía en la capital de la corte de la Alta Montaña. Ignoraba cómo es que la recordaba, pero, al parecer, los músculos de su garganta se la sabían.

—Creadores inmortales, guardianes del más allá, artífices del mundo, oíd mi súplica —susurró. No pronunciaba tan bien las erres yexshirias como antaño; el salmo que oía en su cabeza no se correspondía con los sonidos que salían de su boca—. Guiad a estas almas al más allá. Que conozcan vuestra gracia. Que sientan vuestra paz. Iluminadlas con vuestra luz eterna.

Remy ató la cinta al árbol con dedos temblorosos. Conjurar esas antiguas palabras fue como si removieran el fuego de su pecho con un atizador al rojo vivo, e hizo que añorase a su familia. Se quedó un buen rato mirando la cinta anudada que flameaba como si los espíritus de su gente la moviesen con un viento inexistente.

¿Cuántas cintas más añadirían si nadie le paraba los pies a Vostemur? ¿Con el tiempo se olvidaría la corte de la Alta Montaña? ¿Se apoderaría el malévolo Norte de todas las cortes?

La mano helada que se posó en su nuca hizo cesar a Remy el temblor de sus manos. Vio los ojos pardos de Heather anegados en lágrimas. Rota de dolor, abrazó a su tutora. Sabía que la bruja marrón estaba rememorando las mismas imágenes horripilantes. Heather la estrechó con fuerza y afecto. Remy se aferró a su tutora, enterró la cabeza en el cabello cobrizo de la bruja marrón e inhaló su suave aroma a lavanda. Heather le acarició la espalda con dulzura. Aunque los bichitos que poblaban la húmeda jungla le zumbaban en los oídos, Remy no la soltó.

Fenrin se acercó a grandes zancadas. El joven las envolvió con sus largos brazos y las atrajo a su torso delgado. Apoyó la barbilla en la cabeza de Heather. Remy se preguntó si Fenrin habría colgado una cinta en memoria de sus padres. Los fae asesinaron a su padre durante las cazas de brujas. La sed de sangre de los soldados norteños no se limitaba a las brujas rojas. Remy sospechaba que su madre se quitó la vida, pero nunca hablaban de ello. A su manera, los dos eran heridos de guerra. Remy no había visto nunca a Fenrin llorar por sus padres, pero conocía muy bien el corazón roto de un huérfano.

Los fae no dijeron nada mientras las brujas se abrazaban. Nadie les metió prisa. Ese instante llevaba trece años gestándose.

Remy juntó las manos temblorosas tras la espalda de Heather. Ya no bastaba con colgar cintas. Había que actuar. La rabia crecía en su pecho seguida de un cosquilleo mágico. En ese momento supo que haría lo que estuviera en su mano para hallar los talismanes de la Alta Montaña y usarlos para destruir el poder del Norte. No pararía hasta que tuviera la certeza de que nadie ataría ni una cinta más a ese árbol.

—Dentro de seis noches, la persona heredera de Saxbridge organiza un juego en Ruttmore —dijo Hale mientras arrojaba otro palo al fuego vespertino—. Se rumorea que el premio es un anillo muy especial.

Fenrin puso los ojos en blanco al oír el título. Remy le dio con el hombro a modo de reprimenda silenciosa.

—¿La persona heredera posee el anillo? —Heather, sentada en la otra punta de la hoguera, miró a Hale con los ojos entornados. ¿Cómo es que la persona heredera de la corte Sur se había hecho con el anillo de la Alta Montaña cuando llevaba tanto tiempo perdido?

—¿De qué clase de juego hablamos? Siendo en el Sur, de caballeros no creo… —resopló Talhan.

La reina del Sur llevaba trece años ahogando sus penas en botellas de vino y fiestas fastuosas. Su hije no era ni hombre ni mujer y prefería el título de persona heredera de Saxbridge a príncipe o princesa.

—Es una timba de póquer —explicó Hale.

—Cómo no. —Carys suspiró y se pasó la trenza por el hombro.

Los sureños eran desinhibidos en los bares de copas y los lupanares. Aquello hacía que los fae del Sur tendieran a ser alegres. Asimismo, sus brujas verdes eran famosas por potenciar los placeres con pociones de amor, cerveza mágica y los manjares más exquisitos y sofisticados. Remy estaba deseando empaparse de aquella cultura. Ruttmore, a tan solo medio día del castillo de la reina, en Saxbridge, era ostentoso a la par que sórdido. Allí era adonde iban los fae ricos y disolutos.

Fenrin se volvió hacia Hale y le preguntó:

—¿Se te da bien el póquer?

—No mucho —contestó Hale con una sonrisa de oreja a oreja.

—Estupendo —dijo Bri entre dientes.

—Pero no tengo intención de conseguir el anillo de Shil-de con un juego de apuestas —repuso Hale mientras atizaba el fuego con un palo.

—Entonces, ¿cuál es el plan? —preguntó Bri, lo que hizo que el príncipe volviera a centrarse.

Remy sonrió a Bri. Siempre iba al grano.

—Primero quiero saber si es el verdadero anillo de Shil-de. —Hale miró a Remy con el rostro bañado en sombras—. Y ahí es donde entras tú. ¿Necesitas tocar el anillo para comprobar su poder o con acercarte te vale?

—No lo sé. No he estado en contacto con muchos talismanes mágicos. —Remy no miró a Hale a los ojos. No lo hacía desde la noche de luna llena.

—Cada vez se parece más a ti —le murmuró Talhan a su melliza.

Remy llevaba toda la vida oyendo que no debía usar su magia, y ahora le preguntaban por los matices de su poder.

—Lo sabré seguro si lo toco, pero por lo general percibo el poder desde lejos. No obstante, no creo que pueda hacerlo sin revelar que soy bruja.

Si Remy recurría a su poder, los demás lo notaban y lo sentían. Si se pasaba, desprendería un brillo rojo y se descubriría el pastel.

Le dio un manotazo a otro insecto que se había posado en ella. Hacía un calor horroroso por culpa del fuego, pero lo necesitaban para cocinar.

—Por eso revelaremos tu identidad de antemano —dijo Hale. Todos se volvieron hacia él.

—¿Estás loco? —farfulló Fenrin—. ¿Pretendes entrar ahí tan fresco y anunciar que es una bruja roja?

—No cualquier bruja roja —repuso Hale con una sonrisa ladina—. *Mi* bruja roja.

A Remy le dio un vuelco el corazón cuando Hale sacó una cuerda de cuero gruesa de su morral. De ella pendía una piedra con el escudo de la corte Este grabado: la cabeza de un león y dos olas.

—De ninguna manera —gruñó Fenrin mirando el objeto: un collar de bruja. Era un símbolo de propiedad con el que sometían a las brujas en la corte Norte. Las brujas de otras cortes que servían a los fae ricos que pertenecían a la realeza también lo llevaban.

—No pasa nada, Fen —le murmuró Remy a su amigo.

—Claro que pasa —le espetó Fenrin, que fulminó al príncipe con la mirada—. Remy jamás será vuestra esclava.

—No es de verdad —dijo Hale, que sacó dos collares más de su bolsa—. Anoche le pedí a Tal que los talle. No dan tanto el pego de cerca, pero bastarán para demostrarles a los detractores que me perteneces.

—No somos de nadie —escupió Fenrin.

—Dioses, qué cortito eres. —Hale rio.

—Cuidado con lo que dices —gruñó Remy. Podía aguantar las mofas del príncipe, pero nadie se metía con Fenrin, excepto ella.

Fenrin hizo ademán de levantarse, pero Heather le tocó el hombro y le dio un codazo para que volviera a sentarse. Enfrentarse a un príncipe fae era mala idea. Sin embargo, Remy no lo habría detenido. Si hubiera querido golpear al príncipe, ella lo habría respaldado. Seguro que sería muy gratificante pegarle un puñetazo en su cara bonita.

—¿Preferirías entrar en Ruttmore pavoneándote con un puñado de fae vanidosos, ricos y ebrios y que ninguna corte te ampare? —le preguntó Carys a Fenrin.

Fenrin entornó los ojos y no dijo nada más.

Entonces Remy se levantó. Le dolían las piernas. El entrenamiento matutino le estaba pasando factura a su cuerpo extenuado. Aun así, se encontraba mucho mejor que el primer día.

Se acercó a Hale y le quitó el collar de bruja de la mano. No era más que una cuerda de cuero con un cierre de metal. Aparte de la piedra que pendía de él, no tenía nada reseñable. ¿Cuántas brujas llevarían un collar así? ¿Cuántas se sentirían más protegidas? Seguro que ninguna.

—Entonces, ¿tengo que declarar abiertamente que soy una bruja roja? —Cuanto más miraba el collar, más fruncía el ceño. Era justo lo contrario de lo que llevaba haciendo toda su vida. No tendría que ocultar sus poderes, podría hacer magia impunemente… La idea la entusiasmaba.

—Estoy convencido de que el rey Vostemur tiene más brujas rojas en sus mazmorras de lo que está dispuesto a admitir —dijo Hale con voz tensa.

El príncipe le arrebató el collar a Remy y se puso en pie. Se lo enseñó con las cejas alzadas y esperó a que aceptara.

—Pero tuvo la cortesía de honrar también a las otras tres cortes y permitió que cada miembro de la realeza tuviera una bruja roja —prosiguió. Remy sabía que Vostemur no tenía potestad para decirles a las demás cortes de Okrith qué hacer; como tampoco tenía autoridad para arrasar con sus tierras. Las cortes Este, Sur y Oeste se limitarían a rechazar la amenaza del Norte. Por lo visto, no valía la pena pelear por cumplir sus normas sobre las brujas rojas.

Remy se levantó el pelo y agachó la cabeza para que el príncipe le pusiera el collar.

—Y tú serás la mía —murmuró cerca de su oreja. Le rozó el cuello con sus dedos callosos al abrocharle el collar. Remy rezó para que Hale no oyera lo rápido que le iba el corazón.

Mientras jugueteaba con la piedra de su collar, Heather gruñó. Su tutora perdió su férreo autocontrol al ver el collar de bruja rodeando el cuello de Remy.

—Serán solo unos días, Heather —la tranquilizó Remy—. ¿Cómo quieres si no que nos acerquemos al anillo? Piensa en qué sucedería si acabase en manos de un fae de la Alta Montaña.

Heather seguía de morros, pero no dijo nada más.

—Las brujas marrones no deberían acompañarnos —interrumpió Bri.

—Vamos a… —refunfuñó Fenrin.

—Los fae viajan con brujas que les hacen de criados todo el tiempo —intercedió Carys.

—No somos vuestros criados. —Fenrin apretó los puños.

—Pero no tan pesadas —dijo Talhan entre risas—. Nos vendrían bien unos bálsamos y unas pociones para el camino. He visto brujas marrones en séquitos de fae.

—Sigo pensando que deberíamos dejarlos —dijo Bri, que giraba su cuchillo con aire distraído.

—¡No! —exclamó Heather, horrorizada. Se acercó más a Remy y añadió—: Interpretaremos un papel. —Heather echó un vistazo rápido al príncipe—. Podemos hacerlo. Saldrá bien.

—¿Y él qué? —Bri señaló a Fenrin con el cuchillo—. Lo siento, Fen, pero tienes mala cara.

Esos días Fenrin estaba más colorado y tenía la voz tomada. Poco a poco, la tos le había ido empeorando. Heather sacó un vial del bolsillo y se lo dio al brujo. Remy, que se percató del gesto, se preguntó cuánto llevaría Heather cuidando de Fenrin en secreto. La bruja se mordió el carrillo. No había estado pendiente de ellos.

—Hay un número limitado de pociones —dijo Bri.

A Remy le sorprendió la mirada de disculpa que le dedicó Bri a Fenrin. No era frecuente ver a la guerrera fae mostrar esa clase de sentimiento.

—Necesita descansar —prosiguió Bri—, no hacer magia. Deberías quedarte. Volveremos a por vosotros.

—Estoy bien —dijo Fenrin entre toses—. Solo es un catarro. Mañana ya se me habrá pasado.

Remy sabía que Heather nunca lo dejaría por voluntad propia, pero se preguntó si Bri tendría razón. Los mellizos Águila le habían tomado cariño a Fenrin, pero la guerrera estaba en lo cierto.

Hale asintió y dijo:

—Vale. Podéis venir. —Les entregó los collares de bruja a Heather y Fenrin y volvió a rebuscar en su morral—. Tal, Bri —añadió, y les lanzó una bolsa de monedas.

Remy se quedó boquiabierta. ¿Con cuánto dinero viajaba el príncipe? No le extrañaba que pareciera que llevaba rocas en el morral cuando lo dejaba en el suelo.

—Conseguid caballos e id delante —dijo Hale—. Buscad alojamiento en alguna posada en las afueras de Ruttmore. No quiero que estemos en el pueblo en caso de que debamos batirnos en retirada. Llegaremos en la víspera de la timba para no levantar sospechas. Nos hemos tomado unas breves vacaciones para beber y entretenernos, ¿queda claro? —Carys sonrió; los ojos le brillaban con picardía—. Nos iremos nada más acabe la partida. Ah —agregó el príncipe a la vez que los mellizos Águila se ponían en pie. Señaló a Remy con la cabeza—, buscadle ropa apropiada.

Remy miró a Hale y arrugó la nariz.

Bri miró primero la pesada bolsa que llevaba en las manos y después a Remy. Le dio un repaso de arriba abajo con sus ojos dorados y le tomó las medidas solo con la vista. El rostro de la guerrera se iluminó con un placer retorcido. Remy negó con la cabeza como quejándose en silencio.

*No me compres algo feo*, le pidió con una mirada asesina.

—Sigue entrenando con Carys —le dijo Bri esbozando una sonrisa malvada a la vez que le guiñaba un ojo.

Talhan levantó su morral y se volvió sin despedirse, como si pensase que no se había pasado el día entero caminando hasta ahí para que ahora lo despachasen. Los Águila viajarían de noche y punto.

# Capítulo Nueve

La posada en las afueras de Ruttmore era más bonita que cualquier taberna que hubiera visto Remy. Suelos barridos, ventanas limpias, sin goteras en el techo y sin mesas inclinadas en ángulos imposibles. Hasta las cortesanas de la barra iban ataviadas con joyas caras y se habían maquillado a la perfección. Era evidente que entretenían a unos clientes muy selectos.

La mesonera entró en tromba en la sala principal de la posada para recibirlos. Era bajita y regordeta y tenía la piel oscura y tersa. Llevaba un vestido amarillo de flores escotado y un corsé que realzaba su prominente busto. Una pluma blanca y larga adornaba sus espléndidos cabellos teñidos de rojo.

—Alteza. —Se inclinó a la vez que hacía una floritura con la mano, lo que hizo que tintinearan sus pulseras doradas—. Es un honor que os hospedéis con nosotros.

—Gracias. La verdad es que su establecimiento es muy acogedor —dijo Hale con la pompa que ensayaban los miembros de la realeza.

La mesonera se ruborizó y volvió a inclinarse.

—El palafrenero me ha dicho que habéis llegado en carro —dijo. Remy observó a la mesonera. Le preocupaba que descubriera su farsa.

—En efecto —repuso Hale, que rio tan tranquilo. No se lo veía nada inquieto.

—¿Y vuestros caballos? —quiso saber.

—Estoy interesado en adquirir nuevos. Si sabe de algún sitio… —La mesonera se emocionó al oír aquello. Hale hacía que pareciera fácil.

—Tengo un primo que podría ayudaros, alteza. Los mejores caballos que hayáis visto —dijo. Remy estaba convencida de que la posadera sacaría tajada del trato si llegaba a producirse. Era la típica que conocía a alguien para cada problema—. ¿Deseáis comer o beber, alteza? El chef ya está preparando un asado, pero puedo ofrecerle algo para picar mientras se cocina…

—No, no se preocupe —repuso Hale, que inspeccionó la estancia con indiferencia.

Las cuatro cortesanas de la barra rieron como colegialas mientras observaban a Hale. Remy supuso que estaban apostando cuál de ellas se lo llevaría a la cama. Sin pensarlo, Remy se pegó más a Hale. Si iba a ser su bruja, más le valía amedrentar a esas mujeres. Apretó los dientes y las fulminó con la mirada. En ese momento decidió que, si iba a fingir que le pertenecía, él también sería de su propiedad. Las risitas de las cortesanas se convirtieron en cuchicheos.

—Ha sido un viaje muy largo y desearíamos descansar antes de dar inicio a nuestras vacaciones. —Hale sorprendió a Remy pasándole un brazo por los hombros. Debió de haber notado el leve acercamiento de la bruja.

Remy era consciente de lo que implicaba ser la bruja roja de un príncipe. Sabía que la magia no era el único servicio que solían dispensar a sus señores. No obstante, irguió bien la cabeza y se acercó a Hale con despreocupación y familiaridad. Se recordó que era una patraña, pero eso no significaba que no pudiera disfrutarla.

Oyó ruido a su espalda cuando Carys adelantó a Heather y a Fenrin. Sabía que la guerrera fae estaba tapando las miradas de repulsión que les provocaba ver el brazo de Hale alrededor de Remy. Para el resto del mundo, Heather y Fenrin, cargados con morrales pesados, tenían el aspecto de los criados viajeros que fingían ser.

Talhan, seguido de Bri, bajó las escaleras con estruendo y derramando cerveza. Su camisa entreabierta exhibía con orgullo su pecho grande y musculoso. Aterrizó en el descansillo tambaleándose por culpa del alcohol, pero, conforme se acercaba a ellos, Remy vio que su mirada era nítida y clara. Talhan también fingía. Entre su sonrisa relajada y su aparente imprudencia, el papel de macho fae de vacaciones que debía interpretar le iba como anillo al dedo.

Talhan encajaba a la perfección con los planes de Ruttmore. A fin de cuentas, Hale era el príncipe bastardo del Este. Todo el reino estaba al tanto de sus escarceos amorosos y su inclinación por el alcohol. Beber y acostarse con mujeres era lo que todos creían que haría el príncipe en el Sur. Era una tapadera excelente para hacerse con el anillo de Shil-de…, si Heather, Fenrin y Remy cumplían con su parte.

—Venid —les dijo Talhan alegremente a sus camaradas. Salpicó cerveza al señalar las escaleras con la jarra—. Nuestras habitaciones dan al río.

—Alteza, si lo deseáis, puedo organizaros un paseo romántico por el río para vos y vuestra bruja —se ofreció la mesonera con una sonrisa falsa. Seguro que el barquero también sería empleado suyo. Era la clase de mujer que Remy esperaba encontrar en el Sur: vestida con un atuendo recargado, enjoyada a más no poder, pintada como una puerta y poseída por un espíritu festivo. Era posadera, actriz y madama a partes iguales. Conque así era como vivían las gentes de la corte Sur…

Hale dejó de abrazar a Remy por los hombros y le tocó la barriga con su mano musculosa. La estrechó contra su pecho fornido y la agarró con posesividad. Remy disimuló su estupor. Rio con nerviosismo y apoyó la cabeza en el robusto hombro de Hale. Rezó para que su interpretación fuera tan convincente como la de Talhan. Necesitaba convencer a todo el pueblo de que era la mascota de un príncipe despreocupado y poderoso. Ningún otro cazador de brujas debía pensar que estaba libre.

—Quizás en otra ocasión —dijo el príncipe, que sonrió con satisfacción a Remy—. Esta noche vamos a ir a Saxbridge a divertirnos un poquito. —Le guiñó un ojo a la posadera y esta le sonrió con complicidad.

—Si deseáis que os recomiende establecimientos… —dijo haciendo una floritura con la mano. La forma en que pronunció «establecimientos» le dejó claro a Remy a qué se refería—. O que os haga una reserva, avisadme. Estoy a vuestra disposición, alteza. Disfrutad de vuestra estancia.

Se inclinó de nuevo y se dirigió a la barra dando traspiés. Las cortesanas se acercaron a la mesonera para cuchichear sobre lo ocurrido.

Los demás subieron las escaleras y se metieron en un pasillo estrecho y apenas iluminado para que no los vieran. Carys le quitó el morral a Heather. La bruja marrón suspiró cuando la guerrera fae aligeró su carga. Bri le arrebató el morral de Hale a Fenrin. Este se sacudió el dolor de los brazos y, a regañadientes, le hizo un gesto de agradecimiento con la cabeza.

Talhan le entregó una llave a Heather.

—Vuestro cuarto —dijo mientras señalaba con la cabeza la primera puerta del pasillo. Fenrin arrugó el ceño. Todas las brujas sabían que la primera puerta del primer piso de una taberna estaba maldita. Era la habitación más pequeña y estaba aislada por las escaleras. Asimismo, era la puerta más escandalosa de cualquier posada, y de buen seguro que dormir sería todo un desafío—. Da gracias de que no os he metido con los criados, junto a las cuadras —añadió Talhan, que se fijó en la cara que puso Fenrin—. Las brujas del príncipe deben estar a gusto.

—Qué considerado —gruñó Fenrin.

Talhan miró a Carys y dijo:

—Nosotros tres nos alojamos al fondo, a la izquierda. —La fae se colgó la bolsa al hombro y se fue hacia allí con decisión. Talhan le tendió una llave a Hale—. Y vosotros dos dormís dos pisos más arriba. En la esquina, por supuesto.

—*¿Vosotros dos?* —preguntó Remy, que miraba a Talhan y Hale alternativamente.

Talhan la miró con cara rara, a la espera de que lo captara. Alzó las cejas como diciendo: *Eres su bruja roja. ¿Qué esperabas?* Remy se puso colorada. Debería habérselo imaginado.

Heather se dispuso a intervenir cuando se oyeron los pasos de otro huésped en las escaleras. Remy agarró la llave rápidamente y exclamó con voz de pito:

—¡Veamos las vistas, alteza!

—Encantado. —Hale rio a carcajadas y apremió a Remy, que chilló con falsa alegría.

Remy había presenciado esas muestras de coqueteo infinidad de veces en infinidad de tabernas. Nunca se imaginó siendo una de esas mujeres y, sin embargo, ahí estaba, haciéndose pasar por la amante de un príncipe.

Echó un vistazo a su espalda y vio que Fenrin la miraba fijamente. Se puso rojo. Su semblante rezumaba algo entre la rabia y la diversión. Fenrin tampoco se imaginaba interpretando un papel así. Remy no pudo negar que la corroyó la culpa cuando se dio cuenta de que era la responsable de que estuviera metido en ese embrollo. Quizá Bri tuviera razón. Quizá sería mejor dejar a Heather y Fenrin atrás.

Bri entrelazó su brazo con el de Remy antes de que esta llegase al ojo de la escalera.

—Te he dejado un vestido en la cama para que te lo pongas hoy. Los demás atuendos y zapatos están en el armario —le dijo con una sonrisa.

—¿Cuánto has comprado? —preguntó Remy.

Bri se encogió de hombros y dijo:

—No mucho.

—¿Habéis gastado todo mi dinero? —Hale rio.

—¿No querías que lo gastáramos todo? —Bri sonrió con suficiencia, los adelantó y enfiló el pasillo con altivez.

La *suite* de la esquina de la posada era la mejor habitación del establecimiento. Los ventanales daban al río turquesa y a los jardines verdes. Contra la pared del fondo había una cama gigante con dosel y, desde cada poste, ondeaban unas cortinas blancas. En un rincón había una zona de descanso con un sofá de terciopelo azul y dos sillones a juego. En el hogar, enmarcado por librerías, ya ardía un fuego. Otra puerta daba a un baño en el que cabía una bañera de mármol gigante.

Remy miraba la estancia boquiabierta. Era una habitación digna de una reina. Echó un vistazo rápido a Hale, que la miraba ufano. Remy supuso que la habrían diseñado pensando en que agradase a la realeza, dado que él era príncipe. No había sido tan consciente de su estatus hasta ese momento. Habían cruzado bosques y campos. En lo que llevaban de viaje, nadie había alabado o elogiado a Hale. Pero ahora, entre los fae, se comportaba diferente. Como si fuera consciente de las miradas corteses que le dedicaban cuantos lo rodeaban. Se ponía más recto y alzaba más el mentón. Hacía que Remy se preguntase si sabía distinguir entre el falso y el verdadero Hale.

En una mesa baja que había junto al enorme guardarropa ya había un nuevo morral para el príncipe. En el armario, abierto y a rebosar de ropa, un vestido largo y rojo llamaba la atención desde detrás de la puerta.

—Has fingido bien —dijo Hale, que se sentó en uno de los sillones de terciopelo. Se quitó las botas y las dejó junto al fuego.

—Gracias… —repuso Remy, que no le quitaba ojo a la cama.

—Seguro que es tan cómoda como te imaginas —dijo Hale, que siguió su mirada—, pero estaremos fuera casi toda la noche. Mañana, cuando volvamos de la timba, tanto si nos hemos salido con la nuestra como si no, nos marcharemos deprisa.

—Qué despilfarro. —Remy hizo pucheros mientras miraba la suntuosa cama.

—Y que lo digas. —Hale rio.

Remy notó que la observaba. La miró a los ojos más de lo necesario y luego apartó la vista. Era la primera vez que Remy miraba esos ojos grises desde la noche de la luna llena. Se esforzó el doble para no mirar ese rostro cautivador.

Hale fue a por su viejo morral, en la pared. Extrajo algo del bolsillo inferior y se lo ofreció a Remy.

—Ten —dijo Hale—, añádeselo al colgante.

*Colgante*. Lo dijo como si considerase que el collar era una joya y no un símbolo de propiedad. Aun así, Remy le tendió la mano y aceptó el anillo dorado que le entregaba el príncipe. Le dio la vuelta. Sus iniciales, HN, estaban grabadas en la superficie dorada. Remy se desató el collar y ensartó el anillo.

—Pero ¿no llevo ya el blasón de tu familia? —inquirió Remy, que miró el anillo con los labios fruncidos.

—Sí, pero ese anillo indica que no le perteneces a mi familia..., sino a mí —murmuró. Un calor extraño resonó en lo más profundo de Remy. *Sino a mí*—. Asimismo indica que te trato bien y que confío en que no huirás con mi oro.

Remy acabó de abrocharse el collar. Rebuscó en el bolsillo secreto que había cosido en el forro de su túnica y sacó la bolsa de los tótems.

Mientras Remy abría el saquito, el anillo chocó con la piedra que pendía de su collar. Extrajo una cuerda larga de color rojo, cerró la bolsa y volvió a guardársela en el bolsillo.

—¿Qué es eso? —preguntó Hale mientras miraba la cuerda.

—Dame la muñeca —le ordenó Remy. El príncipe la miró con los ojos entornados, pero le hizo caso. Remy le pasó la cuerda por la muñeca hasta tres veces y la ató con esmero—. Ya está. —Sin mirar sus ojos grises como el humo y sin soltarle la muñeca, agregó—: Ahora tú también me perteneces.

Remy notó en las yemas de los dedos que al príncipe se le había acelerado el pulso.

Hale negó con la cabeza y dijo:

—Bien pensado, Roja.

Y le guiñó un ojo.

—Me llamo Remy.

—Remy. —Asintió ligeramente y se volvió hacia el armario. El príncipe se tomó su tiempo para analizar su figura y, entonces, una sonrisa traviesa surcó su bello rostro cuando dijo—: ¿Lista para debutar como actriz..., Remy?

Remy se plantó en el descansillo de la primera planta y llamó a la puerta que tenía delante. Heather abrió al primer golpe. Al ver que se trataba de Remy, salió al pasillo y cerró la puerta tras de sí.

—¿Y bien? ¿Estáis listos? —preguntó Remy, que se balanceaba adelante y atrás. Iban a Saxbridge, a comer con la persona heredera de la corte Sur. La bruja estaba que no cabía en sí de gozo. Siempre había querido ver la capital de la corte Sur, a media hora en carruaje desde Ruttmore.

Heather miró a Remy con sus ojos pardos y sonrió. La bruja roja llevaba el vestido azul verdoso que le había dejado Bri encima de la cama gigante. La fina tela tenía un cuello barco muy alto que le tapaba casi todo el collar. Remy lo prefería así, pero la gracia era que se le viera, así que se obligó a sacarlo de debajo del vestido y dejarlo a la vista. La prenda le ceñía el pecho y las costillas superiores y acababa en una falda acampanada que le llegaba por los tobillos. Las mangas del vestido eran cortas, transparentes y tenían una raja por la que se le veían los hombros. Remy se había hecho una coleta baja, pues la humedad del Sur le encrespaba el pelo. Unos rizos sueltos le enmarcaban el rostro. Llevaba unos pendientes de plata redondos a juego con sus bailarinas plateadas. Era un atuendo modesto comparado con los opulentos vestidos que había visto a otras, pero era ideal para una miembro del cortejo real.

—Estás preciosa —dijo Heather. Alargó la mano y le acarició con ternura una manga transparente—. Es un vestido exquisito. Pareces una reina. Me recuerdas a tu madre.

Heather sonrió a Remy con tristeza. Esta había olvidado que Heather vivió una temporada en Yexshire. Conoció a su madre, pero nunca hablaban de ella. Eso era lo más cerca que estaban de hablar de secretos que guardaban a cal y canto.

—¿No venís? —preguntó Remy, que se fijó en la puerta cerrada detrás de Heather.

—Fenrin sigue un poco pachucho —dijo Heather, que encogió un hombro con aire despreocupado—. Me quedaré aquí y le prepararé algún remedio. Estate tranquila.

—Pero… Saxbridge. —Remy alzó las cejas y añadió—: ¿No quieres verla?

—En realidad, ya he estado. —Heather sonrió con dulzura. Fue entonces cuando Remy se dio cuenta de que no sabía casi nada de la vida de la bruja marrón antes de acogerla—. Una vez, de joven. Era preciosa. Me hace ilusión que la veas.

Remy juntó las manos ante ella. No conocía nada a Heather. La culpaba de que llevasen una vida aburrida en el campo, pero Heather podría haber tenido una vida mucho más emocionante de no haber sido por Remy. La bruja marrón sacrificó su vida para proteger los secretos de Remy.

—¿No te importa que vaya sin ti? —preguntó Remy, que miró a su tutora con los ojos entornados.

—No dejas de repetirme que ya no eres una niña. —Se le marcaron los hoyuelos al sonreír. Se le salió un mechón cobrizo del moño y se lo pasó por detrás de la oreja—. Y estas últimas semanas lo he visto más claro. Perdona por haber tardado tanto en hacerte caso.

Remy tragó saliva. No esperaba que Heather fuera a tratarla como a una adulta nunca. Creía que, de haber sido por la bruja marrón, se habría pasado la vida mimándola y colmándola de atenciones.

—No te preocupes —dijo Remy, aunque sabía que se preocuparía, pues preocuparse por ella era lo que mejor se le daba—. Tendré a cuatro guerreros fae protegiéndome.

—Me gustaría que fueran más, pero me conformaré. —Rio por lo bajo y le acarició la mejilla—. Vales mucho, Remini. —Remy se quedó quieta al oír su nombre completo—. No olvides tu objetivo. No olvides quién eres en realidad.

A Remy se le aceleró el corazón mientras asentía a Heather. Su objetivo era solo seguir con vida y esconderse. Aparte de eso, no había plan. Le dieron ganas de preguntarle qué venía luego. ¿Qué pasaba después de esconderse? Pero nunca hablaban de ello. Ahora que iba a mostrarse al mundo, parecía oportuno recordarlo.

—No lo olvidaré —dijo Remy mientras se miraba las manos.

—¡Venga, Rem! —la llamó Talhan desde el piso de abajo. Los demás compañeros fae esperaban en la barra.

—Me voy ya —dijo Remy con timidez. Se le hacía raro dejar a Heather atrás.

—Pásatelo bien —le deseó Heather. Es posible que fuera la primera vez que Heather le había dicho eso en toda su vida—. Pero ten cuidado con el príncipe.

Eso ya era normal. Remy no pudo evitar reírse de la advertencia de su tutora.

—Siempre advirtiéndome que me aleje de los chicos. —Remy rio.

—No hablo de que te ruborices porque te mire un violinista. —Heather apretó sus finos labios. Así que se había percatado de las miradas del violinista—. Veo cómo miras al príncipe. Es más que coqueteo.

Con el corazón retumbándole en los oídos, Remy apartó la vista. No le hacía ninguna gracia que Heather fuera tan perspicaz. Su tutora le decía las cosas que Remy no se atrevía a verbalizar, ni siquiera en su cabeza.

Remy abrió la boca para negarlo, pero Talhan volvió a llamarla.

—¡Va, que tengo hambre!

Heather sonrió al oír el anuncio del muchacho, pero seguía con los ojos clavados en Remy.

—Tú… ándate con ojo. Recuerda quién eres —insistió su tutora.

Remy se mordió el labio inferior y asintió con la cabeza.

*Recuerda quién eres.*

Era lo único que deseaba olvidar.

# Capítulo Diez

Los adoquines blancos que pisaban les achicharraban los pies. El aire era cálido y húmedo. Hacía tanto calor como en la peor época del verano occidental. Si bien Remy sabía que el equinoccio de otoño estaba a la vuelta de la esquina. Daba gracias de que Bri le hubiera escogido un vestido holgado y fino.

Los demás fae llevaban pantalones de una tela similar y túnicas de manga corta. Pero seguían con sus cinturones de cuero y sus arneses, armados hasta los dientes. En Saxbridge no intimidaban tanto; hasta vestidos de guerreros hostiles, parecían fae refinados que se iban de juerga. Tanto los mellizos Águila como Carys llevaban pantalones grises y rectos. Los Águila optaron por túnicas doradas que resaltaban sus ojos, mientras que Carys se decantó por el violeta, el color de la corte Este.

A su alrededor, los fae paseaban por la calle de los negocios vestidos con los colores del arcoíris. Los vivos colores hacían juego con las flores tropicales que emergían de las macetas que había entre las grandes columnas de mármol blanco. En la corte Oeste todos iban con apagados tonos tierra. Era una alegría para la vista ver tanta variedad de colores y telas. Los fae que estaban de compras aminoraban el paso o se detenían cuando el séquito de Hale pasaba por su lado. Estaban convencidos de que pronto serían la comidilla del barrio. El rumor de que el príncipe bastardo se hallaba en Saxbridge correría como la pólvora.

Sin duda, Hale parecía un príncipe fanfarrón con su vaporosa túnica color peltre. Recubierta de intrincados bordados plateados, dorados y azul claro, combinaba con sus pantalones azul verdoso, el mismo tono del vestido de Remy. Bri había vestido a la bruja a juego con el príncipe al que en teoría servía.

Remy miró fijamente su vestido para, acto seguido, mirar de soslayo a Bri. Esta se encogió de hombros y dijo:

—Es el color de moda. ¿Qué quieres que le haga?

—Y yo voy y me lo creo —ironizó Remy. A cada paso que daba, el anillo dorado de Hale chocaba con la piedra que pendía de su collar de bruja—. Pues tú, Talhan y Carys vais de diferente color.

—No tenían tu talla —repuso Bri con una sonrisa de oreja a oreja. El Águila sabía lo que hacía.

Siguieron caminando por el enorme bulevar. Tejados blancos y abovedados asomaban por encima de sus altos muros. Al fondo había un domo geodésico de color dorado que coronaba el horizonte con su grandeza. Un banderín verde bosque ondeaba al viento desde su cima. Estampado en oro aparecía el árbol florido del escudo de la corte Sur. Debía de ser el castillo de Saxbridge.

Remy notó que otro grupo de fae la miraba. La sometieron a un escrutinio implacable de arriba abajo y rieron con disimulo cuando repararon en sus orejas redondeadas y su collar de bruja. Remy rechinó los dientes. Agachó la cabeza y bajó un poco los hombros hasta adoptar la postura que venía llevando casi toda su vida.

El leve toque de Carys en el codo la sacó del bucle.

—Cabeza alta —le dijo Carys sin dejar de sonreír.

Remy se enderezó y miró a la fae. Se había soltado su clásica trenza y su melena rubio platino le caía por la espalda. Su elegancia llamaba la atención, como la de una princesa. Quedaría muy bien del brazo de Hale. A Remy le entraron retortijones. Tenía que dejar de pensar así. Carys ya le había asegurado que no salían juntos. Tenía que dejar de creerse la historia que se había inventado. Carys se portaba fenomenal con ella. Pero, incluso en ese momento, cuando se fijaba en lo bella que era y se los imaginaba a ella y Hale yaciendo en el mismo lecho…, le entraban ganas de pegarle un puñetazo a una de las columnas de mármol.

Se acercaron a un pabellón atestado de gente con zonas de descanso compuestas por sillas y mesas blancas. A Remy le rugió el estómago cuando le llegó el olor a café, jengibre, cúrcuma y clavos. Había oído que la gastronomía de la corte Sur era la mejor de todo el reino.

Conforme se aproximaban a la zona de descanso, apareció una abertura en el mismo borde por la que se veía a una persona sentada junto a la terraza, rodeada de mesas vacías. La figura encorvaba los hombros mientras leía un libro. Detrás de esa persona solitaria, se extendían unos jardines cuidados y bellos. Una piscina reflectante larga y con forma rectangular atravesaba el denso follaje. Un sendero estrecho de grava blanca rodeaba sus aguas cristalinas. Grupitos de fae paseaban a su alrededor y disfrutaban de los jardines.

—¡Neelo! —gritó Hale.

La persona sentada a solas en la cafetería levantó la cabeza.

—Gracias por aceptar comer con nosotros. —Le estrechó la mano mientras Neelo, a regañadientes, ponía un marcapáginas en su libro y lo dejaba encima de la mesa.

A medida que se acercaba, Remy se fijó en lo retraído que era ese ratón de biblioteca. No se parecía en nada a lo que se había imaginado.

La persona heredera de Saxbridge tenía unos pómulos prominentes, pestañas espesas y una mandíbula redondeada. Como la mayoría de los nacidos en la corte Sur, su piel era de un intenso marrón rojizo. Sus esbeltas orejas de fae asomaban por entre sus cabellos negros, lacios y abundantes que se había recogido en un moño bajo.

Ese era el rostro de Neelo Emberspear, la persona heredera de la corte Sur. A pesar de su complexión musculosa y su cuerpo fornido, se le veía enclenque y se sentaba encorvade. Su insólito atractivo consistía en una mezcla andrógina de fuerza y belleza fae.

Entornando sus ojos marrones, observó a Remy acercarse mientras los demás fae se sentaban a la mesa.

—Neelo, te presento a Remy, mi nueva bruja roja —dijo Hale mientras la señalaba con la mano.

Neelo la miró un segundo con gesto adusto y dijo:

—Un placer.

E inmediatamente volvió a contemplar los jardines.

Llevaba una chaqueta negra de manga larga que le iba grande. El negro contrastaba drásticamente con los colores claros que vestía todo el mundo. Una cuerda dorada y gruesa, atada con un nudo complicado, abrochaba la chaqueta. El cinturón de cuerda era puramente decorativo, una señal de la opulencia de la corte Sur. Sus pantalones gris oscuro eran sencillos y ceñidos, lo que exhibía sus piernas torneadas y fuertes. Llevaba demasiada ropa para lo húmedo que era el clima en la corte Sur, pero no le caía ni una gota de sudor. Debía de vestir siempre así si era una persona tan acostumbrada al calor.

Remy se sentó en una silla entre Hale y Carys y observó los terrenos. Las brujas verdes eran las encargadas de cuidar los jardines botánicos que tenían delante. No crecía ni un solo hierbajo. Las mejores jardineras de Okrith colocaban cada flor y cada arbusto como si de un cuadro viviente se tratara. Loros de un verde chillón abandonaron unas palmeras altísimas y entonaron una cancioncilla extraña que Remy no había oído en su vida. La corte Sur era fascinante. Remy notó que Hale la observaba mientras se deleitaba con la belleza del Sur. Ella aún se negaba a mirarlo a los ojos.

—¿Dónde encontraste a la bruja roja? —dijo Neelo, pendiente de la piscina reflectante.

—En la corte Oeste —se jactó Hale. Hablaba de Remy como si fuera un tesoro con el que se hubiera topado.

—¿Hay más brujas rojas en el Oeste con ganas de obedecer? —inquirió Neelo, que miró a Remy con sus ojos marrones.

—No que yo sepa —contestó Remy para salir del paso. Neelo la miró frunciendo los labios. Remy no tenía claro cómo dirigirse a la persona heredera de Saxbridge, pues no parecía muy afable.

Remy solo había conocido a fae machos y hembras. Los fae no eran hombres y mujeres como las brujas y los humanos; eran otra clase de criaturas. Pero la persona heredera no era ni macho ni hembra, ni príncipe ni princesa, lo que hacía que Remy se pusiera a la defensiva y no supiera qué decirle, pues temía ser ofensiva.

Daba la impresión de que los demás estaban cómodos con sus palabras y sus gestos. Remy estaba cada vez más avergonzada, pues nunca había imaginado que existieran personas como Neelo. Había conocido a hombres afeminados y mujeres varoniles, como Bri..., pero no había conocido a nadie que no encajara en esa dicotomía, como Neelo. Remy se estremeció. A lo mejor sí y no se había dado ni cuenta.

—Gracias por reunirte con nosotros. Ya sabes lo mucho que me gusta la comida de aquí —dijo Hale. Miró atrás y le hizo una señal a un camarero para que le sirviera una bebida. Pareció bastarle, pues se apresuró a traérsela.

—Me han pedido que dirija otra salida esta semana —dijo Neelo, que siguió con los dedos el relieve dorado de la serpiente de la portada de su libro—. A mi madre le encantará.

—¿Aún te pide que te exhibas por el pueblo? —le preguntó Hale entre risas.

—Ahora que soy núbil es cada vez peor. —Neelo ladeó la mandíbula. Remy echó una ojeada a la persona heredera de Saxbridge. Tendría unos dieciocho años. Parecía mayor y más joven al mismo tiempo.

La reina de la corte Sur y su persona heredera subvertían la clásica relación paternofilial. La reina era una juerguista consumada y Neelo parecía racional y apacible. Remy había oído rumores descabellados sobre la reina de la corte Sur. Se preguntó qué se sentiría al descender de una reina libidinosa que presumía en la mesa de las fiestas y orgías que montaba. ¿Qué podía esperar une hije introvertide de semejante comportamiento?

—¿Qué otros actos de libertinaje ha previsto tu madre para ti en esta estación? —preguntó Hale como quien no quiere la cosa, pero todos los sentados a la mesa prestaron más atención.

—Uf, todo es un juego para ella. Ha organizado un duelo en el que la persona ganadora paseará conmigo por los jardines, un torneo de tiro con arco al que debo asistir y, ah, una partida de cartas mañana por la noche. —Neelo frunció el ceño y añadió—: Madre lleva largo tiempo en posesión de un anillo de la Alta Montaña.

—¿El anillo de Shil-de? —aventuró Hale.

Neelo lo miró con determinación y dijo:

—Sí.

—¿Y por qué no lo lleva la reina Emberspear? —preguntó Remy. Todos la miraron. Al instante se arrepintió de haber hablado. No les interesaba convencer a la reina de que se quedara el anillo.

—Porque si supiera que los bailes con fuego y las bebidas envenenadas no pueden hacerle daño, las juergas dejarían de tener gracia —interrumpió Carys con hastío.

—Te echaba de menos, Carys. —Neelo rio con aire sombrío. Carys le guiñó un ojo. O sea que también se conocían. Carys no parecía una fae de la corte Sur, pero, ahora que Remy lo pensaba, la guerrera fae tenía un ligero deje sureño. Siempre acababa las frases con un tono más alto. Remy hablaba los tres idiomas de Okrith: el ífico, la lengua vehicular; el mhénbico, la lengua de las brujas; y el yexshirio, la lengua vernácula de la corte de la Alta Montaña.

—Entonces, ¿va a jugarse un talismán de valor incalculable por diversión? —Remy arrugó el ceño. Todos volvieron a mirarla. Debería cerrar el pico de una vez. Al fin y al cabo, su misión era hacerse con el anillo.

—¿En vez de dárselo a su únique descendiente, dices? —La voz de Neelo destilaba sarcasmo—. Sí. La reina no piensa en el futuro ni en qué manos acabaría el anillo si abandonase la corte Sur. —Neelo se dirigió a Hale cuando dijo—: Sé que se te da fatal jugar a las cartas, pero eres bienvenido.

¡Toma ya! Una invitación.

—Ya sabes que siempre me apunto a un bombardeo. —Hale obsequió a Neelo con una sonrisa arrebatadora que no cambió su cara mustia. A Remy le gustó aquello. Los encantos del príncipe no surtían efecto en la persona heredera de Saxbridge. Daba gusto ver que le bajaban los humos.

—A las nueve en el salón Crownwood de Ruttmore —dijo Neelo—. Si quieres venir…

El borde del sendero daba justo debajo de la terraza de la cafetería. La gente se paraba a curiosear. Dos personas herederas a diferentes tronos llamaban más la atención que los jardines. Neelo miró al grupo con el rostro impasible y tenso, pero inclinó la cabeza, a lo que los fae, nerviosos, respondieron haciendo reverencias exageradas y ostentosas. En eso consistía pertenecer a la realeza: en inclinarse y contentar a los mirones.

Un criado trajo una bandeja de cafés humeantes en tacitas de cerámica pintadas. A Remy le sirvieron una minúscula. Miró el líquido negro y espeso de su interior. Olía a nueces y especias. No se parecía a nada que hubiera olido antes. Observó que los fae sentados a la mesa se llevaban sus tazas a los labios y bebían. Advirtió que, a diferencia de cómo tomaban el té, ninguno le ponía nata o azúcar. ¿Qué era aquel extraño elixir llamado café?

Levantó su taza y le dio un sorbito. Alzó las cejas a más no poder. El sabor fuerte e intenso estalló en su lengua y le bajó por la garganta. Bri la miró y rio con disimulo mientras tomaba otro sorbo. Remy deseó beberlo con nata y azúcar para reducir el amargor. Sin embargo, un agradable calorcillo la recorrió de arriba abajo junto con un chispazo de súbita energía. Le dio otro sorbo a esa bebida intensa y revitalizante; sabía mejor tras probarla por segunda vez.

Llegó otro criado con una bandeja enorme, tan larga como la mesa. En las esquinas había un surtido de panes y galletas saladas, y, en el medio, varios cuencos de cobre abollados.

Talhan señaló la salsa rojo chillón del centro.

—Cuidado con esa —le dijo a Remy mientras le guiñaba un ojo.

Los mellizos Águila se abalanzaron sobre la bandeja, se sirvieron galletas redondas y crujientes y les agregaron las alubias y las patatas amarillas que había en otro cuenco.

Remy tomó un triángulo de un pan suave y mantecoso y lo mojó en una mezcla espesa y tibia. Lo probó con indecisión. Una explosión con sabor a jengibre, comino y chiles tuvo lugar en su boca. Remy se obligó a reprimir los indecorosos ruidos que quería emitir de lo sabroso que estaba. Puede que las brujas verdes fueran tranquilas, pero su magia no tenía nada que envidiar a las demás. Remy sentía que había escapado de su cuerpo y flotaba; los sabores que bailaban en su lengua la elevaban al cielo más que cualquier otra bebida alcohólica que hubiera ingerido.

—¿A que está bueno? —le dijo Talhan con la boca llena.

Remy murmuró alegremente mientras asentía con la cabeza y se servía otra galleta.

Estuvieron varias horas comiendo y tomando café, disfrutando del esplendoroso sol de la corte Sur. Los ilustres fae de la capital se pasaron casi todo el tiempo observándolos. Para cuando les sirvieron una bandeja con pastelillos espolvoreados, el sol se ponía tras las lejanas palmeras de los jardines. El cielo estaba teñido de naranja y azul, como si hasta el sol pintase con más colores en la corte Sur.

Un cuarteto de cuerda se había instalado en el césped cercano a la cafetería, listos para entretener al público vespertino. La alegre música se fundió con los suculentos manjares y la suave brisa del ocaso. Remy se rindió aún más a las melodías cuando sustituyeron el café por vino con miel. Sentía que le temblaba todo el cuerpo y se le aguzaban los sentidos. No olvidaría nunca ese rato en la corte Sur.

Carys tomó de la mano a Remy para que se levantara.

—Va —dijo con los ojos celestes y brillantes—. Vamos a bailar.

—No sé bailar. —Remy tironeó del brazo de Carys, pero la guerrera fae simplemente tiró más fuerte.

—Yo te enseño. Ya verás qué fácil es. —Rio mientras se movía al ritmo de la música. Estaba contenta y suelta después de todo el vino que había ingerido.

Carys bajó con Remy los escalones de mármol de la cafetería y la llevó al césped que había mas allá del camino de grava blanca. Otros fae se habían congregado delante de la orquesta y bailaban animadamente y en pareja. Carys le puso la mano en la espalda a Remy y la acercó a ella.

—Yo guío. —Carys se echó a reír. Tenía las mejillas sonrosadas mientras se movía. La corte Sur también la estaba hechizando a ella—. Pon la mano en mi hombro.

Así lo hizo Remy. Carys la tomó de la otra mano y realizó el paso básico.

—Creía que no sabías bailar —dijo Carys al ver que la bruja seguía el ritmo.

—Y no sé…, no mucho —repuso Remy, que se dejó llevar por la lenta melodía—. Aprendí un poco de niña. Será memoria muscular.

Algunas de las demás parejas se acercaron a verlas mejor. Carys se limitó a dedicarles una sonrisa natural, por no decir ligeramente condescendiente.

—¿Los conoces? —susurró Remy.

—A algunos, sí —contestó Carys sin dejar de sonreír. Hizo girar a Remy lejos de las miradas indiscretas y la inclinó hacia atrás mientras se reía—. Así tendrán algo de lo que cotillear.

—¿Vivías aquí? —preguntó la bruja, que se aferró a Carys mientras la enderezaba.

—Me crie aquí —contestó Carys. Remy la miró con los ojos entornados—. Mis padres eran norteños de sangre, pero ambos crecieron aquí… Es una larga historia.

Remy frunció el labio inferior. Seguramente no era una larga historia, sino una que no quería contar. La canción era cada vez más lenta, así que Carys hizo girar a Remy por última vez y finalizaron el baile con una reverencia.

A su alrededor y por encima de sus cabezas las aplaudían con cortesía. Remy miró arriba y vio a Bri, Talhan y Hale asomados a la barandilla, observándolas. Hale las obsequió con una sonrisa deslumbrante, pero, de soslayo, Remy se dio cuenta de que sus ojos la penetraban con una intensidad que no condecía con su sonrisa de ensueño.

La música se volvió más marchosa, y Carys la alejó de esa intensa mirada. Le dio vueltas grandes y amplias hasta que se mareó. Tropezó un par de veces mientras daba saltos a los lados con rapidez. Sin embargo, aunque siguió el ritmo y fue al compás que marcaba la fae, suspiró aliviada cuando la canción fue aminorando hasta dar sus últimas notas. Jadeando a causa del cansancio, le hizo otra reverencia a Carys. Otra salva de aplausos corteses. Notó que Hale seguía con los ojos fijos en ella, pero no se atrevió a mirarlo.

La voz de Talhan les impidió bailar la siguiente canción.

—Me voy de compras. Hasta luego —les informó a las dos mientras les guiñaba un ojo. Sabían qué iba a comprar: algo que necesitarían en la partida del día siguiente. Se volvió hacia Neelo y dijo—: ¿Vienes?

—Va a ser que no, Tal —dijo Neelo, que volvía a leer su libro con avidez. Talhan se encogió de hombros y siguió caminando.

—Ya basta de tanto baile —dijo Bri, que se apoyó en un codo y, tras pasar las piernas por encima de la cornisa, aterrizó sin esfuerzo ante ellas—. Hora de entrenar.

—¿Qué? ¿Aquí? ¿Ahora? —protestó Remy mientras Bri le tendía una daga y desenvainaba su espada. Llevaba casi una semana sin ver a Bri. El entrenamiento con Carys era mucho menos extenuante.

—Sí. Aquí y ahora. —Bri sonrió con suficiencia. Sus ojos dorados también refulgían por el exceso de vino con miel—. Hora de quemar el café.

—Estoy llena —gruñó Remy. La cintura del vestido se le clavaba. Debería haber dejado de comer en el momento en que empezó a apretarle, pero la comida estaba demasiado buena.

Bri se acercó a ella y le dijo en voz baja:

—Hemos venido a dejar huella. Piensa en los rumores que circularán sobre nosotras: las matonas del príncipe del Este combatiendo en los jardines.

Bri no le dio tiempo a que contestara y blandió su arma. Remy levantó la daga para bloquear el ataque. El público ahogó un grito. Las parejas que bailaban se apartaron para que no les dieran.

Bri empujó a Remy en broma. Se partió de risa y echó a correr por el sendero. Remy rio y se puso a perseguirla. Carys estaba solo a un paso por detrás. Sacó su espada y corrió. Bri se subió al borde de la piscina reflectante para esquivar el espadazo de Remy, que iba a por sus piernas. Lo sorteó con facilidad y le devolvió el golpe a la bruja. Carys se unió a la pelea y se turnaron para atacar y defenderse. Aquello distaba mucho de ser un entrenamiento al uso. Bri asestaba todos los golpes y Carys no se movía tan rápido como de costumbre. Era puro teatro. Remy no se aguantaba la risa mientras peleaban. Sentía que volvía a ser una niña y perseguía a Fenrin con un palo.

Carys se subió al extremo de la piscina reflectante para atacar a Bri. Ambas discutían mientras mantenían el equilibrio sobre el estrecho borde de piedra. A Remy se le ocurrió una idea. Una vocecilla la empujó a hacerlo. Echó a correr y tiró a las dos fae a la piscina reflectante usando su magia roja.

Carys se revolvió al tocar el agua y emergió de nuevo. Se reía tan fuerte que no emitía ni un ruido. Volvió a mojarse el pelo para echárselo hacia atrás.

—¡Serás bruja! —gritó Bri, que sonreía de oreja a oreja pese a estar empapada. Se volvió hacia Remy y dijo—: ¿De qué te ríes?

Y la arrojó al agua con ellas.

El agua fresca contrarrestó el sofocante calor de la tarde. Remy se apartó el pelo de la cara. Se reía tanto que temblaba.

Las tres se sentaron en las baldosas lisas de la piscina; el agua les llegaba por los hombros. Una multitud se había reunido en torno al borde. Bri les echó una mirada con sus ojos ambarinos y todos se dispersaron.

—Ay, qué divertido ha sido. —Carys sonrió mientras hacía remolinos en el agua con aire distraído.

A Remy le dolían las mejillas de tanto reírse. Se sentía como si hubiera hecho mil abdominales. Había hecho magia. En público. Y nadie había huido o gritado.

Oyó que alguien pisaba la grava. Cuando miró arriba, vio a Hale de brazos cruzados y sonriéndoles a las tres.

—Señoritas —dijo mientras se le marcaba un hoyuelo en la mejilla—. Menudo espectáculo habéis montado.

—¿Te unes? —le dijo Carys en tono vacilón mientras lo salpicaba.

—Quizá fuera más conveniente que diésemos un paseo por el sendero para secarnos un poco antes de volver a Ruttmore en carruaje. —Remy mantenía la vista fija en las espirales de agua mientras hablaba—. No quiero tener que gastar una bolsa de oro para compensar al conductor por estropearle la tapicería.

Bri resopló, pero se puso en pie. Carys y Remy la imitaron. Cuando la bruja se dispuso a salir de la piscina, Hale le tendió la mano. Esperaba que la aceptase. Remy lo hizo de mala gana. Cuando hubo salido, hizo ademán de soltarlo. Sin embargo, el príncipe dijo:

—Pasea conmigo.

Remy no tenía claro si se trataba de una petición o una orden cuando vio que le soltaba la mano y le ofrecía el codo. La bruja, al notar que la gente la miraba, supo que no podía negarse. Aceptó su brazo y dejó que la guiara por el largo camino mientras chorreaba a su paso.

# Capítulo Once

De haberse hallado en el Oeste, Remy estaría congelada. Su vestido húmedo se le habría pegado a las curvas y la habría dejado tiritando. La más ligera brisa habría hecho que le castañetearan los dientes.

Pero en la corte Sur…

El aire cálido se adhería a sus piernas. La brisa nocturna transportaba el aroma de las flores que se abrían al anochecer. Y el calor que irradiaba el príncipe de la corte Este calentaba su lado derecho.

La tela de su vestido era fina y se secaba deprisa. Remy agradeció que hubiera oscurecido, pues temía que se le transparentara el vestido con la humedad. Hacía rato que no caían gotas de agua a su paso mientras caminaban por el sendero de grava blanca.

Recorrieron un buen trecho sumidos en un silencio tenso. Remy fingía que miraba las plantas tropicales y atípicas, pero era consciente de los ojos grises de Hale clavados en ella. Entraron en una senda más estrecha que serpenteaba por entre grandes arbustos con hojas cerosas y flores granate. Ese camino era más oscuro. Los árboles con forma de paraguas tapaban los últimos rayos del sol poniente. Unos faroles iluminaban el sendero a intervalos regulares. Remy se preguntó si habría algún criado encendiendo velas más adelante, pero, aun así…, ¿cuántas velitas habría que encender cada noche? Seguro que eran preguntas que los fae no se formulaban nunca.

Los loros que anidaban en las palmeras se habían callado; solo se oían unas risitas mientras se preparaban para dormir. Al estar en silencio oyó la respiración de Hale, lenta y regular. Oía su propio corazón retumbando en sus oídos. Era muy consciente de que nadie más los miraba. Estaban solos.

—Has estado evitándome —le dijo Hale al aire nocturno. Remy había pensado que sería un alivio si alguno de los dos hablara, pero ahora deseó que volviera a reinar un incómodo silencio.

—Qué disparate. Estoy aquí, yendo de tu brazo —repuso demasiado pendiente del arbusto de hojas amarillas que iluminaba un farol.

—Llevas sin mirarme a los ojos desde la noche de luna llena —dijo Hale.

*Ah, sí. Esa noche.*

Cuatro cazadores de brujas habían estado a punto de matarla. Las últimas semanas de entrenamiento con Bri y Carys la habían tranquilizado un poco. Aunque no pensaba batirse en duelo con cuatro machos fae en breve, al menos sentía que ya sabía empuñar un arma. Sin embargo, Remy sabía que Hale no se refería al ataque, sino a lo que ocurrió de camino al puerto de las Arenas Plateadas y en la cabaña después de que la luna llena le susurrara las palabras de su madre. Algo había cambiado entre ellos, algo intangible que, cuanto más se esforzaba por entender, más escapaba a su comprensión. No tenía claro de qué sentimiento se trataba, pero le aterraba saber que el príncipe lo compartía.

—Deberíamos regresar —dijo Remy, que despegó su brazo del de Hale. Estaba haciendo justamente aquello de lo que la acusaba: evitarlo. Pero le traía sin cuidado. Retrocedió un paso con rapidez y Hale le agarró la mano.

—Remy. —El aplomo con el que pronunció su nombre le hizo notar una opresión en el pecho—. Mírame.

Remy cedió y miró esos ojos grises como el humo. Sintió que sus emociones tiraban de ella en todas direcciones. Era una sensación nueva, emocionante, aterradora y, sin embargo…, familiar, reconfortante. Se le tensó el pecho. No tenía claro cuántas emociones diferentes podía sentir a la vez. Se preguntó si alguien se habría sentido así alguna vez, como si cayese en caída libre cada vez que miraba a los ojos a una persona.

A cualquier persona no. A *esa* persona en concreto.

Remy no sabía cómo mirarlo. No estaba segura de cuánto vería él. Se preguntó si Hale se sentía igual de atraído por sus ojos marrones, si quedaría atrapado al sumergirse en sus motas verdes. Se esforzó por mantener una expresión neutral, por no decir de ligera inquietud.

Se le marcaron los hoyuelos a Hale, pero su voz era áspera cuando solo dijo:

—Eh.

¿Cómo podía una palabra monosílaba resonar por todo su cuerpo? Cómo le afectaba ese sonido…

—Eh —respondió sin aliento.

Tenían que ser la corte Sur y el vino con miel. La comida y la bebida, los dulces aromas, el cálido ambiente: estaba ebria de tanta juerga. Había bailado al ocaso, se había batido en duelo en una fuente y, ahora, quería besar a un príncipe en un jardín secreto. Pero se calmó diciéndose que no era culpa suya, sino de la magia de la corte Sur.

Hale miró sus dedos: seguían entrelazados.

—Lo siento —susurró—. Siento lo que pasó aquella noche y lo que dije. Llevo queriendo disculparme desde entonces, pero nunca te acercabas a mí.

—Es que… —empezó Remy, que tenía problemas para encontrar las palabras adecuadas.

—Aquel día me asusté muchísimo —prosiguió Hale—. Más de lo que estaba dispuesto a reconocer. Y me sentí responsable (*me siento* responsable, de hecho) de tu seguridad.

—Entiendo. —Remy suspiró tras un buen rato de contener el aliento. Hale se sentía culpable del ataque. A eso se refirió.

—Yo te metí en esto —continuó—. Te pedí que nos acompañaras. Te he puesto en peligro cuando te prometí que te protegería.

—Me protegiste. De veras que sí —insistió Remy. Hale negó con la cabeza como si no lo creyera—. Y Bri y Carys me están ayudando a apañármelas solita.

—Te subestimas —dijo Hale—. Ya eras valiente y poderosa antes de entrenar con ellas. Te enfrentaste a aquellos fae. De haber sido uno menos, los habrías eliminado a todos.

Remy se percató de que había dicho «eliminado». No quería decir «matado». Pero ella había matado a uno, y él había matado a los demás. Aún le perturbaba haber matado a aquel fae. Practicar con Bri no había hecho que se sintiera mejor, pero sí que se sintiera normal. Todos los guerreros cargaban con los fantasmas de aquellos a quienes habían asesinado. Bri le enseñó a abrazar su poder y que no pasaba nada si volvía a matar de ser necesario.

—Ten cuidado. —Remy trató de suavizar el tono—. Un par de sesiones más con ellas y ya no necesitaré que me protejas.

Hale esbozó una media sonrisa y dijo:

—No lo dudo. Son dos de las luchadoras más hábiles que conozco. Eso sí... —Miró los árboles que había detrás de ella—. Verte tirarlas a la piscina es algo que me costará olvidar.

El rubor cubrió la piel de Remy. Las había tirado a la piscina usando su magia. Sus cabellos ya estaban casi secos y se le habían ensortijado más a causa del agua. Unos tirabuzones perfectos le enmarcaban el rostro.

—Entonces, ¿aceptas mis disculpas? —preguntó Hale.

—No tienes por qué disculparte... —dijo Remy. Hale abrió la boca, pero la bruja siguió hablando—: Me salvaste aquel día, y, si vuelve a ocurrir algo parecido, que espero que no, tienes mi permiso para rescatarme de nuevo. —Trató de restarle importancia riendo, pero sonó forzada—. Estoy convencida de que sabes proteger a tus subordinados.

Hale retrocedió tensando la boca y arrugando la frente.

—No debería haber dicho aquello. —Jugueteó con la cuerda roja que llevaba atada a la muñeca—. Sí, agradezco que hayamos encontrado a una bruja roja dispuesta a ayudarnos. Sería imposible conseguir los talismanes sin ti, pero... tu vida me importa más que eso.

Remy les dio vueltas a esas palabras y las analizó del derecho y del revés. ¿Su vida le importaba más que qué? ¿Más que el hecho de serles útil a la hora de buscar los talismanes de la Alta Montaña? ¿A qué venía el «más»? Remy lo ignoraba. *¡Uf! Los fae y sus dichosas verdades a medias*, pensó.

Lo miró. El pelo cubrió su frente cuando agachó la cabeza para mirarla. Remy se moría de ganas de apartárselo de la cara. Se mordió el labio con la certeza de que quería una excusa para tocarlo. Cuando fingía ser su bruja roja era cuando más sincera estaba siendo consigo misma. Hale la había atrapado en sus redes, y Remy no sabía distinguir entre verdad y falsedad.

La bruja estaba harta de sus continuas dudas. Deseaba abandonarse a la embriagadora melodía, a los dulces aromas y al desenfreno sin medida. Estaba cansada de desear hacer cosas y no llevarlas a cabo. Le apartó el pelo de la frente con delicadeza. Sus ondas castañas eran tan sedosas como esperaba. Su olor a brisa marina se mezcló con el del jazmín y la onagra vespertina.

—Tu vida también me importa más, Hale —dijo con más aspereza de la que pretendía.

Sus pupilas oscuras se dilataron. Era la primera vez que lo llamaba por su nombre. La cara que puso le dio escalofríos. Le apartó la mano del pelo, pero Hale se la agarró y se la llevó al rostro.

Remy respiró de manera superficial. Hale se quedó mirando sus labios abultados. Separó las manos entrelazadas y, despacio, le fue subiendo los dedos por el brazo, lo que dejó un reguero de chispazos a su paso. Le acarició el hombro y el cuello. Apoyó el pulgar en su mejilla, justo delante de su oreja, y le rodeó la nuca con los demás dedos.

Remy no tenía claro si seguía respirando. El más ligero roce de las yemas de sus dedos bastaba para atraerla. El aliento le olía a vino con miel. Estaba más que preparada para…

—¡Hale! —gritó Bri desde detrás de los árboles—. Vamos a la taberna. ¿Te vienes?

Hale gruñó, pero soltó a Remy.

—Hale —exclamó Carys como si lloriquease—. Va. Más vino. Vamos.

Remy rio por lo bajo.

—Deberíamos ir —susurró.

Hale agachó la cabeza, resignado. Cuando volvió a levantarla, volvía a interpretar el papel de príncipe encantador. De nuevo, le ofreció el codo a Remy y esta lo aceptó. Mientras regresaban al sendero principal, el recuerdo de la suave caricia del príncipe fae aún estremecía a Remy. Cientos de faroles iluminaban el camino con su fulgor. Sus luces titilantes bailaban en las aguas calmas de la piscina reflectante.

Bri y Carys estaban sentadas en el saliente de la piscina. Les sonrieron con complicidad y picardía. Carys, además, le guiñó un ojo a Remy, que le respondió mirándola con los ojos entornados, lo que solo sirvió para que la fae sonriera más abiertamente. No sabía qué se imaginarían que había ocurrido entre ellos. Remy culpaba de todo a la magia de la noche. Se acordó de la advertencia de Heather. Como se enterase de lo que había pasado, la bruja marrón le echaría una bronca del quince.

Remy suspiró.

Estaba metida en un buen lío.

Hicieron casi todo el camino de vuelta andando. Se paraban en tabernas y vodeviles atestados con la intención de atraer todas las miradas posibles. A Remy se le hacía raro exponerse sin tapujos. Al principio lo evitaba, pero, cuando acabó la noche, agradeció la atención. La adrenalina le recordó a cuando Fenrin y ella jugaban de niños a tirarse en trineo: la velocidad, ver borroso al mirar de soslayo, entregarse por entero a las sensaciones que recorrían su cuerpo. Nunca se había sentido tan viva. No entendía por qué irse de juerga le parecía un logro, pero, a medida que la velada llegaba a su fin, pensó en sus correrías con un orgullo extraño.

Las horas fueron pasando hasta que las hogueras se redujeron a cenizas. Volvieron a la posada a trompicones, con las primeras luces de la mañana despuntando en el horizonte. El bullicio de la noche aún resonaba en el cuerpo de Remy al entrar en su tranquila *suite* de la esquina. El súbito silencio hizo que le pitaran los oídos. Estaba cansada pero contenta y satisfecha. Le habían salido ronchas en la parte superior de los pies, hinchados de tanto beber y caminar, y los lazos de sus bailarinas plateadas le rozaban la piel. Pero no le importó. Era un dolor que sabía a triunfo, como tras un duro entrenamiento con Bri por las mañanas.

Hale se quitó sus suaves botas de cuero en la entrada y se desplomó en el sofá de terciopelo azul.

—Ve al baño tú primera si quieres —dijo mientras se tapaba los ojos con el brazo—. Podría quedarme frito aquí mismo.

Remy miró a Hale y después a la cama gigante. Las sirvientas la habían abierto y habían enrollado las cortinas vaporosas, blancas y finas. Había cuatro almohadas blancas, mullidas y enormes apoyadas en el cabecero de madera. Era más tentadora que una tarta de chocolate.

La bruja volvió a mirar a Hale.

—¿No vas a dormir en la cama? —preguntó.

—No —contestó tajante y con voz soñolienta—. Este sofá es comodísimo.

—Pero esta cama es… —dijo Remy, que le echó otro vistazo. Sabía que sería alucinante descansar bajo la suavidad de sus sábanas y reposar en sus blandas almohadas. Y seguro que Hale deseaba lo mismo.

—¿Quieres que duerma contigo en la cama? —Se asomó por debajo de su brazo para mirarla.

—Ah, pues… —Remy se trabó y a Hale le entró la risa.

—Quédate tú la cama, Remy —dijo mientras se reía por lo bajo—. Yo duermo en camas como esa todos los días.

Remy no se acordaba. Aquello no era nada del otro mundo para él. Arrugó el ceño y se miró los pies. Por un segundo había olvidado que era un príncipe y que estaba acostumbrado a las comodidades. Cuando recorrían los bosques, para ella solo era Hale. Incluso esa noche, en la capital, aunque interpretara el papel de príncipe, había olvidado quién era y el peso de su título. Tampoco debía olvidar quién era ella.

Remy fue hasta el armario y sacó el cesto de ropa que había dejado Bri al fondo. En él había tres camisones, pañuelos de satén y ropa interior para una semana. La bruja no daba crédito a la cantidad de ropa que le había comprado la fae. Iba a costar lo suyo cargar con ella cuando se marcharan a la noche siguiente. Pero, teniendo en cuenta que la guerrera fae le había renovado el armario con prendas de lujo, no se quejaría.

Escogió un vestido de satén negro, manga corta y cuyo dobladillo le llegaba por debajo de la rodilla. Era más fino que los otros dos, pero confiaba en que, al ser oscuro, fuera más discreto que los blancos. Se le fueron los ojos a una bata de satén negro a juego que había colgada en el armario. Dioses, Bri había pensado en todo.

Tomó el camisón, un pañuelo de satén negro y morado y la bata. Mientras iba al baño de puntillas, oyó a Hale respirar fuerte y lento. Si no estaba dormido, le faltaba poco.

Remy estaba demasiado cansada para disfrutar de la bañera gigante. Dejaría esa misión para el día siguiente. Se preparó para dormir en un periquete: se recogió el pelo, se lavó la cara y se cepilló los dientes. Tras anudarse la bata, se miró rápido al espejo. Estaba... feliz. Remy y su reflejo se sonrieron con complicidad por la noche que acababan de pasar. La mejor de sus vidas.

Volvió al dormitorio a hurtadillas y apagó todas las velas menos la de su lado de la cama. A oscuras, se quitó la bata y se metió en la cama gigante. La sensación hizo que se le escapara un murmullo de placer. La cama era tan blanda que sentía que flotaba envuelta en almohadas mullidas y mantas rellenas de plumón. Apagó la vela de su lado y volvió a tumbarse. La impresión fue igual de abrumadora que la primera vez.

Hale rio desde el sofá. Al estar a oscuras, Remy solo distinguía su contorno. Se había destapado los ojos y, aunque la bruja no lo veía, sentía que la miraba. Se preguntó si su vista de fae le permitiría verle la cara.

—¿A que se está bien? —Rio con aspereza a causa del sueño.

—Sí... —Remy no tenía palabras para describir cómo se sentía. La calidez con la que la cama la acunaba la adormecía. Estaba convencida de que se pasarían casi todo el día durmiendo y que despertarían para cenar e ir al salón—. Esta noche me lo he pasado muy bien —le dijo a la oscuridad.

—Y que lo digas. Menudo espectáculo has montado. —Remy sonrió pletórica al oír su tono jocoso. Había sido una farsa emocionante y alocada..., pero una farsa al fin y al cabo, y eso seguía doliendo. Lo que habría dado porque su vida fuera así. Porque los fae quisieran ser sus amigos. Y porque el príncipe quisiera besarla en los jardines a la luz de la luna.

—Sí, la que hemos liado… —*Nosotros*. Se amparó en el plural. *Hemos montado un espectáculo. No ha sido de verdad.*

Hale no contestó. ¿Qué más iba a decir? Había sido divertido…, falso, pero divertido. Y al día siguiente tendrían que fingir un poco más. Al día siguiente irían tras el anillo de Shil-de, lo que los situaría un paso más cerca de poner fin a su búsqueda.

—Buenas noches, Remy —dijo Hale. Oírlo pronunciar su nombre seguía estremeciéndola de pies a cabeza. Se preguntó si siempre notaría la misma sensación.

—Buenas noches, Hale —contestó ella mientras se preguntaba si el pulso del príncipe también se le aceleraba cuando la bruja decía su nombre.

Se recordó que aquello era un juego. Un juego que acabaría mal, pero al que de todas formas quería jugar. *¡Al diablo las consecuencias!* Le gustaba tanto que le prestase atención… Ahora solo necesitaba saber si saldría indemne.

# Capítulo Doce

Carys fue a buscar al príncipe mientras Remy se bañaba en la descomunal bañera de mármol. Hale se despidió en la puerta del baño diciéndole que se verían en la timba y se marchó. Carys le murmuró algo a Hale y Remy oyó que el príncipe la mandaba callar. Hale y sus guerreros tenían una dinámica curiosa: un segundo eran sus armas letales y al otro sus hermanos pesados. Remy no había visto un vínculo familiar así. Le hizo añorar a los hermanos que había perdido.

La bruja se tomó su tiempo para arreglarse. El vestido escarlata era largo y estaba hecho de una tela suelta y ligera que se ensanchaba por los pies. Al ajustárselo le ceñía el pecho. La parte de arriba no era más que una uve. No tenía mangas, pero sí un escote pronunciado que acababa justo por encima del ombligo. Remy tragó saliva. La gente iba más abrigada para nadar.

Bri le había dejado una bolsa con joyas y otra con maquillaje al fondo del armario. Remy se atavió con dos largas cadenas de oro que le colgaban por el pecho. Eran más bellas que el fino collar de cuero que llevaba y resaltaban el anillo dorado que le había regalado el príncipe. Asimismo, agradeció la cobertura adicional que le proporcionaban. Se puso tres pulseras y tres anillos de oro, y pendientes a juego en lo alto de sus orejas redondeadas. Luego los otros pendientes colgantes de un rojo resplandeciente; las gemas de su interior brillaban como rubíes. De repente le pasó por la cabeza que probablemente fueran rubíes. El príncipe la había dejado en una habitación con tanta riqueza como para alimentar a un pueblo entero… Una voz entrometida le dijo que los tomase y huyera. Descartó la idea.

Estaba harta de las tabernas de campo, de guardar silencio, de esconder sus poderes y de vivir con miedo. Hale le ofrecía protección, y ella no tenía que ocultar quién era a cambio. Era una maravilla que, por una vez, le permitiesen existir. Remy se preguntó si su vida mejoraría cuanto más estuviera con él.

Se miró en el espejo de cuerpo entero que había junto al armario y no reconoció a la mujer que le devolvía la mirada. Se parecía muchísimo a su madre —aunque su madre no habría llevado nunca algo tan indiscreto—, pero tenía el mismo porte regio y distendido que ella. Vivía en ella, en el fondo de su alma. Recordó lo que le susurró su madre: «No permitas que nadie te diga quién eres, Remy, ni siquiera a mí. Nadie puede decidir lo fuerte que vas a brillar, excepto tú».

La bruja se percató de que a su reflejo se le habían humedecido los ojos. Sorbió por la nariz.

*Ahora no*, se reprendió.

Agarró la bolsa de maquillaje, se empolvó la nariz y se puso colorete en las mejillas surcadas de lágrimas. Se aplicó delineador de ojos y se pintó los labios del mismo tono que su vestido. Le costó un par de intentos conseguir el resultado deseado. No se le daba especialmente bien maquillarse, pero, a veces, cuando el trabajo le daba un respiro, las cortesanas aprovechaban y la instruían en el arte de la pintura facial. Heather siempre le ordenaba que se la quitase *ipso facto*. La bruja marrón sostenía que no quería que los clientes se llevasen la impresión equivocada. Pues esa era justo la impresión que Remy quería causar en este momento.

Se calzó los tacones rojos que había al fondo del armario. Hasta que entendió cómo funcionaban a base de caminar por la estancia como una ternera recién nacida, le hicieron daño en los pies. Se recolocó el escote frente al espejo una vez más, pues temía que, al ser el vestido tan fino, se le fuera a salir un pecho. Exhaló con frustración y decidió que así ya estaba bien. Se puso su nueva capa negra y se la sujetó por el escote. Por fortuna, le tapaba casi todo el cuerpo y solo asomaba un poquito de tela roja.

Fue a la puerta y allí vio a Briata y Talhan apoyados cada uno en una punta del pasillo, charlando. Se enderezaron cuando llegó. Talhan observó su rostro boquiabierto, y los ojos se le fueron a la poca piel que se atisbaba bajo la capa. Bri se apartó de la pared y le dio una fuerte palmada en el hombro a su mellizo. Talhan tosió y apartó la vista.

—Vas bien —le dijo Bri con una sonrisa de aprobación—. En marcha.

La partida se llevaría a cabo en el piso superior de un salón muy selecto del centro. El establecimiento había dividido el piso inferior en varias y reducidas zonas de descanso. Enormes sillones de cuero se apiñaban alrededor de mesas de madera bajas. Había dos mesas de juego, cada una en un extremo de la estancia. Una araña de cristal colgaba del centro de la sala. Hilillos de humo ascendían en la habitación en penumbra. Tan solo un par de apliques adornaba las paredes verde bosque. Allí era donde los fae de clase alta acudían a beber y jugar.

Talhan dejó tres jarras de cerveza en la mesita a la que se sentaban Bri y Remy. Habían decidido ponerse en un rincón para examinar la estancia. Para ser una sala atestada en su mayoría de fae, eran de los más grandes y toscos que Remy había visto en su vida. Iban todos armados hasta los dientes y vestidos como si fueran a entrar en el campo de batalla y no en un salón de apuestas. Localizó un par de collares de bruja entre la multitud. Una bruja se cruzó con su mirada y le hizo un gesto levísimo con la cabeza, como si fueran hermanas y comprendiera lo que se sentía al ser esclava de un fae poderoso.

—¿Qué has averiguado? —le preguntó Bri a Talhan mientras se ajustaba la daga que llevaba ceñida a la cadera. Los mellizos también iban vestidos para luchar.

—Hay cinco jugadores y la persona heredera de Saxbridge, pero Neelo no juega —contestó Talhan tras darle un buen lingotazo a la espuma de su bebida. Remy supuso que habría convencido al camarero para que le revelara algunos detalles de la timba secreta. Talhan miró a su hermana con cautela y añadió—: Ha venido Renwick.

—Mierda —soltó Bri.

Remy se quedó paralizada. Renwick Vostemur, el matabrujas, era el único vástago del rey del Norte, Hennen Vostemur. Renwick se había ganado el apodo por todas las cabezas de brujas rojas que le había llevado a su padre a lo largo de los años. Además de despiadado, era igual de artero y cruel que él. Remy rezó para que no la necesitaran para llevar a cabo su plan. Si Hale conseguía el anillo en un santiamén, no haría falta que la llamasen. No sabía si sería capaz de mirar a los ojos al matabrujas. ¿Y si la amenazaba con decapitarla una vez que descubriera sus poderes de bruja roja? Se le hizo un nudo en la garganta.

Bri le tocó el brazo y se le pasó el miedo.

—Eh, no permitiremos que te ponga la mano encima. Hale te protege. No te pasará nada.

Remy tragó saliva y le hizo un ligerísimo gesto de afirmación.

Talhan le pasó su cerveza.

—Bebe —dijo como si fuera un elixir mágico que fuera a solucionar sus problemas. Remy la miró ceñuda. Llevaba toda su vida trabajando en tabernas y el tufo a cerveza añeja que se derramaba se le había pegado a la piel. Aún le revolvía el estómago.

—No bebo cerveza —repuso ella con mala cara. Talhan se encogió de hombros y se dispuso a tomársela él.

—Ten —dijo Bri mientras le tendía una petaca—. Para que te envalentones.

Remy aceptó la petaca. El líquido le abrasó la garganta. La bruja torció el morro mientras reprimía las arcadas. Se le erizaron los vellos del brazo.

—¡¿Qué es eso?! —balbució.

Bri le sonrió ladina y contestó:

—Aguardiente.

—Puaj, qué asco. —A Remy le entraron náuseas. Tosió para quitarse el sabor de la lengua.

—Te acabas acostumbrando. —Bri le guiñó un ojo y se volvió hacia su hermano—: ¿Quién más juega?

—Abalina, la princesa del Oeste. Y su prima Delta. Las dos tienen sitio en la mesa —respondió Talhan, que dejó de mirar a su melliza.

—¡¿Que ha venido Delta?! —La voz grave de Bri subió una octava y sus ojos dorados se abrieron como platos. Remy se fijó en los Águila y en la muda conversación que mantenían.

—Relájate —le advirtió Talhan—. No hemos venido a divertirnos.

Bri puso los ojos en blanco y dijo:

—Es verdad.

—El último jugador es Bern —continuó Talhan.

—Bern... ¿De qué me suena ese nombre? —Remy miró al techo mientras reflexionaba sobre su procedencia. Estaba convencida de que lo había oído antes.

—Es el que le habló a Hale de las brujas —dijo Bri. Entonces Remy se acordó de que Hale había dicho que Bern estaba ligado a la corte de la Alta Montaña, pero no especificó en qué sentido—. Recuerdo su nombre —prosiguió Bri, que se volvió hacia su mellizo para añadir—: Pero siempre se me olvida quién es.

—Es el cortesano de pelo plateado. El de la cicatriz. —Talhan se dibujó una línea en el cuello con el dedo para indicarle dónde la tenía.

—Ah, ¿el chulito de mierda de las fiestas de verano?

—El mismo que viste y calza. —Talhan rio por lo bajo.

—¿Sirve a alguna corte acaso? —Bri le dio otro lingotazo a su jarra.

—No estoy seguro. Por lo visto está siempre de acá para allá, pero, a juzgar por su carácter, yo diría que sirve a la Sur. —Se oyeron unas risas tan estruendosas que apagaron la voz de Talhan. Alguien habría ganado un buen pellizco jugando en la mesa del rincón.

—Estupendo —gruñó Bri. Miró a Remy y agregó—: Es un fiestero inofensivo, pero le van los machos, por lo que será el único que no intentará conquistarte con su descaro.

—Perfecto —repuso Remy con firmeza. No quería que ningún macho intentara conquistarla con su descaro..., bueno, salvo uno. Le dio otro trago grande a la petaca de Bri. Le quemó la garganta.

—¡Para el carro! —La fae le arrebató la petaca a Remy—. Que como sigas así no podrás ponerte en pie cuando te llamen.

Talhan rio a carcajadas y miró con deseo la mesa de juego en la que se habían reunido un grupo de machos fae.

—No —regañó Bri a su mellizo como si fuera un cachorro exaltado. Luego añadió más bajo—: No hemos venido por gusto.

—Atención —dijo Talhan, que miró a la puerta en la que se apostaba Carys, al fondo de la sala. La fae iba ataviada con su uniforme de cuero y su clásica trenza larga, pero también llevaba un peto metálico con el escudo de la corte Este grabado. Esa noche era una escolta oficial de la corte Este. Señaló la entrada con la cabeza. Talhan rio con alegría y dijo—: Fijo que Hale ya está a punto de perder. Te toca, Rem.

A Remy le retumbaba el corazón en los oídos cuando se levantó. El movimiento hizo que el licor hiciera mella en la joven y, por un instante, se bamboleó. Bri rio por la nariz. Remy sentía que sus extremidades estaban flojas y calentitas. Su cerebro estaba cegado por una niebla agradable. Le bastaba con saber que, aunque ella siguiera asustada, su mente se hallaba muy lejos de allí.

—Deja la capa —murmuró Bri. Remy se miró y reparó en que seguía llevándola.

Respiró hondo, se abrió la capa por el cuello y la dejó en la silla que tenía detrás. La sala enmudeció. Todos los machos la miraron. La bruja fue consciente de hasta el último centímetro de piel expuesta.

—Recuerda quién eres —le dijo Bri apenas más alto que un susurro. Remy se enderezó, echó los hombros hacia atrás y trató de ignorar que el gesto destacaba aún más su pecho. Sus largos rizos negros caían en cascada por su espalda y abrazaban sus costados descubiertos. Alzó el mentón y dejó sus emociones al margen. ¡Que la miraran los machos! Consintió que la observaran con un aire de indiferencia. Fingía que sabía perfectamente lo hermosa y superior que era—. Muy bien —agregó la fae cuando la vio avanzar con confianza entre el gentío.

Los de su alrededor silbaban y cuchicheaban a su paso.

—¿Quién es?

—No la he visto nunca en el Sur.

—¿Es del Este o del Oeste?

—Dioses, lo que daría por catarla…

Se armó de valor y dejó que todos la admiraran. Recordó lo que le dijo su madre la noche de la luna de la cosecha a través del titileo de la vela y decidió que brillaría lo más fuerte que pudiera.

Conforme se aproximaba a Carys, la fae le sonrió con picardía. Le brillaban los ojos de regocijo. No dijo nada hasta que salieron por la puerta de atrás y se dirigieron al tranquilo hueco de la escalera. Carys se detuvo a medio camino y se volvió hacia Remy.

Rio y dijo:

—Sabía que eras guapa, pero estás… —Movió las manos delante de la bruja con actitud aprobatoria—. A nuestro príncipe le va a dar un infarto cuando te vea.

—No… —Remy no sabía qué responder a eso. Carys le alzó el mentón con un dedo largo y elegante.

—Puede que yo lleve una espada en el cinturón, Rem, pero tú también empuñas un arma. No lo olvides —le dijo Carys. Clavó sus ojos azules como el mar en ella y sonrió tanto que se le marcaron los hoyuelos—. Y, ahora, a divertirse.

Remy la siguió escaleras arriba y enfiló el largo pasillo. Dos machos fae corpulentos custodiaban la puerta con símbolos mhénbicos tallados en ella: un hechizo de protección. Nadie podía hacer magia al cruzarla.

Remy se fijó en que uno de los guardias llevaba el escudo de la corte Norte: una espada atravesada por tres flechas con una serpiente enroscada por donde se cruzaban las armas. El otro guardia vestía el blasón de la corte Oeste: un hacha de guerra horizontal con un cráneo de carnero encima. Debían de ser los guardias personales de los jugadores que había al otro lado; como Carys, que vestía como la soldado de Hale. En teoría, los mellizos Águila y Carys eran sus guerreros personales, pero Remy no los había visto nunca así.

Como haciéndose eco de sus pensamientos, Carys le susurró:

—Los guardias y las armas deben permanecer fuera. —Señaló con la cabeza a Remy y les dijo a los otros guardias—: La bruja del príncipe. —Sin perder ni un segundo, se interpuso entre los dos mastodontes y le abrió la puerta.

En su fuero interno, Remy le dedicó una oración a la Madre Luna mientras alzaba el mentón y entraba en la sala cual reina, llamando la atención. La estancia era más pequeña y ordinaria de lo que esperaba. El papel pintado se despegaba de las paredes. Las tablas del suelo estaban desniveladas. El olor a puro era fuerte y el de perfume floral, embriagador. Un único farol dorado colgaba muy por encima de una mesa de juego que ocupaba toda la habitación.

Siete pares de ojos miraron a Remy. Dejaron de hacer lo que hacían para evaluarla. Los ojos más abiertos eran los de Hale, que la miraba de arriba abajo, boquiabierto. Le dio tal repaso que Remy se sintió como la luna. Por dentro deseó que la expresión de su cara no fuera solo teatro. Remy lo miró a los ojos como si fuera habitual para ella regodearse en las miradas que le echaba.

—¿Me llamabais? —preguntó en el tono sensual que se empleaba en las alcobas y que había oído en las tabernas. Ninguna madama la había instruido en el arte de la seducción, pero había visto a más de una cortesana pulir sus habilidades. Le tocaba a ella probar suerte.

Fue hasta Hale contoneándose y moviendo las caderas. El príncipe le obsequió con una sonrisa lobuna, complacido. Remy se sentó en su regazo y lo abrazó por el cuello. Hale la envolvió con su calidez mientras la bruja observaba la mesa por primera vez.

Monedas, billetes y hasta un par de piedras preciosas tapaban la mesa: apuestas. Y, justo en el medio, fuera del alcance de cualquier jugador, un anillo sencillo de oro con un pequeño rubí engastado. Aparentemente, no tenía nada de especial, pero, incluso con la protección, Remy notó la vibración de poder que emanaba la sortija en forma de murmullo; un murmullo que, por lo visto, solo oía la joven.

El anillo de Shil-de. Era real. Estaba ahí.

—¿Acabáis de empezar y ya vais perdiendo? —Remy se rio de Hale con sorna, pero sin acritud. El príncipe trazaba círculos en su piel con aire despreocupado—. Me parece que vais a necesitar que una bruja os traiga suerte.

—En esta sala no podrás traerle suerte.

De inmediato, Remy miró a su izquierda. Una fae se sentaba a su lado. Su piel era del color de la obsidiana y sus ojos caoba refulgían. Llevaba un vestido de cuello alto con estampados geométricos azul aciano y amarillo que resaltaban sus prominentes curvas, su generoso busto y su vientre rechoncho. Una trenza sujeta por una horquilla dorada con diamantes incrustados adornaba lo alto de su cabeza. Estaba cubierta de pedrería; toda ella irradiaba una luz dorada. Debía de ser Abalina Thorne, la princesa de la corte Oeste.

A su izquierda se sentaba una hembra de hombros anchos, piel cobriza y ojos marrón oscuro. Su cabello estaba formado por cortos tirabuzones decorados con anillos de oro: un peinado discreto, pero a juego con el de la princesa Abalina. Sujetaba sus cartas como si fueran un arma. Era Delta, la prima de la princesa. La fae a la que Bri estaba deseando ver. Remy entendió el motivo. Delta era tan bella como atractiva. Su túnica azul de manga larga no disimulaba lo fornida que era.

En un taburete de madera, en un rincón oscuro, al fondo, se sentaba la persona heredera de Saxbridge. Estaba leyendo un libro gordo diferente al del día anterior. Este tenía en la portada un dragón que escupía llamas naranjas. Así era como la persona heredera dirigía un evento. La reina Emberspear era conocida por sus espléndidas fiestas y sus juergas sin fin. Qué carga más pesada para una persona tan tranquila y huraña. Pero ahí estaba Neelo, manteniendo las tradiciones de la corte Sur, aunque a regañadientes, con un puñado de colegas de la realeza. La persona heredera miró de soslayo a Remy y le echó un vistazo rápido, el único saludo que recibió por su parte antes de que volviera a enfrascarse en el libro que sostenía.

La bruja hizo un mohín con los labios en respuesta. Volvió a mirar a la princesa del Oeste y se obligó a aparentar indiferencia, como si ser la bruja del príncipe del Este fuera lo mismo que ser la mismísima princesa. Se esmeró por interpretar su papel de tal modo que la considerasen una necia lujuriosa y arrogante: la clase de mujer que nadie se imaginaría cometiendo un delito.

—No he venido a hacer magia —dijo Remy, que dejó de mirar a la princesa y volvió a centrarse en Hale.

Le acarició el cuello y enredó los dedos en sus ondas castañas. Acercó el rostro del príncipe al suyo y le dio un beso en el cuello, justo debajo de la oreja. Su intenso olor a mar se coló en sus fosas nasales. Era embriagador. Cuando se apartó, vio que Hale la miraba con fuego y pasión. Sus ojos le decían que quería acabar lo que ella había empezado. Sin embargo, relajó la mano con la que le tocaba la cadera para que se girara y le dijera a la princesa:

—He venido a dar apoyo moral.

Alguien de enfrente resopló y dijo:

—¿Así lo llaman ahora? —Remy se fijó en el fae macho que se sentaba delante con cara de satisfacción. Este le dio un buen trago a su copa y le sonrió mientras bebía. Su cabello era de un rubio blanquecino, con reflejos plateados, lo que contrastaba radicalmente con su piel dorada como la arena. Sus ojos eran tan celestes que casi se fundían con el blanco de sus ojos. Poseía una belleza sobrecogedora. Remy no había visto a nadie así jamás. Una fea cicatriz le bajaba por la mandíbula y desaparecía en su túnica verde bosque. Debía de ser Bern. Pese a lo raro que era, no representaba una amenaza; más bien era un borrachín feliz—. Querida, si todas las brujas son como tú, quizá me plantee buscarme una —añadió mientras le guiñaba un ojo.

—Solo los miembros de la realeza pueden tener brujas, Bern. —La afilada voz del quinto contrincante hizo que Remy lo mirara al fin. Llevaba todo el rato rehuyendo su mirada.

Renwick Vostemur, el príncipe de la corte Norte. *El matabrujas.*

Su cabello rubio ceniza era largo; su piel, pálida; y su rostro estaba colorado de tanto empinar el codo. Un aro plateado, a juego con sus anillos de plata, le adornaba la cabeza. Sus ojos verdes no eran afables cuando dejó de mirar a Bern y se centró en Remy. Ese era el hijo del hombre que había masacrado a su familia, a su corte. Incluso en ese momento, aún le picaba la nariz a causa del humo y los gritos aún le taladraban los oídos.

Le entraron ganas de contener el aliento, pero un ligero apretón en la cadera le recordó quién era. Como si oliera su miedo, Hale giró la cabeza, le rozó el cuello con los labios y le plantó un beso en la oreja. Remy se estremeció y, por un segundo, se le cerraron los párpados. Tanto el miedo como esos angustiosos recuerdos quedaron relegados a un segundo plano, pues lo único que le importaba era que Hale le estaba besando en la oreja. El cálido aliento del príncipe le bañó el rostro. Cuando apartó la cabeza, Remy ardía de deseo. Rezó para que todos los jugadores abandonaran la estancia y le dejaran rematar el beso.

La voz del príncipe del Norte hizo que volviera en sí.

—¿Qué clase de bruja eres? —inquirió en tono monocorde y frío.

Remy miró al matabrujas con determinación aunque el corazón le latiera desbocado.

—Ya sabéis qué clase de bruja soy. —No reconocía la voz sensual y afectuosa que salió de su boca. De no haber sido porque la habitación estaba protegida, un resplandor rojo habría iluminado sus ojos.

El frío príncipe le sonrió, pero no se reflejó en su mirada.

Miró a Hale y dijo:

—Es buena. Has elegido bien.

Remy no supo reaccionar a un cumplido como ese. ¿Qué significaba que contara con la aprobación de un hombre malvado?

—¿Podemos seguir jugando? —dijo Delta con un deje mordaz y áspero desde su sitio—. ¿Vas o no, Bern?

—Eh…, no —contestó Bern, que arrojó sus cartas. Derribó una pila de monedas al pasar el turno.

La última persona sentada a la mesa era un humano bajito, vestido con camisa negra y pajarita blanca. Recogía las cartas con una velocidad pasmosa. Remy casi no se había percatado de su presencia. Al estar junto a los fae más poderosos y ricos, pasaba desapercibido. Remy era consciente de que su silencio y su actitud apocada estaban tan calculados como su vestido.

El crupier le hizo un gesto con la mano abierta al matabrujas. Era su turno.

—Voy —anunció Renwick, que lanzó otras tres monedas de oro al botín de la mesa.

Todos miraron a Hale, que le rozó la sien a Remy con la nariz y le mordisqueó el hombro. Daba la impresión de que ambos disfrutaban del jueguecito. Despacio, le acarició el costado expuesto con su mano callosa y áspera. Remy se mordió el labio en respuesta. Notó un calorcillo en el ombligo.

—¿Vas a jugar o prefieres volver a tus aposentos y sucumbir al deseo? —Cuanto más se enfadaba, más se le marcaba el acento occidental a Delta.

Hale rio como si nada.

—Lo siento, Delta —dijo con una sonrisa que daba a entender que no lo sentía en absoluto. Tomó tres monedas de la torre cada vez más pequeña de su izquierda y, tras tirarlas al bote, añadió—: Voy.

—Por favor —les dijo Bern con un brillo en los ojos—, no os cortéis por nosotros. No me importa mirar.

—¿Por qué no me sorprende? —susurró Remy, orgullosa de la facilidad con la que replicaba a esos fae de alta alcurnia.

Bern rio mientras bebía.

—Vaya si has elegido bien, Hale. —Se volvió hacia Remy y le dijo tras guiñarle un ojo—: Pero no te preocupes, encanto, que no te miraré a ti.

—Ya te lo he dicho, Bern, lo nuestro es imposible. —Hale rio entre dientes, pero sus ojos seguían clavados en Remy.

Bern rio y dijo:

—Todo chico sueña con encontrar a su príncipe.

Se volvió hacia el matabrujas para seguir con sus gracietas, pero Renwick lo calló rápido con un rotundo:

—Para.

La naturalidad con la que se hablaban le indicó a Remy que esos fae se conocían bien, seguramente desde que nacieron. Habían asistido a bailes, banquetes, y bodas y funerales célebres. Todos se movían en los mismos círculos importantes. Se preguntó cómo sería la vida de palacio. Siempre había tenido la sensación de que sería extremadamente monótona. Pero jugar a que un príncipe le colase la mano por debajo de la fina tela del muslo… Ese juego sí le gustaba.

—Voy —dijo Abalina, que arrojó sus monedas a la mesa.

—Paso. —Delta le tiró las cartas al crupier.

—A ver qué tienes —le dijo Abalina al matabrujas.

Renwick mostró sus cartas: color. A continuación, Hale enseñó las suyas.

—No teníais nada —concluyó Remy tras mirar su mano.

—Creía que iba de farol. —Se encogió de hombros.

Remy apretó los labios para no sonreír. Negó con la cabeza y dijo:

—Ni jugando sucio ganarías.

—Tú sí que tienes la boca sucia, bruja —dijo para chincharla. La acercó más a él. El apelativo retumbó en el pecho de Remy.

—Os voy a enseñar lo sucia que puedo ser —dijo Remy, y, antes de que le entrasen las dudas, se acercó el rostro del príncipe al suyo y le dio un beso breve pero sensual. Hale gruñó y la estrechó con más fuerza. Remy sonrió junto a su boca.

Delta tosió para llamarles la atención.

—Pasa de ellos —le ordenó Abalina a su prima.

Remy se despegó sin mucho afán y vio el ardor con el que la miraba el príncipe. Era la primera vez que se encontraba a esos hipnóticos ojos grises desde el día anterior. Hale era consciente de la importancia de ese gesto. Siguió con los labios entreabiertos mientras la miraba a los ojos.

Abalina mostró sus cartas: escalera. Buena pero no tanto como para vencer al matabrujas. El príncipe del Norte se permitió una sonrisa gélida mientras el crupier movía el bote hacia él con cuidado de no tocar el anillo de Shil-de, en el centro de la mesa: el premio gordo.

El botín de Renwick triplicaba el de sus adversarios. Por lo visto, era muy diestro jugando a las cartas. Un par de rondas más y se declararía ganador. Y entonces conseguiría el anillo de Shil-de, un talismán tan poderoso que protegía a su portador de cualquier mal. Si ese anillo acababa en manos de su padre, el rey Vostemur, sería imparable en cualquier posible guerra, y más si aprendía a manejar la Hoja Inmortal.

Hale debía de estar pensando lo mismo.

—Si no gano la próxima mano, que sea la última ronda —murmuró con su voz grave.

*La última ronda*. Era el código que habían acordado. Remy se preparó para lo que se avecinaba.

—Gracias a los dioses. —Delta puso los ojos en blanco.

El príncipe, que volvió a rozarle el cuello a Remy con los labios, no había acabado de hablar.

—Y entonces veremos al fin qué más sabe hacer esa boca sucia.

Mientras hablaba, le subió la mano por debajo de la tela hasta llegar a su vientre. Le acarició la piel visible con el pulgar mientras la estrechaba más contra él. Remy gimió en voz baja.

Bern se atragantó con la bebida.

—Madre mía. A lo mejor deberías añadir a tu bruja al bote. —Rio satisfecho y dijo—: Valdría la pena jugar unas rondas más por ella.

—El anillo es un gran trofeo, pero si tengo que elegir entre ella y la inmortalidad, la escogeré siempre a ella. —La voz de Hale reverberó en su pecho y erizó los vellos del brazo de Remy.

—Caray, debe de ser una… —empezó Delta, pero Abalina la calló con la mirada—… bruja —concluyó.

La elegiría. Siempre. Aunque fuera todo una farsa, solo de pensarlo Remy temblaba.

Hale le acariciaba el muslo con aire indolente. La piel le ardía y desprendía calor. Sentía que toda ella resplandecía. Remy se acomodó en el regazo del príncipe, cuya dureza le rozó el muslo. La deseaba. Al menos una parte de aquel teatro era sincera. Notó un calorcillo entre los muslos y a Hale se le dilataron los agujeros de la nariz tras oler su excitación. Remy evitó mirarlo, pues sabía que bastaría con eso para que estallara en llamas.

El humano ya había repartido la siguiente mano, pero Remy casi no se había enterado, pues ardía de deseo por el príncipe del Este. Se pegó más a Hale y se restregó por su dureza cuan larga era. Este gruñó y la sujetó bien de la barriga para que no se moviera. A Remy se le escapó una sonrisa cuando agachó la cabeza y le fue dando besos por la clavícula. Por eso se había pasado toda la noche en vela. Llevaba más tiempo del que estaba dispuesta a reconocer deseando hacerlo, y aquella farsa le permitía dar rienda suelta a sus anhelos. Dejó que sus dedos vagaran por el cuerpo del príncipe como si nada mientras palpaba los músculos de sus brazos, sus hombros y su pecho dibujando círculos lentos.

Los demás fae miraban sus toqueteos con incomodidad, distraídos por sus muestras de afecto gratuitas. Perfecto. Le fueron pasando las cartas al crupier, que les repartió otras para acabar la ronda. Remy miró con los ojos entornados a Delta y Bern, que sonrieron al ver la mano que les había tocado. Qué regalazo. El único lo bastante entretenido como para no cambiar sus cartas era Hale, que seguía entregado a la oreja de Remy. La bruja resollaba tan fuerte que era indecoroso. Con una mano, el príncipe volvió a acercarse peligrosamente a la parte inferior de su seno, mientras que con la otra le pellizcó la cadera dos veces: la señal. Había llegado el momento.

Remy no quiso pensárselo mucho mientras se volvía hacia Hale. Con una mirada ardiente por el deseo, se acercó a su oreja y le susurró lo bastante alto como para que todos los fae lo oyeran:

—Metédmela. Ya.

Sus palabras lo desataron. Levantó a Remy por el trasero y la tiró encima de la mesa. Monedas y billetes salieron volando. Se abalanzó sobre ella, le estampó los labios y la besó con ardor.

Remy gemía más fuerte a la vez que se tocaban con frenesí. Fue a desabrocharle el cinturón al príncipe, cuando una voz afiladísima gritó:

—¡¡Ya basta!!

Renwick agarró a Hale por el cuello de la túnica con tanto ímpetu que lo levantó del suelo. La enorme prueba del deseo del príncipe se marcaba en la costura de sus pantalones mientras sonreía a los allí presentes como un niñato engreído. Remy se echó a reír como si estuviera borracha mientras se arreglaba el escote.

—¿En serio, Hale? Me esperaba un circo así de críos, pero pensaba que habrías madurado un poquito al menos —lo reprendió el matabrujas—. Largo de aquí.

Todos los miraron excepto Neelo, que seguía con los ojos clavados en su libro. Sin embargo, esbozaba una sonrisa torcida como si le hiciera gracia la situación.

—Quedaos las monedas. —Hale se echó a reír—. Total, no es más que calderilla —dijo como si la montaña de monedas de oro que acababa de perder fuera una miseria.

Remy se acercó a él con calma mientras se reía como una posesa, como si tanto alcohol hubiera acabado nublándole el juicio. Hale le pasó un brazo por el hombro y se dirigieron a la puerta dando tumbos.

—¡Que os lo paséis bien! —les deseó Bern desde la mesa.

—Tú calla, anda —gruñó Renwick, que regresó a la mesa que el crupier se afanaba en ordenar.

# Capítulo Trece

No se dijeron nada mientras abandonaban el salón escoltados por sus tres guardias. Cuando los cinco hubieron subido a un carruaje, Hale le hizo un gesto con la cabeza a Bri, que le asintió en respuesta. Era la única señal que le daría el príncipe.

Tenía el anillo.

El falso que le vendieron a Talhan los joyeros a los que visitó el día anterior yacía ahora en la mesa de juego. Una vez fuera de la sala protegida, el poder del anillo de Shil-de vibraba. Remy se ciñó más su capa negra mientras las consecuencias de su correría se repetían en su cabeza. No se creía lo que había hecho…, ¡lo que había dicho!

Nadie habló durante lo que quedaba de trayecto.

Se hicieron pasar por borrachos y entraron a trompicones en la posada mientras se daban besos en la mejilla para que los viera la mesonera, que también parecía ebria. Cuando llegaron a las escaleras, Hale les dijo en voz baja:

—Recoged, que nos vamos. Tenéis veinte minutos.

Los guerreros fae asintieron y entraron en su cuarto, y Remy y Hale se dirigieron a la *suite* de la esquina. Cuando cerraron la puerta, Hale miró a Remy un segundo, dejó de aparentar arrogancia y le sonrió.

—Has estado magnífica. —Sonrió de oreja a oreja y se sacó el anillo del bolsillo—. Recuérdame que no te traicione nunca.

—Más te vale no traicionarme —repuso Remy con los ojos brillantes.

Hale le ofreció el anillo de Shil-de con la palma extendida.

—Ten —le dijo mientras la bruja retrocedía como si el anillo fuera a quemarla—. Guárdatelo en tu bolsa de los tótems. Estará mejor contigo que conmigo.

Remy aceptó el anillo con indecisión. Su poder le atravesó las yemas de los dedos y reverberó en sus huesos. Nada más tocarlo, el rubí engastado en oro desprendió un brillo rojo.

Hale observó la espeluznante luz roja con la mandíbula crispada.

—¿Por qué brilla?

—Será porque soy una bruja roja —dijo Remy, que se volvió rápidamente hacia el armario. Se había dejado la bolsa de los tótems en el vestido azul que se había puesto el día anterior. El rojo que llevaba esa noche era tan revelador que no tenía dónde esconderla.

Sacó la bolsa del bolsillo secreto y guardó el anillo, agradecida de no tener que sujetar ese inmenso poder un segundo más. Asimismo, sacó la bolsa de las joyas y empezó a quitarse las cadenas de oro, las pulseras, los anillos y los pendientes. Se reservó el collar de bruja de cuero para el final. Mientras lo sostenía, extrajo el anillo de oro con las iniciales del príncipe grabadas.

—Ten —dijo Remy cuando se giró para devolvérselo.

Se quedó paralizada. Hale estaba medio desnudo. Sus calzoncillos eran negros y ajustados. Se había desabotonado el cuello de la túnica, su piel tersa y bronceada.

—No pienses mal. —El príncipe sonrió con suficiencia y se quitó la túnica por la cabeza. Remy se quedó en blanco mientras se deleitaba con su pecho y sus brazos cincelados. Era de una belleza imponente—. Me voy a cambiar. Nos vamos en veinte minutos, ¿recuerdas?

—Cierto —dijo Remy, que dio media vuelta mientras él se reía. Oyó que se cerraba la puerta del baño. Se maldijo por mirarlo embobada, pero también lo maldijo a él. Había decidido cambiarse en la habitación en vez de en el baño con toda la intención del mundo. Quería que Remy lo viera.

Quizá fuera el aguardiente o la emoción del robo, pero Remy pensó: *Veo que el juego continúa. Me alegro.*

Se desabrochó el vestido por detrás y dejó que la tela roja cayera al suelo para luego salir de ella. Solo llevaba unas bragas de encaje rojas y unos tacones altos del mismo color. Bri le había escogido la lencería. Remy trató de no pensar en cómo era posible que la guerrera fae hubiera dado tanto en el clavo con la talla.

Tomó una percha y colgó el vestido en el armario. No se lo llevaría. No era adecuado para caminar ni para ir tras el amuleto de Aelusien. Apoyó un pie en el armario y se inclinó para desatarse la cinta que pasaba por la hebilla del tobillo. ¿Cómo se desabrochaba eso? Ya era un milagro que hubiera conseguido pasársela. Remy probó y probó, desesperada por quitarse ese calzado del demonio. Al final lo consiguió. El tacón cayó al suelo. La bruja bajó el pie, aliviada de volver a pisar el suelo con una superficie plana.

Cuando cambió de pie, y, mientras lidiaba con la otra hebilla, oyó que se abría la puerta del baño.

Silencio. No se oyó ni un paso.

Remy se pasó su cabellera ónice por el hombro para ver al príncipe, plantado en la entrada. Se había puesto su traje de cuero. Anonadado, la observaba boquiabierto sin mover ni un músculo. Remy liberó el otro pie al fin y se quitó el tacón.

—¿Qué pasa? —preguntó con una sonrisa cómplice. Se irguió y se volvió hacia Hale, lo que exhibió la parte delantera de su cuerpo al completo—. Me estoy cambiando. No pienses mal.

—Bien dicho —farfulló Hale.

El príncipe se acercó a ella a grandes zancadas. Por un instante, Remy pensó que la agarraría, pero se detuvo justo antes de que chocaran y le tendió la mano.

—¿Mi anillo? —preguntó con una ceja arqueada. Su cálido aliento rozó su piel desnuda, su pecho, su vientre. Remy era perfectamente consciente de que la brisa fresca le había puesto los pezones de punta.

Exhaló un suspiro que no sabía que estaba conteniendo. Sin dejar de mirar al príncipe a los ojos, palpó en el interior del armario y encontró el anillo. Se lo puso en la mano, aún presa de su mirada, y él volvió a ponérselo.

Hizo amago de quitarse la cuerda roja de la muñeca. Remy le tocó el brazo con delicadeza y dijo:

—Para. Te protegerá.

Le había susurrado un conjuro de protección sencillo, por lo que no serviría de mucho en caso de afrontar peligros mayores, pero, aun así, le traería suerte.

—Se te han puesto los ojos rojos —dijo Hale, fascinado. Remy vio las llamas rojas reflejadas en los suyos.

Por costumbre, la bruja miró abajo. Se ruborizó.

—¿Qué te dije? —murmuró Hale. Le levantó el mentón con un dedo largo para que volviera a mirarlo a los ojos, como hizo aquel día en el bosque. No dijo nada mientras escrutaba su rostro y tensaba y destensaba la mandíbula. Tras una larga pausa, añadió—: Eres la criatura más hermosa que he visto en mi vida.

Lo dijo con los dientes apretados.

—Lo dices como si fuera un problema —musitó Remy.

—Lo es —repuso Hale, que temblaba por el autocontrol.

—No tiene por qué ser así —dijo Remy con voz queda.

A Hale se le dilataron los agujeros de la nariz como si no creyese lo que acababa de decir la bruja. Negó con la cabeza pese a que iba acercándose más a ella y a sus labios poco a poco.

Le rozó la boca con suavidad.

—Remy —susurró como si su nombre fuera una plegaria.

El sonido hizo que se le erizaran los vellos de los brazos.

Movida por una pasión vertiginosa, la bruja le devolvió el beso. Se pegó más a él y lo besó con más vehemencia. Hale gruñó mientras la tocaba y posaba las manos en su trasero, por encima del encaje.

—Cuando te he visto esta noche con ese vestido rojo… —Le hablaba como un depredador.

La besó con más voracidad. Remy abrió la boca para él, para recibir su lengua ávida y exploradora que se enredaba con la suya con destreza.

Hale se apartó lo justo para quitarse rápidamente la camiseta que acababa de ponerse y volvió a fundir su boca con la de Remy. La levantó y la empotró contra la puerta del armario mientras ella lo rodeaba con las piernas. El príncipe arremetió con sus caderas y la bruja gimió. Dichosa de estar en contacto con su piel, se restregó contra él. Ahogó su gruñido con la boca.

Unos puños en la puerta detuvieron su frenesí.

El constante repiqueteo hizo que recobraran la compostura al instante. De mala gana, Hale volvió a pasar los brazos por su camiseta y fue a abrir mientras se la bajaba por la cabeza.

—¡¿Qué?! —bramó mientras abría solamente una rendija.

—Lamento… interrumpir. —Remy oyó a una voz masculina reírse al otro lado. Reconoció la risa. Pertenecía al macho de pelo plateado de la timba.

—¿Qué quieres, Bern? —inquirió Hale más molesto que enfadado, como si los hubiera interrumpido en mitad del coito y no en pleno robo.

—Siempre has sido un truhan, Hale —dijo Bern—. Os ha salido bien lo del robo.

Remy se puso rígida tras la puerta. Los había pillado.

—No tengo ni idea de qué me hablas. —Hale suspiró y fingió que bostezaba.

Remy se acercó a la puerta contoneándose como si estuviera bebida, quitó una manta de piel de la cama y se envolvió los hombros con ella.

—Volved a la cama… —murmuró arrastrando las palabras a la vez que se mostraba por la rendija de la puerta con tan solo la manta y la ropa interior. Pasó por debajo del brazo del príncipe y se pegó a su torso calentito.

Bern la miró a los ojos. No osó contemplar su cuerpo, pero, a juzgar por cómo se le ensancharon los agujeros de la nariz, Remy supo que estaba olfateándola. Lo que olió le dilató las pupilas azul celeste.

—No he venido a quitártelo —dijo Bern, que volvió a centrarse en Hale—. Es que mi… amigo quería que me asegurase de que no acababa en manos de Renwick.

—Es verdad, el esquivo de tu jefe. ¿Te importaría hablarnos más en profundidad sobre quién te financia últimamente, Bern? —preguntó Hale, que abrazó a Remy por la cintura.

—Es alguien con los mismos objetivos que tú —contestó Bern.

—¿Y qué objetivo tengo yo aparte de beber y darme ciertos placeres? —Hale ladeó la cabeza. Bajó la palma ardiente por el costado de Remy y la dejó en su cadera con actitud posesiva. Le clavó los dedos ásperos en la piel.

Bern miró al príncipe con los ojos entornados, hastiado.

—Acabar con la hegemonía de la corte Norte, cada vez mayor —repuso Bern, que pasó a mirar a Remy directamente—. De todas formas, creo que mi jefe preferiría que lo tuvieras tú.

A Remy se le hizo un nudo en la garganta. ¿A qué se refería? ¿Cuánto sabía?

—Entonces, ¿a qué has venido? —preguntó Hale con una lentitud escalofriante.

—Puede que yo haya sido el primero en darse cuenta —contestó Bern mientras miraba a uno y a otro alternativamente—, pero los demás no tardarán en descubrir lo que has hecho. Abalina te tiene calado. Más te vale correr.

Talhan, Briata y Carys estaban listos para partir cuando Remy y Hale llegaron a su puerta. Los mellizos Águila estaban sentados sobre sus morrales, charlando como si estuvieran alrededor de una hoguera. Carys estaba apoltronada en la cama que había junto a la ventana. Todos limpiaban y afilaban sus armas, como si un ejército los esperase al otro lado de la puerta. *La vida de guerrero*, pensó Remy. Siempre estaban preparados para luchar o huir.

Hale les hizo una señal con el mentón y los tres se pusieron en pie y se colgaron los morrales al hombro.

El pájaro de mal agüero desapareció con la misma rapidez que había aparecido. No vieron ni rastro de Bern cuando enfilaron el pasillo para ir al cuarto de Heather y Fenrin. Hale llamó con suavidad. Heather tardó un rato en abrir y, cuando lo hizo, su cara era de cansancio y casi pánico.

—¿Qué pasa? —preguntó Remy, que pasó por delante de Hale.

—Es Fenrin. No se encuentra… bien —contestó Heather, que se retorcía las manos.

—Puedo ir… —graznó una vocecilla desde el interior del cuarto. Remy rozó a Heather al pasar. Hale les dijo a los mellizos Águila que preparasen los caballos. Sus botas pesadas resonaron al bajar las escaleras. Carys se quedó en el pasillo, vigilando.

Cuando Remy entró en la habitación, inhaló con brusquedad. Fenrin yacía en la cama, pálido y sudoroso. Unas medialunas oscuras asomaban bajo sus ojos. Aún llevaba la ropa con la que había llegado a la posada la mañana anterior. Un ungüento verde le cubría el pecho y tenía la camisa desabotonada hasta el ombligo.

—¿Tanto ha empeorado en las últimas horas? —susurró Remy. Había visto a Heather durante la cena, y aún creía que Fenrin se repondría. Pero ahora… parecía al borde de la muerte.

Al brujo le costó incorporarse. Resollaba como si tuviera los pulmones llenos de algodón. Remy se acercó a él rápidamente y volvió a tumbarlo con más fuerza de la que pretendía.

—Recuéstate —le ordenó. Fenrin no tenía fuerzas para rechistar. Olía a menta y hojas astringentes, uno de los brebajes curativos de Heather.

—¿Se recuperará? —preguntó Hale, apoyado en la puerta de brazos cruzados.

—Le está bajando la fiebre —contestó Heather, aliviada. Puso un frasco de cristal a la luz para ver cuánto quedaba—. Se pondrá bien en un par de días, pero será una recuperación tediosa.

Remy no temía contagiarse de la enfermedad que había contraído Fenrin. Seguramente Hale sería inmune por ser fae, pero Heather también estaba demacrada y tenía mal aspecto. Remy sabía que la bruja marrón correría la misma suerte que su amigo. Al menos para cuando lo hubiese curado podría ocuparse de sí misma.

—¿Tienes bastante? —inquirió Remy mientras abarcaba con los brazos el surtido de frascos marrones de la mesa—. ¿Y para ti?

—Sí —dijo Heather, que hizo una mueca al ver que Remy se había dado cuenta de que ella también estaba enferma. Fenrin luchaba por mantenerse despierto, pero se le cerraban los ojos como si fuera a vencerle el sueño de un momento a otro.

—No puede viajar en estas condiciones. Y tú tampoco deberías si no quieres acabar como él. —Hale señaló a Fenrin con la barbilla—. Pero Remy y yo debemos partir.

—No. —Fenrin abrió los ojos al oír aquello—. Os acompañamos.

Remy tocó la frente de su amigo con su mano fría y amable. Estaba ardiendo.

—No podéis venir. Tenéis que descansar. —Se volvió hacia Hale, que no le quitaba ojo—. Tampoco podemos dejarlos aquí. ¿Y si viene alguien preguntando por nosotros? La mesonera sabe que son tus criados. No podemos arriesgarnos a dejarlos.

Hale asintió, descruzó los brazos y se apartó del marco de la puerta.

—Os esconderemos en un alojamiento a la otra orilla del río para que os recuperéis. De todas formas, no deberíais estar en contacto con nadie —dijo, y abrió la puerta para decirle algo a Carys. Remy oyó las botas de la guerrera bajando las escaleras a la vez que Hale volvía a entrar a hurtadillas—. Carys ya está en ello. —Miró a los tres alternativamente—. Os dejará con provisiones suficientes como para que no tengáis que abandonar el alojamiento. A esas alturas, la gente que nos busca ya se habrá largado.

—¿Quién viene a por vosotros? —Heather miró a Hale. Aunque su semblante era sereno, Remy sabía que esa era su cara de enfado.

—Tranquilízate, Heather —dijo Remy con cautela—. Lo tenemos todo controlado…

—*¿Tenemos?* —preguntó su tutora, que los miraba a ambos alternativamente. Eso era justo lo que quería evitar Remy. Y menos después de que Heather le hubiera advertido que se estaba encariñando con el príncipe del Este. Remy se puso como un tomate. Si Heather supiera lo unidos que habrían estado de no ser porque Bern los había interrumpido…

Remy se volvió hacia Hale y dijo:

—¿Puedo quedarme a solas con ellos un momento para despedirme?

—Tenemos que irnos —le contestó Hale, tajante.

—Un minuto —insistió Remy, que ignoró su orden. Hale abrió la boca para rebatírselo, pero Remy lo cortó y dijo—: Ahora eres tú el que nos está haciendo perder el tiempo.

Hale la miró ceñudo pero accedió.

—Un minuto —le recordó él con tono amargo mientras salía al pasillo. Remy no estaba segura de si su fae no la oiría. Rezó para que el barullo típico de las tascas por la noche ahogara sus voces.

—Al menos no le pasas ni una —dijo Heather, que miraba la puerta fijamente. A Remy le dio rabia lo que insinuaba, como si su tutora se hubiera resignado a aceptar que Remy no le haría ni caso.

—¿Ves? Estaré bien. —Remy sonrió forzada. Heather negó con la cabeza, pero la joven prosiguió—: No podéis viajar en estas condiciones. Os matarán a los dos. Debo seguir sola.

—No me hace gracia. —Heather se frotó el rostro cansado con ambas manos.

—Ni a mí, pero tienes que reconocer que yo sí puedo ir al ritmo de los fae y vosotros no —dijo Remy con pesar.

—Remy… —Heather le tomó las manos y se las estrujó—. Sé que esos fae te parecen…

—Heather —la reprendió la joven.

—Necesito que me prometas que tendrás cuidado. Te conozco desde que eras una niña —dijo Heather con la voz rota y los ojos húmedos—. Juré por mi vida que te ocultaría y te protegería.

—Y lo has hecho, Heather, lo has hecho. —Remy la estrechó con fuerza. Qué natural era que esa mujer la abrazara—. Gracias. Me has salvado la vida incontables veces. —Ahora fue Remy la que se emocionó—. Eres tanto mi madre como la que me dio a luz. —Notó que Heather se tensó al oír aquello.

Esa mujer había sido una madre para ella. Había sido muy estricta con Remy, la había educado a más no poder, le había insistido en que no destacara, siempre de acá para allá…, pero la quería. La quería como una madre a su hija. Eso era evidente.

—Iré al templo de Yexshire y encontraré a las demás brujas rojas —le aseguró Remy, que se secó las lágrimas antes de que cayeran. Lo dijo más para convencerse a sí misma que a su tutora—. Nos veremos allí. No es un adiós, sino un hasta luego.

Heather asintió con la cabeza. Se separó de ella y se limpió las mejillas. Ambas sabían que no era un hasta luego. Era muy probable que no volvieran a verse nunca. Remy aún debía localizar el amuleto de Aelusien y llegar al templo de Yexshire sin ser vista. Parecían dos hazañas imposibles. Pero si había alguna posibilidad de triunfar, debían actuar con rapidez, y eso no ocurriría si sus dos amigos enfermos los retrasaban.

—Cuídate mucho, tesoro —le dijo Heather, que le tocó la mejilla, un gesto tierno raro en ella—. Y no confíes en nadie salvo en ti —volvió a advertirle.

Remy miró la cama. Fenrin respiraba por la boca con pesadez, pero abrió los ojos cuando Remy se sentó a su lado.

—Remy —dijo, y sonrió débilmente.

La joven agarró un trapo de la mesita de noche y le limpió el sudor de la frente con él.

Fenrin le hizo un gesto con el dedo para que abriera el cajón de la mesita.

—Ábrelo —le pidió.

Remy lo abrió y sacó un vial de cristal del tamaño de un dedal. Dentro había lo que parecía purpurina plateada y reluciente.

—¿Qué es esto? —preguntó mientras examinaba el vial.

—Es para ti —contestó Fenrin con voz ronca. Remy lo miró extrañada. El joven prosiguió—: Lo conseguí en un trueque en el penúltimo pueblo por el que pasamos. Es un vial con arena del puerto de las Arenas Plateadas. Sé que querías verlo, pero pensé que quizá esto...

Se detuvo para doblarse y toser con violencia. Remy volvió a notar un nudo en la garganta.

—Es precioso —señaló con la voz teñida por la pena. Hurgó en el bolsillo de su túnica nueva. Alguien ya le había cosido un bolsillo secreto para su bolsa de los tótems. Bri no descuidó ni un detalle cuando renovó el armario de Remy. Abrió la bolsita negra y guardó el vial de arena.

—Lo llevaré siempre conmigo —susurró.

Fenrin le sonrió desconsolado y sin ganas.

—Siempre hemos sido tú y yo contra el mundo, Fen —dijo Remy con voz trémula—. Eres mi mejor amigo. Te echaré de menos cuando no esté.

—Lo siento, Remy —dijo Fenrin con sus labios mortecinos y pálidos.

—¿Qué sientes? —preguntó Remy mientras le acomodaba la almohada.

Fenrin miró al techo con los ojos vidriosos y dijo:

—No haber sido suficiente para ti.

—Fen… —Remy no pudo disimular lo afligida que estaba.

Una parte de ella siempre había sabido que él la quería más que como a una amiga. Nunca la presionó ni trató de seducirla, pero ella sabía que se había hecho ilusiones. No era de extrañar que montase en cólera cada vez que un hombre le prestaba atención. No era de extrañar que corriese a chivarse a Heather de que Remy estaba coqueteando. A menudo hablaban del futuro, de las grandes aventuras que vivirían cuando no se cazasen a las brujas rojas y Remy no tuviese que esconderse. Siempre habían soñado con un futuro juntos. Una sensación desagradable y triste le retorció las entrañas al oír que su mejor amigo consideraba que no era suficiente para ella. Seguramente creía que Remy necesitaba una vida y una pareja mejor que lo que él podía ofrecerle, por ejemplo, las que le brindaría un príncipe. Notó el sabor amargo de la decepción de Fenrin.

El brujo sabía que le había hecho daño con sus palabras, pero les restó importancia con un gesto y le tocó el brazo a Remy.

—Ve a vivir aventuras por mí. —Su risa pareció más un resuello que derivó en un ataque de tos. Remy le dio palmadas con fuerza en la espalda para que sacara lo que le obstruía el pecho.

Hale volvió con Carys a la zaga.

—Se te ha acabado el tiempo. Vámonos.

Carys tomó las bolsas que había desperdigadas por el cuarto y Heather los frascos que había en la mesita de noche. Hale se dispuso a levantar en brazos a Fenrin.

—Puedo caminar —se quejó Fenrin, que usó toda su energía para incorporarse.

—No, no puedes. —Hale lo levantó en volandas.

Aunque el joven pasase por mucho el metro ochenta, Hale le ganaba en músculo y hacía que pareciera más pequeño. El príncipe, que llevaba a Fenrin como si fuese ligero como una pluma, salió a toda prisa de la habitación. Ahora que ya tenían el talismán de la Alta Montaña, debían huir de Ruttmore.

# Capítulo Catorce

Llevaron a Heather y Fenrin a la otra orilla del río a toda prisa y los metieron en un piso de tres plantas que daba a la otra riba. Era un piso completo, con cocina, baño, salón y dormitorio. Mucho mejor que cualquier sitio en el que se hubieran alojado. Dejaron las bolsas de comida que habían conseguido rápidamente los Águila por órdenes de Carys en la mesa de la cocina. Antes de partir, el príncipe dejó una bolsa de oro en la mesa. Heather protestó, pero Hale le restó importancia con un gesto.

Se abrazaron y se despidieron en un abrir y cerrar de ojos. Ya lo habían hecho de verdad en la posada.

Para cuando llegaron al descansillo, Remy apretaba tan fuerte la mandíbula que creía que se la rompería. Al menos de esa forma mantenía las lágrimas a raya. Aún más inquietante era lo inevitable. Lo presintió desde que Hale la sujetó de la muñeca en El Hacha Oxidada. Aún la recorría una descarga eléctrica cuando pensaba en ello. En el fondo, sabía que Hale era el inicio de una nueva aventura. Deseaba saber cómo acabaría.

—¿Estás bien? —le preguntó Hale con su voz grave y dulce. Estaba tan pegado a ella que Remy notaba el calor que emanaba su brazo.

—Sí —contestó Remy entre dientes. No quería que se compadeciera de ella. No era momento de llorar. Tenían que abandonar el pueblo antes de que Abalina fuera a por ellos o, peor, las brujas azules de Renwick descubrieran que había ganado un anillo falso.

—Embustera. —Hale sonrió con suficiencia y Remy se aguantó la risa. Pues sí que era obvio entonces.

La bruja respiró hondo y dijo:

—Podrán tirar años con el oro que les has dado. No puedo agradecértelo…

—Prueba —le dijo en tono provocador.

Remy acabó por mirarlo a los ojos. Le estaba sonriendo. Le había tomado el pelo para animarla.

—En marcha —los interrumpió Bri mientras tanto ella como Carys bajaban por el angosto hueco de la escalera.

Talhan estaba fuera sujetando las riendas del primero de cinco caballos; los demás estaban atados a un poste. El fae había abierto los morrales por la correa del medio y los había dividido en dos zurrones que descansaban a ambos flancos de los animales. Remy observó su nuevo morral lleno de ropa que le había comprado Bri. No sabía que se podían dividir en dos para que cargaran con ellos las bestias. Su antiguo morral era un costal de cuero con correas para los hombros.

El nuevo morral de Remy se hallaba en una yegua marrón caramelo.

La miró un segundo y Hale dijo:

—No sabes montar, ¿no?

Remy negó con la cabeza. Habían recorrido casi todo el camino desde la corte Oeste a pie y, de vez en cuando, habían viajado en carros y carruajes.

Talhan se maldijo.

—Perdona, lo he dado por sentado. Debería habérmelo imaginado. —Trasladó los dos morrales del caballo negro de delante a la yegua de Remy.

—¿Qué haces? —preguntó Remy mientras el guerrero cargaba a la hembra caramelo.

—Irás conmigo —le informó Hale.

Remy abrió la boca para quejarse, pero Bri silbó por lo bajo. Todos se quedaron paralizados. Era un sonido de advertencia. Miraron a la otra orilla del río, como ella. Al principio Remy no los vio, pero entonces localizó la posada, tan lejos y tan arriba que no era más que un puntito.

—¿Quiénes son? —susurró Remy, como si las personas a las que espiaban fueran a oírlos desde tan lejos.

—Guardias norteños —le respondió Carys—. Seis. No parece que hayan venido a tomar unas copas.

—Debemos irnos. Ya —dijo Talhan.

En ese preciso instante, Hale abrazó a Remy por la cintura y la subió a su caballo. La bruja se asió del cuerno de la silla a la vez que el caballo se movía. Remy estaba convencida de que el animal se ladearía tanto que acabaría cayéndose, pero entonces el caballo recuperó el equilibrio. Hale montó con facilidad y se sentó detrás de ella. La parte delantera del fae estaba pegada a la parte trasera de ella. Los muslos de Remy rozaban los músculos firmes de Hale; notó el vaivén regular de su pecho al respirar en la espalda; su trasero chocaba directamente con la pelvis del príncipe... Remy tragó saliva. No quería pensar en ello.

—Agárrate —le susurró Hale al oído. Su aliento le hizo cosquillas y la estremeció de arriba abajo. Sin embargo, sus pensamientos calenturientos se esfumaron en cuanto se pusieron en marcha.

La punta de una bota se clavó con dureza en la espalda de Remy.

—¿Qué? ¿Aquí? ¿En serio? —le dijo Remy entre dientes a quien fuera que interrumpía su primer descanso en varios días.

Llevaban tres días de viaje por las húmedas junglas del Sur sin parar. La naturaleza que los rodeaba era muy diferente a la de la corte Oeste. La jungla estaba plagada de plantas espinosas y punzantes, arañas como platos y enjambres de insectos que picaban. Los senderos estaban tan cubiertos de vides frondosas que debían turnarse para despejar el camino para los caballos. Remy se ofreció a ayudar con su magia porque le dolían las caderas y los muslos de tanto montar. Andar era más sencillo aunque tuviese que hacer magia todo el rato para apartar el follaje. Y de paso ponía tierra de por medio entre ella y Hale. No se habían cruzado con nadie en varios días. Tendrían suerte si quienes los seguían habían perdido el rastro o iban en dirección contraria.

Remy había oído a Bri levantarse del saco que tenía detrás, pero rezó para que la guerrera fae solo necesitara aliviarse. Pero no, ahí estaba, vestida y lista para entrenar.

—Sí. No se entrena solo cuando es oportuno. —Bri mantuvo un tono bajo y amenazante.

—Pues en Ruttmore no practicamos —refunfuñó Remy con la boca pegada a su brazo.

—Y seguro que ya te resientes. —Volvió a azuzarla con la dichosa bota.

Remy hizo ademán de agarrar el arco que había en el morral, encima de su cabeza. Con cuidado de no molestar a Carys, que dormía enfrente de ella, se dispuso a atacar a Bri con su arma cuando se topó con la pierna de la guerrera.

Bri rio entre dientes.

—¿Ves? Si hubieras entrenado, quizá podrías haberme tumbado. En marcha.

—Con el calor que hace… —Remy recordó cuando Heather la sacaba a rastras de la cama siendo una niña.

—Por eso practicaremos antes de que salga el sol —dijo Bri.

Remy entreabrió los ojos al oír eso. Aún estaba oscuro. Un finísimo haz de luz emergía de la espesura. La bruja se tapó hasta la barbilla. Habría olvidado la manta, pero había demasiados bichos en ese sitio; tantos que se la comerían viva mientras dormía.

Remy se apoyó en un codo y echó un vistazo a los morrales apilados y al príncipe del Este, que dormía de costado. El pelo le ocultaba los ojos y su respiración era lenta y pesada. Cambiaba mucho cuando por fin dejaba de estar tenso. No apretaba la mandíbula y tenía los hombros relajados. A Remy le gustaba esa faceta suya. Llevaba tres días mirándolo dormir de cuando en cuando.

Apenas habían hablado desde que abandonaron Ruttmore. Remy solo lo atribuía a que Hale se arrepentía de su actuación la noche de la timba de póquer. Se habían desinhibido en la corte Sur. Habían tomado muy en serio su papel. El péndulo de los sentimientos de Remy por el príncipe del Este oscilaba bruscamente entre la necesidad de alejarse de él y el impulso de acercarse lo máximo posible.

—Va. —Bri volvió a azuzar a Remy—. Que mañana, cuando lleguemos a la corte Este, no podremos entrenar tanto. Tenemos que practicar al menos una sesión más si no quieres perder el músculo que tanto me ha costado desarrollar.

Remy resopló al oír cómo se refería a sí misma. Ahora Bri se creía que tenía músculos gracias a ella.

Les esperaban tres días más de excursión por la selva hasta alcanzar el pueblo portuario de Westdale, a orillas del río Crushwold. Habrían tardado menos de haber seguido el camino principal, pero Hale insistió en que debían dar un rodeo por si los soldados del Norte iban a por ellos. En cuanto cruzaran el río Crushwold estarían en la corte Este, y allí Renwick no podría tocarlos.

Más adelante, se oyó el chasquido de unas ramas al partirse. Remy se fijó en que el saco de Talhan estaba vacío y en que la atmósfera de la jungla había cambiado. El fae maldijo por lo bajo mientras regresaba al campamento.

—¿Sabes algo? —le preguntó Bri a su mellizo.

Talhan atravesó en tromba la espesura, como si hubiera vencido a un monstruo para volver con ellos.

—Sí —dijo con voz jadeante—. Están bien.

A Remy se le fue el cansancio al oír esas palabras y se incorporó.

—¿Has hablado con Heather y Fenrin? —inquirió esperanzada. Remy les había atosigado día tras día para que contactaran con sus amigos por medio del fuego fae y comprobaran si estaban bien. Al parecer, Talhan había cedido por fin.

Remy se planteó usar la vela de bruja roja que llevaba en el bolsillo exterior de su nueva alforja. Así podría contactar con Heather. Pero eso sería todo. La vela de bruja solo funcionaba una vez. A lo largo de los años, Remy había considerado encenderla infinidad de veces. Con la esperanza de que hubieran sobrevivido al asedio de Yexshire, pensó en emplearla para llamar a sus padres o a sus hermanos. Sin embargo, una vocecilla triste y apenada no dejaba de repetirle que nadie respondería a su llamada y que estaría desperdiciando la vela.

—He hablado con Neelo —dijo Talhan. Remy alzó las cejas a más no poder. ¿Talhan se había comunicado con la persona heredera de Saxbridge?—. Ha enviado a algunos guardias para que les echen un ojo a Heather y Fenrin.

—¿Y? —preguntó Remy tratando de disimular su impaciencia.

—Fenrin ya está casi curado. Tres días de reposo han sido mano de santo para él. —Remy dejó de notar la opresión del pecho. Fenrin estaba bien.

El frasquito de arena plateada que le regaló estaba a buen recaudo en su bolsa de los tótems junto con el anillo de Shil-de. Cuanto más se alejaban de sus compañeros, más los añoraba.

—¿Y Heather? —La bruja se incorporó y se calzó las botas. Había dormido con la ropa de montar porque era más gruesa y así los bichos no le picaban en las piernas.

—Heather ha enfermado —contestó Talhan que, sin embargo, añadió—: Pero lo lleva bien; ni por asomo está tan mal como estaba Fenrin. Les ha dicho a los guardias que se repondrá en un par de días.

—Qué bien. —Remy empezó a sonreír, pero se quedó a medio camino al ver la cara que ponía Talhan—. ¿Qué pasa?

Reacio a hablar, pateó la vid de hojas dentadas que tenía delante.

—Heather les ha dicho a los guardias que, una vez recuperada, volverán al Oeste. —El talante alegre tan típico de Talhan lo había abandonado al pronunciar esas palabras, como si esperase a ver cómo reaccionaba Remy.

Carys habló con la cabeza enterrada en su saco.

—Sabéis que me importan los dos —gruñó—, pero ¿podemos hablar de ello en tres horas? Como no os calléis, voy a capturar una serpiente amarilla y os voy a clavar sus colmillos.

Talhan rio por lo bajo, se quitó las botas y se tumbó en su saco. A Remy le sorprendió que hubiera madrugado tanto para ver cómo estaban sus amigos. Supuso que ahora también eran amigos de todos ellos. Era evidente que los fae también les habían tomado cariño a las brujas marrones. Y ahora sabían que lo más probable era que no volvieran a verles nunca.

Remy esperó a que el dolor dejara de reflejarse en su semblante para moverse. Heather y Fenrin no los seguían al Este y volvían a la corte Oeste. Tenía sentido. Si pensaba con lógica, Remy sabía que estarían mejor allí. Al fin y al cabo, era su hogar. Y quizás algún día fueran a Yexshire y se reencontraran. Pero Remy y los guerreros fae del Este aún necesitaban hacerse con el amuleto de Aelusien. Escalar el monte Aelusien, también conocido como la Cima Podredumbre, sería una misión peligrosa. Una parte de Remy se alegraba de que sus amigos no quisieran venir. Estaría más preocupada por ver cómo subían las laderas mágicas que por dar con el talismán de la Alta Montaña. Asimismo, la joven se preguntó si habrían decidido no seguirlos por lo que le había confesado Fenrin. Volvió a asaltarla una punzada de culpabilidad. Lo había estropeado todo. Se habían pasado toda su vida escondiéndola y nunca se lo había recompensado. Encima le había hecho ilusiones a Fenrin y había desoído las advertencias de Heather. Los había defraudado a ambos.

Como si notara que estaba melancólica, Bri la sujetó del brazo y la ayudó a levantarse.

—A entrenar —dijo como si esa fuera la respuesta a todo mientras se la llevaba.

# Capítulo Quince

Remy no había navegado nunca. Se aferraba a la barandilla como si le fuera la vida en ello mientras la barcaza de madera destartalada surcaba el río Crushwold. A su espalda se hallaba la corte Sur y, ante ella, tan lejos que solo era un punto en el horizonte, se vislumbraba la costa de la corte Este. Su piel seguía apestando a la humedad de la selva. La última semana había sido un suplicio. La fresca brisa del río debería haberla aliviado..., pero no en un barco que se balanceaba sin control.

La magia de las brujas rojas animaba objetos y, si era lo bastante potente, los mantenía en movimiento, como la fuente del árbol de las plegarias. Hacía mucho que habían embrujado esa barcaza. Habrían hecho falta cientos de brujas rojas para hechizarla y hacer que fuese de un lado a otro sin velas ni remos durante tantísimos años. Solo las brujas rojas poseían la magia necesaria para hechizar objetos inanimados. A Remy le sorprendió que su magia perdurase pese al montón que murieron asesinadas. Se preguntó cuántos años más resistiría aquella barcaza antes de averiarse para siempre. Quedaban muy pocas brujas rojas. Llegaría un día en que ya no habría más objetos mágicos como ese.

Carys y Hale habían ido a la otra punta del barco para conversar y Remy estaba encaramada a la barandilla, entre los mellizos Águila.

—¿Te mareas? —le preguntó Talhan al verla tan paliducha. El barco surcó las olas picadas con brusquedad. Al menos el viento en la cara aplacaba su estómago revuelto.

—Me siento de todo menos segura —dijo Remy con los dientes apretados. Estaba convencida de que la barandilla se astillaría si se agarraba más fuerte.

—Si sabes nadar, no pasa nada. —Bri miró de soslayo a Remy y le preguntó—: ¿Sabes nadar?

—¡¿Que qué?! —exclamó Remy, que respiraba cada vez más rápido. La impredecibilidad del vaivén hacía que le temblaran las canillas.

—Está bromeando —repuso Talhan, riéndose—. La barcaza es segurísima. Es lo que usamos normalmente para venir al Sur.

Sus palabras no tranquilizaron a Remy. Había aprendido a nadar de niña cuando se hospedaba con Heather en pueblos con ríos o estanques, pero nunca había nadado en aguas que la cubriesen o en las que hubiese un fuerte oleaje o corriente.

—¿Os hace ilusión volver a vuestra corte? —preguntó Remy para olvidarse del vaivén del barco.

—No es que tengamos muy buena relación con la corte Este —bufó Bri.

—¿Tenéis familia en...?

—No —la interrumpió la fae. No, no tenían familia en el Este y punto. Se acabaron las explicaciones.

—Me muero de ganas de comerme unos *chimney cakes* de la panadería del barrio de los jardines —dijo Talhan mientras guiñaba un ojo—. Quizá su alteza nos conceda un par de días para disfrutar de la ciudad antes de volver a poner rumbo a las montañas.

—Lo dudo —dijo Bri—. El rey le ha encomendado una misión; una misión que aún no ha llevado a cabo, por lo que solo estaremos de paso. —Se arrancó un trocito de uña con los dientes y lo escupió al agua—. Con suerte no nos cruzaremos con nadie de la realeza.

Carys los llamó desde atrás.

—Hale tiene que hablar contigo en la parte posterior del barco.

—Mientras no sea bajo cubierta... —protestó Remy.

Al ver la mala cara que tenía, Carys rio por la nariz.

—Tú mira al frente —le aconsejó Bri en tono condescendiente mientras le daba palmaditas en la mano con la que aún se agarraba a la barandilla con una fuerza titánica.

Remy se dirigió a la popa temblando. Allí, la orilla de la corte Sur se veía cada vez más y más lejos. No había más pasajeros, pues la mayoría deseaban atisbar la corte Este. Hale apoyaba los brazos en la balaustrada con confianza.

Remy se acercó a él tambaleándose como un cervatillo recién nacido. Hale, al verla, se dispuso a lanzarle alguna pulla, pero Remy lo cortó.

—Ni se te ocurra —masculló.

Hale no dijo ni mu, pero esbozó su dichosa sonrisilla.

Remy se agarró de la barandilla con fuerza para no bambolearse. Hale contemplaba Westdale mientras hacía girar una flor morada entre las manos. Debía de haberla agarrado antes de embarcar.

—¿Y eso? —preguntó Remy, que miró la delicada flor con las cejas alzadas.

Hale se la ofreció con expresión sombría y Remy la olió con ganas.

—¡Qué bien huele! —exclamó. Desprendía un maravilloso aroma afrutado y dulce—. Me recuerda a algo…, pero no sé a qué.

—*Veliaris rudica*, más conocida como la amatista floreciente. Es una flor silvestre que solo crece a orillas del río Crushwold. Las brujas moradas de antaño la apreciaban mucho. —Daba la impresión de que Hale tenía la cabeza en otra parte mientras hablaba—. Quizá la hayas olido alguna vez. La usaban en muchos perfumes. Hubo un tiempo en que era la favorita de la realeza de la Alta Montaña. Tal vez la recuerdes si pasaste mucho tiempo con ellos de niña.

A Remy se le encogió el corazón. Sí, sabía de dónde provenía el olor. Ninguna palabra o sonido la retrotraía al pasado como ese aroma. Notó el escozor propio de las lágrimas mientras su cabello movido por el viento azotaba sus mejillas. Se tragó el nudo que se le había formado en la garganta y volvió a oler la flor.

—Huele de maravilla —susurró Remy para que no se le entrecortara la voz.

—Era la favorita de mi madre —dijo Hale mientras veía los pétalos morados girar en la mano de Remy.

—¿Era? Lo siento…

—No está muerta —la corrigió Hale—, aunque, con lo poco que nos vemos, bien podría estarlo.

—¿No vive en la capital? —Remy volvió a darle vueltas a la flor. Se dio cuenta de que ya no se agarraba tan fuerte al pasamanos. Estar con Hale les daba firmeza a sus piernas.

—Veo que los rumores y cotilleos de la corte Este no han llegado a tu pequeña taberna del Oeste. —Hale rio sin ganas. Remy negó con la cabeza—. Mi madre vive en la costa Este, en un pueblo pesquero dejado de la mano de los dioses llamado Haastmouth Beach. Mi padre la desterró allí cuando se desposó con la reina actual.

Remy se contuvo para no ahogar un grito. ¿Que la desterró? ¿Cómo podía el rey ser tan cruel con la mujer que dio a luz a su primogénito?

—¿Por qué? —Fue lo único que se le ocurrió preguntar.

—Creo que la quería de verdad, pero al pertenecer a una clase social más baja, se interponía entre él y sus aspiraciones. La realeza de la corte Este no suele casarse por amor. —Hale exhaló mientras Remy le devolvía la flor—. Cuando anunció que se desposaría con la reina actual, mi madre estalló. Dicen que se volvió loca y que sería más considerado expulsarla que encerrarla.

Remy apretó la mandíbula para que no se le desencajase.

—¿La habrían encerrado?

—Me mantuvieron apartado de ella durante años... Tenía seis años cuando se fue. Seis años más tarde salí a buscarla. —Tenía la misma edad que Remy cuando perdió a sus padres—. Obviamente, la mujer no había cambiado nada. Estaba triste, sí, pero en sus cabales. Creo que mi padre la quería y que por eso la echó.

—Qué feo. —Remy se mordió el labio inferior.

—Después de aquello, la visité cada ciertos meses durante años. Cuando era adolescente, veraneaba allí todos los años. Mi padre me lo permitía las semanas en que mis tutores estaban fuera, de vacaciones. Me hice amigo de los lugareños. Aprendí a pescar y nadar con olas gigantes. Siempre le llevaba a mi madre un ramo enorme con las amatistas que encontraba en la ribera este del Crushwold. No crecen junto al mar.

—Qué recuerdos más bonitos... —*Sin embargo, cuando hablas de ella lo haces con pena. ¿Qué ocurrió?*, quiso añadir.

—Llevo diez años sin verla. Mis soldados me dicen que sigue viva —susurró Hale tan bajito que Remy tuvo que esforzarse para oírlo por encima del azote del viento.

—¿Y-y eso? —inquirió.

—Con dieciocho años, mi padre me asignó la primera misión. Debía reunir a un ejército de soldados para acabar con el control norteño en la aldea oriental de Falhampton. Debía expulsarlos. Vigilar que construyesen mejores muros y atalayas. Entrenar a los aldeanos para que supieran defenderse en caso de ataque. Era el trabajo de un general y, sin embargo, me lo adjudicó pese a mi comportamiento infantil y fiestero. —Hale resopló—. Hace poco me di cuenta de que mi padre creía que no lo lograría. Solo me envió para quedar bien.

—Pero ¿lo lograste? —Remy miró al río con una sonrisa cómplice. Hale se animó un poco al verla sonreír.

—Vaya si lo logré. Costó casi un año. Y cuando regresé, tendrías que haber visto la cara de mi padre. Era la primera vez que de verdad reconocía mi valía. Me ascendió a general, el más joven del reino. —Remy notó que se le henchía el pecho de orgullo para enseguida volver a desinflársele—. Tenía pensado visitar a mi madre al volver, pero mi padre me lo desaconsejó. Debía demostrarle a mi pueblo que era un digno príncipe del Este y que había elegido a mi padre y la corona en vez de a mi madre.

—Qué tontería —soltó Remy acompañado de un aspaviento.

Como si hubiera salido del trance, Hale la miró y se echó a reír.

—Ojalá me lo hubieras dicho entonces. —Arrojó la flor al río y vio cómo se la llevaba la corriente de aguas agitadas—. Le escribí una carta en la que me disculpaba por no ir a visitarla y le contaba que hacía poco me habían nombrado general y debía centrarme en mis obligaciones. Me contestó con otra.

—Supongo que lo entendió. —Remy ya sabía la respuesta.

—Sí. —Hale entornó los ojos y le sonrió con pesar—. Me dijo que estaba orgullosa de mí, que ya sabía dónde encontrarla cuando estuviese preparado y que no me olvidase de llevarle un ramo de flores. —Suspiró—. Con el paso de los años, me daba más vergüenza. Me costaba horrores hacer el viaje. Cada vez veía menos probable que me perdonara.

—Te perdonará —dijo Remy confiada mientras le chocaba el hombro.

—Pareces muy convencida. —Hale rio por lo bajo.

—Es que lo estoy. —Remy volvió a chocarle el hombro—. Tu madre te quiere. El amor de una madre… no desaparece con los años. Arde con fuerza para siempre.

—¿Quién te ha dicho eso? —La miró con los hoyuelos marcados.

—Mi madre —contestó Remy.

En aquel instante, parecían dos niños pequeños que echaban de menos a sus madres en la popa de un barco. Era una parte vulnerable y arraigada que no acostumbraban a mostrar a los demás. Remy veía su dolor reflejado en el rostro de Hale. Así parecía menos un príncipe y más una persona normal, un hijo con una familia a la que quería y añoraba. Como ella.

—Cuando encuentres al príncipe heredero y le devuelvas su lugar en el trono, irás a ver a tu madre con un ramo de flores gigante que olerá de maravilla, y ella te sonreirá y te abrazará como si no hubiera pasado el tiempo. —Remy sonrió. Con la vista perdida en el horizonte, se imaginó yendo a ver a su propia madre.

La madre de Hale aún vivía. Remy no podía permitir que su vergüenza le impidiese volver a verla. Le dolía en el alma pensar que alguien tenía la oportunidad de abrazar de nuevo a su madre y no lo hacía.

—Tienes clarísimo que pasará —dijo Hale. Se había ido acercando a ella y ahora sus costados se tocaban. Era un gesto muy íntimo después de días sin cruzar la mirada.

—Es que pasará. —Remy asintió.

—¿Cómo lo sabes?

—Porque me aseguraré de que así sea —contestó Remy con confianza.

—¿Piensas quedarte cuando todo esto acabe? —inquirió Hale, que volvió a observar el río—. Eres una bruja roja. Querrás quedarte en Yexshire.

—Las brujas rojas servían a las cortes de cada reino, no solo a la corte de la Alta Montaña. —Remy no podía creer lo que insinuaba al decir aquello, pero se obligó a continuar—: Y tanto a ti, alteza, como a vuestra panda de zarrapastrosos os vendría de perlas que una bruja roja os guiase.

Hale rio satisfecho y dijo:

—Sí, supongo que tienes razón. —Agachó la cabeza para mirarla. Sus caras estaban tan cerca que Remy notaba el cálido aliento del príncipe en la mejilla—. Creo que eres la primera bruja que conozco que se atreve a hablarme con tanto descaro. No quiero a gente que me diga lo que quiero oír. Lo que espero de mis soldados es que sean sinceros conmigo, que me digan cuándo me paso de la raya y me sean leales si yo les soy leal a ellos.

—Tienen pinta de ser buena gente. —Si los demás miembros de su tropa se parecían a Carys, Talhan y Bri, seguro que lo eran.

—Lo son. —Se le suavizó la mirada y la observó detenidamente cuando dijo—: Entonces, ¿te interesa el puesto? ¿Estás dispuesta a seguirme?

Remy se encogió de hombros, a lo que Hale sonrió de oreja a oreja. La bruja habló más bajo de lo que pretendía cuando dijo:

—Te prometo lo mismo que tu tropa: te seré leal mientras tú me seas leal a mí.

Hale esbozó una sonrisa, una sonrisa genuina, y suspiró. Su aliento le hizo cosquillas en los labios. Se le pusieron los vellos de punta, como si ellos también desearan tocarlo.

Remy se había pasado toda la vida escondiéndose y, aun así, seguía en peligro. Quizá vivir abiertamente como una bruja roja y contar con la protección de un fae de la realeza fuera una alternativa mejor para ella. Era consciente de que la misión en la que se habían embarcado fracasaría algún día, y necesitaba que alguien la protegiese cuando se diesen cuenta de que no lo lograrían. Pero había algo más. Una parte de ella deseaba seguir con Hale pese a todo.

La sonrisa del príncipe se amplió conforme la miraba.

—Y como mi nueva bruja en jefe, ¿qué me aconsejas?

—El primer consejo que te doy es que vayas a ver a tu madre. —Remy sonreía tanto que los pómulos le cerraban los ojos.

Hale se acercó y le pasó los mechones que azotaba el viento por detrás de la oreja. Desconcertada por la ternura con la que lo hizo,

Remy lo miró. Estaba atrapada en la larga mirada que compartían, perdida en sus ojos grises.

El barco dio un tumbo que los tiró hacia delante. Remy se aferró a la barandilla mientras la barcaza recuperaba el equilibrio. Hale apretó los labios para no reírse de ella.

—Entonces sospecho que no te mueres de ganas de volver a casa —dijo Remy para cambiar de tema.

—No. —Hale suspiró—. La corte Este es hermosa y agradable, o eso dicen, pero a mí no me ha dado nunca esa sensación.

—Lo siento.

—Por eso quería hablar contigo —prosiguió Hale—. Cuando arribemos a la otra orilla del Crushwold, tendré que... ser otra persona.

—¿Una más principesca? —preguntó Remy en broma.

—No, es que... —Se trababa tanto que Remy se arrepintió de haber sido frívola—. El mundo me considera... Me llaman *el príncipe bastardo*.

—Lo sé —repuso Remy. Ella misma lo había llamado así; detestaba haber usado esas palabras como si fueran un arma—. Siempre lamentaré haberte llamado así.

Hale la miró y, sonriendo de medio lado, musitó:

—Gracias.

Remy era consciente del daño que podían hacer esos apodos. Era consciente de que, con el paso de los años, el término «bruja» se había convertido en un insulto, como si fuera algo malo o deshonroso. Y era consciente de que, por más que uno se esforzase en no dejarse afectar por esos apodos, estos pervivían. Entonces alguien se los creía. Le reconcomía saber que siempre lo había llamado bastardo; ella también se había sumado a la creencia popular.

—Entonces, ¿te transformarás en la persona que temen que seas? —aventuró Remy.

—Qué gusto. —A Hale se le arrugaron las comisuras de los ojos.

—¿El qué?

—Hablar con alguien que de verdad entiende lo que es fingir ser alguien que no eres.

Remy contempló el río y carraspeó.

—Sí. Ocultar mis poderes de bruja roja era mi única meta en la vida.

Ya no vislumbraba las costas sureñas del río. El barco encantado se aproximaba a la otra orilla. Viajaban a una velocidad pasmosa.

—He decidido que entres en la ciudad con Carys. Te quedarás con ella hasta que llegue el momento de partir hacia la Cima Podredumbre. —Hale se miró las manos. Remy se volvió hacia él con una pregunta en los labios—. Lamento que tengas que volver a esconder tus poderes.

—¿Por qué? —dijo—. ¿No debería ir contigo? Doy por hecho que saben que has encontrado a una bruja roja y que esta tiene el anillo.

—No quiero que ni tú ni el anillo estéis cerca de mi padre —dijo Hale con los dientes apretados y la mandíbula crispada de nuevo—. Saber quién eres y dónde está el anillo le da un poder a mi padre que no estoy dispuesto a concederle.

—¿Crees que se lo quedará? —quiso saber Remy—. Pero ¿no fue idea suya encontrar al príncipe heredero y juntarlo con los talismanes perdidos?

—Sí —contestó Hale, que volvió a centrarse en la cara de Remy—, pero, aun así, no me fío ni de él ni de sus consejeros.

—¿Por qué no? —preguntó. Al instante se arrepintió, pues el lenguaje corporal de Hale hablaba por sí solo. El príncipe no confiaba en su padre por múltiples razones. Había una historia ahí que Remy ignoraba—. No hace falta que me lo digas —agregó—. Confío en tu criterio.

Hale volvió a aguantarle la mirada largo y tendido. Remy se veía reflejada en sus ojos. Eran como un espejo de su alma, de su miedo, de sus heridas. Había algo ahí, una magia que solo compartían ellos dos.

—¿Y tu padre no sabrá quién soy si voy con Carys? —preguntó Remy.

—Carys se unió a nuestras filas desde la corte Sur en una de nuestras escaramuzas en la frontera con la corte Norte hace un año —repuso Hale—. Mi padre conoce a Bri y Talhan, pero a ella no. De todas formas, no tardarán mucho en darse cuenta de quién es la bruja roja que hemos traído, pero con suerte para entonces ya volveremos a estar de camino a las montañas.

—¿Estarás bien? —inquirió Remy. Su pregunta sorprendió a Hale, pero lo disimuló bien.

—Estoy acostumbrado a meterme en la guarida del león. —Hale simuló una risa, pero a esas alturas Remy lo conocía lo bastante bien como para saber que no era sincera—. Pero me alegro de no arrastrarte conmigo.

—No sé yo… —Remy se mordió el labio—. Se me da muy bien hacer de bruja roja complaciente.

—¡Y que lo digas! —Hale volvió a reír y, esta vez, su sonrisa fue más genuina. Jugueteó con la cuerda roja que seguía rodeándole la muñeca, como si recordara los momentos que habían vivido juntos en el sur—. Pero no quiero montar un espectáculo como en Ruttmore.

—Ah. —Remy trató de disimular el chasco que se había llevado. Hale no quería repetir lo que pasó en Ruttmore.

—Mi padre es un hombre muy espabilado; es más observador que la mayoría. Y como nos vea juntos lo sabrá —dijo Hale.

—¿El qué? —musitó Remy.

—Que no estoy fingiendo.

Remy se quedó paralizada al oír su confesión. La soltó como si nada y, no obstante, ella era consciente de lo significativo que era decir esas palabras en alto. Hale se apartó de la barandilla y dejó a Remy con su declaración. No quería que se acercara al rey porque se preocupaba por ella y no quería que le hiciera daño para llegar a él. La joven abrió y cerró la boca. ¿Qué iba a decirle? ¿Que el sentimiento era mutuo? Desconocía lo que aquello supondría para ambos.

Se oyeron gritos desde tierra, a lo lejos. Habían llegado a la corte Este.

# Capítulo Dieciséis

Una multitud de mirones y guardias reales recibieron a Hale, Bri y Talhan. Remy oteó desde el barco cómo el príncipe del Este ocultaba su expresión tras su particular máscara. Se lo veía engreído, con un aire perezoso y mayestático al saludar y guiñar un ojo a la multitud. Les lanzó unas monedas de oro a unos niños con el pulgar y rio como si se regodeara con sus vítores. Esa risa le chirrió en los oídos a Remy. Detestaba ser testigo de esa farsa, pero no tuvo que seguir mirando mucho más. La comitiva de bienvenida había traído monturas para Hale y los Águila, que pusieron rumbo a la ciudad antes de que Carys y Remy bajaran de la barcaza con los demás pasajeros.

El puerto de Wynreach estaba repleto de bellos navíos. Uno estaba izando las velas, listo para surcar el Crushwold y hacerse a la mar. La corte Este era famosa por sus buques mercantes. Viajaban por todo Okrith transportando productos orientales de todo tipo, desde lana hasta perfumes.

La corte Este había fundado la ciudad de Wynreach entre espesos pinares y colinas ondulantes e idílicas que se extendían hasta donde alcanzaba la vista. Remy sabía que justo después se hallaba el mar. La mayoría de los edificios estaban decorados con intrincados motivos de madera, un reflejo de la historia carpintera y forestal que se repetía por toda la ciudad. En la capital se respiraba una mezcla a achicoria ahumada, pan recién horneado y la rasca que anunciaba que se acercaba el invierno.

En el centro de la ciudad se alzaba el castillo de Wynreach. Sus doce torres estrechas conectaban con unos muros gigantes de piedra gris y dominaban el horizonte. En los muros exteriores había ventanitas para los arqueros, mientras que en los interiores había unas vidrieras altísimas. Ya desde el río se apreciaba el brillo de los vitrales. El castillo era una curiosa combinación de belleza y muerte; sus primorosas torres y ventanas contrastaban drásticamente con las murallas de piedra gris y el armamento de combate.

Hale y los mellizos Águila se habían perdido entre la multitud y, a través de caminos sinuosos, se dirigían al castillo, en lo alto de la colina. Ese castillo era el hogar del príncipe. Remy pensó que le iba como anillo al dedo, pues el príncipe también era una curiosa combinación de belleza y muerte. Se miró las manos y pensó en lo que le había dicho hacía un momento. Que no quería que fuera al castillo porque su padre descubriría que Hale le tenía cariño de verdad.

Le tenía cariño de verdad. Se preocupaba por ella.

Remy negó con la cabeza. No podía imaginar un futuro próspero, aunque derrotaran al rey Vostemur. No habría paz. No vivirían felices ni comerían perdices en el castillo que tenía delante. Ella no pertenecía a aquel lugar. Conocía las consecuencias del rumbo que había elegido y no le importaban lo más mínimo. Su deseo de estar en la vida de Hale acabaría matándola. Eso era lo que le había advertido Heather.

El brazo de Carys en su codo la sacó de su bucle de preocupación. La fae rubia condujo a Remy entre el gentío.

Carys se movía por la ciudad con soltura. Remy no daba crédito a lo atestada que estaba. Incluso al abandonar la vía principal, las calles estaban a rebosar. Carretas, cajas y puestos llenos de mercancía variopinta inundaban las calles angostas. El olor de la muchedumbre se colaba en las fosas nasales de Remy; era el mismo hedor que se respiraba en las tabernas a las tantas de la mañana, después de que demasiados borrachos se hubiesen pasado demasiadas horas bailando.

—Por aquí —dijo Carys, que volvió a tirar del brazo de Remy.

La bruja se recolocó el morral en la espalda. Carys las condujo a una calle secundaria más tranquila, con viviendas de tres pisos llenas de gente. Era una zona residencial de la ciudad, a un paso de los suburbios. Por encima de sus cabezas, bien alto, había cuerdas de tender en las que se secaban los uniformes de los criados y la ropa de los niños. Allí vivían los humanos que servían a los fae.

—¿Vives con los humanos? —preguntó Remy mientras observaba las prendas colgadas.

—No paso mucho tiempo en la ciudad, pero mi hermana sí, así que nos quedaremos con ella mientras estemos aquí —contestó Carys mientras se agachaba para pasar por otro callejón sin nombre.

Incluso en aquella parte de la ciudad, los alféizares y las puertas de las casas tenían grabados muy elaborados, con adornos dibujados y pintados al detalle. Eran preciosos, incluso ahí. Toda la ciudad estaba envuelta en un halo artístico, vital y colorido que no casaba con la imagen del rey Norwood que le habían pintado Hale y sus guerreros.

—¿Tu hermana vive con los humanos? —inquirió Remy. Los fae eran muy retraídos. Gobernaban todos los reinos del territorio gracias a la ayuda de las brujas, pero consideraban a los humanos sus sirvientes. Ahora las brujas pertenecían a una clase aún más baja; tanto que muy pocas vivían en libertad y sin servir a un amo fae. Remy sabía lo que era que te trataran como si fueras inferior a los demás. No lo olvidaría nunca. No se imaginaba a los humanos viviendo a gusto con los fae.

—No es mi hermana del todo —repuso Carys. Su larga trenza rubia se meneaba detrás de ella al caminar—. Es mi hermanastra. Es mitad fae.

Ese dato hizo que Remy frenara en seco. Por un momento, se quedó ahí pasmada. Luego volvió a seguir a Carys.

—No sabía que existía gente mitad fae —dijo Remy, desconcertada. Ni siquiera había considerado que fuera posible. ¿Por qué no se lo había planteado nunca? Sabía que los fae de la Alta Montaña tenían sangre de bruja, pero… jamás había oído de fae que se mezclasen con humanos.

—Pues existen —dijo Carys—. Para desgracia de muchos fae. Se deshacen de casi todos los mestizos.

Sus palabras hicieron mella en Remy. Las dijo muy tranquila —demasiado tranquila— para lo que implicaban. Los fae no querían mestizos porque ponían en peligro el mundo que con tanto esmero habían creado, un mundo en el que reinaban los fae.

—¿Tenéis el mismo padre o la misma madre? —preguntó Remy, aunque ya se olía la respuesta.

—El mismo padre —le confirmó Carys con tono amargo—. Cuando la madre de Morgan descubrió que estaba embarazada huyó a la corte Sur, pues le daba miedo lo que haría mi padre.

—¿Cómo supiste de su existencia? —inquirió Remy, que agarró el arco que llevaba en la mano izquierda con más fuerza. Durante sus caminatas lo había llevado siempre atado al morral, pero al recorrer una ciudad extranjera se sentía más segura sujetándolo.

—Mi padre me lo confesó en su lecho de muerte —contestó Carys con la fría indiferencia y la fachada de guerrera inflexible que no era más que un papel, como bien sabía Remy—. Mi padre sabía de la existencia de Morgan. Mantuvo a su madre y se aseguró de que ambas vivieran bajo un techo y no les faltara de nada; todo a espaldas de la madre de Morgan. Pero no le habló de ella a ninguno de mis allegados hasta que le llegó la hora..., bueno, a ninguno, salvo a Ersan.

Remy no había oído nunca ese nombre, pero creía saber quién era. Carys le había confesado con anterioridad que abandonó la corte Sur porque le rompieron el corazón. Que no entrara en detalles sobre quién era Ersan se lo dijo todo.

—Lo siento —dijo Remy, que intentó ser delicada con sus palabras..., sin éxito—. Al menos trató de hacer lo correcto.

—No, de eso nada —masculló Carys. Remy no tenía claro si se refería a Ersan o a su padre—. Es mi única hermana y no supe de su existencia hasta hace un año. Mi madre murió cuando yo era una niña y mi padre estuvo ausente casi todo el tiempo. —Carys se agachó para esquivar una manta que colgaba bajo—. No sabía que tenía familia.

Remy conocía muy bien el dolor que rezumaban esas palabras. Ella tampoco tenía familia. Pero tenía a Heather y Fenrin. Llevaba con Heather desde los siete años, un año después del asedio de Yexshire, y Fenrin llegó a su vida cuando tenía doce, y enseguida se hicieron mejores amigos. Pensar en ellos hizo que le entrara la nostalgia. Lamentaba la forma en que se habían separado, la facilidad con la que había ignorado las preocupaciones de su tutora a la vez que se deshacía de ellos como si fueran una hogaza de pan duro. Eran su familia y no los había valorado suficiente. Le asaltaron recuerdos de la corte Sur: los jardines frondosos, los deliciosos manjares, los bellos ropajes… Se preguntó cómo le iría a Fenrin y si se encontraría mejor aquel día. Se preguntó si regresarían al Oeste y luego se dirigirían al Norte para reunirse con ella en Yexshire o si se quedarían en el Sur con su bolsa de oro. Era consciente de que era una ilusa por esperar que fueran a Yexshire. Si ir al Norte ya era peligroso, no digamos ir allí siendo bruja. Rezó para que no la siguieran.

—Es aquí —dijo Carys más para sí que para Remy. Se había detenido ante una puertecita de madera, en un callejón. Había espirales turquesa, violeta y oro talladas en la madera, pero la pintura se estaba desconchando. La escalera de la entrada estaba impecable y un par de macetas sencillas con hierbas decoraban la entrada. Carys subió un peldaño y llamó a la puerta.

Un hombre humano abrió.

—¡Carys! —exclamó mientras levantaba a la guerrera y la abrazaba con fuerza—. Hacía meses que no te veíamos. ¿Cómo estás?

—Bien. —Carys rio mientras el humano volvía a dejarla en el suelo—. Solo estaré en la ciudad un par de noches, pero confiaba en alojarme aquí. He traído a una amiga.

El hombre humano miró detrás de Carys y evaluó a Remy. Era delgado y de mediana edad, pero se lo veía fuerte. Sus greñas castañas estaban empezando a blanquear por las sienes junto con su tupida barba marrón. Sonrió a Remy, lo que hizo que la bruja se pusiera nerviosa y toqueteara el arco.

—Remy, te presento a mi cuñado Magnus. Magnus, te presento a Remy —dijo Carys.

Magnus le tendió la mano a Remy, que se la estrechó. Sus manos eran ásperas y callosas por su profesión… fuera cual fuera.

—Un placer conocerte, Remy.

—Lo mismo digo —repuso la joven. Se mostraba recelosa. Los desconocidos no eran amables con ella. Magnus debía de pensar que era humana y no bruja.

—Pasad. Morgan está preparando té —dijo Magnus mientras las conducía dentro.

La casa era humilde, con suelos de madera sencillos y papel pintado despegado, pero era agradable y acogedora. Magnus las guio por el pasillo que daba a una cocina de tamaño considerable.

—¡Carys! —exclamaron tres niños pequeños con alegría mientras se abalanzaban sobre la fae. Ella hincó una rodilla para abrazarlos a los tres entre risas.

La mujer a los fuegos se giró y se limpió las manos en el delantal. Era una belleza de mediana edad con el pelo rubio. Tenía el mismo color de pelo y los mismos ojos azules que su hermana, aunque sus pómulos y su mandíbula no eran tan pronunciados. Sus orejas eran más largas por arriba, pero no acababan en punta como las de los fae. Resultaba muy extraño ver unas orejas con características humanas y fae. Asimismo, Morgan era mucho más baja que Carys y su figura poseía las curvas habituales de una madre. En cambio, su hermana tenía el físico musculoso propio de los soldados. Pero el parentesco era evidente: no había duda de que eran hermanas.

—Hola —dijo la mujer, que se volvió hacia Remy y le estrechó la mano—. Soy Morgan.

—Remy.

—Encantada de conocerte, Remy —dijo Morgan. Su semblante transmitía dulzura, no como el de su hermana. En ese aspecto también eran muy diferentes. Morgan miró a los niños que llamaban a Carys a voces—. El mayor es Matthew —dijo señalando con la cabeza al chico de cabellos dorados, ojos marrones y mirada afable que se hallaba entre sus dos hermanos—. Y estos son Maxwell y la pequeña Molly.

Remy sonrió. Todos sus nombres empezaban por la letra eme. Los nombres de sus hermanos también comenzaban por la misma letra que el suyo. Algunos despreciaban la tradición, pero a ella le encantaba. Así parecían una familia unida.

—¿Nos has traído algo? —preguntó Maxwell, que podría haber sido el gemelo de su hermano de no ser porque Matthew le sacaba una cabeza. Este le dio un codazo. Tenía la educación y la seguridad típicas del primogénito.

Carys rio y dijo:

—Siempre me acuerdo de traeros algo. —Enarcó una ceja con actitud cómplice mientras rebuscaba en su morral. Los chicos estaban ilusionadísimos. La pequeña, Molly, no superaría los tres años. Jugueteaba con la trenza dorada que le caía sobre los hombros mientras miraba a sus hermanos, más interesada en sus reacciones que en los regalos que les había traído su tía.

A Remy le entró la nostalgia al ver a Molly mirar a sus hermanos mayores. Recordaba perfectamente cuando tenía a sus hermanos mayores en un pedestal y, para frustración de estos, los seguía a todas partes cual patito.

—Regalitos del Oeste —anunció Carys mientras sacaba un fardo de ropa de su morral. Lo desenvolvió y sacó tres disquitos de arcilla con un nudo en lo alto de cada uno. El elaborado dibujito que había en la parte delantera de cada adorno era diferente. El que tenía un halcón con un pez en las garras era para Matthew; el de la luna y las constelaciones, para Maxwell; y el del bello roble teñido con los colores del otoño, para Molly. Remy no sabía si los había escogido pensando en cada niño, pero parecían satisfechos con la elección.

Carys les había traído esos regalos desde la corte Oeste. Llevaban semanas intactos en su morral pese a las interminables caminatas y los viajes a caballo. Entonces Remy recordó que, a diferencia de los demás, Carys procuraba no sentarse en su morral cuando encendían la hoguera. Ahora lo entendía. La fae había llevado consigo los adornos de arcilla todo el camino. No había dejado de pensar en sus sobrinos ni un instante.

—Bueno, vosotros tres, id a lavaros las manos, que vamos a cenar. —La voz de Morgan se hizo oír por encima del escándalo y el griterío que estaban montando sus hijos.

Al fin Morgan y Carys se fundieron en un abrazo largo y precioso como los que ansiaba Remy. Los niños hicieron caso a su madre y enfilaron el pasillo y subieron las escaleras haciendo ruido para prepararse para cenar.

A Remy se le relajaron los músculos. Se respiraba un ambiente de cariño y afecto. Era lo que se sentía al estar en familia.

Cuando los niños se hubieron lavado las manos, todos se apretujaron alrededor de la mesa de la cocina para cenar. Una fae, una bruja, una mestiza y un humano se sentaban a la mesa. Parecía el principio de un chiste. Aparecieron dos sillas más como por arte de magia. Aunque la casa estaba un poco deteriorada, se notaba que les encantaba. En las paredes había un mosaico de cuadros. Pegados a los rincones, había cestos repletos de granos y productos frescos. Un batiburrillo de tacitas pintadas colgaba de unos ganchos en la pared. Había señales de los tres niños por todas partes: juguetes, dibujos y zapatos tirados por el suelo. Era un desorden rebosante de amor y dicha.

Morgan les preparó una cena deliciosa. El estofado era sustancioso y estaba sazonado a la perfección; el pan era reciente y esponjoso. Trabaron conversaciones agradables y Carys les contó a los niños anécdotas exageradas sobre los lugares que había visitado. Morgan y Magnus entendieron que Remy no quisiera responder a preguntas personales, así que hablaron de su vida. Magnus era carpintero. Regentaba una tienda en la calle mayor y vendía conjuntos de comedor ornamentados a sus clientes fae del Este. Morgan era costurera y, de noche, cuando los niños dormían, remendaba la ropa de otros humanos. Hablaban de su vida con sencillez. Magnus despeinaba a Maxwell, y Morgan le frotaba la espalda a su marido. Gestos dulces y afectuosos. Eran una familia.

Las sombras eran cada vez mayores, y los cuencos de estofado se vaciaron. Remy fantaseó con cómo sería tener una familia y sentarse a una mesa enorme para cenar con sus amigos y sus seres queridos. Heather y Fenrin estarían ahí, y sus hijos se perseguirían dando vueltas alrededor de la mesa. Ella, embarazada de su tercer hijo, estaría sentada y su marido le tocaría el vientre hinchado con cariño y le sonreiría pletórico. Remy sabía qué cara tenía su marido, aunque no se atreviera a reconocérselo a sí misma. Reirían y comerían hasta que las velas se hubieran consumido.

Y, en ese momento, su vida de ensueño se transformaría en una pesadilla de humo y gritos. Guardias norteños irrumpirían y ella correría a esconder a sus hijos…

—¿Remy? —La voz de Carys la sacó de su pesadilla—. ¿Quieres más pan o me lo acabo yo?

Carys le tendía la panera. Remy desterró las imágenes de su mente. Era una ilusa por pensar que algún día viviría algo así. Hasta que el rey del Norte no hubiera muerto, no viviría en paz.

—No, gracias —repuso Remy con una sonrisa forzada—. Estoy llena. —Se volvió hacia Morgan y Magnus, y añadió—: Estaba riquí…

Llamaron a la puerta. Carys se limpió la boca con la servilleta y se levantó para ir a abrir.

Cuando volvió, estaba ceñuda. Asió a Remy del brazo y la puso en pie.

—Ha sido un día muy largo; nos vamos a la cama —ordenó la fae. Se metió un papel color crema en el puño y señaló con la cabeza el zurrón de Remy en el pasillo—. Gracias por la cena, Morgs. Ya sabes lo que adoro tu comida. —Y le guiñó un ojo a su hermana.

Remy siguió a Carys por el pasillo hasta el salón. Carys tiró su morral al suelo con brusquedad y juntó los dos pequeños sofás que había a cada lado de un baúl de madera desvencijado. Abrió el baúl y se puso a sacar cojines y mantas para convertir los muebles de salón en una cama. Lo hizo en silencio y con destreza, sin soltar el papel que guardaba en el puño ni mencionarlo.

—¿Qué pasa? —interrumpió Remy mientras la veía hacer la cama como una autómata.

Carys se desplomó en la cama y se llevó las manos a la cabeza.

—Sabía que pasaría —dijo, y hundió los hombros.

—¿El qué? —Remy se sentó a su lado.

—La última vez que Hale se comunicó con el rey Norwood mediante el fuego fae, el rey le pidió que se pasase por la ciudad para reunirse con él antes de continuar con su búsqueda. —Carys le dio a Remy el papel arrugado que sostenía—. Por lo visto el rey está interesado en conocerte.

Remy desdobló el papelito arrugado. El sello del escudo de la corte Este estaba en el reverso. Por delante, una invitación escrita con una caligrafía muy florida.

—Un baile para celebrar el equinoccio de otoño —leyó Remy.

—El heraldo que la ha traído ha dejado muy claro que espera que asistamos las dos. —Su voz destilaba malicia—. Solo han tardado unas horas en encontrarnos, menos de lo que predijimos Hale y yo. Al rey no le gusta que su hijo guarde secretos.

—¿De verdad el rey es tan malo como parece? —masculló Remy mirando la invitación.

—Es peor. —Carys frunció el ceño. Era una invitación a un baile real y, sin embargo, parecía un castigo. La pesada mano del control del rey del Este había llegado a esa casita en las afueras de la ciudad.

—Al menos no tendremos que reunirnos a solas con él —dijo Remy en un intento por ser optimista.

—Al menos la comida y la bebida serán excelentes. —Carys se acercó a la bruja y le dijo, animada—: Y mañana podremos ir a la calle principal, comprarnos vestidos carísimos y que los pague Hale.

—¿Voy a ir como en Ruttmore? —Remy se estremeció. Solo de pensar en pavonearse no solo ante la corte Este, sino ante el mismísimo rey, ligera de ropa le hizo temblar.

—Dioses, no. —Carys rio—. Si acaso intentaremos taparte lo máximo posible. —Remy la miró con los ojos entornados para obligarla a explayarse—. Venga, no me mires así. No hace falta que te diga que eres la bruja más guapa que he visto en mi vida y que el vestido rojo que te pusiste casi prende fuego a todos los machos de la sala.

Remy sonrió con satisfacción. Necesitaba oírlo.

—Pero la estrategia que vamos a seguir mañana va a ser muy distinta —dijo Carys, que ladeó la cabeza.

—¿Y eso?

—En Ruttmore buscábamos que todas las miradas recayesen en ti. Ahora lo que queremos es que no vean lo que eres en realidad.

Remy miró a Carys mientras se frotaba las piernas con nerviosismo.

—¿Y qué soy?

—Un arma —contestó Carys—. Y habrá muchos fae codiciosos que te querrán para ellos solos. No queremos que te vean como a una bruja roja poderosa, y menos aún queremos que el rey se dé cuenta de lo importante que eres para Hale. No me extrañaría que se pasase la noche evitándote.

Otra vez con lo mismo. Hasta Carys veía que Remy era importante para Hale, aunque no explicó por qué. Remy deseó que pudiesen ser sinceros y revelar todas sus medias verdades. Deseó mostrarse tal cual era y no esconder sus poderes nunca más.

—Está bien —dijo Remy mientras se descalzaba—. Pues a dormir, que mañana vamos a arrasar en las tiendas.

Carys esbozó una sonrisa amplia y resplandeciente.

# Capítulo Diecisiete

El palacio era precioso al atardecer. Sombras mágicas bailaban en los muros del castillo de Wynreach. Hilos de hojas con las puntas doradas cubrían las escaleras que conducían a las gigantes puertas de madera. Había dos linternas en forma de calabaza a cada lado de los peldaños. Sus grabados eran tan detallados que atraían las miradas de los cortesanos, que se detenían en cada escalón a observarlas.

Las brujas también celebraban el equinoccio de otoño, pero no de ese modo. Encendían velas, se daban un festín con lo último que habían cultivado ese verano y realizaban conjuros de resiliencia para los meses de invierno venideros. Se relajaban de cara a esa época y se preparaban para hibernar con las demás criaturas del bosque. Pero los fae lo festejaban diferente. Todo era grande, escandaloso y ostentoso en su mundo.

La corte Este prefería las joyas en tonos oscuros, no como la corte Sur, con su explosión de colores, o la corte Oeste, con sus colores terrosos y neutrales. Carys estaba espléndida con su vestido sin mangas verde esmeralda. Le ceñía la figura hasta las rodillas, por donde se abría en forma de cola de sirena. Se había pasado toda la tarde haciéndose trenzas de lo más laboriosas hasta que quedó satisfecha. El vestido era tan ajustado que tenía que levantarse el dobladillo a cada paso para no tropezar, pero estaba impresionante. A su lado, Remy estaba segura de que sería invisible.

Remy llevaba un vestido color ciruela que combinaba con muchos de los tonos morados de otros cortesanos. El morado era el color oficial de la corte Este en honor a las brujas violeta, aunque ya no había ni rastro de ese aquelarre. Su atuendo se componía de un cuello redondo discreto y mangas tres cuartos. Llevaba un miriñaque bajo el vestido para ahuecar la falda. Iba tan abullonada que no tenía ni idea de cómo asiría las cosas sin darse de bruces con sus pliegues. Prefería mucho más el traje de montar. Su cabello caía en forma de cascada por la izquierda y estaba recogido con una horquilla plateada por la derecha. Dejó que Carys volviera a maquillarla. La fae se esmeró y consiguió darle un aspecto más elegante que vistoso.

Cuando dieron otro paso, un par de botas de cuero fino entraron en escena.

—Qué guapa estás —dijo una voz con tono jocoso por encima de sus cabezas.

Se toparon con el rostro de Bri. La fae vestía una túnica verde azulado con detalles de encaje dorado y pantalones color vino. Los pendientes dorados que adornaban las puntas de sus particulares orejas realzaban el oro en polvo con el que se había delineado los ojos. Estaba despampanante y tenía una pinta estrafalaria. Remy sonrió con satisfacción. No se imaginaba a Bri con un vestido.

—Gracias. —Carys le restó importancia haciendo una reverencia burlesca—. Seguro que todos los machos se fijarán en mí.

—Y muchas hembras también. —Bri le guiñó un ojo y le sonrió con chulería. Entonces clavó sus ojos dorados en Remy—. Tú también estás guapa —le dijo—. Pero te falta un detalle.

Enseñó el cinturón de cuero negro que escondía detrás. Colgada de él había una vaina de acero y la empuñadura de una daga pequeña.

—Para ti —le dijo mientras se lo ofrecía. Remy entreabrió sus labios pintados de rojo y acarició la empuñadura. Por toda la hoja había grabadas constelaciones giratorias y estrellas doradas que explotaban. Por el otro lado había un sol radiante que iluminaba la funda con sus rayos dorados.

Remy asió el puño tal y como le había enseñado Bri. Encajaba en su mano a la perfección. La hoja tenía el peso ideal y estaba tan afilada que hasta el más ligero corte haría sangre. Era bella y mortífera..., como ese castillo, como Hale.

—¿Para mí? —susurró Remy sin dejar de observar la daga.

—Has estado entrenando mucho —repuso Bri—. Mereces tener tu propia arma. Pero ándate con ojo —le advirtió—. La gente pensará que es de decoración, pero es tan letal como cualquier otra.

Remy sonrió radiante a la guerrera, a su amiga. Guardaría ese regalo como oro en paño.

—Gracias. —Remy se mordió el carrillo para no dejarse llevar por la emoción. Bri se encogió de hombros como si no fuera nada.

—¡Póntelo! —la urgió Carys con un gritito de entusiasmo.

Remy enfundó la daga y agarró el cinturón. Se lo ató a la cintura; la vaina sobresalía de los pliegues de su falda. Estaba a la altura correcta: rozaba con el brazo la empuñadura ceñida a la cadera. Se sentía mucho menos indefensa portando la daga.

—¿Lista para entrar en la guarida del león? —preguntó Bri, que se cruzó de brazos mientras miraba el cinturón de Remy.

La bruja miró las dos esculturas de leones gigantes que flanqueaban la descomunal entrada que daba al enorme salón. El león era el símbolo más destacado del blasón de la corte Este. Remy detectó más guiños al animal: cabezas de león, melenas despeinadas y huellas de garras talladas en las puertas del mismo modo que los diseños que adornaban las puertas de todo Wynreach.

Remy se balanceó adelante y atrás. Solo de ver a los centinelas que tenía enfrente le daban ganas de aminorar el ritmo. Un flujo constante de cortesanos subía las escaleras y las dejaba atrás. La mayoría ni se detenían a mirarlas. Buena señal: eso significaba que no eran lo bastante interesantes como para que les prestaran atención.

—No, no mucho —contestó Remy, que respiró hondo.

—Ni yo —dijo Carys, que entrelazó el brazo con el suyo y la obligó a avanzar—. A ver dónde está el vino.

Toques de bermellón, jengibre y oro embellecían el gran salón con su resplandor. Mesas de comida ocupaban todo el lateral derecho de la enorme sala. Había un banquete enfrente decorado con centros de mesa en forma de cuerno. La majestuosa estancia olía a manjares condimentados y sidra caliente. Una orquesta compuesta por doce músicos tocaba en un balcón que se alzaba encima del festín. El resto de la sala estaba reservado a los numerosos invitados. Los bailarines habían formado un corrillo entre la multitud en el que decenas de parejas giraban al son de la música ligera. En el otro extremo del salón se erigía la tarima presidida por el rey Norwood.

Los reposabrazos de caoba oscura del monarca se asemejaban a las zarpas de un león y, en lo alto, una cabeza de león gigante rugía. El rey Gedwin Norwood se sentaba en su trono, rígido. No se parecía en nada a como se lo había imaginado Remy: tenía el pelo cano y los ojos oscuros y hundidos enmarcados por unas cejas grandes y pobladas. Estaba tan delgado que parecía enfermo. Tenía el rostro enjuto y su figura se perdía en un enorme abrigo de terciopelo negro. Se asía a los brazos del trono con sus dedos largos y huesudos. Era todo lo contrario a Hale: sumamente serio y falto de energía.

Junto al trono había una silla de madera con cojines tapizados de morado. En ella se sentaba una mujer rubia y regordeta con cara de pocos amigos. Remy dedujo que sería la reina. Parecía mucho más joven que el padre de Hale. Su expresión era taciturna y de hastío.

Los finos labios de la reina no se curvaban ni un poquito, como tampoco los de los dos jóvenes rubios que se situaban a su izquierda. Tenían la nariz pequeña y roma, mejillas rollizas y mandíbulas redondeadas. Su pelo rubio contrastaba drásticamente con sus ojos oscuros. Debían de ser los hermanos pequeños de Hale: Belenus y Augustus. El más joven le daba vueltas a una flor morada. Aplastó un pétalo con el pulgar y lo olisqueó con un aire tan siniestro que a Remy se le erizaron los vellos de los brazos. Hale no estaba junto al trono de su padre. Debía de estar mezclándose con la multitud del concurrido salón.

Remy lo buscó por la estancia hasta dar con él. Hale rehuyó su mirada en cuanto vio que lo miraba. Estaba magnífico. Llevaba una chaqueta marrón canela de cuello alto, a juego con los reflejos de su cabello. Se atisbaba una camisa blanca por entre los intrincados broches de madera de su chaqueta. Ese atuendo tan entallado le sentaba como un guante, pero eran su porte y la pomposidad con la que descansaba el puño en la cadera y movía la copa de vino mientras hablaba lo que le hacía parecer un desconocido atractivo. Su arrolladora personalidad era la que debía mostrar un príncipe heredero en su corte.

Talhan se hallaba a su derecha. Sus carcajadas se oían por encima de la música mientras Hale entretenía a un grupo de hembras de pelo cano con una anécdota. El fae le echó un vistazo rápido a Remy y volvió a apartar la mirada. Esa sería su única forma de decirle que la había visto.

—Tomemos algo —le propuso Carys mientras la guiaba con facilidad por entre el gentío en constante movimiento.

Remy se distrajo comiendo y bebiendo. Ver a tantos fae le aceleró el pulso. ¿Qué harían si descubrieran su identidad? La mayoría la ignoraba. Descubrió a un par mirándola con curiosidad, pero enseguida apartaron la vista. Suspiró brevemente y se metió una uva en la boca.

Bri aferró una pata de pavo entera y se la zampó con muy poca educación. Carys apuró una copa de vino de un trago y se sirvió otra. No le pasaría nada mientras estuviera entre las dos fae y evitase cualquier contacto con el rey.

Una hembra rubísima pasó por delante del trío de hienas con los ojos clavados en Bri. La guerrera de ojos dorados sonrió a la bella cortesana y le guiñó un ojo. La hembra se puso como un tomate y se marchó a toda prisa. Carys despegó los labios de su copa lo justo para reírse por lo bajo.

—Hola —dijo una voz nasal y estridente a su espalda.

Remy se volvió y se encontró con la sonrisa burlona de uno de los hermanos de Hale. El más alto; no tendría más de veinte años. Trató de recordar quién era. Tenía entendido que el mayor era Belenus. El fino aro dorado que llevaba en la cabeza se había camuflado con sus cabellos rubios al levantarse de la tarima. Remy observó que la miraba insatisfecho. Carys metió el pie bajo sus abullonadas faldas y la pisó. Entonces la bruja comprendió lo que ocurría.

Debía inclinarse. Remy solo se había arrodillado ante Hale una vez, y nada más hacerlo le había cerrado la puerta en las narices. La idea ahora se le antojaba ridícula.

Remy hizo una reverencia torpe y leve y murmuró:

—Alteza.

—Las brujas no han sido nunca muy educadas —le dijo, ceñudo. El muchacho miró a Hale y sonrió con suficiencia. Hale se esforzaba por no mirarlos..., en vano.

—Mis disculpas, alteza —susurró Remy mientras se miraba las manos. Atraídos por el joven príncipe, se había formado un corrillo a su alrededor. Justo lo que temía Remy. No quería llamar la atención del hermano pequeño de Hale. Solo traería problemas.

—¿Sabes bailar, bruja? —preguntó Belenus, que le ofreció su mano larga y delgada.

—No —contestó Remy, pero Belenus le sonrió con maldad.

—Yo te enseño —dijo como si fuera una orden. Decenas de ojos la miraban fijamente mientras ella contemplaba la mano extendida. Sabía que debía aceptarla.

Tragó saliva y aceptó la fría y suave mano de Belenus, que la condujo al centro del corro de bailarines. Todos se apartaron para dejarlos pasar. Hubo quien dejó de bailar para observarlos. En ese instante, la corte Este al completo solo tenía ojos para ella. Remy no se atrevió a buscar a Hale entre la multitud, pues sabía la cara que tendría.

Belenus posó la mano libre en su cintura. En ese momento Remy agradeció llevar un miriñaque, pues pondría distancia entre ella y el principito. Iniciaron un vals lento. Los ojos negros del joven la penetraban de tal forma que parecía que le leía hasta el último pensamiento que se le pasaba por la cabeza.

—Veo que te has decantado por el mismo tono que yo —dijo mientras le miraba el busto y la falda del vestido ciruela sin pudor. Él llevaba una chaqueta del mismo tono—. Un gusto excelente.

Le entraron ganas de decirle que había mirado veinte vestidos más, pero que Carys la había obligado a ponerse ese porque no le favorecía tanto. Habría estado bien saber que era el color favorito del príncipe. Remy no dijo nada, pero inclinó la cabeza en señal de agradecimiento.

Belenus se fijó en su cuello descubierto y dijo:

—Me extraña que mi hermano no te haya propuesto que seas su bruja personal. Mi padre no lo permitiría, pero me sorprende que no lo haya ni intentado.

Remy se mordió el carrillo. Si supiera que el día anterior le había ofrecido sus servicios a su hermano... Hale no le dijo que su padre se lo prohibiría. Por lo visto, no tenía la menor intención de hablarle de ella al rey. ¿Qué haría Gedwin Norwood si el príncipe heredero quisiese tener a su disposición a una bruja roja? No castigaría a su heredero con tanta dureza, ¿no?

El pelo le voló de los hombros cuando Belenus la hizo girar. Mientras daba vueltas, Remy vio que el rey también la miraba. La seguía con una quietud que le dio escalofríos. Era consciente de que nunca le caería en gracia, así que rezó para que no quisiera observarla más de cerca. Seguramente le había ordenado a su hijo que la sacara a bailar para tenderle una trampa a Hale y ver cómo reaccionaba. Estaba convencida.

Remy atisbó el pelo marrón canela de Hale y su chaqueta a juego entre la multitud, pero estaba de espaldas a ellos. Eso la alegró. No se le ocurría una reacción adecuada por su parte... Todas la destrozarían de una manera u otra. Hale hablaba con Talhan, que reía de algo; la imagen de un cortesano feliz. También le alegraba que Hale estuviera con Talhan. Su alegría y desparpajo compensaban la rigidez del príncipe.

Mientras bailaban, Belenus siguió la mirada de Remy y vio que se detenía en la parte posterior de la cabeza de su hermano. Sonrió con petulancia.

*Maldición*. Sabía que no debería haberlo buscado entre el público.

—¿Te lo estás tirando?

Remy centró la vista en Belenus al instante. Se quedó mirándolo mientras el príncipe sonreía de medio lado. La bruja negó con la cabeza por no mirar boquiabierta su expresión altanera.

—Ah, entonces quieres tirártelo. —Sonrió.

—Tenéis la boca muy sucia para ser un niño. —Su voz destilaba veneno, pero mantuvo el rostro impasible. Demasiados ojos la observaban. No podía mostrar lo asqueada que estaba realmente.

—No soy un niño, tengo diecinueve años —replicó con desdén. La misma edad que Remy—. Y vigila ese tonito cuando te dirijas a mí.

—¿Por qué me habéis sacado a bailar, alteza? —preguntó Remy con voz meliflua. Belenus la miró ceñudo mientras la canción llegaba a su apoteósico final.

—Quería saber por qué mi hermano te esconde de nosotros —dijo mientras le daba otro repaso de arriba abajo—. Esperaba un diamante en bruto.

—Lamento decepcionaros —repuso Remy sin emoción. La canción terminó con una nota larga.

—Todo lo que toca Hale acaba en decepción —espetó Belenus, que se inclinó ante ella y se alejó antes de que Remy hubiera acabado de hacer su reverencia.

Qué hombre más despreciable y odioso. No era de extrañar que Hale evitara Wynreach como la peste. ¿Cómo sería crecer teniendo a ese de hermano pequeño?

Remy se abrió paso hasta las mesas, pero no vio a Carys ni a Bri. Agarró una copa de vino y siguió buscando. Hale y Talhan tampoco estaban donde antes.

—¡Qué chica más afortunada! Has bailado con un príncipe —le dijo una hembra de mediana edad. Llevaba un vestido lapislázuli de manga corta y el cuello colmado de diamantes. Tenía una cara simpática, por no decir de fastidio—. Muchas jóvenes casaderas se habrán muerto de envidia esta noche, querida.

Remy quiso reír, pero acabó resoplando. No se imaginaba a nadie adulando a Belenus.

—El príncipe es un consumado bailarín —dijo Remy, que soltó lo primero que se le pasó por la cabeza.

—Para ser ajena a la vida de la corte, bailas como una princesa. —La hembra se dejó llevar por lo romántico del baile y juntó las manos con una sonrisa—. Qué pena que no seas fae.

Tomó a Remy de la mano y la añadió a la conversación que mantenía con otros cuatro machos de mediana edad. La exhibió como si fuera una rareza digna de contemplar. Remy asintió cuando se los presentaron uno a uno, pero olvidó sus nombres nada más pronunciarlos la hembra de mayor edad. Sin mediar palabra, se dedicó a seguir buscando a sus amigos con la mirada.

La agregaron a otra conversación entre dos machos que la apretujaban y no callaban ni debajo del agua. Charlaban en tono monocorde del comercio, del cambio de estación y de redecorar su casa. La pandilla no le hacía ni caso. No era fae, por lo que no valía la pena prestarle atención.

—Qué mal ha hecho Gedwin reclamando al bastardo ese. —Remy se concentró en lo que decía el macho de su derecha. Se planteó desenfundar su nueva daga mientras lo miraba ceñuda.

—Si su destinada viviera, aún se entendería —añadió la hembra que había dado con Remy en tono reprobatorio. Los ruidos de la estancia le dieron más claustrofobia. El calor y el barullo la mareaban.

—Nadie se esperaba la rebelión del Norte. —Un macho rio con aspereza desde la otra punta del corro.

—Aun así, no debería haber dejado la sucesión de la corte Este en manos de un matrimonio por amor destinado —repuso el macho de su derecha con incredulidad.

—¿Cómo se llamaba la princesa? Eran Raffiel, Rivitus... ¿Ruafora? —contó la hembra con los dedos. Remy contenía el aliento mientras hablaban.

—No, esa era la última —dijo el de la risa áspera.

—¿Risabella? —aventuró la hembra con aire reflexivo.

—No creo, pero uno igual de raro. —El macho rio por lo bajo.

—Bueno, ya da igual. —Le restó importancia con un gesto de la mano.

—Si el rey Norwood sabe lo que le conviene, se arrodillará ante la corte Norte —dijo la cuarta persona con voz pastosa y rasposa.

—¡Qué blasfemia! —exclamó la hembra, escandalizada.

—¿Me estás diciendo que si entrase Vostemur no te arrodillarías ante él? —preguntó el macho con las cejas alzadas.

La magia de Remy despertó al oír el nombre del rey del Norte. Su respiración agitada y su pulso acelerado resonaron en sus oídos y fueron apagando la conversación. Debía salir de allí si no quería despedir un brillo rojo. Se abrió paso entre la multitud y se dirigió al balcón vacío que había al cruzar el pasaje abovedado.

Estaba a mitad de camino cuando notó que cambiaba la atmósfera. Se quedó paralizada un segundo. Entonces empezaron los gritos.

La estancia se llenó de chillidos mientras la gente la empujaba para alejarse del centro del gran salón. Todos los ojos se posaron en la escena que tenía lugar ante ellos. Remy estiró el cuello para ver detrás del macho alto que empujaba delante de ella.

Primero atisbó el destello de una armadura de metal. Había tres machos en el centro de la sala. Iban vestidos con armadura y miraban la tarima. El del medio sostenía un saco de arpillera vacío, pues el contenido yacía a sus pies. A Remy se le revolvió el estómago. Eran cabezas decapitadas.

—¡¿Qué ultraje es este?!—bramó el rey Norwood desde su trono. Una fila de guardias orientales se puso en formación bajo la tarima para proteger al rey.

—Obsequios del rey Vostemur —vociferó el guardia más alto. Los tres eran sumamente altos. Parecían gigantes en comparación con los fae.

¿Cómo Remy no los había visto entre los cortesanos?

—El rey Vostemur querría recordaros —dijo con su voz fuerte y bronca el que sujetaba el saco de arpillera— que esto es lo que ocurre cuando intentáis recuperar un territorio en litigio. Estas cabezas provienen de Valtene.

Todo el mundo ahogó un grito. Los fae se apiñaron como un rebaño de corderos asustados. Remy olió el miedo, más pegajoso que la humedad de Saxbridge.

¿Valtene? Le sonaba ese nombre, pero ¿de qué?

Al momento recordó que era un pueblo de la corte Oeste que hacía frontera con la corte Norte. ¿El Norte estaba invadiendo la corte Oeste?

—Y lo mismo le ocurrirá a Falhampton si desoís su advertencia —prosiguió el más alto.

—Falhampton pertenece a la corte Este. ¡Ha sido así durante siglos! —Al fin el rey Norwood se puso en pie. Era alto, casi como Fenrin. Su pesado abrigo negro y sus pieles disimulaban su magra constitución. Fulminó a los soldados con la mirada.

—Ahora pertenece a la corte Norte —le informó el soldado alto—. Tenéis una semana para replegar vuestras tropas si no queréis recibir más presentes del rey Vostemur.

El soldado norteño hablaba con mucha ligereza para lo trascendental que era su amenaza. Equivalía a una declaración de guerra. A

Remy se le iban los ojos a las caras retorcidas y grisáceas del suelo. Recordó lo cerca que había estado de correr la misma suerte cuando estaba en la corte Oeste. El corazón le latió desbocado.

Con sus ojillos negros y brillantes, el rey Norwood miró a los soldados largo y tendido. Remy aguardó a que ordenara que los prendieran, pero no lo hizo.

—Marchaos de mi palacio. Ya —acabó diciendo Norwood con tono grave y desabrido.

Los soldados se postraron con guasa y dijeron:

—Que disfrutéis de vuestros regalos, majestad.

La multitud se apartó para dejarlos pasar y los soldados abandonaron el salón a grandes zancadas. Los yelmos les cubrían la mitad del rostro y les ensombrecían los ojos, pero Remy vio que sonreían con superioridad. Nadie les puso una mano encima mientras los fae les dejaban irse del castillo por su propio pie.

La gente se puso a cuchichear nada más se fueron, pero el rey Norwood se hizo oír por encima del escándalo cada vez mayor.

—¡Tú! —gritó mientras señalaba a los presentes. Remy siguió la dirección de su dedo y vio que apuntaba a Hale, que miraba a su padre con el ceño fruncido y el rostro serio. Talhan permanecía cerca del príncipe—. Trae a tus soldados. Tengo que hablar contigo. Ya.

El jaleo dio paso a una cháchara frenética. Remy siguió su camino hacia el balcón tras rodear las cinco cabezas en descomposición sin volver a mirarlas. El frío aire del otoño le azotó el rostro y la espabiló.

*Respira*, se ordenó.

No debería haber ido. Nada más leer la invitación, debería haber subido al barco que la trajo allí y haber vuelto a la corte Sur. Había renunciado a su instinto de supervivencia no solo para encontrar los talismanes, sino para estar con Hale. Esa atracción acabaría matándola.

Los magníficos jardines de palacio estaban sumidos en sombras cuando Remy los oteó. Se alejó de las luminosas ventanas y se adentró más en el balcón para refugiarse en su penumbra, más apacible. Con cada paso su pulso se ralentizaba.

Debía marcharse de la corte Este cuanto antes. Perdían el tiempo allí. Tenían que conseguir el amuleto de Aelusien y encontrar a Baba Morganna. Si el descaro de Vostemur había llegado al punto de enviar cabezas cercenadas al reino vecino sin dudar, la guerra estaba a la vuelta de la esquina. Norwood, que temía las represalias, había demostrado el poder que ostentaba Vostemur al no matar a los soldados norteños. Tanta osadía por parte de Vostemur debía de significar que estaba a punto de romper el lazo de sangre con la Hoja Inmortal. Remy debía hacerse con ella antes que él.

La idea se clavó en ella como un puñal. Ya no había tiempo para cuestionarse su camino. El mundo no esperaría a que estuviera preparada.

Remy fue hasta el borde del balcón, donde colgaba un farolito de colores. Observó el titileo de la vela y cómo bailaban los colores en la barandilla de piedra.

La contempló largo rato, en silencio, mientras trataba de imaginar que respondían con éxito a la amenaza del Norte, pero no lo logró. Cada giro, cada nuevo rumbo favorecía a Vostemur. Cada vez que creía que tenía un plan, otro obstáculo lo frustraba. Necesitaba que la suma sacerdotisa de las brujas rojas le dijera qué hacer.

—No interrumpo, ¿no? —Sabía a quién pertenecía esa voz áspera sin volverse siquiera.

—No es una vela de bruja —contestó Remy mirando la llama.

Fuera lo que fuese lo que le había dicho su padre, había sido rápido. No sabía si eso era bueno o malo.

—Lo sé. —Hale se puso a su lado y miró la daga que le ceñía el costado—. Veo que Carys no es la única que ha gastado mi dinero.

—Rio. Había adivinado a la primera quién le había conseguido la daga a Remy—. Es una hoja ostentosa. Debería descontársela del sueldo a Bri.

—No…

—No lo haré. Te queda muy bien —dijo Hale antes de que Remy protestara. Con gusto la habría pagado ella, pero no tenía dinero. Despacio, el príncipe dio otro paso hacia ella—. Estás preciosa.

Remy evitó mirarlo. No supo reaccionar al cumplido. Debería haberle dado las gracias sin más, pero no pudo, no después de lo que le había confesado Hale en el barco.

—¿Qué te ha dicho el rey? —preguntó Remy para cambiar de tema.

—Te lo contaré en detalle cuando estemos en otro sitio, pero son malas noticias. —Hale se frotó la cara. Remy quería que continuase, pero sabía que no lo haría. Las paredes oían en ese castillo—. Desde luego le ha faltado tiempo para regañarme por mi comportamiento general, por beber y salir de fiesta en exceso, lo de siempre. —La joven había visto muy poco de esa faceta suya. Solo una noche en Saxbridge, y había sido todo una farsa. Sin embargo, no era la primera vez que oía hablar de su vida de solterón.

—Renwick también parece creer que ese comportamiento es habitual en ti —reflexionó Remy—. Supongo que te habrás acostado con muchas mujeres. —La bruja no podía creer que hubiera dicho aquello en alto. Se lo había preguntado, pero quizá beber vino tan deprisa le hubiera soltado la lengua.

—He tenido mis devaneos a lo largo de los años, pero no tantos como la gente cree. —Hale rio por lo bajo.

—¿Te has acostado con Carys? —Remy sintió que había saltado de un precipicio. Había querido preguntárselo infinidad de veces, pero nunca había reunido el valor para hacerlo.

—No. —Hale la miró un instante y luego prosiguió—: Deberías haber visto a Carys cuando le pedí que se uniera a mi equipo. Estaba… desconsolada. Durante los combates en Falhampton había encontrado un motivo para seguir adelante, pero… —Se acarició el índice con el pulgar—. Puede que hubiera un tiempo en que tuviera predilección por el flirteo, pero nunca me aprovecharía de alguien así, y menos de alguien a quien ya le han roto el corazón. Además —agregó a la vez que la miraba con sus ojos grises—, ella no era la indicada.

Esa mirada peligrosa la atontaba. Le dieron ganas de desnudar su alma ante ella. De confesar hasta el último de sus secretos, aunque eso la carcomiese.

—No deberías estar aquí conmigo —musitó Remy, que rompió el hechizo con su intervención—. No querrás que el rey nos encuentre juntos.

Hale, abatido, se miró las manos. Ese aire compungido la destrozó. Ya no podía hacerlo. No podía apartarlo de su lado.

Remy recordó lo que le había dicho Belenus. «Todo lo que toca Hale acaba en decepción». Se negaba a ser otra decepción. En ese momento supo que ya no había alternativa. ¡Al diablo las consecuencias! Lo seguiría adonde fuera, hasta el mismísimo infierno. Se puso de puntillas y le dio un besito en la mejilla. Hale la miró sorprendido.

—¡Remy! —gritó Carys desde la entrada—. He venido a salvarte de una aburrida velada con la realeza. Hale, los consejeros del rey quieren hablar contigo.

A Hale se le hundieron los hombros mientras Carys señalaba con el pulgar la escalera que había en la otra punta de los jardines.

—Larguémonos de aquí.

Remy se volvió hacia Hale.

—Ve. —Rio él entre dientes—. Sálvate.

—Hasta mañana, alteza —dijo Remy en tono de burla.

—Hale —dijo él con voz hueca—. Para ti siempre Hale.

—Hale —repitió Remy en voz baja y sin aliento.

Mientras se alejaba, la joven observó el efecto tranquilizador que tuvo en él que su nombre saliese de sus labios.

# Capítulo Dieciocho

Carys y Remy se aproximaron a la casa adosada de la zona de la ciudad reservada a los humanos. Remy sintió la súbita necesidad de hacer magia. El silencio le aguzó los sentidos. Estaba todo demasiado tranquilo. Habían pasado por calles en las que celebraban el equinoccio, pero cuando se metieron en el callejón, no se oía ni una mosca. Las puertas estaban cerradas y las ventanas tenían las cortinas echadas. Aún era pronto y el día siguiente sería libre, y, sin embargo, no había ni un alma en la calle.

Con cautela, siguió a Carys hasta la casa de su hermana. Morgan abrió antes de que llamara a la puerta. La mestiza parecía inquieta, pero, por lo demás, tenía un aspecto normal.

—¿Todo bien? —preguntó Carys mientras se recolocaba el escote de su vestido esmeralda por enésima vez para que no se le saliera nada.

—Sí. Ha sido como has dicho. —Morgan abrió más la puerta para que pasasen—. Han venido tres. Nada serio.

Torcieron a la derecha y entraron en el salón en el que habían dormido. Lo habían registrado de arriba abajo. Sus morrales estaban en el baúl de madera, vacíos, y su ropa y su equipo de senderismo estaban tirados por el suelo.

—¿Qué ha pasado? —preguntó Remy anonadada. Miró a Morgan. La mestiza estaba apoyada en el marco de la puerta, de brazos cruzados.

—Soldados del Este. Han dicho que tenían que registrar la casa por vete a saber qué —contestó Morgan, que suspiró largamente y con pesar.

Habían venido a por el anillo de Shil-de. Lo querían a ultranza.

—Lo siento mucho. —Remy ladeó la mandíbula. Era culpa suya. Había traído el caos a la vida de Morgan. Al instante se le fueron los ojos al techo. ¿Y sus hijos?

—No pasa nada. —Morgan, que le había leído la mente a Remy, le quitó hierro al asunto con un gesto de la mano—. Carys ya me lo advirtió. Llevo toda la vida lidiando con fae de mierda. Le he dicho a Magnus que esta noche se lleve a los niños a casa de sus padres. —Nadie se inmutaba si allanaban la casa de una mestiza. De todas formas, la culparían a ella. Morgan miró a Remy con sus ojos azules y añadió—: No han encontrado nada.

Remy notó la vibración mágica del talismán en el pecho. Llevaba la bolsa de los tótems guardada entre sus senos y el corsé. Recordó el repaso que le había dado Belenus con sus ojos negros. Se había detenido en su busto. Tarde, Remy se dio cuenta de que no admiraba su figura, sino que percibía la magia del anillo.

—Seguro que volverán en cuanto vean que no estás en el baile —dijo Morgan con los ojos clavados en el pecho de Remy. La bruja se preguntó si los mestizos también percibían la magia del anillo o era pura intuición.

—Por eso no nos quedaremos —repuso Carys, que se sacudió para quitarse el vestido. La tela se arremolinó en sus tobillos y la fae salió del círculo esmeralda sin ningún pudor. Recogió el vestido y lo dejó en el reposabrazos del sofá—. Véndelos, Morgs, que te darán un buen pellizco. Perdona las molestias.

—Por ti lo que sea, hermanita —dijo la mestiza con ese tono cariñoso tan maternal—. Y más si me dejas con vestidos que valen más que lo que gana Magnus en un año.

Carys miró a Remy y dijo:

—Cámbiate. Nos vamos al salón Lavanda.

Remy dio por hecho que el salón Lavanda era el nombre de una taberna o un restaurante, pero conforme Carys se adentraba en las sombras, se percató de que se dirigían a una zona abandonada de la ciudad. Los edificios de alrededor estaban derruidos: tejados a los que les faltaban tejas, puertas arrancadas de sus goznes, ventanas hechas añicos. En mitad de esa zona en ruinas se eregía, imponente, un templo oscuro.

No había ni un brasero encendido, pero, gracias a la luz de la luna, Remy vislumbraba el enorme edificio. Con forma de tarta de cinco pisos, sobresalía por encima de la fila de casas. Unas columnas de piedra negras soportaban el zaguán elevado de la estructura. Las dos puertas de madera gigantes estaban decoradas con flores talladas y pintadas de violeta y dorado.

Al ver la puerta, Remy concluyó que era un antiguo templo de las brujas violetas. Estas, oriundas de la corte Este, habían elaborado perfumes asombrosos y aromas exquisitos que realizaban todo tipo de hechizos: perturbaban la mente, traían fama o fortuna y hasta sanaban a los enfermos. Como en todos los aquelarres, la magia solía heredarse a través de las hembras. Las brujas hembras eran las que poseían más magia, y las brujas violetas se olvidaron del equilibrio. Elaboraron aromas mágicos que fomentaban que el útero concibiese herederas hembras, lo que volvió más poderoso su aquelarre; pero hubo tan pocas brujas machos en esa generación que sus cifras menguaron aunque la poligamia fuera una práctica cada vez más habitual. Se rumoreaba que la suma sacerdotisa de las brujas violetas había hechizado a su aquelarre para controlarlas, pero Remy no conocía tal conjuro. La generación más joven de brujas violetas estaba molesta con lo que habían dispuesto sus predecesoras: que concibieran más brujas mestizas. Así que se rebelaron contra las autoritarias de sus antepasadas y se negaron a reproducirse. En consecuencia, el número de brujas violetas se redujo casi a cero. Abandonaron sus templos y, rápidamente, se dispersaron por el Este.

Aquello ocurrió hacía más de ochenta años. Aquel templo era una antigua reliquia.

Remy subió los peldaños de piedra y cruzó las enormes puertas violetas después de Carys.

La luz de la luna se colaba por los ventanales arqueados. Daba la impresión de que las ilustraciones de flores y símbolos mhénbicos de los techos abovedados bailaban con su fulgor. Representaciones de mármol de las brujas que se habían marchado hacía tanto tiempo miraban el suelo de piedra. Una alfombra color amatista dividía la estancia en dos desde las puertas hasta el púlpito del otro extremo. Estandartes rectangulares y en descomposición caían a los laterales de la tarima alfombrada y elevada. En el centro se alzaba un santuario compuesto de velas polvorientas y piedras lisas.

A diferencia de la zona circundante, el templo estaba intacto. Remy se preguntó si los humanos habrían confundido las runas que había pintadas en las puertas con maldiciones. Los humanos temían la magia de las brujas y no sabían interpretar los símbolos mhénbicos.

Remy siguió a Carys y enfiló el largo pasillo que separaba los bancos de madera. Una vez pasado el púlpito, llegaron al huequito de una escalera trasera. Carys se movía como si hubiera hecho aquel recorrido mil veces. Subieron cinco tramos de escalones destartalados y empinados. Remy gruñó y se recolocó el morral mientras volvía a preguntarse por qué tenía que cargar con aquella bolsa tan pesada cuando Carys se había dejado atrás la suya.

—Si esto ya te cuesta, tú la Cima Podredumbre no la subes —se mofó la fae.

Remy arrugó el ceño, pero no dijo nada. Llegaron a un descansillo pequeño en el que había una escalera que daba a una buhardilla que ya estaba abierta. Se veía el cielo nocturno.

Remy siguió a Carys al tejado circular en silencio. Un muro de piedras que le llegaba por la cintura rodeaba la azotea, y más allá… Las vistas de la ciudad la dejaron muda. Eran más espectaculares aún que desde el palacio. Se asomó al borde y, al aire libre, miró los cinco pisos de arriba abajo. Volvieron a temblarle las piernas cuando se dio cuenta de lo alto que estaban. Pero su corazón desbocado se tranquilizó en cuanto vio las luces brillantes de Wynreach. Los festejos del baile de equinoccio estaban en su máximo esplendor en el lejano castillo de la colina. Lenguas de fuego gigantes lo iluminaban por todas partes. Daba la sensación de que había un incendio dentro del propio castillo que realzaba los colores de las vidrieras.

—Es bonito, ¿a que sí? —murmuró una voz masculina junto a Remy.

No se había dado cuenta de que tenía a Hale al lado. Estaba tan hipnotizada por las luces centelleantes de la ciudad que no se había percatado de que los mellizos Águila y Hale ya estaban en el tejado.

—Hola —dijo Remy. Por dentro se miró con los ojos en blanco. No sabía qué decir después del momento que habían compartido en el balcón. Era eso o confesarle todo lo que sentía.

—Hola —dijo Hale, que la obsequió con la sonrisa que hacía que le hormigueara todo el cuerpo.

Hale se acercó a Remy y la miró más a ella que a las vistas. Ella repasó su rostro: sus cejas oscuras y tupidas, sus labios suaves y carnosos, su mandíbula dura y cincelada. Solo llevaba unas horas lejos de él y, sin embargo..., lo había echado de menos. Había añorado contemplar su rostro familiar y bello, oír su timbre de voz grave y oler su aroma a brisa marina.

Estaban colocados más o menos como en el barco con el que cruzaron el Crushwold el día anterior. Parecía que había pasado una eternidad. Las palabras de despedida de Hale se cernían sobre ellos del mismo modo que la barba del príncipe aún le hacía cosquillas en los labios a Remy tras darle un beso fugaz en el balcón. El cariño de él era sincero. El cariño de ella era sincero. Rezó para que sus orejas de fae no oyeran lo deprisa que le iba el corazón.

—¡¿Cómo?! —exclamó Carys, que rompió el silencio con su grito.

Remy miró a los tres soldados fae. Habían extendido mantas contra la pared curvada de enfrente. Unas velas titilaban junto a los platos de comida y las botellas de vino que se iban pasando. Habían montado un pícnic bajo las estrellas.

El príncipe se volvió hacia Carys. Debía de haber oído la conversación al completo gracias a sus orejas de fae.

—Son órdenes del rey, Carys. No podemos impedirlo.

—¿Qué pasa? —inquirió Remy.

Fue adonde las mantas y se sentó al lado de Carys. Hale la siguió. A Remy no le pasó por alto que decidió sentarse junto a ella.

—Que el rey es un cretino, eso es lo que pasa —contestó Bri, que se metió un trozo de queso en la boca.

Talhan resopló y dijo:

—Razón no le falta.

—Veo que vuestra reunión con el rey ha ido a las mil maravillas —repuso Remy, que hizo una mueca.

—Ha ordenado que Bri, Carys y yo regresemos a Falhampton. —Talhan maldijo y dejó el plato con la fruta de mala gana—. Dice que debemos replegar a los soldados de Hale y ayudar a evacuar la ciudad.

Remy los miró sin dar crédito. No podía hablar en serio. ¿El rey Norwood iba a ceder sus fronteras a la corte Norte? ¿De verdad creía que entregarles su frontera serviría para algo más que para animarlos a conquistar sus tierras con más fiereza?

—Es una patraña —masculló Bri—. Los otros soldados podrían evacuar la ciudad sin nosotros. Lo que pasa es que quiere separarnos de Hale.

—¿Por qué? —Remy frunció los labios.

Los otros cuatro se miraron; parecía que hablasen sin mover los labios.

La voz de Carys destiló una rabia calma cuando dijo:

—Porque quiere que fracase.

—¿Por qué? —Remy no entendía por qué el rey encomendaría a su hijo una misión tan importante para luego confabular contra él—. Quiere que consigas el amuleto de Aelusien, ¿no? —le dijo—. Pues seguro que juntos nos iría mejor.

—Exacto —dijo Talhan, que ladeó la mandíbula al masticar.

—Entonces, ¿por qué? —insistió Remy.

—Me ha pedido que le entregue el anillo de Shil-de —intervino Hale, que, sentado a su lado, agachó el cuello para mirarla—. Sus consejeros son tan taimados como él y lo han convencido de que debería ser él quien lo custodie hasta que encontremos al príncipe Raffiel. Además quería que te quedases en Wynreach con él.

Remy reculó.

—Hale no le ha revelado dónde está —le dijo Bri a Remy como si le hubiera leído la mente—. Tampoco te ha entregado a ti.

Remy miró a Hale, cuyos ojos estaban cubiertos por las sombras de la oscuridad. *Tampoco te ha entregado a ti.*

—Sí, pues escucha esto. —Talhan puso los ojos en blanco—. Ha dicho que el futuro rey debería poder conquistar la Cima Podredumbre solo.

—No lo entiendo. —Remy estaba hecha un lío. ¿Por qué el rey querría separarlos? ¿Porque su hijo se había negado a darle el anillo?

Hale había enmudecido. Remy sabía que las respuestas a sus preguntas le estaban doliendo.

Carys contestó por él:

—El rey ha reconocido a Hale como su hijo por lo que vaticinaron las brujas azules el día de su nacimiento: que estaba destinado a una fae de la Alta Montaña. Ese enlace habría hecho que el rey obtuviera un poder inmenso al estar estrechamente ligado a ellos, que Hale estuviera emparentado con la corte de la Alta Montaña y que su segundo hijo, Belenus, ascendiera al trono de la corte Este.

Aunque ya había oído esa historia, a Remy le hirieron las palabras de Carys. Recordó lo que le había confesado Hale sobre cómo había tratado el rey Norwood a su madre.

—Tras el asedio de Yexshire, Hale se convirtió en… —Carys no sabía explicarlo.

—Una molestia —dijo Bri, enfadada por la situación de su amigo—. Un obstáculo que impedía que Belenus heredara el trono.

—Mira que te ha encargado misiones imposibles a lo largo de los años —le dijo Talhan a Hale—, y que siempre le has demostrado que podías con eso y más, pero esto…, subir la Cima Podredumbre vosotros dos solos…

—Espera que no regrese jamás —concluyó Hale.

Ver que intentaba disimular lo triste y decaído que estaba hizo que le hirviera la sangre a Remy. Creía que, si culminaba las desatinadas tareas que le mandaba su padre, se ganaría su afecto. Pero el orgullo que mostraba el rey tras cada logro duraba poco. Qué oportuno. Su primogénito moría heroicamente y, de paso, lo colmaba de gloria y allanaba el camino al hijo que él quería de heredero. Remy se lamentó más por él que lo que se había lamentado por ella alguna vez.

Entrelazó sus dedos con los suyos y le apretó su mano grande y cálida. El príncipe miró sus manos unidas y le devolvió el apretón. Al desprenderse de una parte de la coraza en la que se había encerrado, Remy atisbó el dolor que palpitaba bajo la superficie.

—Bueno, el rey tenía razón en una cosa —dijo Remy. Los cuatro se volvieron hacia ella—. Soy una bruja roja y soy más poderosa de lo que cree. No me da miedo el monte Aelusien. —Carys apretó los labios y asintió agradecida. Sabía que se dirigía a los bajos ánimos del príncipe. Remy también creía en la veracidad de sus palabras. Las brujas rojas depositaron el amuleto en el monte Aelusien, pero solo los fae se habían dedicado a ir en su busca. Remy sería la primera criatura con magia de bruja roja en intentarlo. Si existía alguien que podía lograrlo, esa era ella. Lo único que le sabía mal era que no pudiesen acompañarla los demás—. Os voy a echar de menos.

De pronto, Remy cayó en la cuenta de que eran sus amigos. Esos guerreros fae a los que solo admiraba ahora eran sus amigos. No soportaría otra despedida lacrimógena.

Talhan le sonrió ligeramente.

—En nada nos ocuparemos de Falhampton y pondremos a su gente a salvo —le aseguró—. Y luego nos reuniremos con vosotros de camino a Yexshire. —Lo dijo como si fuera algo evidente y sencillo.

Pero todos sabían que era probable que no se viesen en una buena temporada…; puede que nunca más. Bri descorchó la botella de vino que tenía al lado y llenó el montón de tazas dispares que tenía delante. Se las pasó a los demás; ella bebería a morro. El príncipe le agarró bien la mano a Remy y alargó el brazo libre para asir la taza que le pasaban.

—¡Por la bruja roja y nuestro príncipe! —exclamó Bri a la vez que alzaba la botella—. Que los dioses bendigan vuestro viaje.

—¡Eso, eso! —convino su mellizo mientras chocaban las tazas.

Charlaron en tono distendido, contaron chistes y anécdotas y comieron de la bandeja de frutas y quesos. Las estrellas brillaban por encima de sus cabezas; las constelaciones se veían más en esa zona oscura de la ciudad. Cada vez que se acababan una botella de vino, Talhan sacaba otra de su bolsa como por arte de magia.

Hale se tapó a sí mismo y a Remy con una manta de piel. No le soltó la mano en toda la noche.

Las primeras luces del alba teñían de rosa y dorado las nubes lejanas mientras Remy se despertaba. Notó que Hale se movía a su lado. Se había quedado dormida contra el muro de piedra después de pasarse la noche bebiendo y riendo. Estaba tapada hasta los hombros y tenía la cabeza apoyada en el hombro del príncipe, que le calentaba la mejilla con su calor. El invierno llegaría en un par de meses y las mañanas eran cada vez más gélidas.

Remy no quería abrir los ojos. No quería mover ni un músculo. Las botellas de vino que había bebido la noche anterior le estaban pasando factura. Una fuerza invisible le aplastaba la cabeza. El cerebro le daba vueltas y estaba disperso. No era capaz de hilvanar ni una idea, y solo le apetecía dormir un par de horas más para ver si así volvía a pensar con claridad.

El príncipe acercó su rostro al suyo y, tras rozarle la sien con los labios, le susurró al oído:

—Hora de irse. —Su aliento cálido en su oreja le hizo abrir los ojos por fin.

Hale le sonreía como si se aguantara la risa.

—¿Qué pasa? —preguntó Remy, que lo miró con los ojos entornados.

—Que te brillan los ojos de color rojo. —Hale sonrió con satisfacción.

—Ah —repuso Remy—. ¡Ah! —repitió cuando se dio cuenta de lo que significaba. Le brillaban los ojos de color rojo porque Hale le había susurrado al oído. Le dieron ganas de acercar los labios del príncipe a los suyos, con jaqueca o sin ella.

Remy se ruborizó, pero Hale ya se había levantado. Por algún motivo, la noche anterior había sido hasta más íntima que la de la timba de póquer en Ruttmore. Esa vez no tuvo remordimientos porque la hubiera descubierto con las manos en la masa. Había sido una reacción sincera y torpe.

El príncipe recogió las mantas en silencio. Fueron hasta la buhardilla, donde los morrales, y, de camino, Carys estiró un brazo y le dio un apretoncito a Remy en el tobillo.

Fue el único gesto que le hizo la fae, que estaba tan cansada que volvió a dormirse enseguida. No obstante, Remy sabía que esa era su manera de despedirse y desearle suerte.

Bri no abrió los ojos cuando murmuró pegada a su manta:

—No mueras, Rem.

Remy acarició la empuñadura de la daga que llevaba ceñida a la cintura y sonrió al bajar la escalera.

Detrás del salón Lavanda había unos establos pequeños hechos una pena. Dos caballos aguardaban en los compartimentos. Remy observó a Hale, que se apresuraba a ensillarlos. Los dispuso de la misma forma que en su travesía por el Sur: uno cargaría con sus dos morrales y el otro sería su montura.

El olor a cuadra le revolvió el estómago a Remy. Estaba segura de que tenía mala cara.

—¿Cómo es que estás tan fresco? —gruñó Remy mientras Hale abrochaba bien la silla. Se había pimplado una botella entera él solito y, sin embargo, estaba lúcido y de buen humor.

—No sueles beber vino, ¿no? —Hale rio sin despegar los ojos de su tarea.

Remy no era muy dada al alcohol y, cuando bebía, dejaba claro que no quería excederse. Se había pasado gran parte de su turno en las tabernas en las que trabajaba echando a innumerables clientes con resaca como para saber que no era buena idea emborracharse. Sin embargo, empezaba a entender cómo debían de sentirse. Procuró no pensar mucho en ello. Solo de pensar en vino le entraban acidez y ganas de vomitar. ¿Cómo demonios iba a montar a caballo en esas condiciones?

Fue hasta la montura de carga y hurgó en el bolsillo exterior de su bolsa mientras el caballo se movía. Distinguía sus viales de cristal solo con palparlos. Todos estaban envueltos en finas tiras de lino ajado. No había dos frascos iguales ni en forma ni en tamaño. Dio con el que buscaba. Lo sacó y lo desenvolvió para descubrir un vial del tamaño de su pulgar, marrón claro. Hacía mucho que se había borrado el dibujo de la estrella de cinco puntas y la hoja de menta, pero Remy sabía que ese era el elixir correcto. Heather había conseguido casi todos sus druni precisamente gracias a botes llenos de tónico para la resaca. En las tabernas rurales, era un remedio muy preciado. Remy no lo había necesitado nunca, pero llevaba un frasco en su bolsa de pociones por si acaso. Se hallaba junto a otro montón de viales que también estaban ahí por si las moscas y que esperaba que no le hicieran falta nunca.

Lo descorchó y se lo bebió de un trago. Le entraron náuseas, pero se lo bebió a la fuerza. Con que lo retuviese un segundo en el estómago bastaría. Torció el gesto e hinchó las fosas nasales para contener las arcadas. Tomó aire y, al hacerlo, se le asentó el estómago y dejó de dolerle tanto la cabeza.

*Benditas brujas marrones*, se dijo a sí misma. Le dio las gracias a Heather en silencio. Hasta en ese momento la protegía.

Para cuando se subieron al caballo para atravesar la ciudad rumbo al norte, el sol ya asomaba por encima de los pinos que había más adelante. Más y más gente salía de sus casas para dar comienzo a la jornada.

Les llegó el olor a pan recién horneado de un panadero que empujaba su carrito lleno de barras y pastelitos por el empedrado. Debía de haberse levantado en plena noche para que le diera tiempo a cocinarlo todo y venderlo tan temprano.

Hale le hizo una seña con la mano para que se detuviera. Le pidió algo sin hablar. El panadero paró, levantó la malla que cubría la comida y sacó dos hogazas redondas como platos. El príncipe pagó con una moneda de oro que el panadero miró con los ojos muy abiertos. Era demasiado dinero por dos hogazas de pan, pero el panadero se inclinó por toda respuesta y murmuró:

—Alteza.

Y siguió su camino. No lo dijo con temor ni con reverencia, sino como mero agradecimiento.

Hale le ofreció a Remy una hogaza de pan marrón, caliente, relleno de fruta seca y decorado con espirales de canela. El humo que salía de las grietas de la corteza crujiente olía a fruta mantecosa y especias. El aroma hizo que a la bruja le rugiera el estómago.

Hale rio al oírlo. La espalda de Remy estaba tan pegada a su cuerpo que no le habría extrañado que el príncipe notara la vibración.

Remy partió un trozo con los dedos y un hilo de humo se alzó en la fresca mañana. Con el pedazo entero en la boca, el exquisito sabor a especias le estalló en la lengua. Se le escapó un gemido indecoroso. Hale se enderezó detrás de ella y tosió.

Remy se mordió el labio para no reírse. Agradeció que no le viese la cara mientras se deleitaba con el efecto que había provocado en él ese ruidito. Le costó no preguntarse qué otros sonidos sería capaz de arrancarle Hale.

—Me lo tomaré como que te gusta el pan —dijo Hale mientras Remy devoraba la mitad de su hogaza.

—Está riquísimo —aseguró la bruja, que tenía la boca tan llena que apenas se la entendía—. No he comido nada igual.

—También es mi favorito. —No le hizo falta mirarlo para saber que sonreía—. La panadería Northside es famosa en toda Wynreach. Tenía que desviarme del camino para que probaras su pan.

Ese comentario hizo que Remy dejara de masticar por un instante. Hale había querido compartir ese momento con ella. Era un acto insignificante y simple y, sin embargo, lo bastante especial para él como para decidir incluirla.

—Gracias —dijo Remy, que siguió masticando—. Creo que, como tu bruja roja, debo recomendarte que contrates a ese hombre en calidad de panadero personal para que te persiga por el campo de batalla con este pan de pasas.

Hale se echó a reír; pero no como un príncipe, sino como una bruja, con sinceridad. Esa sí que sería una imagen para la posteridad: un panadero que entra en el campo de batalla para entregarle su pan a su príncipe. Remy también rio. Comieron sumidos en un silencio agradable mientras cabalgaban hacia los confines de la ciudad.

La mayoría de los viandantes eran humanos que iban en dirección contraria, hacia el corazón de la ciudad, a trabajar. La mayoría de los fae y las brujas tenían el día libre para celebrar la llegada del equinoccio, pero algunos empleos eran necesarios siempre. También eran los más infravalorados. Algunos humanos echaban miradas furtivas a Remy y al príncipe del Este. Otros se detenían y se inclinaban, pero la mayoría los ignoraban y seguían con su vida. No era el recibimiento que esperaba Remy para su príncipe heredero.

Delante de ellos, tres humanos salieron a trompicones de una puerta tras la que los recibió la luz de primera hora de la mañana. Se tambaleaban y se reían con la misma jovialidad que veía Remy en las tabernas. Conocía a los de su clase: los que querían que la juerga durase eternamente y que bebían, bailaban, cantaban y reían hasta que salía el sol. El sol estaba bien arriba; se alzaba por encima de la arboleda del bosque en pendiente que había más adelante. Los hombres no parecían mayores de edad. Su cuerpo y su altura aún no habían alcanzado su máximo apogeo. El príncipe redujo el ritmo de sus monturas por si alguno de esos borrachos trastabillaba hacia delante.

Miraron a Remy y luego a Hale. Se les iluminó el rostro al reconocerlo, y, acto seguido, lo miraron mal. Remy también estaba acostumbrada a esas miradas. El sol había obrado su magia y el júbilo nocturno se había transformado en un rencor furioso al llegar la mañana.

—Pasa de ellos —dijo Hale, que se preparó para que lo criticaran. Remy detestó que supiera cómo iban a tratarlo esos hombres porque ya lo hubiera experimentado infinidad de veces a lo largo de su vida.

Los humanos habían llamado a Remy de las formas más crueles; algunas eran ingeniosas e hirientes, otras predecibles, y la joven había aprendido a que esas mofas de borrachos le resbalaran. Pero, por algún motivo, que fueran dirigidas al macho cuyo calor notaba en la espalda y cuyo cálido aliento le revolvía el pelo… le afectaba de otra manera.

El más alto y atrevido de los tres esperó a que su caballo pasara por su lado para escupir en el suelo.

—Bastardo —dijo.

*Bastardo.*

Era el insulto más básico y, a su vez, el más hiriente de todos. Remy sabía que, en el fondo, Hale creía que todo lo que implicaba esa palabra se aplicaba a él. No solo porque hubiera nacido fuera del matrimonio, sino porque consideraba que no era digno de lo que tenía y merecía esas ofensas mordaces y afiladas. Remy también había contribuido al llamarlo bastardo más de una vez. Era tan culpable como esos tarugos borrachos.

Los dos hombres detrás del alto se echaron a reír. Sus risas despiadadas y burlonas hicieron que Remy explotara. Antes de darse cuenta, ya estaba pasando el pie por encima de la crin negra del caballo y tocando el suelo. No notó ni el peso ni las consecuencias de haberse zampado una hogaza de pan entera hacía nada. No notó que corría ni que empuñaba la daga que llevaba en el cinturón.

En un abrir y cerrar de ojos, estaba ahí, haciendo que el alto se cayera de culo y sujetándolo contra la pared. Le ceñía la garganta con la daga.

Se le iban a salir los ojos azules de las órbitas al hombre, cuya respiración se había tornado rápida y superficial. Sus colegas se quedaron paralizados a ambos lados de Remy.

—Discúlpate —masculló la joven, que se agachó ante él.

—Remy —la llamó Hale, pero la bruja no le hizo ni caso. Sabía por el reflejo de los ojos vidriosos del humano que sus iris desprendían un brillo rojo. Le temblaban los ojos y las manos del poder que contenían.

El hombre palideció. Remy hizo una mueca cuando se orinó encima. Ya no era una criatura dócil que se escondía, sino alguien temible. Esbozó una sonrisa gélida e insistió:

—Discúlpate con tu príncipe.

—Lo siento —susurró el humano, que temblaba tanto que apenas vocalizaba.

Remy aflojó la daga, pero su magia seguía flotando a escasos centímetros del cuello del hombre.

—Más alto —exigió ella.

—Lo siento, príncipe Norwood —gimoteó. Remy estaba convencida de que estaba al borde del llanto—. Os suplico que me perdonéis, alteza.

—Estás perdonado —dijo Hale con voz potente y firme.

Entonces Remy se levantó, atrapó su daga al vuelo y la enfundó. Miró por última vez a los otros dos humanos, que se estremecieron al ver el brillo rojo de su mirada, como si ese mero gesto fuera a maldecirlos. Remy no aceptó el brazo que le tendió el príncipe y se ayudó del cuerno de la silla para pasar la pierna por encima de la crin del caballo y subir con la misma agilidad con la que había bajado antes. Sus músculos protestaron, pero lo hizo de todas formas para que vieran lo fuerte que era.

Hale, anonadado, rio por la nariz al ver su acrobacia y se volvió hacia los cobardicas.

—Que os sirva de advertencia —dijo Hale con voz letal mientras los miraba a lomos de su caballo—. Puede que yo tolere vuestras faltas de respeto, pero mi bruja roja no las consentirá.

*Mi bruja roja.*

En respuesta a sus palabras, el brillo rojo de su magia volvió a iluminar su mirada. Lo dijo como si fueran una pareja invencible. Remy alzó un poquito el mentón y se enderezó.

Cabalgaron en silencio hasta que se perdieron de vista. El zumbido de detrás de sus ojos remitió y el brillo rojo de su mirada desapareció. Notaba el corazón desbocado del príncipe en la espalda.

—Tu maniobra ha sido impresionante…; estúpida, pero impresionante —murmuró contra su pelo.

—¿Cómo? ¿Me estás diciendo que no sabes desmontar con una sola pierna mientras desenfundas una daga? —preguntó Remy con una sonrisa traviesa.

La risa de Hale reverberó en su cuerpo.

—Bien visto. Si no te conociera bien, pensaría que eres mitad fae.

—Otro consejo de tu bruja roja —dijo Remy para reconducir la conversación hacia los hombres. *Tu bruja roja.* Le encantaba decirlo; alimentaba la ilusión de que era suya—. Cualquiera que te falte al respeto de ese modo merece una daga en la garganta.

—En ese caso, qué bien que te tenga a ti para hacer el trabajo sucio. —La estrechó más fuerte al cambiar de mano las riendas.

Lo haría. Mataría a cualquier hombre que lo llamase bastardo. Era la verdad; una verdad que se hallaba en un rincón de su ser en el que no existía la lógica. Era primitiva y salvaje. No podía negar que tenía ese instinto.

Dejaron atrás las últimas casas, cruzaron tramos desiertos de campo abierto y llegaron a la lejana arboleda de la ciudad cuyos troncos bien anclados al suelo acababan en punta. Las puertas de hierro abiertas invitaban a adentrarse en el bosque de más allá. Allí no habría enemigos de los que defenderse.

Conforme atravesaban el muro y se internaban en el bosque, Remy fue consciente de que ese día su enemigo no empuñaría una espada, sino que sería la montaña fétida y escarpada que se hallaba en el otro extremo.

# Capítulo Diecinueve

Cabalgaron durante todo el día; solo paraban junto a los riachuelos para rellenar sus odres de agua. Los caminos que atravesaban el pinar llegaban a su fin tras una hora de cuesta, y, luego, circularon libres por el frío bosque, al amparo de árboles altísimos. Pero era obvio que los orientales habían plantado el pinar para talarlo, por lo que, al estar los árboles separados a intervalos regulares, resultaba fácil orientarse. Además, los caballos andaban a sus anchas. La cima ya era harina de otro costal.

La plantación de pinos dio paso a un bosque ondulado y cada vez más empinado y agreste hasta alcanzar las cúspides orientales de las Altas Montañas a lo lejos. En el centro de esas montañas nevadas, se erigía un monolito abrupto y oscuro: el monte Aelusien, o como también lo llamaban: la Cima Podredumbre.

La cumbre era como un faro que los invitaba a acercarse y les exigía que lo contemplaran. Lejos, hacia el este y pasado el bosque, salía humo de las chimeneas, y el sendero principal estaba salpicado de pueblos y aldeas. Pero no había pueblos entre ellos y esas laderas espeluznantes. Les llegó el esperado olor a putrefacción y muerte incluso a una distancia considerable. Remy supo que en unas horas esa nauseabunda pestilencia le daría arcadas.

—Qué olor más… —Remy arrugó la nariz y se tapó la cara con la túnica.

—¿Ya lo hueles? —dijo Hale en tono pensativo. Remy no contestó—. Acamparemos en el claro de ahí delante. Hay que encender una hoguera antes de que se ponga el sol —dijo en tono apremiante.

—¿Tan rápido refresca? —inquirió Remy. La cota de nieve de las montañas aún estaba muy arriba y el aire seguía siendo cálido y estival. Pero las noches otoñales eran engañosas, pues las temperaturas bajaban mucho de golpe.

—No lo digo por el frío, sino por las bestias que vagan por estos bosques —dijo Hale.

—¿Bestias? —Remy echó un vistazo alrededor: aparte de un par de pájaros cantores y conejos, no había visto más criaturas durante el trayecto. Tampoco había oído hablar de unas bestias orientales.

—La más fiera es el puma oriental o *Tigris galanthicus* —repuso Hale.

Remy resopló y dijo:

—En el Oeste también hay pumas. A veces cazan ganado, pero temen la magia. No nos pasará nada.

—No estamos en el Oeste —repuso Hale, molesto—. ¿Los pumas de tu tierra miden como caballos?

Remy se mordió el labio. No podía ser cierto.

—¿Tan grandes son? —preguntó.

La risotada de Hale le hizo apretar el paso.

—Dicen que, durante siglos, los pumas se alimentaban de ciervos y animales propios de la caza menor; pero cuando los antiguos fae de la Alta Montaña ocultaron su valioso amuleto, este extrajo magia de la propia montaña. Surgieron pueblos por toda la ladera oriental. Y la comida de los pumas pasó a ser la comida de sus habitantes, por lo que los pumas empezaron a cazar gente. Nuestra corte ya no tiene pueblos en estas tierras tan remotas, pero los pumas aún recuerdan lo que le hicieron los humanos a su bosque… y lo ricos que estaban.

—Estupendo —refunfuñó Remy.

—Son depredadores nocturnos. Usan el factor sorpresa. Y no les gusta el fuego —dijo Hale. Remy miró al cielo y vio que el sol ya se ocultaba tras la arboleda y que el bosque estaba cubierto de sombras alargadas.

¿Un puma del tamaño de un caballo? Se echó a temblar.

—Ya casi estamos —dijo Hale entre risas.

Cuando llegaron al claro, Remy comenzó a apilar leña como loca mientras Hale intentaba hacer fuego con su pedernal. Ya estaban curtidos en el arte de encender hogueras en un periquete. Hasta que las llamas no iluminaron el cielo con su fulgor no cepillaron a los caballos ni montaron el campamento.

A esas alturas, Remy ya estaba acostumbrada a su vida de nómada. Sabía con exactitud dónde estaba cada cosa, en qué bolsillo estaban sus raciones y que siempre el saco de dormir y la manta se guardaban en lo alto de la bolsa y la ropa debajo para que no se humedeciera. La bruja se había traído consigo algunas de las prendas que le había comprado Bri en Ruttmore, pero la mayoría se las había dejado en Wynreach, en casa de Morgan. Eran atuendos exquisitos; se los merecía más la mestiza que ella. Además, no era práctico ir así vestida en pleno bosque, y menos si tendría que enfrentarse a un puma del tamaño de un caballo.

Remy sacó una muda y le dio la espalda a Hade para desnudarse. También se había habituado a cambiarse delante de los demás. A Bri no le daba apuro quedarse en pelotas enfrente de quien fuera, pero Carys seguía un método que Remy adoptó. Se tapaba de cintura para abajo con la túnica para cambiarse los pantalones, y luego se giraba y se cambiaba la túnica. Aunque Hale se volvió por pudor, la joven notaba su mirada en su espalda.

Remy se quitó su ropa sudada y sucia y, con cuidado de no alejarse de la lumbre, la colgó en una rama más arriba. Daba la impresión de que los caballos sabían por instinto que era mejor pastar cerca del fuego.

Mientras la bruja se cambiaba, Hale dispuso lo necesario para pasar la noche. Remy supuso que habría sacado provisiones para cenar, pero, cuando dio media vuelta, había desplegado todo un arsenal: dagas, cuchillos arrojadizos, otro carcaj con flechas y una guadaña de mano.

—¿Va en serio? —exclamó Remy—. ¿De verdad crees que necesitarás todo eso?

El príncipe seguía portando sus dos espadas ceñidas a la cadera. Remy solo se había traído la daga que le regaló Bri y su arco.

—Mejor prevenir que curar. —Hale se encogió de hombros—. Algunas pesan demasiado para llevarlas a la cumbre, pero en cuanto consigamos el amuleto, nos dirigiremos a la corte Norte… y allí no habrá amigos que valgan.

Ceñuda, Remy miró el arsenal. Por lo visto, escalar una montaña apestosa sería la parte fácil de la travesía.

El príncipe del Este tenía comida para varios días en su morral, pero comían lo justo por si acaso, por si un día se veían obligados a reducir su ración más tiempo del previsto. El viaje le había pasado factura a Remy. Estaba cansada y dolorida de cabalgar y a la mañana siguiente debía subir una montaña.

Hale se tumbó en su saco junto al fuego. Habían agregado leños suficientes como para que no necesitasen añadir más hasta dentro de unas horas y pudiesen dormir.

Remy también se disponía a tumbarse en su saco cuando un rugido feroz hendió la espesura. Se giró tan deprisa a por su arco que casi se cayó. Colocó una flecha y, paralizada, contempló la oscuridad. El sonido parecía el que emitiría un gato doméstico, pero más fuerte y grave. Los árboles temblaron a causa del eco del lejano rugido. Remy rechinó los dientes. No dormiría mucho esa noche.

Tomó su morral y su saco y, tras rodear la hoguera, los situó enfrente de Hale. Dejó el arco y la flecha a mano y se tumbó.

Hale se aguantaba la risa.

—Tú calla —gruñó Remy. Sin embargo, el fae no se burló de ella por querer dormir más cerca de él. Se sentiría más segura con su arco delante y el príncipe detrás.

—¿Preparada para mañana? —le susurró.

—No —contestó Remy, que se giró para mirarlo a los ojos. Las sombras los cubrían y no se veían, a diferencia de su ligera sonrisa iluminada por el fuego—. ¿Tú?

—Seguramente no. —Hale rio por lo bajo. Su sonrisa hizo que la bruja notara retortijones. Su cabello castaño le tapaba la frente. Se acordó de cuando se lo apartó en los jardines de Saxbridge. Sabía perfectamente qué sentiría al acariciárselo, lo sedoso y suave que tendría el pelo, el aroma a mar que despediría su mano después.

En cambio, dijo:

—Vuelve a recordarme por qué estamos haciendo esto.

—Porque Vostemur posee la Hoja Inmortal —dijo Hale como si Remy no lo supiera ya—. Y para que el último fae de la Alta Montaña, es decir, el príncipe Raffiel, tenga la oportunidad de recuperarla, necesitará los talismanes de sus antepasados.

—El anillo de Shil-de y el amuleto de Aelusien —susurró Remy.

Le asaltó el recuerdo del árbol de las plegarias de la corte Sur, con sus cintas movidas por la brisa. ¿Cuántos más tendrían que lamentar la muerte de un ser querido si no lo lograban? Pensó en las cabezas cercenadas que yacían en el suelo del palacio oriental. Vostemur era cada vez más osado y se estaba abriendo paso en la corte Oeste. Los soldados de Hale —los amigos de Remy— estaban ayudando a las tropas de la corte Este a retirarse. Necesitaban ese poder ancestral si querían tener una mínima posibilidad de contrarrestar la amenaza norteña.

Remy percibió la magia roja del anillo, el poder de los fae de la Alta Montaña y las brujas rojas. Acarició el bulto en el que se hallaba su bolsa de los tótems.

—Mañana ponte el anillo, Hale.

El príncipe sonrió al oír su nombre de labios de Remy. La joven se dio cuenta de que raramente lo decía. Hale parecía complacido.

—Eso iría contra lo que nos propusimos al conseguirlo —repuso Hale. No podía ponérselo y luego dárselo a otra persona.

Cualquiera podía usar el anillo de Shil-de. En cambio, la Hoja Inmortal estaba ligada a los fae de la Alta Montaña gracias a la magia de la sangre de las brujas rojas. No obstante, una vez que el anillo estuviese en el dedo de su portador, se quedaría ahí para siempre o hasta que se lo quitasen, y entonces… todas las muertes de las que le había salvado el anillo lo asaltarían. Eso sí, el anillo solo protegía de muertes atroces. Tarde o temprano, la edad y el tiempo reclamarían al portador del anillo.

—Además —añadió Hale en voz baja. Remy notó que buscaba su mirada en la oscuridad—, si acaso, deberías ponértelo tú.

—¿Por? —preguntó ella. Se le aceleró el corazón; rezó para que el príncipe no lo oyese.

Otro rugido escalofriante hizo temblar el suelo. Los caballos relincharon. Remy se giró para ver de dónde venía el sonido, pero los ruidos salvajes aún estaban lejos en la noche. ¿Cuánto tardarían los pumas en oler su rastro y rondar por allí?

Remy, frustrada por sentirse cebo de pumas, volvió a tumbarse. Asió el fornido brazo de Hale y lo usó para cubrirse. El príncipe rio entre dientes, la envolvió con su calor y con la mano que coló por su costado le tocó la tela áspera de la túnica.

—Silencio —volvió a ordenarle Remy a la vez que los tapaba a los dos con la manta de piel. Se acercó su bolsa con brusquedad y se aovilló entre ella y el príncipe.

*Sí, eso la protegería de un puma del tamaño de un caballo con debilidad por la carne humana.*

Seguía notando la sonrisa de Hale en su pelo.

—Duérmete —le urgió.

El príncipe la arrimó a su cuerpo. Tras días cabalgando con él, la cadencia de su pecho al respirar la reconfortaba. Conocía el ritmo regular de su corazón como si fuera el suyo.

Remy se despertó en plena noche. ¿Se habría imaginado que oía el rugido de un puma? Ignoraba si habría sido un sueño. Miró el fuego. Seguía ardiendo con fuerza. No tenía claro cuánto habría dormido. Los caballos seguían ahí, tranquilos. Escudriñó la oscuridad en busca de unos ojos felinos, brillantes y grandes, pero no halló nada. Mientras dormía, se había girado más, de forma que aplastaba medio morral con la barriga. Al darse la vuelta, había atrapado el brazo de Hale debajo de ella, y la mano del príncipe estaba…

La había alcanzado entre su zurrón y lo alto de sus muslos.

Se puso rígida. De pronto ya no tenía nada de sueño. ¡Su mano! Su dichosa mano estaba justo ahí. Notaba el calor que irradiaba en ese punto tan agradable. Hale dormía como un tronco y su aliento se estrellaba contra ella con la cadencia de las olas. Su embriagador aroma a mar la envolvía por completo y agudizaba aún más las sensaciones que recorrían su cuerpo. No tenía claro dónde acababa su olor y dónde empezaba el del príncipe.

¡Y su mano!

Remy movió las caderas para despegarse de él, pero se detuvo al momento. ¡Dioses! Bastaba con ese roce ligero y exquisito para excitarla. Hale movió la mano en sueños. Con la respiración agitada, la bruja se mordió el labio.

—¿Te gusta? —le preguntó una voz ronca y soñolienta desde atrás.

—Estás despierto. —Remy notaba que se había ruborizado. Hizo ademán de moverse, pero Hale se encaramó a su espalda para retenerla.

Le rozó el cuello con los labios de camino a su oreja y le susurró:

—Tu olor resucitaría a un macho.

Remy tembló cuando cientos de chispazos la atravesaron de pies a cabeza. Volvió a empujar las caderas hacia delante mientras notaba el aliento de Hale en la oreja. El príncipe le apretó con la mano y la joven ahogó un grito.

Nunca había estado tan excitada. Jamás. Había tenido un par de escarceos con un chico en una de las tabernas en las que se alojaban. Fueron rápidos y entretenidos, pero decepcionantes. Aquello era otro cantar. Que Hale la tocara por encima de los pantalones bastaba para que se le humedeciera la entrepierna.

—¿Quieres que siga? —le susurró al oído. Casi perdió el control solo con escuchar su voz.

Sin pensar, Remy, presa de la sensación de su cuerpo pegado al suyo, musitó:

—Sí.

Hale le apretó con la mano mientras ella le restregaba las caderas y ahogaba un gemido. La colocó de costado y le metió la mano por dentro de los pantalones. Bajó sus dedos callosos hasta que dio con ese punto húmedo y ardiente que se hallaba entre sus piernas. Remy ocultó el rostro en su brazo y gimió contra su manga cuando el príncipe la acarició con los dedos.

—Ese ruidito —dijo Hale sin dejar de mover los dedos— es mi perdición.

La joven notó en su trasero que se le ponía dura. Estiró el brazo para palpársela y Hale gruñó.

—Esta noche no —le dijo entre dientes—. Hay bestias en estos bosques, y la primera vez que te haga mía será de todo menos silenciosa.

Mientras esas prometedoras palabras le rozaban la oreja, le introdujo un dedo en su sexo húmedo. Remy se mordió la blusa para no gritar. Hale gruñó y le arañó el cuello con los dientes.

Qué gusto. Qué gusto, dioses.

Hale gimió mientras agregaba un segundo dedo que hizo que Remy se retorciera.

—¿Siempre estás tan mojada cuando piensas en mí? —Dejó quietos los dedos a la espera de que contestara.

—Sí. —La voz de Remy no se parecía en nada a su voz habitual, pues con una única palabra le rogaba fervientemente que moviera los dedos más deprisa.

Hale la complació y le sacó y le metió los dedos a la vez que apretaba su tenso manojo de nervios con la base de la mano. La otra la subió hasta su pecho, y, con pereza, trazó círculos en su pezón. Remy se arqueó contra sus manos; solo se oían sus jadeos. El intenso aroma del príncipe la envolvía y la llevaba al límite. Se restregó con más ímpetu contra sus dedos. Más fuerte, más rápido. No pensaba en otra cosa. Solo en moverse. Y en exigirle más.

Hale le mordisqueó en la oreja y la bruja volvió a gritar.

—Remy —susurró.

Al oír su voz, la joven explotó. Se mordió el brazo mientras el éxtasis la embargaba en oleadas. Hale la acarició hasta que su último gemido dio paso a los resuellos.

Remy no se había sentido así jamás. Ecos del éxtasis que había experimentado reverberaron en su cuerpo mientras su respiración se serenaba. Hale le sacó la mano del pantalón y acercó a la bruja a su amplio pecho con satisfacción.

Le rozó la sien con los labios.

—Sueña conmigo —le susurró con petulancia. Y así fue.

# Capítulo Veinte

Las afanosas respiraciones de Remy se clavaban en sus pulmones como esquirlas de hielo. Había perdido la cuenta de los pasos que llevaban. En la escarpada ladera de la montaña había escalones de piedra tallados. Habían dejado atrás la arboleda. Se le habían entumecido los dientes de abajo por el aire helado que pasaba entre ellos y de los copos de nieve que traía el viento. Un fino manto blanco cubría las cumbres circundantes, pero hasta la nieve temía la Cima Podredumbre.

Remy se había visto obligada a cerrar la boca de la peste. Estaba demasiado cansada como para rebelarse contra ese fétido olor. No se atrevía a mirar atrás. El ascenso en sí era una caminata solo apta para los soldados más competentes. No deberían haber llevado armas y herramientas tan sofisticadas para subir una cuesta tan larga y empinada. Ningún animal recorrería esa pendiente vertical y estrecha llevando un arsenal tan pesado.

Remy se planteó abandonar su daga en numerosas ocasiones. Hale había dejado sus espadas con los caballos y había optado por llevar solo una daga y una guadaña de mano. Aun así, en esas circunstancias, cada gramo de más pesaba una tonelada. La cima no estaba lejos, pero la joven sentía que no llegarían nunca. Hacía tiempo que su cuerpo había olvidado el placer que la invadió la noche anterior y se había rendido a la cuesta escarpada. Sabía que tarde o temprano tendrían que hablar de ello..., si sobrevivían. Quizá fuera mejor perecer en esa ladera que mentirle de nuevo, o tal vez fuera mejor morir que contarle la verdad.

Le ardía el pecho. Las piernas le pesaban una barbaridad. Se imbuyó de la magia suficiente para seguir moviéndose. Tras vaciar los odres, los tiraron por el camino. Su único objetivo era llegar a la cima.

*Llega a la cima, llega a la cima*, se repetía para sí.

Pues alcanzar el pico de la montaña era la única manera de acceder a lo que se hallaba en el interior del monte Aelusien: un lago mágico. Los antepasados de los fae de la Alta Montaña habían hechizado el lago para salvaguardar su talismán. El rey Vostemur creía que poseía todo el poder de la Alta Montaña, pero se equivocaba.

Las antiguas brujas rojas habían creado el amuleto de Aelusien y se lo habían regalado a la corte de la Alta Montaña durante una época de peste. La enfermedad había causado estragos en todo el continente. A las brujas rojas les preocupaba qué sería de Okrith si las borraban del mapa y temían que su magia se extinguiera. Así pues, fabricaron el amuleto de Aelusien, un collar que concedía a su portador el poder de la magia de las brujas rojas, más fuerte y más puro que el de cualquier otra bruja, incluida Baba Morganna. Cualquiera podía beneficiarse del poder del amuleto si aprendía a hacerlo: brujas, fae y hasta humanos. El amuleto fue la forma que se les ocurrió a las brujas de asegurarse de que su magia sobreviviera a la plaga. Los fae de la Alta Montaña lo ocultaron en su cordillera, donde permaneció hasta ese momento.

Los antiguos sabían que quien poseyera ese valioso talismán obtendría un poder inmenso, por lo que hicieron que fuera casi imposible conseguirlo. Solo el guerrero más sagaz, más fuerte y más valiente se haría con él: alguien digno de semejante joya.

A cada paso Remy se planteó parar. Sin embargo, sabía que incluso una pausa larga pondría fin a su ascenso.

Le había dicho a Hale que era más probable que muriesen que lo lograsen, y el príncipe siempre le respondía que, con una bruja roja a su lado, todo saldría bien. Remy lo oía resollar a su espalda. Había refunfuñado que era más fácil para la joven, puesto que pesaba la mitad que él, pero en ese momento no le quedaban fuerzas para protestar.

Escalaron sirviéndose de las manos y los pies el escarpado lateral de roca. El sendero se había erosionado con el tiempo. Ya no era roca lo que pisaban, sino esquisto desgastado. Con cada paso que avanzaban, se retrasaban la misma distancia. Era una tortura extenuante. Cada paso era más descorazonador que el anterior, pero continuaron con su ascenso a paso de tortuga.

Al fin, Remy llegó lo bastante alto como para verlo: un hoyo negro en la roca.

A diferencia de lo que esperaba, no era una entrada o una arcada magníficas. No era nada regio acorde a la corte de la Alta Montaña. No, era un túnel oscuro y pequeño que se abría ante ellos; tan pequeño que no se podía ni cruzarlo a gatas. Tendrían que arrastrarse sobre sus vientres como si fueran cocodrilos para atravesarlo. Se le antojó una idea pésima, pésima. Alguien debió de concebirlo de tal modo que diera justo esa impresión.

Remy descansó en el estrecho saliente que había junto al túnel y apoyó la espalda en la montaña mientras observaba el trecho que habían recorrido. Muy a lo lejos, se distinguía un bosque, y más allá vislumbró el circulito de chimeneas de un pueblo. Si entornaba mucho los ojos, atisbaba el mar en el horizonte. Parpadeó varias veces para ver dónde se fundían el mar y el cielo, pero no pudo. Quizá fuera la última vez que veía el mar. Aunque sobrevivieran, irían hacia el interior, a Yexshire.

Hale se encaramó a la cornisa y se sentó con Remy. Respiraba con tanto afán que la joven deseó pasarle agua, pero no tenían. A lo mejor la del lago era potable. Aunque, conociendo a las brujas rojas, no tentaría a la suerte.

Hizo amago de entrar en el túnel, pero el fae le tocó el hombro.

—Espera —dijo con voz jadeante—. Entremos juntos.

Sumidos durante varios minutos en un silencio que invitaba a la reflexión, aguardaron a que la respiración del príncipe se ralentizara lo justo. Hasta para un fae en óptimas condiciones, la cuesta no daba tregua. Remy se preguntó cuántos no habrían llegado ni ahí siquiera. Cuántos habrían dado media vuelta al ver las escaleras infinitas. Espadas y armaduras yacían en la parte de la montaña en que la pendiente se convertía en esquisto. Seguramente los que volvían sobre sus pasos eran los más sensatos.

Hale hizo ademán de ir hacia el túnel, pero Remy le tocó el hombro para detenerlo.

—Voy primero —insistió el príncipe. Se había acercado tanto a ella que le rozaba el rostro con el pelo. Incluso tras una subida agotadora, le hacía ilusión volver a tener sus labios tan cerca. Le asaltó un recuerdo de la noche anterior cuando miró abajo.

—No, voy yo primero —repuso Remy. Antes de que Hale se lo discutiera, añadió—: Quizá no se entre por aquí. No sabemos si el túnel lleva a algún sitio o lo estrecho que es una vez dentro. Soy la más baja de los dos, así que voy yo primero.

—Vale. —Hale la miró con los ojos entornados y agregó—: Pero si se estrecha tanto que solo cabes tú, me lo dices y buscamos otra entrada.

Remy no contestó enseguida.

—¿Qué estás tramando ya? —le preguntó; le echó el aliento en la mejilla. La bruja vio las motas de piedra gris de sus ojos plateados.

No dijo lo que quería decir: que no tenía ningún interés o deseo en el amuleto de Aelusien. No le reveló los secretos que pugnaban por salir de su garganta.

En cambio, explicó:

—He puesto mi magia a tu servicio y no hemos hablado de cómo vas a recompensarme. Quiero diez monedas de oro por cada mes que esté a tu servicio.

Hale rio y dijo:

—¿En serio te vas a poner a regatear conmigo ahora? —Miró el descenso y añadió—: Está bien, acepto. Te daré tu primer sueldo cuando regresemos con los caballos. Pero prométeme que no seguirás adelante sin mí.

—Vale. Te prometo que no te abandonaré —dijo a la vez que ponía los ojos en blanco. Pero en el fondo de su alma sabía que no lo abandonaría ni aunque quisiera, ni aunque eso la salvara.

Se tumbó bocabajo y entró en el túnel arrastrándose. Había el suficiente espacio como para que pudiese gatear sin que su espalda topase con el techo rocoso. Estaba segura de que Hale estaría reptando. El túnel se inclinaba hacia abajo, por lo que resultaba más fácil moverse. Torció el gesto más de una vez al ver telarañas conforme avanzaba. Procuró no agobiarse al imaginar su pelo infestado de arañas. Acababa de escalar una montaña indómita y, sin embargo, le entraban ganas de revolverse y gritar por una araña. Dejó de pensar en ello y siguió avanzando. No podía huir, pues Hale bloqueaba la salida. Como pensase que estaba atrapada en un sitio claustrofóbico, le entraría el pánico. Despacio, exhaló por la nariz y siguió moviéndose.

En nada estaban arrastrándose en una oscuridad absoluta. La bajada ahora era más pronunciada. Tuvo que hacer fuerza con los antebrazos para ralentizar el descenso. Temía que el príncipe no se agarrara bien y chocara con ella.

Un brillo tenue de un verde fantasmal apareció ante Remy. A medida que avanzaba, la luz verde se intensificaba y veía el túnel con más claridad. Este acababa en una caída recta al vacío. Al asomarse al agujero vio el suelo.

—Espera aquí a que baje o me aplastarás —le advirtió Remy.

Rezó para que la caída no fuera tan abrupta y no chocara de bruces contra la piedra. Se aferró con las manos y las piernas a la roca mientras gateaba. Sus músculos ya agotados protestaron. Se dio cuenta de que el suelo estaba cerca y, la caída, a la vuelta de la esquina.

Se le resbaló la mano y se fue gruñendo al suelo. Giró lo justo para aterrizar con el hombro y no con la cara. Se dio un porrazo patético al estrellarse contra el suelo.

—¿Estás bien? —le gritó Hale.

—Sí —refunfuñó mientras se limpiaba el polvo. Estaría llena de arañazos, pero ya está—. Veamos si caes con más gracia, alteza.

Oyó el eco de la risa de Hale mientras se lanzaba hacia delante. Primero asomó una mano y después la otra. Se le marcaron los músculos de los brazos y los hombros al pasar de hacer el pino a una flexión y tumbarse bocabajo. Cuando se levantó, Remy resopló de mala gana para disimular lo impresionante y sexi que había sido el movimiento. Pero Hale miraba el brillo verde que había a su derecha.

A lo lejos, ante ellos, se hallaba un lago que emanaba una luz. Su brillo iluminaba los muros de la caverna, tan altos que se perdían en la oscuridad. En medio del lago había un islote en el que descansaba una losa de piedra rectangular y grande, y, encima, un cáliz y un collar rojo que resplandecía: el amuleto de Aelusien.

Hale tosió y se tapó la nariz con la túnica. Ahí fue cuando Remy olió la peste. Creía que había vencido la de fuera, pero ese tufo era infinitamente peor. Tras taparse la nariz ella también, miró a su alrededor y vio algo en la orilla: cadáveres. Cientos de cadáveres en diferentes estados de descomposición inundaban el suelo rocoso y escarpado. Muchos ya eran esqueletos centenarios. Se miró la bota, pues estaba pisando una prenda. Parecía una especie de abrigo, pero no cubría ningún cuerpo. Se echó a temblar. Había más ropa rota y hecha jirones tirada por el suelo. Se preguntó si esas personas se habrían desnudado para cruzar el lago a nado más rápido. Había mucha más ropa que cadáveres.

Hale llamó a Remy con el codo y dijo:

—¿Sabes leerlo?

Estaba mirando la pared que tenían arriba. La inscripción estaba tallada en mhénbico, la lengua ancestral de las brujas. A veces, Remy hablaba en mhénbico con Heather y Fenrin, pero su tutora prefería que hablasen en ífico, la lengua estándar. La joven nunca había leído algo en mhénbico, pero la escritura se parecía mucho a la ífica, así que probó a traducirlo.

—«Si es el amuleto lo que buscas, nada hasta él. Pero cuidado con las aguas envenenadas. Consigue el antídoto antes de que el veneno haga efecto. Hay lo justo para salvar una vida. Solo quien sea digno conseguirá el cáliz. Solo quien se lo merezca obtendrá el amuleto. Que la magia roja te bendiga».

Remy tembló. Un lago envenenado. Habían elaborado unas aguas mortíferas. Por lo visto, muchos de los que buscaban el amuleto habían entrado en pánico y habían vuelto a la orilla solo para que el veneno hiciese efecto.

Hale se despojó de su túnica.

—¿Qu-qué haces? —tartamudeó Remy aunque se le fueran los ojos a su torso esculpido y musculoso. Si el lago envenenado no la mataba, ese cuerpo remataría la faena.

—Voy a meterme —contestó Hale como si la loca fuera ella.

—¿Nadas rápido? —preguntó. Sabía que debía de ser un nadador portentoso. Le había contado que de adolescente pescaba en la aldea de su madre y había aprendido a surcar olas gigantescas. Pero sobrevivir a un oleaje agitado no era igual que nadar deprisa, y era velocidad lo que necesitaba en ese momento.

—¿Temes por mí? —Hale sonrió de oreja a oreja. Le traía sin cuidado su vida. Mientras tanto, a Remy le costaba horrores despegar los ojos de ese pecho desnudo.

—¡Claro que temo por ti! —bramó, a lo que él sonrió más abiertamente.

—Si no lo consigo, quédate con el oro y los caballos. —Hale le guiñó un ojo—. Siempre puedes sobornar a alguien para que te lleve a la corte Sur y montar allí tu taberna de brujas.

—Qué bien —repuso la joven en tono amargo mientras Hale se descalzaba. Miró la pared en la que estaba tallada la antigua advertencia.

«Que la magia roja te bendiga».

—¡Espera! —gritó.

Hale se volvió hacia ella. Remy lo agarró del brazo y pegó su palma a su pecho desnudo, justo donde el corazón.

—¿Qué ha...?

—Chis —lo regañó.

Hizo acopio de su magia de bruja roja. Reunió tanta como pudo y se la pasó a través de la palma. Mientras farfullaba palabras en mhénbico antiguo, apretaba el pecho de Hale y dejaba que su magia fluyera hasta él.

Lo miró a los ojos. Estaban muy abiertos a causa del estupor. Remy ignoraba qué sentiría Hale al tener su magia corriendo por sus venas.

—Es un hechizo de protección más fuerte que la cuerda roja —le informó la bruja, que le aguantó la mirada y repitió las palabras talladas en la montaña—: Que la magia roja te bendiga.

Antes de saber qué pasaba, Hale tomó su rostro con ambas manos y acercó sus labios a los suyos. Remy se asió a él mientras el príncipe la bendecía con un beso respetuoso y lento.

Hale se apartó lo justo para pegar su frente a la suya. La miró a los ojos con los suyos de plata oscura y susurró:

—Gracias, Remy.

Abrió la boca y la cerró, consciente de lo que significaba ese beso. Era un adiós en potencia.

Resistió el impulso de volver a besarlo, de convencerlo de abandonar esa búsqueda desatinada si no quería que los separase para siempre; si quería comprobar qué podrían desencadenar mil besos más.

El corazón se le iba a salir del pecho para gritarle lo que ella no se atrevía. Para confesarle todo lo que guardaba su alma a cal y canto.

Pero lo dejó marchar.

Tras exhalar con pesadez, se puso firme y le deseó suerte mientras Hale metía un pie en el lago envenado y luminoso.

Debería haberse sincerado con él. Debería haberle contado lo que sentía, no sus datos de magia roja. En cuanto entró en el agua, Remy se arrepintió.

Nada más puso un pie en las aguas verdes y brillantes, Hale se zambulló. Sus brazadas eran poderosas y rápidas y, sus patadas, raudas. Era veloz. Bien. Quizá lograse llegar a la otra orilla.

Remy lo observó, brazada tras brazada, con el alma en vilo. Cada vez que sacaba el brazo del agua, estaba descolorido y su tono muscular había menguado. Hale se detuvo, sacó la cabeza y gimoteó.

Remy ahogó un grito. Se le caía el pelo y se le hundían las mejillas. El veneno le estaba succionando la vida hasta reducirlo a un estado cadavérico.

—¡No pares! —le gritó. Ver a Hale la paralizó entera salvo a su corazón, que seguía latiendo desbocado.

El príncipe siguió nadando; con menos fuerza, más despacio, pero seguía avanzando. Ya había rebasado la mitad. Lo lograría.

Fue entonces cuando Remy vio algo en el agua: una sombra. La silueta negra y grande nadaba bajo el agua y se acercaba al príncipe en apuros. El miedo le atenazó el pecho cuando agarró un cuchillo que había junto a sus pies. La criatura emergió; solo los ojos y la cola asomaban por encima de la superficie. Era una criatura escamosa y negra diferente a cualquier otra que hubiera visto.

—¡A tu derecha! —chilló a la vez que lanzaba la hoja.

Se pasó de largo. Maldición.

—¡Vigila! —El eco de su voz reverberaba en el lago cavernoso.

La criatura estaba a tan solo unos metros de él. Remy miró el suelo a sus pies y agarró un arpón del arsenal que había por ahí desperdigado. Al arrojar el arpón deseó haber traído su arco. Se le clavó en el dorso, pero la punta rebotó en sus gruesas escamas.

La criatura abrió sus fauces y exhibió sus numerosas filas de dientes blancos y afilados. El nadador que se volvió para enfrentarse a la bestia ya no era el príncipe que conocía. Estaba en los huesos; parecía que hubiera fallecido hacía una semana. Estaba muy cerca del islote. Debía salir del agua y conseguir el antídoto. Pero la bestia lo tenía acorralado.

Remy le lanzó el arsenal del que disponía —cuchillos, hachas, piedras— a la vez que la criatura se abalanzaba hacia delante. Hale sostuvo su daga y golpeó a la bestia en el hocico. Esta chilló y reculó, solo para contraatacar de nuevo. Lo barrió con la cola con tanta violencia que a Hale le costó esquivar el golpe. Movió el rabo en la otra dirección y le arrebató la daga. Remy lanzó una hoja que se clavó justo en el ojo amarillo de la criatura. ¡Por fin! La bestia volvió a aullar y, mientras del ojo le supuraba un pringue ambarino y rechinaba sus dientes podridos, miró con el ojo sano la esquelética figura en aprietos que tenía ante ella.

Hale fintó a la izquierda y la criatura lo siguió. El príncipe alzó la guadaña con su mano derecha y la clavó en su morro escamoso. A la bestia le dieron espasmos mientras la guadaña le obligaba a juntar las fauces y salpicaba tras zambullirse en el agua.

Remy respiró por primera vez en más de un minuto.

Hale nadaba dando pataditas y a trompicones. Se agarró al borde de la isla. Encaramó su torso raquítico a la roca cuando otros dos pares de ojos amarillos asomaron por encima de la superficie verde.

—¡Hale! —chilló Remy, que se desgañitó cuando las culebras de agua se lanzaron a por sus piernas.

Una de las bestias escamosas sacó su cuerpo escuálido del agua como si fuera un áspid listo para atacar. Hale levantó un brazo huesudo para quitarse del medio, pero no le quedaban ni fuerzas ni armas. La criatura fue a por su brazo alzado y lo arrastró bajo la superficie tras pegarle un mordisco.

—¡No! —Remy gritó tan fuerte que el techo se derrumbó un poco.

Sin pensárselo dos veces, se quitó la camiseta y los zapatos. Mientras corría a la orilla del lago, desenfundó la daga.

Tras saltar al agua, deseó haber reservado algo de magia roja para ella. Suplicó a los dioses que le quedase bastante como para protegerla. Ni Hale ni las dos bestias habían emergido, aunque las aguas verdes cerca de la isla seguían revueltas.

Tenía que darse prisa.

Rezó para que tantos años surcando olas gigantes le hubieran enseñado a Hale a aguantar la respiración. Remy no era muy buena nadadora, pero se impulsó con una fuerza sobrehumana hacia las aguas turbulentas. Dioses, esperaba que ninguna bestia más habitara aquel lago.

Quizá fuera su magia roja, quizá fuera su sangre, pero algo de su interior ahuyentó a las criaturas. Como si notaran que se aproximaba, soltaron a Hale. Su cuerpo inconsciente salió a la superficie.

Estaba muerto.

# Capítulo Veintiuno

Un grito gutural emergió del fondo de la garganta de Remy.

*No, no, no.*

Nadó más rápido cuando, de repente, volvió a salir una de las criaturas. Clavó sus ojos recelosos en la bruja mientras la otra serpiente volvía a por el cuerpo de Hale. Remy usó los últimos coletazos de su magia y la culebra de ojos amarillos se zambulló de nuevo. La otra estaba tan concentrada en ir a por Hale que le había dado la espalda a la joven. Esta agarró al monstruo por su magnífica cola negra y tiró de ella hacia atrás para que no volviera a morder al príncipe.

El animal se volvió hacia ella con ímpetu, pero Remy estaba a ras de su costado, por lo que, por más que se retorciera, no la partiría con los dientes. La bruja lo sujetó con fuerza por detrás mientras se revolvía. Las escamas afiladas se le clavaban en la zona del vientre y de los brazos que no cubría su traje de cuero y le hicieron sangre. Aun así, no lo soltó.

Abrazó a la bestia por la garganta y le hundió la daga en su ojo amarillo y en su cráneo. Liberó su cuerpo, que no dejaba de corcovear, y sacó la hoja, que ahora relucía con un brillo ambarino. Puede que no fuera un golpe mortal, pero le daría tiempo.

Tiempo.

Temía que ya se les hubiera agotado mientras escudriñaba las aguas y veía el cuerpo sin vida de Hale flotando bocarriba. Las olas que había generado su combate contra la criatura del lago lo habían empujado hacia la isla rocosa. La losa de piedra con la cura se alzaba sobre él.

En solo una brazada, Remy lo alcanzó. Pasó un brazo por su cuerpo exangüe y pálido y lo sacó del agua. Su pecho no se movía.

La bruja agarró el cáliz y, desesperada, se arrodilló junto a Hale. Separó sus labios secos y morados a la fuerza y vertió el líquido rojo oscuro en su boca. Se la cerró y lo obligó a que se tomara el antídoto.

—Vamos, vamos —se pidió a sí misma, al mundo que la rodeaba y a la magia que le había transmitido.

Como si hubiera oído su orden, Hale tragó saliva. Su pecho se movió y el príncipe respiró hondo. Una y otra vez.

—Gracias a los dioses —susurró Remy. Fue entonces cuando se percató de que ella misma temblaba.

Observó cómo Hale revivía y recuperaba sus rasgos. Una fuerza mágica sanó su brazo machacado. Abrió los ojos de golpe y la buscó hasta dar con ella.

—Estás bien, todo saldrá bien —le aseguró Remy, pero él la miraba horrorizado. Examinó su rostro, su torso ensangrentado y la copa vacía que sujetaba.

—¿Qué has hecho? —le preguntó aterrorizado. Estupefacto, agarró el cáliz que tenía al lado y vio que no contenía nada—. ¿Me lo has dado todo?

Con las manos temblándole, agarró la última gotita roja con el dedo y se la puso en los labios.

—¿Cómo es que sigues viva? —susurró con los ojos como platos.

—Rezaba para que mi magia me durara lo suficiente para alcanzarte. —Tras pronunciar esas palabras, Remy se dobló sobre sí misma. Notó una punzada de dolor en el estómago. Se le estaba pasando el efecto de la adrenalina y el veneno estaba actuando—. Venga, agarra el amuleto. Tenemos que bajar la montaña y encontrar más antídoto.

—¿Cómo que más antídoto? —exclamó Hale con voz ronca mientras miraba aterrado cómo Remy se agarraba la barriga. Robó el amuleto rojo que había encima de la losa de piedra. En cuanto lo levantó y se guardó como pudo su cadena de oro en el bolsillo, la cueva retumbó. A su izquierda, una piedra emergió del lago y formó un puente.

Remy apretó los dientes y aulló de dolor. Le corría fuego por las venas.

—Dioses, Remy, mira que eres boba, valiente y estúpida —dijo Hale mientras se pasaba el brazo de la bruja por su cuello. La agarró de la cintura y la ayudó a cruzar el puente.

—¿Así me agradeces que te haya salvado la vida? —dijo con los dientes apretados.

—Deberías haberme dejado morir —gruñó Hale.

—Jamás —refunfuñó a la vez que llegaban al túnel del que habían salido. Cuando el príncipe la soltó, cayó al suelo. Hale agarró sus túnicas y despojó a Remy de la suya casi con frenesí—. Te he dicho que no te abandonaría. —Hale se detuvo mientras le pasaba el brazo por la blusa y la miró a los ojos. La joven vio el dolor que rezumaban, el miedo que había pasado ella hacía un instante.

—Encontraremos un antídoto —le aseguró—. Te sacaremos de aquí.

La puso en pie y la condujo a la entrada rocosa del túnel. La levantó por la cintura y la subió por el hueco vertical hasta que llegó a la cornisa de la escarpada pendiente. Pasó serpenteando con Hale a la zaga. Se daba tanta prisa que no notaba los rasguños sanguinolentos de los brazos y el torso. Le hormigueaban los labios y los dedos de los pies. Le habría gustado mencionar que Hale la estaba empujando del culo con firmeza, pero le ardían las entrañas y apretaba la mandíbula al máximo para no gritar.

Se encaramó al saliente que tenían encima y contempló la peligrosa bajada. Vencida, cerró los ojos un momento.

Entonces lo supo. No lo lograría.

Hale salió de detrás de ella y se puso en pie de un salto.

—No podemos descansar. Hay que irse —dijo.

Remy se contuvo para no volver a aullar de dolor. Jadeaba deprisa para retrasar el efecto del veneno. En vano.

—El veneno actúa muy rápido —dijo con voz jadeante—. No voy a…

—Remy —le dijo Hale en tono de advertencia—. Vamos a bajar la montaña.

La joven asintió y, con voz entrecortada, dijo:

—Cuando regresemos con los caballos, hay una vela roja en mi zurrón. Enciéndela e invoca a Baba Morganna. Ella te guiará.

Se esforzaba por mantener los ojos abiertos. Hale la tomó del rostro con fuerza.

—Abre los ojos, Remy —le ordenó. La bruja obedeció sin mucho afán—. Venga, muévete.

Seguía con los ojos entreabiertos mientras se colocaba para bajar por el esquisto. Hale la sujetó por el cinturón para que no se fuera muy lejos. Se tumbó bocabajo y se dejó caer hacia atrás mientras el príncipe supervisaba la caída. Se desplomó en el primer peldaño de piedra y se dio de bruces con el escalón, pero no le dolió.

—Abre los ojos, Remy. —Lo dijo como una orden, pero la bruja advirtió que se lo imploraba.

—Vela roja —dijo con dificultad—. Morganna.

Hale intentó levantarla, pero se cayó. Remy no notaba sus extremidades, solo el dolor que se cebaba con sus entrañas. No sobreviviría. Pero, de todas formas, Morganna debía enterarse si moría. La suma sacerdotisa debía abandonar las esperanzas que había depositado en Remy. La joven temía la serie de acontecimientos que desencadenaría su muerte. Sin embargo, no se arrepentía de nada. Habría saltado al lago las veces que hubiera sido necesario. Se alegraba de haber salvado a Hale.

—¿Hale? —Expulsaba agua al respirar. A Hale se le desencajó el rostro al verla apoyada en la piedra—. Llévale flores a tu madre por mí.

Se le iban cerrando los ojos. Había sucumbido al veneno que abrasaba su cuerpo.

—Remy, abre los ojos —le pidió Hale con la voz rota—. ¡Que los abras!

El bofetón que le cruzó la cara fue un pinchacito para ella. El veneno se había apoderado de sus músculos. No podía abrir los ojos.

Su cuerpo languideció.

Hale gritó de agonía.

—¡No pienso enterrarte!

Remy oyó que se ponía en pie y, vagamente, notó que tiraba de su brazo y se lo pasaba por el hombro. Su diafragma chocaba con fuerza contra el cuerpo del príncipe al bajar las escaleras de dos en dos.

Aunque tenía la respiración agitada, Hale dijo:

—Quédate conmigo, Remy.

Su cuerpo se bamboleaba como el de una muñeca de trapo inerte.

—Me acompañarás a llevarle flores a mi madre. Mi madre te adorará. Verás el mar. —Con cada palabra se le entrecortaba más la voz.

Remy volvió a percibir el aroma de los pinos, del musgo húmedo y del bosque frondoso. ¿Tan rápido habían bajado? Hale corría como si el dios de la muerte lo persiguiera. La bruja oyó a los caballos relinchar mientras el príncipe la dejaba sin cuidado en el suelo cubierto de hojas.

Oyó que hurgaba en busca de la vela. En su cabeza agradeció que, al igual que estuvo la noche en que murieron sus padres, Baba Morganna estuviera ahí para presenciar su muerte.

Oyó el choque del pedernal. Hale estaba enciendo la vela.

—Baba Morganna. —Su voz trémula se le antojó distante, como si estuviera bajo el agua—. Suma sacerdotisa de las brujas rojas, yo te invoco.

—Estoy aquí, alteza. —Una voz tan antigua como las montañas de piedra resonó entre los árboles. La voz de la bruja roja titiló en la cabeza de Remy.

Baba Morganna estaba ahí.

Remy exhaló su último aliento y se consumió.

Remy ya no tenía cuerpo. Existía en otra parte, muy abajo, en el corazón de la tierra.

Desde la cuna de la vida, contempló el cuerpo que yacía encima de ella. La imagen era borrosa, como si viera la escena desde el fondo de un lago: su cuerpo inerte sobre la hojarasca. Postrado a su lado, y agarrándola tan fuerte que se le marcaban las venas de los brazos, estaba Hale. Detrás de él, una figura transparente parpadeaba: Baba Morganna.

La anciana bruja había proyectado su espíritu junto al lecho de muerte de Remy. Se trataba de un conjuro poderoso que agotaría a la suma sacerdotisa un buen rato en cuanto se marchara.

Baba Morganna tenía la tez marrón claro surcada de arrugas. Sus cabellos ondulados y blancos caían libremente por debajo de sus hombros. Sus ojos brillaban como el bronce bruñido incluso siendo un espíritu. De sus manos salían chispas de magia roja. No estaba encorvada, sino tiesa como un palo, como si llevara una corona invisible, con el mentón bien alto y envuelta en su capa vaporosa de color rojo.

Daba la impresión de que hablaba con Hale, pero Remy no oía nada. El príncipe gritaba al fantasma con hostilidad y el alma rota mientras aferraba el cuerpo sin vida de Remy.

Se oyó la voz de Baba Morganna en la oscuridad. Resonaba en la tierra, alrededor de la joven.

—Hacía mucho que no te veía, Gorrioncillo. —La bruja roja seguía conversando con Hale en la superficie, pero, al mismo tiempo, se la oía bajo tierra.

—No me llames así —se quejó Remy con la mente. No decía ni mu. No tenía boca, pero se comunicaba con la anciana como si las palabras salieran de sus labios.

—¿Reniegas de tu identidad incluso muerta? —El tono de la bruja era áspero y más agudo de lo que recordaba Remy.

—Entonces, ¿estoy muerta? —Lo sabía y, a su vez, no lo creía. No asimilaba que su vida fuera a acabar así.

—Depende de ti —contestó Baba Morganna—. Puedes elegir. Sigue hacia delante, reclama tu cuerpo y tu legítimo lugar en el mundo, o vete, renuncia al dolor y la destrucción, sí, pero también a tu futuro.

—¿Cómo sé que mi futuro compensará el sufrimiento? —Dudaba que mereciera la pena. Si vivía, la conduciría a una guerra.

—¿Acaso alguien lo sabe? Las cosas que nos hacen más felices son las más difíciles de conseguir. No importa cuánto te esfuerces; siempre obtendrás recompensa —vaticinó Baba Morganna.

—¿Y si estoy harta de luchar? —Si Remy hubiera tenido cuerpo, habría llorado, pero su voz se limitó a resonar con tristeza en la oscuridad.

—Pues te diré algo —prosiguió Baba Morganna—. Puede que creas que estás desligada del mundo, pero tu decisión no solo te afecta a ti; repercutirá en el reino de formas que aún no comprendes, y tú, Gorrioncillo, existirás en el más allá, y verás cómo se desarrolla todo, pero no podrás hacer nada por remediarlo.

—Qué crueldad —se lamentó Remy en la oscuridad.

—Es la carga que soportan los que perecen: observar, ser testigos de las consecuencias de la vida que han llevado, ver las repercusiones de sus actos. Con el tiempo, la carga disminuirá. Te convertirás en un espíritu de la tierra, y mirarás desde el suelo, los ríos y los árboles, y susurrarás y ayudarás tanto como te permita la tierra. —La voz de la bruja era serena, pero tenía un deje amargo—. He visto morir a muchos miembros de tu familia.

—Ya no queda ninguno. —Remy no se había sentido nunca tan sola. Hasta su cuerpo la había abandonado.

—Sí queda uno. —La voz de Morganna hendió el vacío—. Ruadora vive.

—¿Rua? —Hacía mucho que Remy había llorado la muerte de su hermana pequeña.

—Aquella noche una bruja roja la rescató. Se ocultaron juntas en el bosque y, poco a poco, fueron encontrando a sus hermanas y reconstituyeron el aquelarre. Hemos estado dando vueltas por los confines de los bosques que rodean Yexshire, pero no osamos adentrarnos en el valle. Sin embargo, los norteños que antes lo vigilaban están empezando a dar media vuelta. Rua está con las brujas rojas. Ven a Yexshire. Sigue la senda que hay detrás del templo. Allí hallarás nuestro campamento…, si decides regresar, claro —añadió Morganna más despacio—. Detestaría perder a otro miembro de tu familia, pero, si decides marchar, hallaré el modo de soportarlo.

—¿Por qué yo sí puedo decidir? —susurró Remy. Notaba que se volvía etérea—. Seguro que la mayoría no tiene la posibilidad de decidir si se quedan o se van.

—Porque aún hay alguien que te ata al mundo —le informó Baba Morganna con cariño.

—¿Quién?

Remy notó en la voz de la anciana que sonreía.

—Ya sabes quién. Sabes lo que él significa para ti.

Remy observó su cuerpo. Hale la acunaba en su regazo. Con la frente pegada a la de la joven, lloraba. Apresaba sus cabellos negros con los puños mientras le bañaba el rostro con sus lágrimas.

En ese momento, Remy supo que nunca había tenido elección. Se aferraría a la vida con tal de secarle las lágrimas. Hasta ese punto lo amaba.

—Suerte, Gorrioncillo —le deseó Baba Morganna con la certeza de que ya había tomado una decisión—. Asegúrate de lanzar todas las piedras posibles al agua antes de irte para que las olas de tus actos duren siglos y siglos.

Remy observó el semblante descompuesto de Hale y volvió a sentir. Notó que le acariciaba las mejillas húmedas con los pulgares. Oyó su llanto trémulo y bajo. El sonido la ancló al mundo. Encaró su destino y decidió provocar tantas olas como pudiera antes de que volviese a llegarle la hora.

*Que los dioses me amparen*, pensó para sí.

Parpadeó varias veces hasta abrir los ojos y ahogó un grito.

—Remy.

Hale se pasó la noche susurrando su nombre como si de un salmo se tratase.

Remy se pasó esas largas y aciagas horas con fiebre. Estaba semiinconsciente, sumida en la oscuridad, tiritando y sin poder hablar.

Se había hecho tarde para escapar del bosque y Remy estaba demasiado débil para moverse. Hale montó el campamento en el mismo lugar de la noche anterior.

No la soltó en ningún momento, salvo para añadir más leña al fuego de vivas llamas. Para cuando le bajó la fiebre, tenía toda la ropa sudada. Al fin notó que Hale aflojaba el agarre, como si se hubiera pasado horas impidiendo que cayera de un precipicio. Cuando la adrenalina remitió y supo que Remy sobreviviría a esa noche, se rindió al sueño.

La luz de un nuevo día iluminaba el cielo cuando el cuerpo de la bruja expulsó la última gota de veneno que le abrasaba las venas. Su cuerpo había sobrevivido al agua envenenada sin antídoto. Su sangre la había combatido mejor que cualquier otra. Debía contarle muchas cosas a Hale. Cosas que lamentaba no haberle dicho antes; pero, de momento, dormirían.

Ya se preocuparía por confesarle la verdad por la mañana.

# Capítulo Veintidós

Cuando Remy despertó, Hale no estaba. Se le había secado la ropa y se había recuperado casi por completo. Se bebió medio odre de agua de lo seca que tenía la garganta. Se incorporó y se desenredó el pelo con un dedo.

Debía hablar con Hale.

Agarró su arco y sus flechas por si los pumas seguían al acecho y, siguiendo el aroma del príncipe, se internó en el bosque. Lo encontró al pie de una colina, en una pequeña gruta, arrodillado ante un fuego fae. Se había subido la capucha de su capa gris oscuro y no se le veía la cara. La magia fae hacía que la base de las llamas fuera verde y no azul, como de costumbre. Remy se estremeció al ver el titileo verde; el mismo tono que el del lago que casi los había matado.

Hale estaba en cuclillas ante un fuego pequeño, hablando con alguien. De las llamas salía una voz masculina y gutural.

Remy aguardaba en la linde del claro, escondida tras un árbol. Sentía que no debía interrumpir esa conversación. Empleó la magia necesaria para oír la voz queda de Hale desde lejos.

—Sí, padre —lo oyó decir.

Se estaba comunicando con el rey del Este mediante el fuego, tal y como había hecho en su travesía por las cortes Oeste y Sur.

Una voz distorsionada habló a través de las llamas.

—Se me está agotando la paciencia. Cada día que pasa, Vostemur es más poderoso y está más cerca de liberar la Hoja Inmortal. Debemos hacernos con el control de esa espada y, para ello, el príncipe de la Alta Montaña debe morir.

Remy se esforzó al máximo para no ahogar un grito.

*¿Morir?*

La bruja estaba convencida de que el rey del Este diría que necesitaban que el príncipe de la Alta Montaña blandiese la Hoja Inmortal para devolver el equilibrio a los reinos tumultuosos. ¿No era ese el objetivo por que el llevaban luchando todo ese tiempo? La corte Este y la de la Alta Montaña eran aliadas desde hacía siglos.

De pronto, Remy lo entendió todo. Nunca habían tenido intención de ayudar a la corte de la Alta Montaña. Norwood quería encontrar al último fae perteneciente a esa corte y aniquilarlo. Con el último príncipe muerto, la Hoja Inmortal se liberaría del vínculo mágico que la unía a su estirpe. Quien poseyera la Hoja en ese momento tendría un poder extraordinario sobre los demás reinos.

El rey Norwood había urdido una farsa para hacerse con la espada. Y Hale lo sabía. Lo supo todo ese tiempo y no se lo había dicho a Remy.

—Cada día estamos más cerca —dijo el príncipe con tono siniestro. La joven no conocía ese tono. Era como si hablase en otro idioma.

—Eres muy blando con tu brujita —prosiguió la voz que salía de las llamas—. Haz que te lleve con el príncipe. Ya. Si no estás capacitado para desempeñar esa tarea, enviaré a alguno de tus hermanos a que la realice por ti.

—No será necesario —gruñó Hale. ¿Quién era el hombre que se hallaba ante Remy?

—Bien. —La voz se oía peor conforme se apagaban las llamas—. No me decepciones, hijo. Mata al príncipe y tráeme la espada. Y en cuanto des con el príncipe, apuñala a esa dichosa bruja. No dejes cabos sueltos.

—Sí, padre —dijo el príncipe del Este, y las llamas se extinguieron.

Remy se enderezó tras oír las últimas palabras. Hale pensaba matarla. No daba crédito. ¿Todo había sido mentira? ¿Había resucitado por Hale para que ahora la asesinase? ¿Cómo no se había dado cuenta? ¿Cómo había estado tan ciega? Sabía que ceder a la atracción que sentía por él acabaría matándola, pero jamás habría imaginado que su asesino fuera el propio príncipe.

Le hervía la sangre. Estaba a punto de colocar una flecha en su arco y dispararle en la espalda. Debía huir.

Remy se lamentó. A las brujas que se habían sacrificado por ella les decepcionaría mucho ver que había confiado en el enemigo. Cada vez que tomaba aliento era como si le asestaran un puñetazo en el pecho. Se había enamorado de un hombre que quería matarla.

Echó a correr, pero partió una ramita con el pie.

Maldición. Estaba distraída.

Hale se levantó y dio media vuelta.

—¿Remy? —preguntó mientras miraba los árboles—. ¿Eres tú? ¿Cómo te encuentras?

Seguía mintiéndole incluso entonces. Ignoraba que lo había oído desde tan lejos.

Lo oyó pisar las hojas al correr a la velocidad de los fae. Hale la siguió hasta la pendiente y se quedó a pocos metros de ella. Bastó con que la mirase una sola vez para saber que lo había oído todo.

Se miraron y se miraron sin cesar; ninguno parecía dispuesto a desenmascarar al otro.

—¡Serás bastardo! —escupió Remy mientras contenía las lágrimas. Vio que sus palabras lo atravesaron como una flecha para acto seguido volver a endurecer el semblante—. Si pensabas matarme, ¿por qué no me has dejado morir?

—Conque has oído la conversación… —repuso Hale, casi como si le divirtiera confirmar sus sospechas.

¿Por qué no estaba enfadado? ¿Por qué no estaba alterado? Remy estaba destrozada y él tan pancho.

—Sí, te he oído confabular con tu padre contra mí y la corte de la Alta Montaña —espetó con desprecio mientras sentía que un pozo sin fondo se abría a sus pies para tragársela entera.

—Interesante —dijo él, que hizo un mohín con los labios. Al llevar la capucha, el gris de su capa oscurecía aún más sus ojos.

—¿Cómo? —Remy se moría de ganas de agarrar su arco.

—Solo los fae pueden comunicarse mediante el fuego —dijo Hale—. No deberías haber podido oír la conversación.

Mierda.

—Ha sido la magia de bruja —repuso Remy, que volvía a alejarse de él. Sabía que se estaba delatando aún más al apartarse, pero necesitaba poner tierra de por medio por si se abalanzaba sobre ella.

—No ha sido la magia de bruja —dijo Hale, cuyos ojos grises se oscurecieron conforme avanzaba un par de pasos, despacio. A Remy se le ocurrió que podría escapar de él si hacía acopio de todo su poder—. Sé quién eres, Remy... ¿O debería decir «su majestad»?

Sin pensárselo dos veces, la joven agarró su arco, colocó una flecha y apuntó al príncipe. Lo hizo en un abrir y cerrar de ojos. Si conocía su identidad, no tenía sentido que siguiera ocultando lo rápida que era.

Lo sabía.

Hale miró asombrado cómo hacía alarde de su velocidad.

—Eres increíble —dijo con una sonrisa de oreja a oreja.

¿Por qué estaba tan complacido? ¿Por qué estaba hasta impresionado? La miraba como siempre y, sin embargo, hacía unos segundos había jurado matarla. ¿Por qué seguía fingiendo?

—¿Por qué sonríes? —preguntó Remy con la voz teñida por la rabia mientras parpadeaba para eliminar las lágrimas. No se las secaría. No soltaría su arma. No dejaría que Hale viera lo mucho que le había dolido que traicionara su confianza.

No dejó que contestara. Consumida por la ira, disparó la flecha.

Fue directa al centro de la cabeza de Hale. Sabía que la esquivaría. Sabía cómo se movería; era como si una parte de ella viviera en el cuerpo de él. La flecha acabó justo donde quería Remy: clavando la capucha de la capa de Hale al árbol que tenía detrás.

El príncipe miró arriba, sorprendido. Hizo amago de liberar su capucha, pero Remy disparó dos flechas más. Hasta ese punto conocía sus movimientos. Atravesó sus mangas, una por encima de su cabeza y la otra a su costado. Se soltaría de un momento a otro, pero para entonces ya estaría lejos. Se giró y empezó a subir la cuesta.

—Remy, espera. —La joven detestó que la voz de Hale la hiciera parar.

—¿Por qué debería? —El nudo que le constreñía la garganta volvió a tensarse cuando lo miró y vio que su rostro aparentemente risueño y apacible también se descomponía—. Le has jurado a tu padre que darás muerte al último fae de la Alta Montaña y *a la brujita esa*, y, mira tú por dónde, resulta que soy ambos. Mi hermano Raffiel es un fantasma, eso lo tengo claro. Soy el motivo por el que Vostemur no puede empuñar la Hoja Inmortal... Me matarás en cuanto te sueltes.

—No lo haré —dijo Hale con la mandíbula crispada—. He mentido a mi padre para ganar tiempo para llevarte con la Hoja Inmortal. Nunca te haría daño.

—Mientes. —Remy se rio de él con frialdad a la vez que se le agolpaban más lágrimas en los ojos—. ¿Por qué no?

—Porque eres mi destinada. —La voz de Hale estaba empañada por la emoción que lo embargaba a él también.

Remy se quedó sin aire. Ella también lo sabía; lo sabía desde hacía más de lo que estaba dispuesta a reconocer. La noche en que Carys le contó que la destinada de Hale pertenecía a la corte de la Alta Montaña, le surgió la duda. La idea era un rayo de esperanza para la joven, un susurro que decía «ojalá fuera yo», un deseo que no formularía ni en su cabeza. Pero todo ese tiempo había anhelado ser su destinada.

Lo había anhelado porque era consciente de que estaban unidos por un vínculo innegable. Lo amó con locura desde la primera vez que lo miró a sus ojos grises como el humo.

—¿Por qué debería creerte? —preguntó Remy con los dientes apretados mientras otra lágrima traidora le caía por la mejilla.

—Porque sabes que es verdad. —Hale la miraba con el cuerpo en tensión y el rostro ligeramente contraído por la desesperación.

—¿Por qué no me lo dijiste? —Remy se mordió el labio para que dejara de temblarle.

—Porque creí que saldrías corriendo o me ensartarías con una flecha... —Hale miró la flecha que había clavada a escasos centímetros de su cabeza—. Y veo que tenía razón. Te llamas Remini, ¿no?

¿Remini Dammacus, la tercera descendiente de los reyes de la corte de la Alta Montaña?

Remy, perpleja, miró al príncipe atrapado en el árbol. ¿Cuándo había oído su nombre completo por última vez? No lo recordaba.

Salió el sol y los pájaros cantaron.

—Eres tú, ¿no? —Hale, sobrecogido por las mismas emociones que embargaban a Remy, tragó saliva—. Eres mi destinada.

La bruja lloró a mares cuando oyó que la llamaba así. Por eso no podía negarle nada, por eso se acercaba a él cuando su cabeza le aconsejaba que se alejara. El destino los había juntado.

—¿Desde cuándo lo sabes? —inquirió Remy, que seguía ahí, paralizada y llorando.

—Te mueves por los bosques con demasiada rapidez, con demasiada facilidad. Sabes cazar a oscuras. Pero lo que me dio la clave fue ver que el anillo de Shil-de brillaba cuando lo tocaste. Ese anillo lleva tu nombre, el de tu familia. —Se le marcaron los hoyuelos al sonreír. Tragó saliva de nuevo—. Pero hay un motivo por el que sé con certeza que eres mi destinada.

—¿Cuál? —Remy casi no podía respirar.

—Porque estoy perdidamente enamorado de ti —contestó Hale mientras se le humedecían los ojos.

Remy sollozó con fuerza.

Hale pasó los brazos por las mangas aún clavadas al árbol y, como un fantasma, se desprendió de él y de su capa. Se precipitó hacia Remy. Chocaron, la estampó contra un tronco y fundió sus labios con los suyos. La besó con un delirio similar al de la joven.

Era verdad. Era su destinada.

Remy no tenía claro de quién eran las lágrimas que empapaban su rostro. Abrazó a Hale y lo estrechó hasta que no hubo espacio entre ellos. Necesitaba ese momento; hacía mucho que necesitaba al príncipe. Era la otra mitad de su alma. Su amor existió antes de que hubieran nacido ellos siquiera.

—Casi mueres —exclamó Hale sin dejar de besarla. El impacto de lo ocurrido la noche anterior al fin hizo mella en él. Remy recordó su rostro apesadumbrado mientras sostenía su cuerpo inerte y lo besó con más vehemencia.

—Estoy aquí —le prometió mientras le tocaba la mejilla.

Hale la agarró más fuerte de las caderas. Remy abrió la boca para él, para que la explorase con la lengua. El príncipe gruñó con avidez. La bruja lo abrazó por el cuello y le rodeó las caderas con las piernas. Hale la pegó al árbol y Remy gimió mientras la tocaba de arriba abajo. No se sentiría completa hasta que sus almas no fueran una.

Un rugido ensordecedor hendió el aire. Se quedaron inmóviles. Remy oyó que los caballos relinchaban a lo lejos, inquietos. No se parecía al rugido que hacían los pumas la noche anterior, sino al que emitiría otra bestia que habitase en aquellos bosques.

Se miraron con resignación; desanimados por tener que esperar para unirse. Debían salir del bosque. Hale le dio a Remy un último beso y la bajó al suelo. Decidido a no soltarla, entrelazó los dedos con los suyos de regreso al campamento.

Cuando iniciaron su larga travesía para salir del bosque, no había nada más, nada salvo su certeza y el silencio matutino.

Estaban destinados.

Tras vender sus caballos en la frontera con la corte Norte, iban a pie. Pensaban conseguir caballos norteños, criados para soportar el frío y las copiosas nieves, en cuanto se alojaran en Andover. Remy sabía que Rua estaba viva, por lo que no podían demorarse. Habían estado al borde de la muerte. La calma puso de manifiesto esos horrores. Se le había pasado el efecto de la adrenalina y debía asumir la cruda realidad: era la heredera al trono de la Alta Montaña.

¿Cómo reivindicaría su derecho a reinar? ¿Cómo cargaría con las esperanzas de toda una corte? Puede que ella y su hermana fueran las últimas fae, pero también eran las últimas brujas rojas. Yexshire también era el hogar de muchos otros: humanos y fae que residían en Yexshire y que se habían exiliado por la guerra. Debía reconstruir la ciudad…, siempre y cuando le arrebatase la Hoja Inmortal al asesino de su familia, el rey Vostemur. Era demasiado; tanto que ni lo concebía.

—¿Estás bien? —Oyó a Hale muy lejos del lugar donde se había sentado a descansar. Apareció entre la niebla de mediodía como un espectro. Se arrodilló a su lado y le calentó la mejilla con la mano. Remy no se había percatado de lo fría que estaba hasta que el príncipe la tocó con su mano caliente. Los copos de nieve que caían no tardarían en formar un manto en el suelo. Hale se quitó la chaqueta y la abrigó con ella; su aroma a brisa marina la envolvió cuando se sentó.

—Yo también te daba por muerto —susurró Remy, que despidió vaho al hablar.

Le asaltó el recuerdo de su rostro esquelético y macilento. Cuando pensaba en las criaturas escamosas que salían de las aguas turbias, el miedo volvía a atenazarla. Se le escapó una lágrima. Ahora que había roto a llorar, no sabía si pararía.

—Eh —dijo Hale, que le limpió la lágrima con el pulgar—. Estoy bien. Los dos estamos bien. Estamos a salvo.

Esas últimas palabras fueron su ruina, pues volvió a anegarse en llanto.

—Remy —murmuró el príncipe mientras la abrazaba con fuerza y dulzura.

*A salvo.*

En los últimos trece años no se había sentido a salvo jamás. Sabía que no estaba a salvo del mundo, ni siquiera en ese momento. Pero que Hale la abrazase y la colmase de calor y cariño era lo más parecido a estar a salvo que había experimentado en toda su vida.

—Tenía que saltar al lago. Tenía que hacerlo —dijo llorosa contra su pecho—. No habría soportado ver morir a otro ser querido.

En silencio, Hale la estrechó más fuerte para que supiera que la entendía.

Su voz reverberó en su pecho cuando dijo:

—Yo también te quiero.

El príncipe le atusó los cabellos negros y alborotados con suavidad y trazó círculos en su espalda. Mediante sus afectuosas y delicadas caricias le aliviaba el dolor.

La amaba.

Remy se apartó otra vez para mirarlo. Su destinado era muy apuesto. La primera vez que lo vio, pensó que era el macho más guapo que había visto en su vida. Mirar sus ojos grises y brillantes le robaba el aliento.

Sabía que estaban destinados, pero, al oírselo decir, la última barrera que rodeaba su corazón se derrumbó. Lo amaba. Lo amaba, y eso la aterraba. El rey del Norte le había quitado todo lo que quería.

Remy contempló los cerros ocultos por la neblina. La hierba estaba cubierta de escarcha. Oyó a las ovejas balar mientras el sol luchaba con las nubes y disipaba la niebla con sus potentes rayos.

—Esa noche yo no estaba en el castillo —le dijo Remy a la neblina. Notó que Hale la miró—. Debía asistir al banquete. Debía ponerme un vestido bonito y pavonearme entre los cortesanos, y el rey del Norte y sus soldados debían halagar mi atuendo y mis rasgos, hacer algún comentario estúpido sobre lo buena princesa que era y lo buena reina que sería algún día y negociar para darle mi mano a Renwick.

Hale gruñó al oír aquello.

—Antes de que llegaran los miembros de la corte Norte, el consejo se pasó semanas cotilleando sobre el tema. Mi padre sabía que Vostemur era ambicioso. Creía que querría comprometer a su hijo con la princesa de la Alta Montaña, no…

No podía decirlo. *No masacrar a su pueblo.*

—Tenía seis años —prosiguió Remy, que sorbió por la nariz—. Era muy testaruda.

—Veo que hay cosas que nunca cambian. —Hale rio y Remy le dio un codazo.

—Conocía las salidas secretas que permitían escabullirse del castillo y las ventanas bajas por las que podía salir. Los criados me daban el gusto. Recuerdo que se reían y me ponían los ojos en blanco. Me creía muy astuta, pero todos sabían lo que hacía y, aun así, me dejaban salirme con la mía —contó entre risas—. Iba de camino al templo de las brujas rojas. Era un trayecto muy corto. Cruzabas el valle y llegabas a la falda del monte Lyconides.

—Lo recuerdo bien —agregó Hale. Remy le echó una mirada furtiva y vio que estaba sumido en sus propios recuerdos.

—Olvidaba que has visitado el castillo de Yexshire. Obviamente. —Suspiró.

Lo más seguro es que se hubieran cruzado alguna vez, pero la bruja no lo recordaba. El rey Norwood habría aprovechado hasta la última oportunidad para llevar a Hale a la corte de la Alta Montaña y presentarlo como su futuro yerno.

—¿Estabas en el templo cuando ocurrió? —preguntó Hale, que se echó hacia delante y apoyó los antebrazos en las piernas.

—No, me marché del castillo. Me disfracé de niña humana para engañar a los guardias. No pensé nada de los soldados adicionales que había apostados fuera. Pensé que el rey del Norte pecaba de prudente. No sabía que habían ido a luchar. Solo me extrañó. —Remy respiró hondo, despacio—. Me acercaba a la senda bordeada de árboles que conducía al templo cuando Baba Morganna… Bueno, por aquel entonces solo era Morganna… Salió del bosque corriendo. Al poco tiempo, estallaron los gritos.

—¿Su primera visión? —dedujo Hale a raíz de la historia que les había contado Remy hacía semanas, alrededor del fuego, en la corte Oeste.

—Sí —contestó la joven—. Vio que se cerraban las puertas y que se producían incendios… Oyó los gritos antes de que se profirieran y fue corriendo a avisar a los guardias. Pero se topó conmigo. Se detuvo para salvarme. Si hubiera seguido corriendo…

—No sigas por ahí —le advirtió Hale. Su voz era lo único que la anclaba al presente e impedía que lo más crudo de ese horrible recuerdo la absorbiese—. No pienses en lo que pudo haber sido y no fue. No habría podido salvarlos. Hizo lo que pudo por ti.

Remy asintió con la cabeza. La culpa le seguía formando un nudo en las entrañas. Creía que era la única que había sobrevivido aquella noche, pero ahora sabía que Rua también había logrado escapar.

—Me ordenó que corriese. Prácticamente me metió en el bosque nevado a rastras. Traté de volver, pero cuando me giré vi las llamas y oí los gritos. La humareda era muy densa, incluso de lejos. El olor… —Remy se tragó el nudo que se le había formado en la garganta—. Oí las escaramuzas que tenían nuestros guardias con los suyos. Oí el fragor del acero. Oí morir a mucha gente.

Hale le puso una mano en la espalda para tranquilizarla mientras ella les pedía a sus lágrimas que cesasen. Le daban ganas de maldecirlas. Jamás había derramado tantas.

—Muchos huyeron al bosque…, pero el enemigo se lo vio venir. Sus soldados aguardaban en la otra punta y liquidaban a todos los que escapaban por allí. Unas cuantas brujas rojas nos encontraron y corrimos juntas. Nuestra única alternativa era subir y cruzar el collado de Eulotrogus, la montaña norteña. Era una cuesta pronunciada.

—Con seis años. —Hale negó con la cabeza.

—Las brujas me ayudaron con su magia —repuso Remy—. Podría decirse que me llevaron volando. Pero los soldados nos persiguieron; sabían que iríamos por ese camino. Ya por aquel entonces torturaban a las brujas azules para que les revelasen qué veían en sus visiones. —Remy resolló para desfogar su rabia—. Nos perseguían la tira de soldados. Baba Morganna dio media vuelta. Vi cómo su magia daba de lleno en la cima del Eulotrogus y la derribaba solo con su poder. El desprendimiento de rocas que se produjo a continuación hizo que no se pudiese atravesar el collado.

—Dicen que su magia acabó con cientos de soldados y que las rocas la rodearon a la perfección, de tal modo que solo ella sobrevivió —susurró Hale—. Nadie sabía que una princesa de la Alta Montaña huía con aquellas brujas.

—No sabía que Baba Morganna seguía viva. Creí que se trataba de su *midon brik*. —El último recurso de una bruja. Se usaba para intercambiar su destino por el de otra—. Supuse que intercambió su vida por la mía. Las otras cinco hicieron eso: cuando las atrapaban, una a una se sacrificaban por mí. Heather estaba ahí cuando cayó la última bruja roja, y me acogió. Sacrificaron su vida por la mía. —Remy rabiaba pese al dolor—. Sacrificaron su vida por una esperanza que no ha prosperado en trece años.

—No —dijo Hale, inflexible—. Claro que ha prosperado. Juraron por su vida que protegerían a tu familia, y murieron con honor, pues cumplieron con lo prometido. Su sacrificio fue significativo y poderoso.

—Sería poderoso si lo hubiera aprovechado —repuso Remy con mientras calmaba su ira—. Pero no he hecho más que esconderme.

No me he quitado el glamur desde que tenía seis años. —Hale la miró con los ojos como platos—. ¿Qué pasa?

—Olvidaba que este no es tu verdadero aspecto —dijo mientras negaba con la cabeza. No convencía a casi nadie de que era humana porque, a diferencia de su aspecto fae, no podía disimular su magia. Pero como poseía magia de bruja roja, era muy fácil que la gente diese por sentado que no era más que eso: una bruja.

—No me siento fae. Ni sé si quiero sentirme fae —susurró Remy más para sí que para Hale.

—¿Puedes hacerlo? ¿Puedes quitarte el glamur? —inquirió el príncipe—. ¿Estás preparada?

Remy sonrió a medias.

—No sé si algún día lo estaré.

Quitarse el glamur implicaba enfrentarse a su verdadero yo; un yo que llevaba trece años ocultando y negando.

Hale le dio un apretón en la rodilla. No le hacía falta decir nada. Remy sabía que le daba igual cuál fuera su aspecto, pues él veía su verdadera esencia detrás del glamur. Él mejor que nadie sabía lo que significaba enfrentarse a tu verdadero yo.

Remy se esforzó por invocar una pizca de magia fae como si levantara un músculo invisible, pero no tiraba de nada. El recuerdo de su aspecto fae era tan difuso y remoto como las imágenes de su familia fallecida. Era una sombra hasta para sí misma. Desolada, buscó esa sensación en su interior.

—Lleva tiempo enfrentarse a ello —dijo Hale como si le hubiera leído la mente—. No seas tan dura contigo misma. —Volvió a acariciarle la espalda sin pensar—. Y, cuando estés lista, te ayudaré.

El corazón le dio otro vuelco al oír eso. La ayudaría. Quería ayudarla. Volvieron a humedecérsele los ojos. Cuando pensaba que se había quedado sin lágrimas, volvían a agolpársele.

—Es demasiado —se quejó Remy, que se trabó con las palabras—. Soy lo único que se interpone entre el rey del Norte y la Hoja Inmortal. —Pensó en Raffiel y Rivitus, sus hermanos mayores, y en Ruadora, su hermana pequeña, y en el peso con el que estaría cargando. Haría lo que fuera con tal de ahorrarle el sufrimiento a su hermana.

—Tenía la esperanza de encontrar a Raffiel —dijo Hale. A Remy le cayó una lágrima al oír su nombre. Tenía doce años cuando se produjo el asedio. El recuerdo de su rostro estaba borroso, como el reflejo de un espejo empañado—. Raffiel era buena persona —agregó el príncipe—. No como los primogénitos de las otras cortes. Era el único que me trataba como a un igual.

Le cayeron más lágrimas cuando preguntó:

—¿Recuerdas a mi madre?

Hale la abrazó y dijo:

—Podía poner firme a toda una sala con solo una mirada, pero, a su vez, era amable y gentil. Era la clase de líder que cualquier reino desearía. Era dura pero justa. Todas las miradas se posaban en ella cuando entraba en una sala..., como pasa con su hija.

Remy se permitió sollozar. Lloró hasta quedarse seca. Y entonces volvió a oír la voz de Baba Morganna en su cabeza: «Que las consecuencias de tus actos duren siglos».

Eso era lo que debía hacer. Si deseaba proteger a su destinado, si deseaba proteger el amor que había florecido entre ellos, tendría que defenderlo. Y, si perecía, al menos sería luchando y no escondida en una taberna de mala muerte. En cualquier caso, el mundo seguiría yendo a por ella, seguiría quitándole lo más preciado, así que haría lo propio con el mundo y lucharía por su derecho a ser feliz.

Ya estaba oscureciendo aunque aún no fuera la hora de cenar. Casi habían llegado. Remy se moría de ganas de calentarse en la posada que, según Hale, había más adelante. Le apetecía comer un plato grasiento, darse un baño caliente y tumbarse en una cama mullida con el príncipe.

Más adelante, oyeron los cascos de unos caballos al pisar el fino manto de nieve. Remy se giró hacia el ruido. Resultaron ser cuatro soldados que portaban armadura y el escudo de la corte Norte.

—Maldita sea —susurró la bruja, que agachó la cabeza para que su capa negra le tapara más la cara.

Hale le tocó la espalda con suavidad.

—Tú sigue caminando —murmuró.

Aparecieron otro caballo y otro jinete ataviado con ropajes verde bosque. Remy distinguiría quién era a kilómetros solo por su postura arrogante al cabalgar. Pelo rubio ceniza, ojos verdes, alto y esbelto; tieso como un palo y a lomos de su corcel alazán, iba Renwick, príncipe heredero de la corte Norte.

—Mierda —se hizo eco de sus pensamientos Hale, que cerró el puño—. Sígueme el rollo.

Remy se recolocó el escote de su capa para que no se viera que no llevaba el collar de bruja. Hale fue el primero en saludar al príncipe del Norte, como si fuera una grata sorpresa encontrarse con él.

—¡Renwick! —exclamó mientras lo saludaba con la mano.

El príncipe del Norte detuvo su montura ante ellos. Esbozó una sonrisa siniestra. Perforó a Hale con la mirada y luego la clavó en Remy. Sin las copas de más y el vestido rojo, la joven creyó que desfallecería.

—Hola de nuevo —dijo Renwick con parsimonia. Miró la capa de Remy como si viera que no llevaba el collar de bruja. A la fría luz del día, la joven temió que la viera tal cual era en realidad—. No sabía que ibas a Andover —añadió con la cortesía distendida que tan bien se les daba a los palaciegos; ni entusiasta ni objetiva, sino algo a caballo—. ¿Qué le pasa a tu bruja? —preguntó mientras la fulminaba con la mirada. En ese instante la joven se dio cuenta de lo débil que se sentía. Debía de estar palidísima.

Remy se enderezó un poco y, haciendo gala de la terquedad que la caracterizaba, dijo:

—Demasiado aguardiente anoche.

—Se recuperará —dijo Hale con desdén. Renwick rio.

*Bien*, pensó Remy.

Que creyese que a Hale le importaba un pimiento. Que creyese que era otro juguete de usar y tirar.

—¿Qué te trae por aquí, tan al sur? —inquirió Hale, que se preguntaba qué hacía Renwick tan cerca del camino que llevaba a Yexshire y de la frontera con la corte Norte.

—Ha sido un viaje relámpago —repuso Renwick, indiferente y apático—. Tenemos que ocuparnos de unas personas unos pueblos más adelante.

El verbo le revolvió el estómago a Remy.

—¿Quiénes? —preguntó Hale, que se frotó el índice con el pulgar.

Renwick sonrió a Remy. Sus ojos esmeralda refulgieron cuando contestó:

—Ah, sí, me acompaña mi padre.

Como si lo hubiera convocado, otros cuatro guardias norteños doblaron el recodo a galope, seguidos por cuatro lustrosos caballos negros que tiraban de un carruaje ricamente decorado con filigranas azules y plateadas. Otros cuatro jinetes cerraban la comitiva.

Remy se quedó perpleja mientras Hale se acercaba a ella. Cada latido equivalía a un martillazo en su pecho. Era consciente del escrutinio al que la sometía Renwick; no perdía ripio.

*No significa nada. No saben quién soy. Creen que soy una bruja roja.*

Pero que la confundieran con una bruja roja ya era malo de por sí. El hombre que viajaba en ese carruaje coleccionaba cabezas de brujas rojas. Tenía sometido a un harén de brujas azules y las torturaba para que usaran su magia en su beneficio. A Remy le dieron ganas de vomitar.

Hizo recuento. Doce soldados acompañaban al rey y al príncipe. Demasiados. No los vencería manejando la espada ni correría más que sus caballos. La tenían atrapada.

El séquito se detuvo ante ellos. La portezuela del carruaje se abrió y alguien preguntó a voz en cuello:

—¿A qué se debe la tardanza?

En los recovecos de su memoria, el recuerdo de la cara de Hennen Vostemur, rey de la corte Norte, seguía fresco. Su pelo rojo estaba salpicado de canas y su barba roja iba por el mismo camino. Tenía los ojos rojos y llorosos y eran del mismo verde que los de su hijo. Tenía el rostro colorado y surcado por venas rotas, ya fuera por beber en exceso o gritar demasiado. Tenía unos carrillos prominentes y una silueta rolliza que le indicó a Remy que ya no luchaba. Se pasaba los días ordenando a sus hombres que matasen en su lugar mientras él se sentaba a comer manjares deliciosos y beber vino. Sin embargo, pese a tener el cuerpo de un borrachín achispado, su mirada viperina le confería un aspecto depredador. Estaba demasiado quieto, demasiado atento. Miró por encima a Hale y se centró en Remy.

La bruja no podía soportarlo. Sentía que cientos de arañas trepaban por su piel mientras la observaba. Un atizador al rojo vivo le retorció las entrañas. Ese hombre le había arruinado la vida. Había masacrado su ciudad movido por la envidia y las ansias de poder. Remy sabía que el recuerdo no lo atormentaba como a ella: la sangre, el humo, los gritos. Le había arrebatado todo lo que le importaba porque podía, porque quería. Ese hombre era el motivo de que no se hubiese quitado el glamur en trece años, de que viviera en tabernas de campo que dejaban que desear, de que no hablase con desconocidos, de que no pudiese atraer las miradas de pretendientes, de que nadie se fijase en ella y pasase inadvertida. Era todo culpa de ese hombre.

Por un instante se preguntó si sería lo bastante rápida como para matarlo. ¿Podría hechizarlo para que se clavase su propia espada o hacer que lo arrollase su propio carruaje? Su magia aún se estaba regenerando, pero quizá pudiese invocarla… ¿Y luego qué? Se le agotaría de nuevo y se enfrentaría a una docena de soldados fae y a Renwick, que estaría encantado de ocupar la vacante que dejase su padre. Entonces se percató de las defensas del carruaje. Eran muy sutiles, pues estaban pintadas del mismo tono negro, lo que hacía que se camuflaran con los intrincados detalles metálicos. Una bruja había protegido el interior del carruaje para que no le afectase la magia, como la sala de Ruttmore en la que se jugó la timba. No podría atacar al rey con su magia. De todos modos, tampoco podría hacerlo con Hale al lado. No permitiría que muriese para vengarse. Ahora que lo había encontrado, ahora que había encontrado a su destinado, no se sacrificaría ni lo sacrificaría a él en vano. Sus destinos estaban unidos para siempre.

—Padre, mira a quién me he encontrado —dijo Renwick, que interrumpió los pensamientos homicidas de Remy—. A Hale, el príncipe del Este.

Remy dio gracias en silencio de que Renwick no la hubiera mencionado.

—Ah, sí, el bastardo de Gedwin —dijo Vostemur. Remy se aguantó las ganas de gruñir—. El lord de Andover será nuestro anfitrión esta noche. Acompáñanos.

Aunque no era una sugerencia, Hale dijo:

—De haber venido un día antes, habría sido un placer, majestad, pero me temo que ya hemos puesto rumbo al oeste.

El rey se detuvo a mirar a Hale con su quietud depredadora, como una cobra que espera el momento oportuno para atacar. Remy tenía la sensación de que en cualquier momento un soldado los atravesaría con su espada.

—Lástima —repuso a la vez que ladeaba la cabeza despacio. Miró a Remy con sus ojos viperinos y le preguntó—: Bruja, ¿tienes el don de la videncia?

Remy se quedó paralizada del miedo y contestó:

—No, majestad.

Vostemur le tendió una mano regordeta y dijo:

—Ven aquí. Veamos si puedes predecir la suerte del rey.

A la joven no le pasó por alto que se refirió a sí mismo como el rey, como si fuera el único, como si fuera su rey. Era su verdadero plan, y todos lo sabían. No se detendría hasta que fuera el único soberano de Okrith.

Hale se quedó rígido como una estatua al oír su petición. Remy sabía que no podía negarse. Avanzó titubeante mientras Renwick la observaba con una sonrisa cruel. Tocó la mano del rey con su palma sudorosa e hizo lo que pudo por no temblar.

—¿Qué ves? —preguntó Vostemur despacio, marcando cada palabra.

—Nada —susurró Remy—. Lo siento, majestad.

Vostemur no dijo nada mientras le giraba la mano y le acariciaba el interior de la muñeca con el pulgar. Siguió cada una de sus pecas con delicadeza.

—No importa —dijo Vostemur, más para sí que para ella. Le soltó la mano con una sonrisa aviesa y Remy regresó con Hale.

Si Vostemur decidía atacar, Remy sabía que sus muertes no tendrían consecuencias. Nadie los vengaría; Vostemur dejaba a su paso un reguero de sangre impredecible. Nadie lo detenía.

Hale se inclinó ante el rey del Norte y la bruja hizo lo propio. El príncipe le puso una mano en la espalda y la condujo hacia delante.

—No corras —le susurró mientras andaban; el calor de su mano era un faro que iluminaba la oscuridad de su miedo.

—Ah, y chico —les dijo el rey desde lejos. *¡Chico!*—, cuida bien de esa brujita tuya.

Remy se envaró al oír aquellas palabras, pero Hale la instó a que siguiera caminando, un paso tras otro. El traqueteo del carruaje y los cascos de los caballos que indicaban la marcha de la escolta dejaron un silencio ensordecedor a su paso.

—No pares —le dijo Hale en voz baja mientras la guiaba hacia delante—. Hasta el recodo.

Los caballos se oían cada vez menos conforme llegaban a la curva. Remy urgió a sus piernas temblorosas a que siguieran andando, aunque ya no notara los pies. Tiritaba de arriba abajo como si los hubiera sorprendido una ventisca.

—Respira —le pidió Hale con suma delicadeza. No se había dado cuenta de que no respiraba hasta que se lo dijo él. Resollaba; no podía respirar hondo. Cuando al fin se hubieron perdido de vista de camino a Andover, Hale la llevó a un árbol—. Siéntate aquí.

Tuvo que agarrarla de los brazos mientras se tiraba al suelo. Tenía la respiración agitada, los músculos agarrotados y le castañeteaban los dientes.

—Ese hombre —dijo mientras le daban espasmos en el diafragma.

Hale le tocó la mejilla. Estaba helada.

—Lo sé. —La atrajo hacia él y abrazó su cuerpo entumecido—. Te entiendo.

No necesitó más para deshacerse en llanto y liberarse del miedo que la atenazaba mientras Hale la estrechaba más fuerte.

—No estás sola, Remy. Me tienes a mí —susurró—. Desahógate conmigo.

Podría expulsar hasta el último grano de dolor, que él lo aceptaría. La bruja sabía que no era una carga para el príncipe, que su destinado lo veía todo con buenos ojos. Eso era lo que hacía él por ella, y lo que hacía ella por él. Soportaban juntos lo que uno no podía soportar solo.

Remy estuvo un buen rato sollozando hasta que el estrés y los temblores la dejaron exhausta. Colgaba de los brazos de Hale como si fuera de trapo. Apoyó la mejilla en su pecho y escuchó sus respiraciones lentas y regulares. El sonido de sus pulmones llenándose, el de sus latidos, los latidos del corazón de su destinado, la anclaban a esa vida. Sin él seguro que no habría podido capear el temporal al que hacía frente.

Cerró los ojos con fuerza y apretó los puños para exigirle a su cuerpo que volviese a adoptar su aspecto fae.

—¿Qué haces? —murmuró Hale contra su pelo.

Remy miró la nieve enfurruñada y dijo:

—Intento quitarme el dichoso glamur.

Se apartó de él y miró esos ojos relucientes del color de la plata.

—¿Qué sientes cuando te lo quitas?

Hale se frotó la barba y, tras meditarlo un instante, dijo:

—Me alivia. Es como si destensase un músculo.

Remy resopló. Ella se enfrentaba al glamur, no lo destensaba. Otro fracaso que demostraba que no era más que una cobarde que se escondía.

—Ya darás en la tecla. Date tiempo.

—¡No tengo tiempo! —bramó.

Una rama cayó detrás de ellos por el peso de la nieve y Remy se sobresaltó. Se pasó las manos por la cara, temblorosa. El más mínimo ruido le ponía los nervios de punta. Solo era una rama.

—Se ha acabado —susurró Hale, que envolvió las manos de la bruja con su calor.

—No se ha acabado —masculló Remy—. No se acabará hasta que ese hombre esté muerto.

Se trabó con las palabras del temor que le inspiraban.

A duras penas había sobrevivido a su breve encontronazo con el rey del Norte. Una sola mirada suya la había reducido a un saco de sollozos y temblores. ¿Cómo iba a matarlo?

Nada más abrirse la portezuela de su carruaje, la asaltaron los recuerdos de cómo ese hombre le destrozó la vida. Su secreto era un pedrusco que impactaba en el centro de su pecho. Si Vostemur hubiera sabido que ella era lo único que se interponía entre él y su deseo de blandir la Hoja Inmortal, la habría decapitado. Su mirada viperina le atravesaba el alma.

—Algún día lo matarás, Remy, y yo estaré ahí para verlo —dijo Hale, que le rozó los labios con los suyos—. Venga, vamos a la posada.

El truquito del príncipe surtió efecto, pues ya no pensaba en otra cosa que no fuera ese beso.

# Capítulo Veintitrés

Se alojaron en una posada pequeña y elegante. No eligieron la más cara por si los fae del Norte se hospedaban allí. Pero su mesonera era humana y, de todas formas, era un buen sitio.

Remy solo le daba vueltas a una cosa: Ruadora estaba viva. Rua estaba al otro lado del paso de montaña con el Norte y a menos de un día a caballo de Yexshire. Remy seguía la mar de emocionada por lo que le había contado Baba Morganna.

Se había pasado toda la vida pensando que era la última de su familia, que era la única de los hermanos Dammacus que había sobrevivido al asedio de Yexshire. Ojalá hubiera encendido su vela roja mucho antes; ojalá hubiera contactado con Baba Morganna de niña. Así habría averiguado que Rua seguía viva y que existía un refugio para las brujas rojas. Habría ido con ellas al instante. Se habría ahorrado años de trabajo en tabernas y no habría tenido que esconderse.

Esconderse, eso era lo único que sabía hacer.

Mientras se miraba al espejo del baño, una mujer en camisón y con la melena negra por el pecho le devolvía la mirada. Llevaba trece años haciéndose pasar por humana, siendo confundida con una bruja por su magia. Sí, usaba una pizca de su poder para correr más rápido o ver mejor en la oscuridad, pero ese pasito hacia su forma fae era tan grande como quisiera ella.

Hubiese preferido viajar de noche hasta dar con Rua, pero Hale la había convencido de que era mejor que descansara en el pueblo de Andover. Le suplicó con la mirada que se relajase aunque fuera solo un día. La había visto morir el día anterior, ni más ni menos; no permitiría que se presionase. Remy sabía que podía negarse y conseguir que Hale cediese..., pero había accedido a hacer un alto en el camino precisamente por lo que veía en el espejo del baño en ese momento.

Hale tenía razón: era mucho más seguro transformarse en fae en el Norte. Si mutaba, su forma fae la protegería..., pero ya no daba con la magia que controlaba su glamur.

Remy no conocía su auténtico rostro. Había acabado siendo su glamur. Observó su reflejo, se concentró y tensó todos los músculos del cuerpo para dejar de ser humana.

Nada.

Se esforzó con más ahínco y apretó los ojos.

—¡Funciona, joder! —exclamó.

Nada.

No podía hacerlo. Se imaginó yendo a Yexshire con su aspecto humano; pasando por las ruinas del castillo, el lugar en el que asesinaron a sus padres, disfrazada. Qué cobarde era. ¿Cómo iba a reclamar el trono de la Alta Montaña? ¿Cómo iba a hacer que su pueblo resurgiese si no podía ni mirarse al espejo? ¿Cómo iba a soportar el chasco que se llevaría su hermana al verla? Los defraudaría a todos.

Remy respiró hondo y, frustrada, cerró los puños y volvió a probar. Sin embargo, la vibración que notaba detrás de los ojos y en las manos era a causa de su magia de bruja roja, no de su magia fae. El cuarto entero temblaba del esfuerzo.

Hale llamó a la puerta del baño.

—¿Remy?

No contestó. A él tampoco podía mirarlo. No permitiría que su destinado viera lo frágil que era.

*Frágil.* Eso es lo que era: una cobarde tonta y frágil. Sus padres también estarían muy decepcionados con ella. Ellos eran valientes y valerosos. Le habían plantado cara al mundo con todo su ser.

Oía que el espejo de cuerpo entero temblaba, pero no podía abrir los ojos.

Ni siquiera intentó salvarlos. Ni siquiera intentó salvarse. Dejó que el mundo siguiera girando y permitió que todos le dijeran qué hacer y quién ser y a duras penas se había enfrentado a ellos. Llevaba una vida vacía: baldía, ordinaria, indigna de gloria o amor.

El cristal que tenía delante se estaba rompiendo; aun así, no abriría los ojos.

Esa era la verdad, ¿no? No había luchado nunca y su cuerpo lo sabía. ¿Qué había hecho para merecer el amor de sus padres, de su corte, de su pareja? Su cuerpo humano solo sabía temer y esconderse. No era una princesa, se mirara por donde se mirase. Así pues, ¿cómo se convertiría en una? A diferencia de sus padres, no era valiente. Y su cuerpo lo sabía.

No se había ganado el derecho a ser quien era de verdad.

Cayeron esquirlas de cristal al suelo y Remy se desplomó ante ellas. La puerta del baño se abrió a lo bruto y, de pronto, Hale estaba enfrente de ella.

—¿Te has hecho daño? —gritó mientras corría hacia su figura pusilánime. Le apartó las manos de la cara con suavidad—. ¿Qué ha pasado?

—Estoy bien —dijo Remy con la voz entrecortada. Se puso roja de rabia cuando añadió—: No, no estoy bien.

—¿Qué ha pasado? —Notó que Hale la miraba de arriba abajo para ver si se había cortado con el cristal, pero Remy sabía que estaba ilesa.

—No puedo hacerlo —murmuró mientras apretaba los puños.

—¿Hacer qué? —inquirió Hale.

—No puedo quitarme el glamur. No puedo mutar. —Remy se mordió el carrillo con tanta fuerza que se haría sangre.

—Remy. —La voz de Hale era casi un susurro. La joven se negaba a mirar su rostro compasivo. Hale le tocó las mejillas y agregó—: Mírame.

No abrió los ojos. ¿Cómo iba a mirarlo? ¿Cómo iba a defraudar a otra persona? Notó el aliento de Hale y, al momento, este la besaba en los labios con dulzura. Aún saboreaba los restos de sal de sus lágrimas. El beso era tan suave, tan delicado…, como si le dijera de la única manera que sabía que no era una decepción para él.

—Estoy aquí. Estamos juntos en esto. —Les hablaba a sus labios y les insuflaba su aliento. Se apartó y pegó la frente a la de ella—. Abre los ojos.

Remy cedió a la petición de su amado. Al verla, el plateado de sus ojos refulgió y una sonrisa asomó a sus labios. Le acarició las mejillas con los pulgares mientras la observaba.

—Es demasiado, Remy —dijo Hale en voz baja mientras volvía a besarla como si fuera incapaz de despegarse de sus labios—. Es una tarea muy ardua. ¿Un glamur que has llevado durante trece años? No eres una fracasada por no poder quitártelo a la primera.

—Es que… —La voz de Remy volvió a empañarse al tomar aire con rabia. Las manos seguían temblándole a los costados—. Creo que no quiero quitármelo. En serio.

Hale asintió y dijo:

—Es normal que tengas miedo.

Lo entendía.

—No merezco mi forma fae. —Remy tiritaba. Hale le acarició el brazo desnudo con su manaza y le dio calor—. Soy una cobarde.

—No —replicó Hale, más fuerte. Una vez la llamó así y aún le dolía. Sabía que Hale se culpaba por aquello con la misma furia que ella por llamarlo bastardo—. ¿Me consideras cobarde a mí? No impedí que mi padre tratase mal a mi madre. Me aterraba ir a visitarla…

—En absoluto. Jamás —repuso Remy, que le tocó la mejilla y volvió a acercar su frente a la suya.

—Crees que yo no lo soy, pero tú sí. —Hale la miró con ardor—. Eres mucho más valiente que yo, Remy. Eres fuerte, astuta, lanzada y lo que el mundo necesita. —La bruja negó con la cabeza. No podía oírlo. Sin embargo, el fae le apretó la mano, entrelazó los dedos con los suyos y la obligó a mirarlo a los ojos de nuevo—. No miento. Ojalá te vieras como te veo yo.

Nada se interponía entre sus labios y los de su destinado. Ese beso fue más intenso que los fugaces del principio. El cálido aliento de Hale le devolvió la esperanza. Dejó de tocarle la mejilla y lo acercó a ella. Se encaramó a él y le lamió la comisura de los labios, lo que hizo que abriera más la boca y enredara su lengua con la suya.

Remy temblaba, pero esa vez no era ni de rabia ni de frío.

Hale interrumpió el beso y le echó una mirada ardiente.

—Deja que te demuestre quién eres —musitó con un deje de súplica en la voz mientras le rozaba los labios con los suyos—. Déjame adorarte de mil formas distintas.

A Remy se le contrajo el estómago mientras asentía. Hale, sonriendo, la tomó en brazos y se levantó como si no le costara nada. Dejó atrás las esquirlas de cristal esparcidas por el suelo y salió del baño a grandes zancadas.

Sentó a Remy en la cama gigantesca solo para marcarla con un beso apasionado. Estaban a los pies de la cama, y se separaron lo justo para que Hale se quitara la camiseta blanca. No era la primera vez que lo veía sin camiseta, pero ahora podía satisfacer la necesidad de tocar su cuerpo cincelado. Repasó los fibrosos músculos de sus brazos mientras él, con sus manazas, le sacaba el camisón por la cabeza hasta quedar desnuda ante él.

Se tumbó en la cama y, poco a poco, fue subiendo hasta el cabecero. Hale gruñó al ver su cuerpo desnudo. El aire fresco y el calor de su mirada le pusieron los pezones de punta. Se le derritieron las entrañas solo de ver cómo la miraba. Sus ojos de plata fundida rezumaban intensidad y hablaron por él cuando juraron que la devoraría.

Hale se quitó las botas y se desabrochó los pantalones en un instante. Entonces fue Remy la que se quedó inmóvil. Lo contempló boquiabierta. A raíz de la noche que pasaron juntos en el bosque, se había hecho una idea del tamaño de su pene, pero verlo desnudo, ver cómo sus abdominales se estrechaban hasta llegar a su miembro duro y grueso hizo que se le humedeciese la entrepierna con una sustancia pringosa. Hale abrió bien los agujeros de la nariz e inhaló su excitación. El aroma lo estremeció de arriba abajo. Remy hervía de impaciencia. Sus ojos grises y fieros prometían hacerla arder.

Hale se abalanzó sobre ella y, cuando volvió a juntar su boca con la suya, Remy estuvo segura de que cumpliría su promesa. Se besaban con pasión; una sinfonía de labios, dientes y lengua que se fundiría en uno. Remy estaba como loca porque se unieran del todo, así que se restregó contra él con un abandono lascivo. Hale interrumpió el beso y sonrió con picardía al ver la desesperación con la que se retorcía.

—¿Qué quieres? —susurró mientras la besaba en el cuello y le daba mordisquitos de camino a la oreja.

Remy solo quería una cosa. Esperaba que hubiera más veces, veces más pausadas en las que hubiera más besos y caricias e hicieran el amor sin prisa, pero en ese momento lo deseaba con tanta acucia que necesitaba que se entregara por completo, y que lo hiciera ya.

—Quiero que me la metas —musitó a la vez que lo atraía hacia sí. Lo dijo con un nivel de desesperación del que no se avergonzaba lo más mínimo.

Hale esbozó su sonrisilla de príncipe engreído y tanteó la entrada de su sexo. Cuando notó lo húmeda que estaba, se le borró la sonrisa. Volvió a gruñir y la besó de nuevo mientras la penetraba un poco más.

Interrumpió el beso y vio que a Remy se le cerraban los ojos mientras se hundía del todo en ella. Notar cómo la llenaba le nubló la mente a la joven, que solo podía pensar en lo plena que se sentía y en el latido de sus entrañas. Hasta la última célula de su cuerpo se dirigía al punto en el que convergían.

Los movimientos lentos y experimentales de Hale le agudizaron los sentidos. Olió su aroma almizclado, oyó lo rápido que le iba el corazón y vio que se le dilataban las pupilas. Degustó su sudor y su olor a brisa marina. Daba la impresión de que más motas grises y plateadas salpicaban los ojos de Hale, abiertos como platos, y que un sentimiento que no sabía identificar le cruzaba el semblante. ¿Sentiría él lo mismo? Como una puerta que daba paso a un mundo nuevo.

Por un instante, se miraron asombrados y maravillados del goce que sentían al estar unidos al otro. Entonces, Hale empezó a moverse de un modo que hizo gemir a Remy.

—Qué gusto —dijo el príncipe con los dientes apretados—. Qué gusto estar dentro de ti.

Remy, con las piernas temblándole, le arrimó las caderas para que la embistiera con más potencia. Hale gruñó y aumentó el ritmo de sus acometidas. Se le marcaban las venas de los brazos.

—Hale —gimoteó Remy. Que su nombre saliese de sus labios lo desató.

Se la sacó y volvió a embestirla con ímpetu. La sensación fue tan agradable y arrolladora que Remy gritó. Los gemidos desesperados de Hale se unieron a los chillidos salvajes de la joven a medida que repetía el movimiento una y otra vez, cada vez más y más deprisa, hasta dejarla al borde del abismo.

Hale se metió su pezón endurecido en la boca y succionó sin detener sus estocadas castigadoras.

Remy le clavó las uñas mientras se rompía en mil pedazos y gritaba su nombre. Tras una acometida más, Hale se agarrotó y se vació en su interior. Cuando se les hubo pasado el efecto del clímax, jadeaban y resollaban.

Remy vio las estrellas.

Se quedaron abrazados un buen rato, escuchando cómo se les ralentizaba la respiración y se les estabilizaba el pulso. A la larga, Hale reunió las fuerzas necesarias para salir de ella y tumbarse a su lado. Aún sumido en los recuerdos del éxtasis, la besó en el hombro. Remy cerró los ojos y se deleitó con sus caricias.

—Mi destinado —susurró.

Al ver que no reaccionaba, se volvió hacia él; la veneración con la que la miraba hizo que se sintiera radiante.

—Eres… —dijo con un nivel de reverencia que no le había oído a nadie y que no quería oírle a nadie más—, eres el ser más asombroso, bello y fascinante que he visto en toda mi vida.

Con aire perezoso, pasó un dedo por su mejilla, por su nariz y por el lóbulo de su oreja puntiaguda.

—Compruébalo tú misma —agregó.

Agarró un retrato de la mesita de noche y lo sostuvo ante ella por el dorso plateado.

Remy arrugó el ceño, pero miró su reflejo deformado… No era ella. Una fae le devolvía la mirada. Tenía ojos marrones y brillantes, con motas verde esmeralda, cabellos enredados del color del ónice, mejillas pecosas y rosadas y piel tostada y tersa. Sus labios eran más rosas y abultados. Su rostro era más anguloso, su tez era de un dorado brillante y sus orejas acababan en punta.

Le vino a la cabeza el recuerdo de su madre. Se esforzó por no llorar. Cuando viera a Baba en persona al día siguiente, le daría las gracias por lo que había hecho para salvarla... de nuevo. Remy contempló estupefacta su reflejo.

—Mi pareja —dijo Hale con los ojos llorosos, sobrecogido por lo trascendente que era ese momento para ambos.

Estaban ligados para siempre e inextricablemente vinculados. Una parte del alma de Hale vivía en Remy y viceversa. La joven se había mostrado tal cual era durante la cópula. Solo podría mostrar del todo su verdadero yo ante su destinado. Eso hacía que se sintiera desnuda y vulnerable, bella y digna, todo a la vez. Quería quedarse ahí, atada a él. Primero se encadenó a sus ojos, después a sus labios, y ahora estaban unidos por todas partes. El mismísimo entramado de su ser estaba tan intrínsecamente ligado que no se desenredaría jamás.

Remy estaba arrodillada en la nieve con una bata de satén negro por toda vestimenta. Bri se la había comprado pensando en el clima cálido del Sur, no en la nieve del Norte. Su larga melena caía como un manto; su pelo era más brillante y sus rizos más pronunciados siendo fae. Su piel fae notaba el frío, pero no era tan acusado. Le gustaba ese cuerpo..., su auténtico cuerpo, pensó. Era como si se hubiera pasado trece años con jaqueca, y ahora que había remitido fuera consciente de cómo debía sentirse. Estaba a gusto con ese cuerpo. Era más fuerte, más veloz, más resiliente, incluso frente a agentes intangibles. Lo fácil que habría sido su vida si las circunstancias le hubieran permitido quitarse el glamur años antes.

Remy observó el titileo de la vela que tenía delante. La luz de la luna llena iluminaba sus tótems con su brillo. Había sustituido la hoja caída de la última luna llena por unas agujas de pino. Había añadido otro, uno que no tenía intención de eliminar en breve: una esquirla del espejo roto. Le serviría para recordar quién era en realidad: no una bruja, sino una fae de la Alta Montaña que poseía magia de bruja roja. Ya no evitaría su reflejo. Remy y su hermana eran las últimas miembros de la realeza de la Alta Montaña. Ni siquiera sabía si debía realizar un ritual en honor a la luna llena o descartar la idea ahora que había adoptado su forma fae. Pero le gustaba la periodicidad de la luna. Le gustaban sus oraciones y la ceremonia. Murmurar las mismas palabras cada mes le aportaba estabilidad.

La posada se hallaba a su espalda y los bosques de hoja perenne se extendían ante ella. De rodillas, miraba la vela. Ningún antepasado se comunicaría con ella en esa callada noche de luna de la cosecha, pero aún resonaban en su interior las palabras de su madre. Su madre, la reina de la corte de la Alta Montaña, era sabia y fuerte. Había tratado a Remy con amor y cariño, pero también con severidad para asegurarse de que su hija no se volviese una princesa melindrosa. Su madre quería que fuera fuerte, astuta y valiente, pero justa. Remy frunció el ceño. No sentía que encajase con ninguno de esos adjetivos. ¿Cómo iba a estar a la altura de la reina fallecida? Era misión imposible.

El viento helado le apartó el pelo del cuello y oyó que alguien tomaba aire a lo lejos. Su oído fae era más agudo que el de cualquier depredador nocturno. Se giró hacia la ventana sabiendo a quién se encontraría apoyado en el alféizar.

—¿Cuánto llevas ahí? —le preguntó a su destinado. El aire fresco daba de lleno en el torso descubierto de Hale. La luna le iluminaba los ojos incluso a oscuras.

—Lo mismo que tú ahí. —La sonrisita de suficiencia que esbozó hizo que su cuerpo recordara el placer que había experimentado en las últimas horas. Había esperado a que se quedase dormido para escabullirse y rezarle a la luna. Por lo visto, aún debía depurar el arte del sigilo—. Solo tú saldrías a la nieve con una bata que no deja nada a la imaginación.

Remy notó su mirada ardiente en su piel desnuda.

—Me las apaño bien sola, ya lo sabes —dijo sin ninguna acritud.

—Lo sé. —Hale sonrió, y, al hacerlo, se le marcaron los dos hoyuelos—. Pero si mi destinada se va sola con un talismán de valor incalculable, lo lógico es que alguien le cubra las espaldas. —Buscó el anillo de Shil-de en la nieve—. Además, estás medio desnuda, por lo que si un macho pasara por aquí ahora mismo, me vería obligado a sacarle los ojos.

—Muy cuerdo tú, ¿no? —Remy rio.

—Sí, soy muy prudente en lo que a ti respecta. ¿Vuelves ya a la cama?

Remy amaba su sonrisa cálida y sincera; su mirada alegre y dichosa. Amaba cada ápice de él.

Se mordió el labio de pensarlo.

—Sí, ya estoy. —Se giró con demasiado entusiasmo para murmurar la última oración y apagar la vela.

—Bien. Como no subas en tres segundos… —dijo con voz áspera y juguetona.

—¿Qué? —Remy, que ya conocía la respuesta, enarcó una ceja.

—Bajo de un salto y te penetro en la nieve. —El tono grave de esa amenaza reverberó por todo su cuerpo e hizo que apretara los muslos.

Estaba segura de que la nieve se derretía bajo ella mientras volvía a guardar los tótems en la bolsita negra. Rezó para que les aguardaran muchas noches de hacer el amor bajo las estrellas, pues en el Norte no sería posible. Recogió la vela y se volvió hacia la ventana del primer piso. Examinó la fachada. Con el glamur le habría resultado imposible trepar por ella, pero ahora…

Corrió y saltó. Se impulsó con un ladrillo que sobresalía y se agarró al alféizar con una mano; en la otra llevaba la vela y la bolsa de los tótems. Pasó por la ventana con facilidad y aterrizó en cuclillas. Qué gusto le daba ser fuerte.

—Eres magnífica. —Hale se alzaba ante ella como un dios de la oscuridad con una sábana que colgaba de las caderas por toda vestimenta.

La observó ponerse de pie con sus ojos de plata fundida. La bata de Remy se abría en forma de uve hasta debajo de sus caderas, que era por donde se ataba.

El ardor de su mirada le contrajo el estómago a la joven. Con un apremio súbito y arrollador, volvía a necesitarlo. Tiró la vela y la bolsa de los tótems al suelo. Ya no le importaba nada. Solo él. Solo ellos.

Hale se movió en cuanto la vela tocó el suelo. Abrazó a Remy por la nuca y la besó con desesperación; a él también lo asaltó una necesidad imperiosa y repentina. Se quedaron ahí besándose con una pasión que Remy no sabía sentido jamás. Un calor líquido le humedeció la entrepierna.

—Ese olor, tu olor… —susurró Hale en tono grave—… está hecho para mí.

Enganchó el dedo índice en el cinturón de su bata y la acercó a él. Mientras, poco a poco, deshacía el camino hacia la cama, desató con destreza la prenda de satén que acababa en la cúspide de sus muslos. Boquiabierto y ansioso, no dejó de mirarla ni un segundo. El deseo ensombrecía sus ojos. La bata se deslizó por la piel tostada de Remy y cayó al suelo.

Con las manos temblándole por el autocontrol, agarró a Remy de las caderas y la llevó a la cama. La joven, que tiritaba a causa de la mirada depredadora del príncipe, se tumbó a sus anchas. Hale se arrodilló y le dio un beso en la cara interna del tobillo que la estremeció.

Fue dándole besos por la pierna, pero se detuvo para lamerle el interior del muslo. Remy, deseosa de que subiera más la boca, se retorció. Notó que Hale sonreía pegado a su piel. Pasó la nariz por el vello negro e hirsuto que crecía entre sus piernas y, tras respirar hondo, gruñó de una forma que solo podría definirse como salvaje.

Su aliento le hizo cosquillas en los pelos que bordeaban el punto más sensible de Remy, que creyó que explotaría aunque fuera solo de la impaciencia.

La joven convulsionó con la fogosidad del primer lengüetazo. La sensación ya era extremadamente placentera. Hale volvió a mover la lengua arriba y abajo, despacio. Enloquecida por el torbellino de sensaciones, gimió con fuerza y frenesí.

—Sabes mejor aún de lo que hueles —gruñó Hale, que le apretó los muslos para abrirle más las piernas.

Remy enredó los dedos en el pelo de Hale, que volvía a agacharse. Le barrió el sexo con la lengua y la joven gritó. El chillido hizo que el autocontrol de Hale flaquease y moviese la lengua más deprisa. Cuando notó que tanteaba su entrada con la yema del dedo y se adentraba en sus húmedas profundidades, se quedó sin aire. Sus músculos se tensaron como la cuerda de un arco: ya estaba al borde del abismo.

—Hale —gimió. El príncipe murmuró contra su piel; las vibraciones que produjo la hicieron jadear—. Lo quiero todo de ti —gruñó como una hembra desenfrenada.

Al instante, Hale la liberó de su lengua ardiente y, como un león, se abalanzó sobre ella y la besó con pasión. Remy degustó el sabor a almizcle de su humedad. Hale se apartó un ápice y le pasó la punta de su miembro por su calor líquido. La sensación hizo que la joven pusiera los ojos en blanco y luchara por no cerrarlos. Era el centro de un huracán de sensaciones.

—Abre los ojos —le exigió Hale con voz ronca.

Remy obedeció. Casi le bastaba con mirar sus ojos como el humo para desatarse. Hale la observó con todo su ser, con todos sus sentimientos; no había palabras para describir las chispas que saltaban entre ellos. Se asió a la sábana, al lado de la cabeza de Remy, y se hundió en ella. A la joven se le desencajó la mandíbula y tomó aire con brusquedad. La penetró hasta el fondo y, completamente maravillado, la miró a los ojos.

—Te quiero, Remy —dijo con una crudeza que Remy no le había oído nunca.

—Y yo a ti, Hale —contestó Remy con la voz empañada por la emoción.

Eso era. Ese era el momento que la joven deseaba prolongar hasta el fin de sus días. Quería que aquello y solo aquello durase eternamente.

Despacio, Hale creó un dulce vaivén. Acercó su rostro al de ella y la besó en los labios con ternura mientras Remy le bajaba una mano por la espalda y la posaba en su trasero fornido. Notaba cómo se le contraían y se le relajaban los músculos conforme la penetraba. Eso era hacer el amor. Remy había tenido sexo con anterioridad, pero Hale sería la primera y única persona con la que haría el amor. Sus almas se unían en el reflejo de sus cuerpos. Estaban justo ahí, en el límite entre existir como dos seres independientes o como uno solo. Las líneas se desdibujaban mientras eran presos de la dicha: un alma, dos cuerpos.

# Capítulo Veinticuatro

El largo invierno ya había llegado a la corte Norte, pero la nieve menguaba conforme se adentraban en las Altas Montañas. En esa época del año, en Yexshire neviscaba, pero para las nevadas copiosas aún faltaba un mes o más.

Remy notó la erección de Hale en el culo pese a lo gruesa que era su capa de invierno. El roce de su traje de cuero contra la silla la estaba volviendo loca. Faltaban dos horas más en dirección sur para llegar a las Altas Montañas, y no sabía si aguantaría. El olor de Hale era embriagador. Su olfato fae se deleitó con el asfixiante aroma a almizcle que salía de sus poros con la intensidad de un perfume. Cuando lo oyó inspirar, supo que él también estaba oliendo la excitación que le humedecía la entrepierna.

—¿Pensando en lo que pasó anoche? —susurró mientras le mordisqueaba en la puntita de la oreja. Remy se arqueó al notar el calor de su aliento y gimoteó, frustrada. Estaba preparadísima para acogerlo. Continuamente. Perpetuamente—. ¿Te mojas solo de oír mi voz?

Le abrió la capa por el vientre y coló los dedos por la ajustada cintura de su traje de cuero. Siseó al comprobar lo empapada que estaba. Remy se restregó contra sus dedos sin ningún pudor, deseosa de que la tocase.

Hale rio con esa ronquera que estimulaba hasta la última terminación nerviosa de su cuerpo. Acarició sus pliegues suaves y húmedos y Remy gimió y apoyó la cabeza en su hombro mientras se le cerraban los ojos.

—¿Esto es lo que quieres? —Le arañó el cuello con los dientes. Había aflojado la mano con la que sujetaba las riendas y los caballos andaban sin rumbo. La fricción que ejercía la silla al hacerlos chocar hacía que a Remy le costase guardar la compostura. Hale le introdujo dos dedos largos y ella gritó—. ¿Qué tal esto? —añadió con voz sexi.

—Mmm —murmuró Remy, que no podía decir nada más. Giró alrededor de sus dedos y los inmovilizó contra la silla. Se animó cuando Hale aplastó su manojo de nervios con la palma. Se restregó contra su dureza y lo hizo gemir.

—Más te vale dejar ese precioso culo quietecito si no quieres meterte en problemas —gruñó a la vez que se arrimaba a ella.

—Me gusta esta clase de problemas —repuso Remy con voz pastosa mientras se giraba a ver la mirada tórrida de Hale. Se restregó contra él de nuevo—. ¿En qué problemas estabas pensando?

Hale le sacó los dedos y volvió a metérselos de golpe, lo que provocó un gemido que los sacudió a ambos.

—Estoy a nada de bajarte del caballo y penetrarte contra el árbol —masculló.

Remy tiró del brazo de Hale y se sacó sus dedos húmedos de la ropa. Se bajó del caballo con el mismo arranque que en las calles de Wynreach.

Lo necesitaba ya. Lo necesitaba por entero.

Miró a su destinado con una sonrisa ladina. Él le sonrió con malicia mientras ataba las riendas de los caballos a una rama baja y desmontaba.

Se le marcaba la erección en sus pantalones de cuero mientras se acercaba a ella con actitud acechante. Se abalanzó sobre Remy y la giró de modo que quedase de cara al tronco. Le bajó los pantalones y dejó que el aire frío le refrescase el culo.

«Su precioso culo», como lo había llamado antes.

Remy casi no tuvo tiempo de prepararse para la primera embestida. Gritó. Sentirlo dentro la abrumaba. Hale gruñó mientras se la sacaba y volvía a metérsela con ímpetu. Remy se aferró a la corteza del árbol mientras se mentalizaba para que la acometiese con rapidez hasta el fondo. Conforme el placer iba en aumento, se mordió la mano para no estallar. Hale la agarró más fuerte de las caderas y la penetró con tanta violencia que Remy pensó que partiría el árbol. En todo el bosque solo se oía el choque de sus cuerpos calientes y húmedos. Hale incrementó el ritmo hasta alcanzar una velocidad vertiginosa que lo catapultaría al orgasmo. Remy no aguantaba más. Explotó dando un grito que sacudió el bosque. Dos estocadas más y Hale se vació en ella mientras gritaba su nombre.

Remy se retorció y se contrajo repetidas veces hasta que al fin dejó de morderse el dorso de la mano con tanta fuerza. Le saldría un buen moretón, pero no le importaba lo más mínimo. Se le estabilizó la respiración, afanosa y jadeante.

—Eres muy problemática, princesa. —Hale le movió el pelo con su risa y su aliento entrecortado—. Es posible que seas hasta más pervertida que yo.

Los bosques yexshirios le resultaban sorprendentemente familiares. Dominados por cornejos, bojes y alisos, las hojas y las ramas dejaban pasar la luz justa para orientarse. Duros arbustos monteses de tonos dorados y morados brotaban de las hojas caducas que había debajo. Gruesas cortinas de musgo cubrían los árboles, y un batiburrillo de flores silvestres reivindicaba los últimos rayos de sol. Sus vivos colores rojos y azules iluminaban el oscuro suelo del bosque. Una armonía de sonidos salvajes, sobre todo de pájaros cantores, hendía el aire. El agudo oído de Remy oía a las ranas de los estanques cercanos croar pese al gorjeo de las aves.

El bosque estaba vivito y coleando y reclamaba el camino sin usar que tenían delante. La senda que conducía a Yexshire estaba irreconocible, reinaba el silencio. De vez en cuando, unos árboles caídos impedían el paso. En más de una ocasión tuvieron que desmontar y hacer que los caballos rodeasen los obstáculos.

Cuando doblaron la esquina, aparecieron casas abandonadas. Yexshire, antaño una ciudad bulliciosa con cientos de habitantes, era ahora una ciudad fantasma con todas las letras. Reinaba en ella un silencio siniestro solo roto por el crujido de las ramas mecidas por el viento. Ni siquiera los pájaros que se habían hecho un hueco en las decenas de tejados desplomados osaban cantar ahí. Las puertas estaban destrozadas, ya fuera porque, con el paso del tiempo, los bandidos las hubieran roto o los animales hubieran invadido los hogares. La mayoría de los techos habían cedido y, a veces, habían arrastrado el edificio entero consigo. Otras viviendas presentaban un aspecto decente y, a lo sumo, estaban sucias y llenas de maleza. La fuente de la plaza seguía rebosante de agua, pero se había vuelto verde y estaba atestada de algas.

Hale abrazó a Remy con más fuerza. El corazón le retumbaba en los oídos. En cada rincón le asaltaban los recuerdos: las calles engalanadas para celebrar el solsticio de verano; los ciudadanos agolpados para despedir a la familia real, que se iba de viaje; los comerciantes vendiendo sus productos con alegría los días de mercado.

Ya no quedaba nada.

Calle tras calle de casas abandonadas daban pie a una idea espantosa: hubo un tiempo en que cada casa era un hogar, un hogar que pertenecía a una familia de Yexshire, y ahora el vacío lo llenaba todo. Remy sabía que, aunque reclamasen la Hoja Inmortal, esa ciudad no volvería a ser la misma. Muchas de esas familias habían desaparecido para siempre.

A medida que subían la ladera de la montaña que dominaba la ciudad, se le encogió aún más el corazón. El castillo de Yexshire que otrora se alzaba orgulloso y desde el que se veían las Altas Montañas ahora no era más que un montón de escombros negros y cenizas.

Remy aún recordaba el castillo con todo lujo de detalles. Torres de piedra negra conectadas por muros altos lo rodeaban. Los muros, que seguían un patrón simétrico, estaban salpicados de ventanitas y atalayas voladizas para los arqueros y la artillería. Parecía más una fortaleza que un castillo, aunque a la hora de la verdad no sirviera de nada.

Los fae de la Alta Montaña tenían el hogar menos suntuoso y más práctico de todos. Estaba diseñado para soportar los rigurosos inviernos de Yexshire. Remy recordaba las chimeneas gigantes, las cortinas recias y las alfombras gruesas. Se preguntó si de verdad era tan grande o si su imaginación pueril había exagerado.

Unas puertas de metal macizas estaban tiradas en medio del camino y les impedían acercarse a los escombros.

—¿Quieres entrar? —susurró Hale con tono reverente. No era un lugar que invitase a hablar más alto.

—Sí —musitó Remy como si las montañas la oyesen—. Tú quédate con los caballos. No tardo nada.

Hale asintió, pues sabía que era algo que debía hacer sola.

Remy desmontó y, decidida, subió la empinada cuesta para ver las ruinas. Trepó por muros medio derruidos y montones de piedra en mal estado. Cuando el suelo empedrado que pisaban sus botas dio paso a un adoquinado gris y plano, supo que se hallaba en lo que una vez fue el gran salón. Se lo habían llevado todo. Los tapices, los mástiles y los apliques dorados. Ya no había lámparas de araña ni mesas ni sillas. El trono de la Alta Montaña había desaparecido del estrado que se alzaba ante la joven. De ese estrado, en su día revestido de mármol blanco, solo quedaban los adoquines de debajo, pero Remy sabía que estuvo ahí. Como también había un ventanal en la pared derribada del extremo por el que entraba la luz justa para iluminar a la familia real al completo. Siempre celebraban sus fiestas a la hora de la mejor luz, la cual variaba según la estación, de modo que incidiera a la perfección en ellos. Remy recordaba que, cuando esa luz la iluminaba sobre el estrado, se erguía y alzaba el mentón, orgullosa de su apellido y de su familia incluso a la tierna edad de seis años.

De camino al estrado, pisó cristales y patinó sobre los escombros, pero siguió atravesando la estancia cuan larga era en dirección a donde antes estaba el trono. Se situó en el mismo punto en el que se colocaba de niña y observaba un gran salón que ya no existía. El sendero era demasiado inclinado para ver a Hale, pero sabía que estaba a los pies de la ladera, esperándola.

Remy contempló la ciudad abandonada. A su derecha, donde, en su momento, frondosos campos de cultivo se extendían hacia el bosque y proporcionaban alimento a los yexshirios durante todo el año, ahora no había más que llanuras en las que crecían pastos altos y matorrales que se fundían con la linde del bosque. Observó el collado arbolado que había entre la ciudad y las montañas a lo lejos.

En la ladera, paralelo al castillo y erigiéndose con el mismo orgullo, se alzaba el templo de Yexshire. Aunque el castillo estaba en ruinas, el templo seguía en pie. Construido hacía más de quinientos años, el monolito que surgía de la espesura era un recordatorio de la alianza entre la corte de la Alta Montaña y el aquelarre de las brujas rojas. La ubicación del castillo y el templo implicaba que eran iguales y ninguno era superior al otro. La semilla del poder yexshirio residía en la unión entre magia fae y magia de bruja.

El templo de Yexshire era un chapitel de piedra blanca y amplia. Elaborado y creado con materiales fastuosos, se erigía a partir de la roca blanca de una cantera local; el color contrastaba radicalmente con el castillo de piedra negra al otro lado del valle.

El mástil gigantesco aún se alzaba desde el torreón más alto, pero ya no ondeaban cintas rojas. Las brujas colgaban más cintas en cada estación como símbolo de los rezos del vecindario. Ver las cintas movidas por la brisa era como ver el corazón de mucha gente, sus sueños y sus ambiciones de cara al futuro. Pero, trece años después, no quedaba ni un solo retal.

Se le fueron los ojos a algo rojo que vislumbró en la ventana del templo. Entornó los ojos hasta convertirlos en dos finas rendijas.

Ahogó un grito. Una figura encapuchada y vestida de rojo estaba ahí: una sacerdotisa de las brujas rojas. ¿Habrían regresado al templo? Baba Morganna le había dicho que las brujas rojas se reunían en las colinas más allá de Yexshire. Pero ¿se habrían trasladado al propio templo? ¿Eran bastantes para reclamarlo como suyo y protegerlo de los soldados norteños? Remy volvió a parpadear y la capa roja desapareció y la ventana volvió a ser un agujero negro. Negó con la cabeza. Quizá hubieran sido imaginaciones suyas. Pero Baba Morganna le había prometido que estaban ahí, no muy lejos, en los bosques pasado el templo. ¿Quién miraría ahí sin saber lo que había?

Remy estaba preparada. Debía encontrarlas. Necesitaba ver a su hermana.

Al dar un paso adelante, se le enganchó el pie en un hierbajo que crecía entre las grietas de una roca. Estiró los brazos para usarlos de apoyo, pero recuperó el equilibrio y se enderezó. Echó un vistazo a la vid espinosa y gruesa enroscada entre las piedras. Remy estaba a punto de apartar la vista cuando un destello que provenía de debajo de la piedra le llamó la atención. Con cuidado de no tocar la planta espinosa, apartó la pesada piedra negra a un lado para liberar lo que había debajo. Allí, bajo la piedra, había unas gafas doradas hechas polvo. Partidas en dos y con el metal doblado y retorcido. Tan pequeñas… Eran la mitad de grandes que las de un adulto.

Remy sollozó. Sabía a quién habían pertenecido.

Su hermano mayor, Raffiel, era el centro de todas las miradas por su fuerza y su atractivo, y solía eclipsar al hermano que lo seguía.

Rivitus. Riv, como lo llamaban.

Riv tendría nueve años el día del asedio de Yexshire. Era la persona más inteligente que Remy hubiera conocido. Mientras que los demás cortesanos alababan a Raffiel, sus padres presumían de su inteligencia constantemente. Asimismo, sabían que Riv siempre lo apoyaría cuando subiese al trono de la Alta Montaña.

Riv se había pasado toda su vida aprendiendo del consejo del rey. Con su permiso, asistía a las reuniones del consejo y acribillaba a los consejeros de su padre con incesantes preguntas. Vivía en la biblioteca, enfrascado en cualquier historia o libro de política que llegase a sus manos. Los banquetes, los bailes, sus deberes con la corte y entretener a otras cortes eran su cruz. Sus padres lo regañaron en incontables ocasiones por llevar libros a las ceremonias que se celebraban en el gran salón.

Remy sorbió por la nariz al recoger las gafas. Le caían las lágrimas. Seguramente había estado de morros y se había aburrido como una ostra la noche de su muerte, pues estaba obligado a permanecer junto a sus padres y agasajar a la corte del rey del Norte. Remy se preguntó qué habría visto antes de morir. Parpadeó para ahuyentar las lágrimas. Esperaba que hubiera sido rápido, dado que sus gafas seguían en el estrado. Rezaba por que no hubiera sufrido.

Se le entrecortó la respiración. No volvería a abrazar a sus hermanos nunca más. No volvería a perseguirlos como un perrito faldero para formularles preguntas que eran reacios a contestar. No volvería a verlos sonreír, ni oírlos reír ni sentir su afecto. Había un enorme vacío en su interior donde habían estado sus hermanos; aunque no todos, recordó. Ruadora seguía viva y estaba en los bosques que tenía delante.

Se limpió las lágrimas y tomó aire para tranquilizarse. Se guardó las gafas de Riv en el bolsillo y abandonó aquel tenebroso lugar. Mientras dejaba atrás los restos del palacio y bajaba la cuesta empinada, vio a Hale esperándola con los caballos. El dolor y la preocupación le demacraron el rostro. Sostenía un ramo de flores blancas que crecían en la senda montañosa.

Lo dividió en dos manojos y le ofreció uno a Remy.

—Tengo entendido que la tradición yexshiria dice que hay que dejar flores blancas en las tumbas de los caídos —dijo mientras Remy aceptaba el ramo que le tendía—. Esto es lo que he encontrado.

Las lágrimas volvieron a surcarle las mejillas. Asintió. Le habría gustado decirle que era perfecto, pero no encontraba las palabras. Se volvió hacia los escombros, hacia los restos del legado de su familia. En las montañas de detrás del castillo, en lo alto de un sendero escabroso y estrecho, yacían sus antepasados en sencillas sepulturas de tierra. Recordaba que el Día de los Espíritus subía el camino sagrado para rendir homenaje a sus antepasados y dejar flores en las tumbas de sus abuelos. Mientras escudriñaba la cima arbolada, estaba convencida de que los miraban incluso entonces. Eso reforzó su determinación para salvar los obstáculos que se interpondrían en su camino. Ese no sería el fin de su legado.

Hale avanzó primero, hincó una rodilla y dejó el manojo de flores en el sendero.

—Que vuestras almas vuelen libres con el viento. Que os veamos en las hierbas mecidas por el viento, en las hojas caídas y en las poderosas olas del mar. Que descanséis en una paz eterna.

Se levantó y volvió con Remy.

La joven nunca había oído esa oración. Se preguntó si sería típica de la corte Este.

Permanecieron así un buen rato. Hale no habló ni la apremió. Aguantó a su lado estoicamente, como un ancla cuando hay tormenta. Remy sabía que se quedaría ahí toda la noche si hacía falta. Mientras estuviesen juntos, su destinado soportaría cualquier pena.

Al fin, Remy avanzó y se agachó. Dejó las flores, tocó la tierra con la yema de los dedos y, acto seguido, se tocó la frente.

Trató de recordar el idioma de su pueblo.

—Creadores inmortales, guardianes del más allá, artífices del mundo, oíd mi súplica —susurró. No estaba acostumbrada a hablar en yexshirio—. Guiad a estas almas al más allá. Que conozcan vuestra gracia. Que sientan vuestra paz. Iluminadlas con vuestra luz eterna. Amén.

# Capítulo Veinticinco

Cruzaron el sombrío bosque en dirección a la luz del otro lado, rumbo al templo de Yexshire. El corazón le iba a mil de las ganas que tenía de reencontrarse con Ruadora. La última vez que la vio, Rua tenía cuatro años. Su hermana pequeña, a la que apenas sacaba dos años, era un vago recuerdo en su memoria. Ignoraba qué aspecto tendría de mayor. En un par de semanas cumpliría dieciocho años; ya era toda una mujer.

El templo de Yexshire se alzaba en silencio ante ellos mientras ataban a los caballos. Un claro grande y lleno de pastos altos rodeaba el edificio.

Remy estiró el cuello para ver el imponente templo blanco.

—Mira la arboleda —dijo Hale—. Debe de haber alguna pista que nos indique en qué dirección está su campamento.

Remy asintió y dijo:

—Iré a la otra punta.

Mientras se abría paso entre las hierbas que le llegaban por el pecho, tropezó un par de veces por culpa del terreno escabroso. El prado era tan denso que no veía lo que había debajo de sus muslos. Trató de recordar qué hubo en otra época en aquel claro. La valla de madera baja que rodeaba el templo o bien se había podrido o bien se la había tragado la línea de pasto dorado.

Tras la valla había un rebaño de cabras pastando. Tampoco quedaba ni rastro de ellas. Se preguntó si alguno de los muchos saqueadores o cazadores de brujas que habían pasado por allí tras el asedio de Yexshire se las habrían comido.

Había una huerta gigante en forma de espiral que dividía el camino de grava que conducía a la escalera principal del templo. Remy recordaba el olor a menta y salvia que se respiraba de camino al edificio.

No quedaba nada. Si escarbaba, tal vez vería que siguen ahí. O quizá los saqueadores se habían llevado las hierbas sagradas junto con todo lo demás. Los años no habían pasado en balde. Sin ir más lejos, unas cuantas tempestades habían derribado árboles.

Remy se plantó justo delante de la arcada abierta del templo. Al oír un ruido había saltado un tronco caído. Parecía que hubiera una refriega en su interior. Se preguntó si se habría colado un zorro o un oso. Las heladas matutinas que advertían de la inminente llegada del invierno los habrían empujado a guarecerse en el templo.

Remy miró el edificio y ahogó otro grito. Esta vez estaba segura de que no había sido una visión. Una figura encapuchada y vestida de rojo la miraba desde uno de los ventanales.

Las brujas rojas estaban ahí. Remy corrió hacia el pasaje abovedado.

Las brujas debían haber ocupado su legítimo lugar en el templo de Yexshire. Rua estaría en la torre. Estaba a escasos metros de su hermana.

Remy subió a trompicones los peldaños destrozados. Había cruzado el umbral cuando el grito de Hale hendió el aire.

—¡Es una trampa! —vociferó—. ¡Corre!

Remy, en la entrada del templo, se giró de golpe para mirar a Hale, y lo que vio…

Una docena de soldados norteños había emergido de la hierba alta. Dos sujetaban a Hale en la linde del bosque. ¿Cómo no los había visto? ¿Cómo no los había olido? Dioses, uno estaba justo en el camino que tenía delante. Habría pasado por encima de él. No era para nada un árbol caído.

—¡Corre! —le gritó de nuevo Hale mientras ella se quedaba paralizada por el pánico. Un fuerte puñetazo en la cara calló al príncipe.

Remy usó su magia por instinto y los dos soldados que apresaban a Hale salieron volando. Trazó un arco de magia roja con el que barrió al ejército de soldados que se alzaba ante ella. Hale ya estaba corriendo hacia Remy. Debían atravesar el templo corriendo, salir por el otro lado, adentrarse en el bosque y dejar atrás a los soldados norteños antes de que despertaran.

Hale tropezó mientras corría, pero no llegó a caerse. Cuando llegó a los pies de la escalera fue cuando su gesto de determinación cambió por uno de espanto. A Remy no le dio tiempo a volverse. Un brazo grande la agarró por el torso y la arrastró a la oscuridad del templo. La joven forcejeó para liberarse y lanzó hechizos presa del pánico, pero no atinó a nada.

Le taparon la nariz y la boca con un paño con ácido. El potente hedor le abrasó la garganta. Le hormigueaban las extremidades, veía puntitos negros y oía a Hale gritar a voz en cuello.

Remy le dio una patada a un guardia en la rodilla antes de que se mareara y la oscuridad la engullera. Este soltó a Remy lo justo para que ella le robara la daga que llevaba ceñida a la cadera. No pensó. Ya no había descanso. Como le había asegurado Bri, sus instintos tomaron el mando y, visto y no visto, apuñaló al soldado directamente en el cuello. No esperó a verlo caer. Le sacó la hoja y su sangre roció el aire mientras corría.

Sus pies recordaban la disposición del templo, pues, siguiendo su instinto, subió de dos en dos los peldaños de piedra de la escalera de caracol de su izquierda. Sus músculos le recordaron que era fae, así que les dio caña a las piernas. Oyó el corazón del soldado que la esperaba arriba, listo para atacar. Sin descubrirse, le clavó la daga en el pie. El macho gritó y, tras usarlo para derribar a los soldados que la perseguían, Remy siguió subiendo a toda prisa. El soldado no fue tan obstáculo como esperaba. Subió más rápido, pero los soldados norteños le seguían el ritmo.

También eran fae, pero… ellos no tenían magia de bruja.

Remy se agazapó bajo una arcada de piedra y, tras lanzar su magia, derribó el pasaje y bloqueó el paso. Llegó al descansillo del cuarto piso y tomó aire.

Se asomó a la ventana con forma de cerradura y vio a Hale, que empuñaba una espada en cada mano con ademán cruel y concentrado. Cuatro soldados se lanzaban a por él y otros seis yacían muertos a su alrededor. Se movía como un dios vengador. Alejaba a algunos y acercaba a otros, valoraba sus ataques y los controlaba sin que lo supieran. Acababa con todos los soldados que se ponían al alcance de su hoja sin dudarlo. Otra docena de soldados aguardaba en los bosques, sin saber si atacar.

Dioses, ¿a cuántos habían traído?

Remy se fijó en la capa roja de los bosques. No la llevaba una bruja roja. Incluso a esa altura sus ojos fae distinguían claramente el rostro de la mujer, el brillo azul que despedían sus manos y sus labios pintados de azul. Habían traído a una bruja azul consigo.

Remy maldijo.

La bruja tenía los ojos cerrados, pero miró a la ventana a la que se asomaba Remy. La joven no sabía cuán perfecto era su don, pero si era poderoso, ya habría visto las consecuencias de la emboscada. Remy debía acelerar las cosas para adelantarse a la bruja azul. No podía hacer lo primero que se le pasase por la cabeza. Debía elegir la segunda opción, después la primera e ir alternando. Era un truco que le había enseñado Heather para adelantarse a la visión de las brujas azules. Pero Remy debía aniquilar a la bruja azul si había alguna posibilidad de burlarlos. La joven podría despistar a los soldados en los bosques, pero no podría escapar de la visión de la bruja azul.

Alguien le atizó de repente en la cabeza y cayó al suelo de piedra. Un guardia se disponía a asestarle un tajo con la espada cuando Remy lanzó un conjuro y le quitó el arma. Oyó unos pasos a su espalda. Se había distraído viendo a Hale. Trató de ponerse en pie, pero el soldado la aplastó con la bota. Gritó cuando su brazo sucumbió a la fuerza que ejercía el zapato. El dolor aumentaba su poder, así que lanzó otro hechizo y el guardia se desplomó.

Remy se levantó de un salto. Le dolía el brazo izquierdo. Dio gracias a los dioses de que no estuviese roto.

Lo dejó muerto a un costado y miró atrás. Una docena de soldados norteños aguardaba en el descansillo contrario con las espadas en ristre. El que había derribado se puso en pie y le sonrió mientras le manaba sangre de la boca. La tenían acorralada contra la pared. Lo primero que se le ocurrió fue subir corriendo las escaleras de su izquierda. Así que lo descartó. Extendió la mano e hizo que la arcada se desplomara sobre la espalda de los soldados que la esperaban. Las pesadas rocas aplastaron a tres, pero los demás se giraron. Remy fintó hacia las escaleras que conducían arriba y los soldados siguieron la misma dirección. Sin embargo, la joven dio media vuelta y bajó corriendo. Sabía que en la siguiente planta la escalera derruida volvería a dejarla sin salida. Se oyó el fragor de las armaduras al seguirla abajo mientras ella se precipitaba hacia la izquierda.

Corrió hacia la ventana abierta conteniendo el aliento y sin pensar mientras apremiaba a sus piernas. Y entonces se arrojó al vacío.

Cayó en caída libre con el viento azotándole el cabello. El mundo se ralentizó mientras calculaba su trayectoria hacia un abeto. Rezó para que sus ramas soportaran su peso mientras se preparaba para el impacto. Se le clavaron agujas de pino al estamparse contra el árbol. Su hombro malherido se resintió mientras derribaba más ramas. Se agarró con su brazo sano.

Se atrevió a mirar a la ventana. Los soldados norteños la observaban boquiabiertos. Todos llevaban armadura. No osarían saltar.

Fue de rama en rama hasta otro árbol más al fondo. Decidió pasar por dos más y luego bajar. Entonces se acordó de la bruja azul y cambió de opinión: cruzó otra rama más y bajó al suelo.

Debía llegar hasta Hale e ir a por el arco y la flecha que seguían con los caballos. También debía ir a por el amuleto. Ojalá hubiera hecho caso a Hale y lo hubiera llevado consigo. Su magia ya estaba casi agotada.

Rodeó el claro del templo, respiró hondo y fue de puntillas por el bosque. Oyó los gritos que provenían de lo alto del templo. Los soldados les estaban gritando a los que había en tierra que estaban despejando la escalera y tardarían.

Remy lo oía todo: el fragor de sus armaduras, el crujido de las ramas que pisaban los soldados más adelante, el crujido de las hojas que pisaban.

Entonces oyó que bramaban:

—Tenemos al príncipe.

A Remy se le paró el corazón.

Con sigilo, se acercó por detrás al lugar donde habían atado los caballos. Se agachó tras un arbusto con púas y espió desde ahí. Como si estuviera adiestrada para detectar su aroma a mar, olía a Hale en el bosque.

Hale estaba amordazado y atado a un tronco. Lo rodeaban tres guardias. La cabeza le caía hacia delante y le goteaba sangre de la frente. Remy se concentró en sus latidos lentos y en sus respiraciones regulares. Estaba inconsciente pero vivo.

Otros dos fae norteños rebuscaban en las alforjas que portaban los caballos. El arco y el carcaj de flechas de Remy seguían en el mismo sitio, atados a su morral. Se moría de ganas de usarlos. Un soldado sacó la larga cadena del amuleto de Aelusien.

Remy apretó los dientes mientras veía al soldado silbar a un macho que estaba en los pastos altos que había junto al templo. Su cabello plateado y su ondeante capa cerúlea le indicaron a Remy que era el líder de la unidad. El líder señaló el amuleto con la cabeza.

—Bien. Sigue buscando el anillo —ordenó. Otro soldado se presentó ante él . Oigámoslo.

—Veintidós heridos, ocho muertos —dijo el macho—. Estamos a la espera de conocer la cifra total de los soldados de dentro. Aún están desenterrándolos.

Remy se estremeció. Aquello era obra suya..., bueno, en parte. La mayoría de las muertes corrían a cargo de Hale. La grandeza de su poder sobrecogió a Remy una vez más. Se había enfrentado a toda una unidad de soldados fae avezados y casi había logrado escapar.

—Id a por la bruja azul. Todas sus predicciones estaban mal —masculló el líder—. El rey Vostemur lamentará mucho su pérdida.

Su tono cruel lo decía todo. O la matarían o harían que desease haber muerto, pero no por su don, sino porque Remy era más lista.

—¿Habéis encontrado ya a la bruja roja? —preguntó el líder con aire reflexivo mientras miraba la ventana por la que había saltado Remy.

«La bruja»... ¿Aún no sabían que era ella? ¿Cómo podía ser? Había adoptado su forma fae y usaba magia de bruja roja... Pero la gente solo veía lo que quería ver. Los fae de la Alta Montaña ya no existían. Creían que era Raffiel el que había sobrevivido, no Remini. Iban tras una bruja roja, no tras una princesa.

—Ha huido al bosque, pero la encontraremos, capitán —repuso el soldado.

De un momento a otro se pondrían a rastrear su aroma. Los soldados podrían olerla desde ahí si se les ocurriese probar, pero daban por hecho que estaba lejos. No se imaginarían a una brujita volviendo sobre sus pasos para enfrentarse a toda una unidad de soldados fae. Seguramente debería haberse ido. Hale así lo habría querido. Pero no lo abandonaría.

Jamás.

El combate había mermado con creces su fuente de magia. Se preguntó si podría llegar hasta el amuleto. Invocó una pizca de poder para palpar la cadena en el bolsillo del soldado que seguía hurgando en las alforjas. Pero no notó nada. Ni una señal ni un tirón. Habían hechizado el amuleto para que no respondiera a esos estímulos. Habría sido la mar de sencillo conseguirlo si una bruja roja pudiera hacer que el colgante cruzase flotando el lago envenenado hasta llegar a sus manos. Remy se mordió el carrillo. ¿Cuál era su plan? ¿Debería probar a agarrar a Hale y subir su cuerpo flácido a un caballo mientras elude a una horda de soldados entrenados?

Sería más fácil si estuviera consciente. No. Necesitaba su arco y sus flechas. Podría agarrarlas desde la seguridad que ofrecían los árboles, lo que les daría tiempo hasta que Hale recuperase la consciencia.

Volvió a invocar su pizca de poder. Tuvo que concentrarse al máximo para aflojar la cuerda que rodeaba su arco sin que se dieran cuenta. Su magia lo aguantaba como si nada mientras desataba el carcaj. Cerró los ojos y visualizó la sensación que le produciría conseguir su objetivo. Derribar muros y árboles era impresionante, pero realizar movimientos complejos y sutiles era mil veces más extenuante. Sus armas levitaban como si la cuerda aún las sujetara.

La cabeza de Hale se movió. Estaba espabilando. Era el momento.

Remy respiró hondo e invocó lo que le quedaba de magia para que sus armas volasen a su mano.

Los soldados gritaron y la rodearon mientras ella se colgaba el carcaj al hombro y colocaba la primera flecha. Entornó los ojos, plantó bien los pies y apuntó al ojo de un soldado. Se oyeron más gritos conforme más soldados salían de los bosques. Remy no se detuvo. Disparó a tres soldados más; uno tras otro.

Hale se esforzaba por abrir los ojos. Debía ganar más tiempo.

Sacó otra flecha del carcaj. Notó un dolor punzante en el antebrazo y gritó. Le habían disparado una flecha en el brazo. Se la habían clavado desde detrás. Volvió la cabeza a tiempo de ver otra flecha yendo a toda velocidad hacia ella. Se agachó para esquivarla.

El arquero se hallaba a varios metros a su espalda. Junto a él estaba la bruja azul susurrándole…, susurrándole lo que haría Remy a continuación.

La joven se arrastró por el sotobosque. Se agazapó, lista para echar a correr, cuando otra flecha le atravesó el muslo. Chilló y probó a correr… en vano, pues daba coletazos en el suelo como un pez fuera del agua.

*Muévete, muévete*, le instó a su cuerpo mientras seis soldados fae corrían hacia ella. Oyó que otra flecha hendía el aire y se tumbó en el suelo. Miró arriba justo a tiempo para ver cómo un puño impactaba en su rostro.

# Capítulo Veintiséis

Remy abrió los ojos. El dolor de cabeza era insoportable. Tenía la boca y la garganta secas. Notó un fuerte sabor a sangre. Con cuidado, se tocó el ojo, ahora cerrado e hinchado. El brazo izquierdo le punzaba con solo mover un poco los dedos. La sangre de las heridas infligidas por las flechas había coagulado y le estaba saliendo costra. ¿Cuánto habría estado inconsciente para haber sanado tanto?

¿Qué había pasado? Sentía que le habían pegado más veces de las que podía recordar.

Echó un vistazo a la sala de piedra húmeda y gris. Era una mazmorra en penumbra. Un hedor más repugnante que el que se respiraba en la Cima Podredumbre se le metió al fondo de la nariz. Olía a orina, heces y carne en descomposición. Le dieron arcadas, pero no tenía nada que vomitar.

Tenía tanta sed que estaba tentada de cazar con la lengua las gotas que caían a las piedras musgosas del rincón.

Unos grilletes colgaban de la pared más lejana de la pequeña celda, pero Remy estaba libre. Caca de murciélago y huesos de pollo ensuciaban el suelo de piedra… Dioses, esperaba que solo fueran de pollo.

La habían despojado de su capa, sus botas y su daga. Conservaba su túnica y su pantalón ensangrentados y mugrientos.

Al palparse la cadera, notó el bolsillo secreto que había en el interior de su túnica. Repasó el contorno de su bolsa de los tótems, ligeramente abultada, y percibió el poder que emanaba el anillo de Shil-de bajo su palma.

Por un segundo, se planteó ponérselo. Así, si seguía en aquella celda, estaría a salvo de cualquier muerte inminente, pero... ¿y Hale?

Quería reservar el talismán para él o para Ruadora. Algunos de sus seres queridos necesitaban protección. Aún podía encontrarlos. Esperaría a verificar su paradero..., si es que seguían vivos.

Se negó a pensar en aquello.

Tras la puerta de hierro forjado había un pasillo sombrío iluminado por la titilante luz de una única antorcha.

Remy escudriñó la oscuridad pero no vio a nadie. Le entraron ganas de llamar a Hale para ver si andaba cerca, pero reconsideró lo de llamar la atención. Sabía por lo agudo que tenía el olfato y lo mucho que veía del pasillo pese a estar a oscuras que seguía en su forma fae. ¿Sabrían quién era? ¿Y Hale? ¿Lo habrían capturado por ayudarla?

Agudizó los sentidos para buscarlo. Detectó su aroma, pero se dio cuenta de que provenía de ella. Seguía impregnada de su embriagador perfume tras sus apasionados encuentros. Dioses, necesitaba encontrarlo.

Se concentró para girar la cerradura de la puerta de la mazmorra usando su magia de bruja.

Nada.

No se movió ni un ápice. Remy miró más de cerca los símbolos mhénbicos que había grabados en los barrotes de hierro. Habían protegido la mazmorra para que no la afectase la magia. No debería haberle extrañado. La corte Norte llevaba trece años atrapando y torturando brujas; debían haber aprendido a pararles los pies.

Su magia de bruja no le daría ninguna ventaja, pero se había pasado casi toda su vida fingiendo ser humana. Poseía otras habilidades aparte de su magia, y sabía que habría otro modo de escapar de aquella celda. Podía forzar la cerradura.

Miró los huesos tirados en el suelo. Agarró el más recio y se tragó la bilis que le subía por la garganta.

Las cortesanas que trabajaban en las tabernas no solo le habían enseñado a maquillarse. Habían obligado a Remy a forzar cerraduras desde los ocho años. Rezó para que el hueso de pollo no se astillara al introducirlo en la cerradura. Lo meneó. A diferencia de cuando era bruja, siendo fae no le hacía falta pegar la oreja a la puerta; oía estando agachada. Movió el hueso un poco más.

Escuchó. Escuchó. Ahí.

Giró el hueso empleando la fuerza justa. La puerta se abrió con un fuerte chasquido.

Remy se quedó quieta y esperó a ver si alguien reaccionaba al ruido. Rápidamente, se convenció de que no vendría nadie.

Abrió la puerta con deliberada lentitud, pero, aun así, el hierro oxidado chirrió. Paró y volvió a escuchar. No se oían pasos en el pasillo. Abrió la puerta lo justo para salir. La cerró y metió la mano entre los barrotes para sacar el hueso de pollo de la cerradura.

Lo necesitaría para abrir la siguiente puerta.

Cruzó el pasillo en silencio. A su izquierda había celda tras celda. Se detuvo en todas. Muchas estaban vacías, pero unas pocas…, unas pocas estaban ocupadas. No había duda de que algunos de sus ocupantes estaban muertos. Otros estaban tan hechos polvo que ni la miraron al pasar. ¿Quiénes serían? ¿Qué les habría ocurrido?

Remy pensó en el templo de Yexshire. ¿Habrían encontrado a las brujas rojas? ¿Seguirían a salvo en los bosques de detrás del templo? ¿Y Ruadora? Había estado tan cerca de abrazar a su hermana…, solo para que volviesen a separarlas.

Cuando pasó por delante de otro cadáver, le corrió por las venas una ira ardiente. Eso era lo que hacía el rey del Norte. Destrozar vidas. Tras ver la ciudad abandonada de Yexshire, el castillo reducido a cenizas y, ahora, el lúgubre interior de las mazmorras, estaba más decidida que nunca a rebanarle el cuello al rey. Pagaría por lo que le había hecho a su familia.

Remy se acercaba al final del pasillo y a la celda inmediatamente anterior a la puerta de madera gigante. Pese al asfixiante y nauseabundo olor, volvió a percibir ese aroma a mar estival. Hale, su destinado, estaba en la siguiente celda.

Remy tuvo que reprimir un grito cuando miró dentro. Allí estaba el fae, sentado, en pantalones y con el pecho lleno de cardenales. Pero su cara… La tenía tan hinchada que apenas le veía los ojos. Tenía el labio partido, una de sus finas orejas de fae rota y le sangraba la nariz. ¿Qué le habían hecho?

Remy no estaba segura de si Hale la olería o si notaría la pena y la rabia furiosa que le quemaban la piel al verlo así. Si antes estaba decidida a acabar con el rey, ver a su destinado apaleado había firmado su sentencia de muerte.

—Remy —susurró Hale. Su voz era áspera y pastosa.

La bruja levantó el hueso de pollo que agarraba con las manos y lo introdujo en la cerradura.

—¿Qué haces? —preguntó Hale, que arrastraba las palabras. Remy se preguntó si habría sufrido una conmoción cerebral—. Tienes que huir. Ahora. Antes de que venga alguien.

—Ya te lo dije —dijo Remy sin dejar de menear el hueso—. No te abandonaré.

—Remy —insistió Hale con la voz teñida por el dolor.

La cerradura tembló y cedió un poco, por lo que giró el hueso con más fuerza. Se le astilló en los dedos.

—¡No! —exclamó. Empujó la puerta, pero seguía cerrada. Probó a retorcer la astilla, pero el hueso roto y puntiagudo se le resbaló e hizo ruido al caer al suelo.

—Déjame, Remy —le suplicó Hale.

—No —gruñó Remy, que se esforzaba por no llorar—. Acabo de encontrarte. No me pidas que te deje. —Echó un vistazo a su celda. No había nada con lo que pudiese probar a abrir la cerradura—. En mi celda hay más huesos…

Oyó unos pasos fuertes a su derecha.

—Corre, Remy —la apremió Hale con los dientes apretados.

Remy se giró para huir a la vez que la puerta a su derecha se abría de golpe.

Remy no estaba segura de si se había desmayado o no; se hallaba en un estado intermedio. Uno de los dos guardias corpulentos la había golpeado tan fuerte que la había tumbado. No tenía claro si se debía a sus anteriores lesiones o a la falta de alimento, pero lo veía todo negro. En sus oídos resonaba el eco débil y lejano de los gritos de Hale, que la llamaba.

No sentía las extremidades mientras la llevaban de vuelta a su celda. Le arrastraban los pies.

Cuando volvieron a arrojarla a la celda, el olor a podrido la espabiló un poco. Recuperó la vista, pero aún seguía viendo puntos negros. No sabía si volver a sentir su cuerpo era una bendición o una maldición.

Dos guardias en la celda se interponían entre ella y la puerta abierta. Los guardias norteños vestían armaduras diferentes a las que había visto a lo largo de su vida en las demás cortes fae. Estas se componían de mucho más metal y menos cuero. Remy estudió a sus adversarios. No podía permitir que esos monstruos gigantes usasen su peso como arma en una pelea; con tanto metal, pesarían una tonelada.

La superficie de sus yelmos era plana, una máscara con forma de eme les cubría medio rostro y un eje de metal les protegía la nariz. De sus hombros redondeados salían unos pinchos que se curvaban hacia atrás. El escudo de la corte Norte que lucían en su peto de metal apenas se distinguía. Estaba muy mal grabado. Por sus armaduras tan abolladas Remy supo que estaban curtidos en mil batallas.

Se fijó en las zonas desprotegidas: mejillas, parte de muslos, pantorrillas y espacios en las axilas. Daba la impresión de que no llevaban un traje de cuero grueso bajo la armadura, sino una tela fina, por lo que podría apuñalarlos en algún hueco que encontrase.

Sería su primer objetivo: hallar un arma. Sus espadas medían lo mismo que ella, por lo que quedaba descartada la idea de quitárselas para usarlas en su contra. Aun así, se preguntó si podría convencerlos de que se acercasen lo justo para clavarle un hueso de pollo en el ojo a uno. Pero entonces el otro se lanzaría a por ella.

No, no sería un buen plan.

El guardia que la había derribado sonrió de oreja a oreja. Su yelmo ensombrecía su mirada azul cielo. Le punzaba una ceja y volvía a cerrársele el ojo de lo hinchado que estaba. Cuando, al parpadear, le salió un líquido caliente del ojo izquierdo, supo que le estaba sangrando el párpado.

Fulminó con la mirada a los centinelas mientras se preguntaba qué hacían en su celda y por qué seguía la puerta abierta. Su respuesta llegó poco después en forma de pasos.

Doblando la esquina, con un plato de comida en las manos, venía Renwick.

No encajaba en absoluto con el ambiente sucio y lóbrego de la mazmorra. Tan majestuoso como siempre y sin que una sola mancha desluciese su atuendo. Llevaba una chaqueta bermellón de mangas anchas y largas hasta las yemas de los dedos. Su cuello rectangular exhibía parte de su refinada camisa blanco hueso atada en la garganta mediante un nudo complejo. Se había recogido su melena rubio ceniza con una cuerda a juego con su chaqueta.

A modo de saludo, le tiró el odre de agua que llevaba. Remy trató de cazarlo al vuelo, pero entre el brazo magullado y el ojo hinchado que a duras penas se abría, falló y el odre aterrizó en su regazo.

—¡Vaya pintas! —dijo. A la titilante luz de la antorcha, sus rasgos se veían aún más afilados.

Remy destapó el odre con cara de asco. Olisqueó el agua y Renwick rio.

—¿Crees que te envenenaría ahora? —Rio por lo bajo. Su sonrisa cruel no se reflejó en sus ojos. A Remy no le pasó por alto que había dicho «ahora», lo que daba a entender que quizá la envenenase luego.

Tras decidir que le valía la pena correr el riesgo, le dio un buen trago. El líquido fresco mitigó la aspereza de su garganta. Le dio vueltas en la boca y, agradecida de quitarse el sabor a sangre, tragó.

Renwick agarró una manzana pequeña de la bandeja de plata que sujetaba. Le pegó un mordisco, lo que demostraba que tampoco la había envenenado, y se la lanzó a Remy. Esta vez sí la atrapó.

—¿Qué quieres de mí? —preguntó con la boca llena de manzana.

—Discúlpame. ¿Y mis modales? —Renwick sonrió con suficiencia y, con una elegante reverencia a modo de mofa, añadió—: Alteza.

Remy se enderezó. ¿Cómo lo había averiguado?

Como si hubiera leído la pregunta en su rostro, Renwick contestó:

—Sois mucho más bella en vuestra forma fae, princesa Remini, incluso en vuestro lamentable estado actual. Sin embargo, incluso con vuestro aspecto de bruja tenéis una marca de nacimiento muy particular en vuestra muñeca.

Señaló la muñeca de Remy con la cabeza. La joven la giró para ver la cara interna. Un total de cinco pequitas adornaba su brazo.

—No es nada especial; tengo pecas por todo el cuerpo —repuso Remy.

—Nos contestasteis lo mismo de niña. —Renwick se echó a reír.

*Nos*… A él y a su padre.

Remy recordó el encuentro inesperado con el rey de la corte Norte en el camino principal. Le había subido la manga mientras le hablaba para mirarle la muñeca. Le pareció extraño, pero no sabía por qué.

—*Gavialis minor* —dijo Renwick, y la sacó de sus pensamientos.

—¿Cómo?

—Es el nombre de una constelación. Brilla más en el Norte. Quizá os hayáis fijado en la constelación del blasón de la corte Norte —repuso Renwick.

No se había fijado.

Observó el escudo que llevaban los guardias del Norte grabado en sus petos. Lo más destacado era una espada cruzada por tres flechas y una serpiente enroscada en la intersección. Nunca le había dado importancia a las cinco estrellas del fondo.

Se miró la muñeca. Efectivamente, había dos pecas paralelas; otra abajo, más a la izquierda; y otras dos juntas en vertical abajo a la derecha. Era justo el mismo orden. Qué curioso que el rey hubiera reparado en ese detallito y no lo hubiera olvidado en todos esos años. Ya habían mantenido esa conversación y Remy no lo recordaba.

—Mi padre se planteó capturaros el día que nos topamos en el camino, pero le apetecía más ver dónde iríais. Vuestros actos posteriores no fueron especialmente reveladores, pero sí muy… interesantes —dijo Renwick con una sonrisa y un brillo en sus ojos esmeralda.

Las mejillas de Remy se encendieron al recordar ese día de camino a Yexshire. ¿Había espías en el bosque?

—Mi padre consideró que vuestra marca era una señal de que pertenecíais al Norte, a la corte Norte —explicó Renwick—. Quiso prometernos solo por el parecido con la constelación. Creía que era una señal.

Remy le echó una mirada asesina a Renwick.

—Prefiero morir antes que casarme contigo —gruñó.

—Eso tiene solución. —Renwick rio y se rascó la sien con el dedo—. Además, los oráculos azules han visto que estáis destinada al príncipe bastardo del Este. No obstante, eso no ha disuadido a mi padre.

—Hale no tiene nada que ver con esto, matabrujas —dijo Remy entre dientes—. Suéltalo ahora mismo.

—Veo que seguís gozando de la capacidad de dar órdenes como alguien de la realeza. —Renwick sonrió—. Vuestro destinado —dijo con repulsión— os ha escondido de nosotros. Mintió al rey del Norte en la cara. Esa afrenta no quedará impune. Quizá aún podamos sonsacarle información a él también.

Esbozó una sonrisa despiadada a la vez que Remy abría los ojos como platos. Iba a torturar a Hale para que confesase.

—Hale no sabe nada que no sepáis ya —insistió Remy, suplicante.

Renwick la observó detenidamente.

—Es posible —dijo—. Pero tú sí, Remini. Y tener a tu destinado a mano será la motivación ideal para que hables.

—¿Qué quieres saber?

Renwick sonrió y la miró por encima. Dejó la bandeja de comida a su lado y, con avidez, Remy se metió un panecillo entero en la boca.

—¿Quién iba a decir que los hermanos Dammacus serían tan ingeniosos? —escupió Renwick—. Pues al menos dos escapasteis.

Remy miró a Renwick con los ojos muy abiertos. Entonces ¿sabía que Rua seguía con vida? ¿La habrían apresado a ella también? No dijo nada por miedo a delatarse.

—Dime, Remini, ¿dónde está tu hermanito?

Remy se controló para no suspirar de alivio.

—Está muerto —dijo—. Soy la única que queda.

—Ambos sabemos que eso no es cierto. —Renwick volvió a sonreír de oreja a oreja—. Una bruja azul se lo confirmó a mi padre hace tan solo unos días: sobrevivió más de un hermano Dammacus.

Mierda.

Remy negó con la cabeza. Conque por eso la mantenían con vida… Querían que les dijera dónde estaba su hermano. Sabían que, aunque la matasen, la estirpe de los Dammacus seguiría ligando la Hoja Inmortal con la corte de la Alta Montaña.

La joven arrugó el ceño y dijo:

—No sé de qué me hablas.

—¿Seguro? —preguntó Renwick, que se fijó en la bandeja vacía—. ¿Qué tal si te concedo unos días más en este sitio para que reflexiones al respecto? Te traeré más comida a cambio de respuestas.

—¡No tengo respuestas! —Remy detestó el tono suplicante de su voz.

Renwick la miró de arriba abajo y dijo:

—Tal vez no. Pero haremos correr la voz de que hemos capturado a la princesa Remini con vida, y cuando Raffiel se entere, vendrá a por ti, estoy seguro. Y le estaremos esperando.

Dicho eso, Renwick se volvió y salió por la puerta. La miró por última vez y soltó:

—Esforzaos por seguir viva, princesa. —Y enfiló el pasillo. Los guardias cerraron la celda con llave y lo siguieron.

El fuerte rugido de su estómago era su única compañía. La oscura mazmorra no le daba pistas sobre qué hora sería. ¿Cuánto tiempo habría pasado? El frío le calaba los huesos. El cansancio hacía que le pesaran los párpados, pero el silencio que reinaba en la otra punta del pasillo era lo más doloroso de todo. Ignoraba si Hale permanecía en su celda o si seguía vivo siquiera. Se presionó con el puño su hambriento e insistente estómago y se regañó en silencio. No podía pensar así.

Una puerta a lo lejos chirrió al abrirse. Unos pasos pesados y el fragor de las armaduras resonaron por el pasillo. Los dos caballeros entraron en su celda y flanquearon la puerta. Cuando entró Renwick, Remy tuvo que retorcer las manos para no abalanzarse sobre el plato de comida que traía. Le daba igual si estaba envenenado, al menos moriría con el estómago lleno.

—Se os ve con más ganas de hablar, princesa —dijo Renwick, que frunció los labios y ladeó la cabeza.

No pensaba mirarlo; solo tenía ojos para la fuente que sostenía.

Renwick resopló y dijo:

—Sois peor que los perros de palacio.

Las armaduras hicieron ruido cuando los soldados monstruosos se rieron. Renwick avanzó por las piedras cubiertas de porquería con una mueca de desprecio. Antes de que el plato tocara el suelo, Remy ya había birlado un trozo de pan duro. Lo masticó con voracidad y se metió un pedazo de queso en la boca. Los engulló sin masticarlos del todo y se metió las lonchas de pollo en la boca; el sabor a grasa y sal aplacó su hambre.

Renwick la vigiló mientras se reía por lo bajo. Observó con una sonrisa cómo no dejaba ni las migas.

Cuando hubo acabado, se agachó con cuidado de que su ropa no tocara el suelo sucio. Clavó sus ojos esmeralda en Remy. Parecía que brillaban en la penumbra.

—¿Estáis lista para contestar a mis preguntas? —La miró con los ojos entornados mientras ella se chupaba la sal de los labios.

—No sé nada de Raffiel —musitó. Se estremeció cuando le dio un calambre en la barriga. Había comido demasiado rápido después de tantos días sin probar bocado.

—No es esa mi pregunta.

A Remy se le aceleró el pulso cuando miró a los centinelas que custodiaban la puerta abierta. Si no tenía respuestas esa vez, ¿cuántos días más aguantaría sin comer?

—¿Y el anillo de Shil-de, Remini? —susurró con voz áspera—. Encontramos el amuleto de Aelusien en la alforja de vuestros caballos. Un escondite no muy inteligente para un objeto tan valioso, debo añadir.

—No tengo el anillo, matabrujas —dijo Remy. Alzó más el mentón y se obligó a aguantar la mirada airada de Renwick.

—Ambos sabemos que eso no es cierto. —Sonrió vilmente—. El anillo que gané en Ruttmore resultó ser falso. Tú y el príncipe bastardo os llevasteis el auténtico. ¿No vas a decirme dónde está?

Remy apretó la mandíbula y lo miró con fijeza.

—Bien —dijo Renwick, que le levantó el dobladillo de la túnica.

Remy hizo amago de apartarse, pero Renwick la agarró del brazo lesionado. La joven reprimió un grito y le escupió en la cara. Renwick la miró boquiabierto. Sacó la mano de debajo de la túnica y le pegó un guantazo con el dorso de la mano. Le escoció la cara y volvió a abrírsele la herida por culpa del golpe.

—Veo que voy a tener que rebuscar más a conciencia —gruñó mientras la inmovilizaba contra la pared usando el antebrazo.

Los guardias lascivos rieron junto a la puerta al ver a Remy forcejear para apartar a Renwick. Pero a pesar de su alta y elegante estatura, el príncipe del Norte era sorprendentemente fuerte.

Bajó la mano libre por la blusa de Remy y pasó por encima de sus pechos mientras la muchacha gritaba. Entonces posó la mano en su cadera, en el bulto de la tela del bolsillo interior.

Ambos se quedaron quietos un momento. Renwick, radiante, miró a Remy a los ojos. Entonces la joven notó que caía algo de sus mangas largas y acampanadas y aterrizaba en su vientre, dentro de su túnica. El frío metal le rozó la piel. Era una daga. Renwick la miró a los ojos un segundo más y le guiñó un ojo.

Remy abrió los ojos como platos, pero no movió ni un músculo mientras el príncipe del Norte se erguía y se adecentaba la chaqueta.

Le había dejado una daga en la ropa. ¿Por qué?

Renwick volvió a fingir que ponía cara de asco y le escupió en los pies.

—Zorra estúpida —dijo, y los guardias rieron de nuevo—. Encontraremos el anillo sí o sí, te lo aseguro.

Remy observó perpleja la magnífica interpretación. Por un milisegundo se preguntó si de verdad no sabía que tenía el anillo. Pero sí lo sabía. Lo había palpado en la bolsa de los tótems que llevaba escondida y había fingido que lo desconocía.

—¿Sabéis qué día es mañana, princesa Remini? —Remy detestaba oír su nombre de labios de Renwick—. Se cumplirán catorce años de aquella noche.

*Aquella noche.* Remy se estremeció. Le asaltó el recuerdo del castillo de Yexshire reducido a cenizas. Las gafas rotas de Riv. Se palpó los bolsillos. Se le habrían caído cuando la capturaron.

—¿Por qué actuó así tu padre? —inquirió Remy, que se levantó mientras sostenía la daga contra su estómago dolorido—. ¿Por qué odiaba tanto a mi familia?

—El rey y la reina Dammacus se creían los dueños del país; los niños bonitos de Okrith con sus talismanes de bruja roja y su fortaleza en la cumbre —gruñó Renwick—. Pero aprendieron la lección.

—Los centinelas sacaron pecho mientras hablaba, pero Remy oyó la vacuidad que traslucían sus palabras. A juzgar por la monotonía y la pericia con las que pronunció esa frase, seguramente se habría pasado casi toda su vida oyéndola—. Os quitamos la Hoja Inmortal y eliminamos a las brujas rojas para que no os forjaran otra.

A Remy se le agarrotó el pecho y se le formó un nudo en la garganta.

—No las eliminaste a todas, matabrujas.

Se agarró las rodillas y luchó contra el impulso de desenvainar la daga que tenía escondida y usarla contra el engreído del príncipe. Miró a los caballeros que se erguían con aire amenazante. Firmaría su sentencia de muerte si lo atacase, pero ¿y lo a gusto que se quedaría tras apuñalar al matabrujas en el pecho?

Los dientes blancos de Renwick refulgieron en la luz mortecina como si le hubiera leído la mente.

—La corte Norte posee más fortuna, más talismanes ancestrales y brujas más poderosas. Si alguien debe gobernar Okrith, esos somos nosotros.

—Tu padre destruiría el mundo con tal de proclamarse rey de las ruinas —murmuró Remy, que vio cómo se abrían los ojos verdes de Renwick.

El príncipe le aguantó la mirada un instante en mudo reconocimiento y se volvió hacia la puerta abierta.

—¿Y Hale? —gritó Remy a su espalda, lo que hizo que Renwick frenase—. ¿Está bien?

Renwick miró por encima de su hombro; la parpadeante luz de la antorcha iluminaba sus rasgos afilados.

—El príncipe vive… de momento.

Las lágrimas se agolparon en los ojos de Remy, que suspiró entrecortadamente. Seguía vivo.

El guardia sonrió de oreja a oreja al ver su rostro lloroso mientras cerraba la puerta. Renwick ya se alejaba por el pasillo.

Remy esperó a dejar de oír el repiqueteo de sus pasos para sacar la daga de la túnica. Era su daga, la que le había regalado Bri. Al desenfundar la hoja, un trocito de pergamino cayó de la vaina.

El corazón le retumbaba en los oídos al recogerlo. La breve nota que había escrita hizo que le escocieran más los ojos:

*Espera a verme para usarla. No mueras.*
*—B.*

# Capítulo Veintisiete

Remy no era consciente del frío que hacía en las mazmorras hasta que la sacaron a rastras de las entrañas del castillo de la corte Norte. En todo el día solo había comido una vez y bebido un par de odres de agua. Se le estaban curando las heridas, pero no a la velocidad de los fae, pues estaba exhausta y falta de alimento. Tampoco había dormido lo suficiente para reabastecer su fuente de magia roja.

Esperaba ver la luz del sol, pero la oscuridad la recibió cuando los dos guardias la metieron a la fuerza en el salón del trono. La funda de la daga se le clavó en el costado cuando los dos soldados la arrojaron al suelo en plena celebración. La gente de su alrededor ahogó un grito. El conjunto de cuerda dejó de tocar. Remy olió los cálidos aromas que desprendía el banquete de su izquierda y el intenso olor a hidromiel y vino. La habían arrojado a la fiesta hecha un asco.

De soslayo, Remy vio a una multitud vestida de gala. Sus trajes de terciopelo y piel forrados de satén eran idóneos para combatir las frías temperaturas. Cuando Remy pensaba en la corte Norte, la visualizaba fría e inhóspita, que lo era, pero la gente… Jamás había imaginado que habría una corte que festejaría con un monstruo como el rey del Norte. No concebía que otra gente lo hubiera apoyado en su afán por acabar con su familia.

Examinó sus rostros, pero no encontró a Bri. Los invitados abrigados contrastaban radicalmente con el miedo que le roía las entrañas. Miró a su izquierda por entre un mechón grasoso. Los braseros de plata blanca que se situaban a los pies de unas columnas de alabastro iluminaban el salón del trono con una luz fría y tenue. Sus llamas arrojaban sombras en los estandartes de los muros. Entre cada estandarte había un pilar de piedra en el que se derretían unas velas blancas.

Por entre sus cabellos enredados y alborotados, Remy atisbó a Hennen Vostemur, el rey del Norte, apoltronado en su trono. El asiento, de un plateado impresionante, estaba coronado por el blasón del Norte con incrustaciones de oro, y descansaba sobre patas achaparradas de piedra pura y blanca. Unos mullidos cojines de terciopelo cerúleo impedían que su enorme cuerpo notase el helado aguijón del metal. Contiguos al trono había tres grandes asientos de madera. Remy dedujo que uno correspondería a Renwick, pero no tenía ni idea de quiénes ocuparían los otros dos.

La luz de un elegante candelabro de plata incidía en una mesa estrecha y larga que había detrás del trono. En ella había dos coronas de oro. Remy las reconoció. Pertenecieron a sus padres. A su lado yacía una espada cuya empuñadura de rubí refulgía. La magia que emanaba era tan poderosa que combaba el aire que la rodeaba. Era como mirar por un cristal que distorsionase la imagen.

La Hoja Inmortal.

Justo ahí, detrás del rey del Norte. Deseó hacerse con ella.

La luz iluminaba las baldosas de mármol blanco del estrado. Tenían algo que le resultaba muy familiar... Palideció cuando se dio cuenta de que era porque ya las había visto. Eran las losas de mármol que le habían arrancado al trono de su propia corte.

Remy fulminó con la mirada al rey, que, plenamente consciente del rumbo que habían tomado sus pensamientos, le sonrió. No solo se había apropiado de las coronas de la Alta Montaña, sino que había sido lo bastante desalmado como para recrear el estrado en el que se sentaba.

Con las mejillas sonrosadas y una copa de vino en la mano, Vostemur, arrellanado en su asiento, presidía la fiesta. Jugueteaba con la gema roja que pendía de su colgante: el amuleto de Aelusien.

—Bienvenida a la corte Norte —dijo con una sonrisa de oreja a oreja—, princesa Remini.

Los invitados ahogaron un grito a la vez. Sus rostros se iluminaron de estupor y regocijo. Remy los miró ceñuda.

¿Y Hale? No lo había visto desde que abandonó las mazmorras. No lo veía entre la multitud. El pánico la atenazó. Rezó porque hubiera escapado ya. Tampoco localizaba a Bri.

—¿Sabes qué día es hoy, Remini? —El rey Vostemur le echó la misma mirada asesina que tenía la serpiente de su escudo.

—Hoy hace catorce años que masacraste a mi familia y a toda la ciudad. —Remy le escupió. La gente ahogó un grito de emoción, como si la joven fuera el entretenimiento de la velada.

El rey soltó una carcajada desagradable y estridente, como si hablaran del tiempo que hacía en primavera y no de una masacre.

—Esta noche hace catorce años que me convertí en el gobernador más poderoso de todo Okrith. —Antes de que acabase de hablar, sus súbditos ya prorrumpían en aplausos.

Lo aplaudían. Ese rebaño infeliz vitoreaba a un monstruo demente y la profanación de toda una corte. Remy los miró uno por uno con actitud intimidante. Su mirada les heló la risa, como si fuera a maldecirlos de un solo vistazo. Recordó lo que le dijo Hale de su madre, que podía poner firme a toda una sala con una mirada y esbozó una sonrisa de suficiencia. No permitiría que olvidasen quién era.

Se metió una mano en el bolsillo y se sentó sobre los tobillos. Acarició el anillo con los dedos. Mientras se preparaba para ponérselo, comprobó que los guardias apostados en cada uno de sus costados no desenvainasen sus espadas.

Incluso llena de mugre y descalza, trató de adoptar una pose regia. Se sentó con el mismo aire despreocupado que el propio rey. Sabía que lo enfurecería.

—No sabéis usar el colgante, ¿no? —preguntó Remy mientras señalaba con la cabeza el amuleto que el rey llevaba al cuello. Si supiera usarlo, habría alardeado, pero que no irradiase un poder rojo le indicaba que no había aprendido a invocar la magia.

Vostemur clavó los ojos en ella. No estaba acostumbrado a que se dirigieran a él con condescendencia.

—Me vendría bien la ayuda de mis invitadas. —Esbozó una sonrisa sádica y le hizo un gesto a alguien para que abriera las gigantescas puertas de madera que había detrás de Remy—. Que pasen, ¿no?

Remy oyó que se abrían las puertas. Cinco guardias hicieron pasar a cinco figuras encapuchadas. No pudo evitar ahogar un grito.

Habían capturado a cinco brujas rojas y las exhibían en el salón del trono. Desfilaron hasta quedar entre Remy y el rey. Los guardias las obligaron a mirar a la joven y, una a una, las patearon para que se postraran ante ella. Oyó un gritito cuando las rodillas de una de las prisioneras impactaron contra el suelo.

Los altos guardias protegidos con sus yelmos tapaban en parte al rey. Solo se lo veía de hombros para arriba; esbozaba una sonrisa cruel.

El rey miró a la derecha del estrado, donde unas pesadas cortinas azules cubrían las grandes arcadas que había a cada lado del trono. Había cinco soldados delante de las cortinas, todos vestidos con armadura. Remy miró al fondo del gran salón. Había otros diez guardias en fila en la parte de atrás. Había aún más repartidos alrededor de los elegantes invitados fae.

Había todo un ejército en aquella sala. A Remy se le contrajo el estómago. La daga de su cadera no bastaría para salvarla.

De detrás de la recia cortina azul a la que miraba el rey emergió una figura encapuchada vestida de color añil. Sus manos desprendían un brillo azulado.

La bruja azul se situó junto al rey.

—Bueno, princesa —dijo el rey, que ladeó la cabeza para mirar a Remy—. Dime dónde está tu hermano Raffiel.

—Raffiel está muerto. —Remy se esforzó porque no le temblara la voz.

—No me chupaba el dedo hace catorce años, niña —dijo Vostemur con desprecio—. Recuerdo perfectamente lo que ocurrió aquella noche. El cobarde de tu hermano mayor huyó por una ventana.

*Cobarde*. Remy temblaba de rabia.

—Y los guardias que apostasteis fuera lo mataron —gruñó.

—No. —El rey le dio otro lingotazo al vino—. Los únicos miembros de la familia Dammacus a los que vi morir fueron tus padres y el enclenque de su otro hijo.

Riv. Remy se tragó el nudo cada vez más duro de su garganta.

—Que no vierais su cadáver entre los escombros no significa que siga vivo —repuso con los dientes apretados.

El rey miró a la figura encapuchada que tenía al lado.

—Cuéntaselo —ordenó.

La bruja azul se bajó la capucha con sus manos de un azul brillante y reveló su rostro. Remy reprimió un chillido al verla. Había oído rumores sobre cómo el rey del Norte torturaba a las brujas azules, pero aquello… Tenía quemaduras por toda la cabeza, su piel estirada o suelta formaba un mosaico extraño que indicaba que sus cicatrices no eran fruto de un solo accidente, sino de muchos a lo largo de varios años. Carecía de pelo y cejas y tenía los ojos cerrados. Remy la observó más de cerca, horrorizada. Le habían cosido los ojos.

Se le abrieron los agujeros de la nariz y contuvo una arcada. La mujer mutilada no arrancó ni un solo grito o gemido a la multitud. Ese silencio confirmaba que habían visto muchas veces a brujas azules torturadas.

Cuando la bruja habló, su ajustado collar de cuero se movió.

—Anoche tuve una visión —dijo con sus finos labios azules—. La princesa Remini y su hermano mayor, el príncipe Raffiel, crecían y se presentaban en este mismo salón.

Los invitados ahogaron un grito detrás de Remy.

—Qué tontería. —Remy puso los ojos en blanco—. No deberíais confiar en las visiones de alguien a quien habéis torturado.

—Todo lo que predice se acaba cumpliendo —dijo Vostemur, que enseñó la copa para que un criado corriese a rellenársela—. A no ser que se enmiende el curso de los acontecimientos, así será. Habrá que matarte para ello, pero antes… me dirás dónde está tu hermano.

—¿Por qué os diría algo si de todas formas vais a matarme? —escupió Remy.

—Qué bien que lo preguntes. —Oír su risa siniestra fue como recibir otro golpe en la cabeza—. Porque si no lo haces, Remini, mataré a las demás brujas.

Les hizo un gesto con la cabeza a los guardias que había detrás de las brujas arrodilladas y, a la vez, les quitaron las capuchas. Dos hombres y tres mujeres. Remy se fijó en la última: Baba Morganna. La anciana sacerdotisa miró a los ojos a Remy mientras sonreía a medias como si intentase consolarla. Aquel día bajo la Cima Podredumbre, Baba Morganna había salvado a Remy de morir, y, sin embargo, ahí estaban, volviendo a enfrentarse a la muerte tan solo unos días después.

—¿No hay más? —Remy se mordió el labio.

—Encontramos treinta brujas en el antiguo templo de Yexshire. —Vostemur sonrió—. Pero no me hacían falta todas para transmitir mi mensaje.

Había treinta y había perdonado a cinco. Remy volvió a examinar la fila y vio los ojos castaños con motas verdes de su madre en uno de los rostros. La joven arrodillada justo delante de ella, la tercera de la fila, era su hermana, Ruadora.

Remy no permitió que se le desencajara el semblante al mirar a su hermana pequeña, pero, a juzgar por la mirada de Rua, lo sabía. Su hermana la había reconocido. Rua tenía los ojos de su madre, pero el pelo castaño oscuro de su padre. No como Remy, que lo tenía negro. Era la mezcla perfecta de sus dos progenitores. Se parecía muchísimo a Riv, mientras que Raffiel y Remy se asemejaban a su madre.

Rua estaba en su forma humana. No tenía ni orejas puntiagudas ni rasgos angulosos como los fae. Remy se moría de ganas de ver a su hermana sin el glamur. Estaba tan loca por correr a abrazarla que le temblaban los brazos. Pero la más mínima señal de que reconocía a Rua haría que esta muriese a manos del rey.

Sin avisar y sin que hubiera un detonante, el primer guardia, el que estaba detrás del brujo rojo, desenvainó su espada. De un solo tajo, le cercenó la cabeza al hombre. La cabeza cortada rodó hacia la multitud.

El salón estalló en gritos. Los invitados chillaron con una mezcla de deleite y horror. Rua se estremeció y gritó cuando la sangre le salpicó en la cara.

—¡Silencio! —bramó el rey Vostemur, y la multitud obedeció. Su mirada torva de emoción hizo estremecer a Remy—. ¿Y bien, Remini? ¿Me dices dónde está tu hermano o seguimos?

Remy abrió mucho los ojos, horrorizada, y lo miró boquiabierta.

—¿Seguimos, entonces? —preguntó el rey.

Antes de que a Remy le diese tiempo a gritar, el siguiente guardia de la fila había desenvainado su espada y blandido la hoja.

El soldado tiró de su espada, que se había quedado atascada en el cuello de la segunda bruja. No había conseguido cortarle la cabeza; unas consecuencias terribles para un pobre manejo de su arma. El guardia apoyó la bota en la espalda de la bruja y, a la vez que la aplastaba, liberó su espada ensangrentada. La bruja roja murió mientras boqueaba como un pececillo al que hubieran pescado. Remy supo que jamás se quitaría esa imagen de la cabeza. Si sobrevivía, no olvidaría el cuerpo de la mujer.

Su sangre le salpicó en la cara y el cuerpo. Notó su sabor en los labios. Otro grito rompió el silencio sepulcral.

Miró a Rua. Su hermana temblaba tanto que tiritaba de arriba abajo. Las lágrimas manchaban sus mejillas ensangrentadas. Era la siguiente de la fila. Se estremecía y sollozaba a ratos mientras esperaba a que le cortaran la cabeza.

Remy cerró el puño con el anillo dentro. Correría hasta Rua y se lo pondría. Podría hacer eso al menos. Se disponía a moverse cuando volvió a abrirse la cortina azul y entró Renwick.

Con su aire frío y aburrido, se sentó en la ornamentada silla que había a la derecha de su padre.

—Las visitas ya han llegado, majestad —dijo.

A Remy le extrañó que llamase a su padre así.

—Excelente —dijo Vostemur. Jugueteaba con el amuleto mientras hablaba—. ¡Traed al prisionero! —bramó.

Las puertas volvieron a abrirse y entró Hale a rastras y sin fuerzas. Cuando lo arrojaron junto a Remy, la cabeza le colgaba como si se hubiera rendido. Dos guardias se cernieron a sus costados, a la espera de nuevas órdenes.

Le habían devuelto su túnica roñosa, pero seguía descalzo. Remy se preguntó si le habrían puesto la túnica para ocultar los moretones que afeaban su pecho.

Hale levantó la cabeza y se apartó las ondas castañas de los ojos. Seguía con la cara amoratada, pero, gracias al poder curativo de los fae, parecía casi recuperado.

—¿Estás bien? —le susurró a Remy.

La joven se tragó las lágrimas y asintió. No sabía por qué esa pregunta le afectaba tantísimo. Hale estaba moribundo y, aun así, se preocupaba por ella. No estaba bien, pero deseaba estarlo por él.

—El príncipe bastardo —anunció el rey Vostemur, que, con desprecio, agregó—: conspirando con el enemigo.

—Soltadme de inmediato —exigió Hale, que se enderezó y adoptó una pose regia incluso de rodillas.

—¿O qué? —El rey Vostemur se echó a reír y la multitud hizo lo propio.

—O caerá sobre vos la ira del Este. —Se le oscurecieron los ojos mientras lo fulminaba con la mirada.

—Ya veo. Bueno..., no lo creo. —El rey Vostemur sonrió tan abiertamente que se le cerraron los ojos.

—Mi padre no permitirá que esto quede impune —le amenazó Hale, mordaz.

El rey Vostemur lo miró pletórico y lo deslumbró con su sonrisa torcida.

—¿Qué tal si se lo preguntamos? —propuso Vostemur mientras señalaba con la cabeza la cortina de su izquierda.

Hale se quedó paralizado cuando Gedwin Norwood, el rey de la corte Este, emergió a grandes zancadas del lejano pasillo. El príncipe Belenus lo acompañaba. Era la viva imagen de su padre, desde la nariz chata hasta los ojos, negros como el carbón.

Belenus, con su nariz de cerdo, sonrió con suficiencia y, tras mirar a los prisioneros, se colocó junto a su padre. Seguía siendo un niño de papá.

El rey del Este, con sus pobladas cejas grises, los miró serio. Portaba una corona de metal oscuro con el escudo del Este grabado en la punta frontal.

Remy miró a Hale. El horror atenazaba a su destinado, perplejo y profundamente dolido. Los dos cuerpos decapitados seguían desangrándose en el suelo de piedra, pero habían dejado de moverse. Resultaba extrañísimo seguir como si nada con los cuerpos ahí tirados. Rua, que esperaba a que el guardia que tenía detrás le asestara el golpe de gracia, no dejaba de temblar.

—¡¿Qué habéis hecho?! —gritó Remy al rey del Este. Hablaría en nombre de Hale—. ¿Sacrificaríais la vida de vuestro hijo...?

—No es mi hijo —repuso el rey Norwood con desprecio y cara de asco. La multitud se puso a cuchichear.

—¿Cómo podéis decir eso? —Remy se moría de ganas de empuñar su daga. Por todos los dioses, ¿y Bri?

—Porque es la verdad, y ya va siendo hora de que se entere. —El rey Norwood hablaba con voz melosa y pastosa. Carraspeaba cada pocas palabras. Señaló a Hale con su dedo huesudo y dijo—: No engendré a ese macho. Encontré a su madre retozando con otro. Era una plebeya y yo iba a hacerla reina. Maldita zorra desagradecida.

Hale salió de su asombro lo justo como para rechinar los dientes.

—¿Por qué me reclamasteis entonces? —dijo.

—Ya sabes por qué. Por ella. —El rey Norwood clavó sus ojos negros en Remy—. El oráculo vaticinó que eras su destinado. Cuando fuera mayor de edad, se te enviaría a la corte de la Alta Montaña y yo me libraría de ti y forjaría una poderosa alianza gracias a vuestra unión. Por eso te reclamé. —El rey Norwood miró al rey Vostemur, medio borracho—. Por aquel entonces parecía una sabia decisión.

—¡Ja! Lamento haber mandado al traste tu elaborado plan, Gedwin. —El rey del Norte rio y se recostó en su brazo—. Fuiste muy valiente al intentar librarte del chico, pero ni siquiera la Cima Podredumbre pudo acabar con él. Me alegro de que hayas confiado en mí para terminar con él, amigo mío.

—¿Te has aliado con él solo para matarme? —exclamó Hale, incrédulo—. Eres un necio.

—Mis motivos no te incumben —repuso el rey Norwood—. Pero cualquier necio sabría que aliarse con el Norte es una garantía de futuro para nuestra corte. ¿Crees que no lo supe cuando la vi? ¡Es la viva imagen de Rellia Dammacus! ¡Es como si hubiera resucitado! ¿Crees que no te notaría en la mirada que habías encontrado a tu destinada? Una hembra que mi rey estaría encantado de apresar.

Hale se quedó boquiabierto cuando oyó a Norwood decir «mi rey». Así pues, el rey del Este juraba pleitesía al del Norte para que no lo barriera la tormenta que estaba gestando el segundo.

El rey Vostemur sonrió con los dientes tintados de vino. Se fijó en los cuerpos que yacían en el suelo y, de nuevo, en Remy.

—Te lo preguntaré por última vez, Remini. Si no me contestas, te obligaré a mirar cómo matamos a tu destinado para, acto seguido, acabar contigo también. Que Raffiel te encuentre hecha pedazos.

—¡No! —gritó Remy, que se abalanzó sobre Hale.

Este la abrazó y la estrechó más fuerte que nunca mientras le susurraba:

—Te quiero.

Solo estuvo un segundo en sus brazos. Pasado ese tiempo, volvieron a separarlo de ella, pero le bastó con eso. Hale la observó con los ojos como platos por lo que acababa de hacer mientras un guardia la apartaba a rastras.

Remy forcejeó.

—Parad —le susurró el guardia.

Remy se volvió hacia él. Solo alcanzó a ver unos ojos celestes antes de que la estampase contra el suelo. Remy conocía esos ojos. Los había visto una vez sentada a una mesa de juego en Ruttmore.

Bern.

El mismo fae que avisó a Remy y Hale de que Abalina iba tras ellos. ¿Qué hacía ahí?

—Qué romántico. —La voz del rey Vostemur era afilada y letal. El rey y el príncipe del Este, como aves rapaces, observaban la escena desde sus asientos—. Ahora dime dónde está tu hermano.

Remy negó con la cabeza. Unas lágrimas inoportunas le surcaron las mejillas.

—No lo sé —susurró.

El rey Vostemur se encogió de hombros. Se encogió de hombros como si le diera igual su respuesta y le hizo un gesto con la cabeza al otro guardia que había junto a Remy.

La joven gritó cuando el soldado desenvainó su espada. Se atragantó con un sollozo cuando Hale volvió a mirarla con una sonrisa forzada. Quizá aquel fuera el fin para ambos.

El guardia alzó la espada bien arriba y los invitados exclamaron de emoción. Remy se tensó y se preparó para el golpe; pero el soldado bajó la espada y, con la otra mano, se quitó el yelmo y reveló su identidad a los allí presentes.

—Si tantas ganas tenías de hablar conmigo, Hennen, solo tenías que pedirlo.

Raffiel Dammacus, príncipe heredero de la corte de la Alta Montaña, se hallaba ante el rey del Norte.

# Capítulo Veintiocho

El mundo se detuvo cuando Remy vio su rostro. Se parecía mucho a la imagen que recordaba, pero ahora era un hombre más alto que sus padres. Raffiel y Remy se asemejaban muchísimo a su madre, con su piel tostada y sus rizos sueltos y negros. Con doce años, Raffiel prefería llevar el pelo largo, pero ahora lo tenía corto. Se lo había rapado hacía poco y se fundía con su escasa barba. Remy no podía creer que a su hermano le hubiera crecido barba.

Parecía un rey.

Un segundo Remy miró a su hermano henchida de felicidad y al siguiente se desató el caos.

Bern desenvainó su espada y le lanzó a Hale la pequeña que llevaba en el otro costado.

—¡Ya! —Remy oyó un grito áspero y se volvió para encontrar a Bri, con su uniforme de sirvienta y sus ojos dorados clavados en ella. Talhan se puso a su lado y le guiñó un ojo en pleno alboroto antes de arrojarse al fragor de la batalla.

Habían venido a buscarlos.

Remy recordó la daga que llevaba escondida en la túnica y la agarró mientras los guardias los acorralaban desde todos los ángulos.

Los elegantes fae norteños estallaron en gritos y corrieron hacia las salidas para escapar del tumulto. El estrépito que hacían las espadas al chocar resonaba por toda la estancia. Se oían órdenes desde todos los rincones en ífico, mhénbico y yexshirio.

Los aullidos de dolor de guerreros heridos y moribundos se oían más alto que cualquier otro ruido.

Baba Morganna lanzó un rayo de luz roja con el que derribó a los tres guardias que había detrás de ella. Las tres brujas rojas corrieron al estrado, hacia la cortina azul, pero cinco guardias les bloquearon el paso. Las manos de las brujas, listas para luchar, desprendieron un brillo rojo.

Remy veía borroso mientras trataba de procesarlo todo. Atisbó una trenza rubia que se movía y supo que Carys estaba ahí. Pero su prioridad era el guardia gigante que corría hacia ella. Bern y Raffiel combatían detrás, así que se centró en el soldado que tenía delante. No veía del todo su rostro, solo su mirada amenazante al acercarse. Remy centró su magia en su espada pesada y castigadora y esta cayó al suelo. Cuando el guardia se giró a recogerla, Remy salió disparada hacia él.

Se valió de las rodillas para deslizarse por el suelo ensangrentado y la clavó la daga en la corva. Sacó la hoja y le rajó la otra rodilla. Muy lenta. Mientras se desplomaba, el soldado le asestó un manotazo del revés en la oreja. Se hizo el silencio salvo por el pitido que le taladraba los tímpanos, pero no dejó de moverse.

El guardia cayó fulminado sobre sus rodillas lastimadas. Con su cabeza ya a su alcance, Remy actuó sin pensar y le apuñaló entre el yelmo y la hombrera. Supo que había dado en el blanco cuando oyó que gorgoteaba.

Añadió ese ruido a la lista de cosas que no podría olvidar.

Asió su daga y buscó a Rua con la mirada. Su hermana seguía en el estrado, defendiéndose de lo que parecía una incesante horda de soldados. Renwick estaba detrás del trono, espada en ristre, pero sin batirse contra ningún enemigo. Los dos reyes y el joven príncipe se habían trasladado al otro extremo de la tarima; los tres empuñaban sus espadas. Una inexpugnable muralla de guardias los rodeaba. Estaban tan seguros de que ganarían que no habían huido de la matanza.

Sin embargo, conforme Remy miraba a su alrededor, menos convencida estaba de que vencerían. Vio que se mantenían varias escaramuzas en cada rincón: guardias contra guardias, cortesanos fae contra criados… ¿Cuánta gente habían traído Raffiel y Bern?

A Remy se le fueron los ojos a la bruja azul llena de cicatrices. No había movido ni un músculo desde que se desencadenó la batalla.

A su alrededor se había desatado el caos, pero ella, inmóvil y con una sonrisita, esperaba a que el pandemonio llegase a su fin. Qué imagen más espantosa.

Rua, que se mantenía alejada de la bruja azul, despachó a un guardia con su magia de bruja. Seguía con su forma de bruja y de sus manos salían chispas rojas…, no sin esfuerzo. Se le estaba agotando el poder. Un soldado se abalanzó sobre ella y la golpeó con la punta roma de su espada. Rua gritó y, tambaleándose, se acercó a Renwick.

Remy, acorralada por las refriegas, observó con los ojos como platos cómo Renwick protegía a Rua con su cuerpo, la pegaba a la mesa de antigüedades y plantaba cara al soldado.

A su propio soldado.

Solo le dio tiempo a mirarlos estupefacta porque, al momento, los dos guardias que se lanzaban sobre Rua salieron volando.

El poder de Baba Morganna brillaba con tanta intensidad que deslumbraba. No permitiría que olvidaran que era la bruja que movía montañas.

La pesada cortina azul cayó sobre los soldados que se acercaban corriendo, lo que reveló que venían más guardias por el pasillo y les cerró el paso. Baba Morganna continuaba alzando guardias con su magia y aplastando sus armaduras contra el suelo. Los soldados restantes desertaron.

Otros guardias huían de Morganna, que bloqueaba las salidas con los cuerpos machacados. Así impedía que llegaran más refuerzos. Era un combate a muerte. Su mirada letal juraba venganza por cada bruja abatida.

Un bramido ensordecedor hendió el aire.

Remy se volvió hacia la voz que lo profería. Era Bern, que se había arrodillado y sujetaba… a Raffiel, que se desangraba. Le faltaba un ojo y le salía sangre del lugar en el que le habían atravesado el cráneo con un cuchillo. El tiempo se congeló y todos se detuvieron en pleno ataque para contemplar al príncipe abatido. No era un cadáver más; había sido el príncipe heredero de la corte de la Alta Montaña… y Remy no lo había visto caer.

Le explotó el cerebro en mil pedazos. No llegaría a conocerlo. El final feliz que tanto había ansiado se truncaba cruelmente antes de haber empezado siquiera. Hacía una hora no sabía que estaba vivo, y ahora volvía a estar muerto.

Con el corazón desbocado, Remy buscó como loca a alguien que lo salvara, pero los posibles aliados estaban lejos y en desventaja. Hasta Bern se vio obligado a dejar el cuerpo de Raffiel y volver a empuñar su espada, no fuera a ser que lo abatieran a él también.

Remy le echó otra mirada furtiva a su hermano y volvió a entrar en combate.

Los guardias seguían superándolos por mucho. Remy buscó a Hale por el salón. Ahí estaba, abriéndose paso hacia el estrado a golpe de mandoble. Mientras derribaba a otro soldado, miró fijamente al hombre que una vez consideró su padre.

Remy se abrió paso a empujones entre los criados que corrían a refugiarse tras mesas volcadas y cortesanos fae que gritaban y se abrazaban los unos a los otros. Se había calmado el alboroto general. Había muchísimos cuerpos tirados por el suelo. La sala apestaba a sangre y bilis.

Remy se situó junto a Hale y, sin más dilación, se unió a su danza bélica de cuchilladas y puñetazos. Llegaron juntos a los escalones que conducían al estrado. El pelotón de soldados que protegían a los miembros de la realeza estaba demasiado apiñado para usar sus espadas largas.

Remy subió a los peldaños de mármol. Desde ese ángulo, estaba paralela a las rodillas de los guardias. Estos estaban tan distraídos por la magia de Baba Morganna que no repararon en ella hasta que les perforó la piel con su daga y les rebanó los tendones. Los esquivó mientras se precipitaban uno a uno por las escaleras del estrado.

Hale llegó al escalón más alto tras liquidar al último soldado que se interponía entre él y su padre. Remy, sin aliento, se plantó detrás del príncipe y vio que Belenus salía a defender a su padre.

La hoja con la que apuntaba a Hale temblaba, pero su mirada era de odio.

—Destruyes todo lo que tocas, Hale —gruñó Belenus, que arrugó el ceño con amargura—. Nunca has pertenecido a esta familia, y, sin embargo, siempre te las has ingeniado para destruirla.

—Apártate, Bel. —Hale suspiró y negó con la cabeza—. No quiero hacerte daño.

A Remy le escocían los ojos. Con todo, él seguía considerando a ese macho su hermano pequeño.

Visto y no visto, Belenus barrió la espada de Hale a la vez que se acercaba a su hermano. Al mismo tiempo, sacó una daga que tenía escondida y la hundió en su pecho.

Remy gritó.

—Bel. —Hale inhaló con dificultad.

La rabia, el horror y la desesperación cruzaron el semblante de Belenus. Remy corrió hasta Hale, pero su destinado seguía en pie. A Remy le faltaba el aire. Su corazón desbocado apagó los demás sonidos mientras se aferraba a él.

Pero Hale levantó la cabeza.

Se sacó la daga del pecho y la tiró por las escaleras que tenía detrás. Alzó su mano derecha y contempló el anillo de Shil-de en su dedo anular.

—No es posible —susurró Belenus, aterrado, mientras retrocedía.

—Lo siento, hermano —dijo Hale con la voz empañada por la emoción. Antes de que Belenus, anonadado, tuviera ocasión de blandir su espada, Hale le rajó la garganta con la suya.

Sus exquisitas vestiduras se mancharon de sangre mientras se ahogaba y se tocaba el cuello con los ojos muy abiertos y la mirada perdida.

Hale sollozó con fuerza mientras veía a Belenus caer fulminado.

—¡No! —rugió el rey del Este. Su cara de estupefacción al ver cómo caían gotas de sangre del cuello de su hijo fue su primera muestra de emoción desde que había llegado.

El rey Norwood bramó y, ciego de ira, arremetió contra Hale.

Remy se dispuso a defender al príncipe cuando oyó un restallido cerca de sus orejas de fae. Le dio el tiempo justo a agacharse antes de que una espada estrecha y reluciente la atacase. Miró a su izquierda y se topó con los ojos verdes y llorosos del rey Vostemur.

—Bueno, Remini. —Sonrió, aún frío y sereno en plena matanza—. Supongo que tendré que matarte yo mismo.

Hale y el rey Norwood se batían en duelo detrás de ella. Agarró más fuerte la daga, lo que hizo que el rey Vostemur riese por la nariz.

—Pronto será «reina Remini», Vostemur —le prometió. Lo supo en cuanto vio caer a Raffiel. Ese era el momento que llevaba esperando toda su vida. Ya no podía huir de quién era—. Recuperaré lo que le has arrebatado a mi familia, pero no vivirás para verlo.

Vostemur se limpió una mancha de sangre de la mano, por lo demás impoluta; inmune a la carnicería que lo rodeaba.

—¿Vais a matarme con esa birria de daga, princesa? —Se carcajeó—. Llevo atravesando a gente con esta espada desde antes de que vos nacierais siquiera.

El rey Vostemur simuló que daba estocadas para empujar a Remy. Rápidamente, la joven se puso fuera de su alcance y lo rodeó, pero cada vez que arremetía, la espada del rey detenía su ataque. Para ser un viejo rollizo y medio borracho, manejaba su arma la mar de rápido.

Remy esquivó su hoja y volvió a la carga. Esta vez le acertó en la pierna. No fue un golpe mortal, pero entorpecería sus movimientos. El rey del Norte aulló y le pegó una patada con la otra pierna.

Remy acabó en cuclillas. Sin dejar de mirar sus fieros ojos verdes, se levantó. Que viera la promesa de muerte que anidaba en los suyos. Cuando alzó la mano, un guardia que se había acercado sigilosamente por detrás le arrebató la daga.

Remy se giró y vio que otro soldado subía las escaleras corriendo.

Mierda.

El rey Vostemur volvió a levantar su espada. Remy se abalanzó sobre él para robarle el amuleto que llevaba al cuello. Rozó la gema roja con los dedos, lo que hizo que irradiase un destello rojo. La apartaron, pero bastó con eso. El amuleto de Aelusien le dio un golpe de poder con el que lanzó por los aires a los tres guardias que tenía detrás.

Vostemur observó incrédulo la facilidad con la que Remy se imbuyó del poder del amuleto. Se apresuró a agarrar la cadena de oro y guardarse la poderosa joya en la chaqueta. Si deseaba otro súbito acceso de poder, tendría que matarlo para conseguirlo.

Remy esquivó otro ataque de Vostemur. Necesitaba un arma. Buscó a su alrededor como una posesa.

Hale y el rey Norwood seguían luchando detrás de Vostemur. El rey del Este tenía a Hale acorralado contra la pared. Norwood sabía lo que hacía. Sonrió con mofa, pues, aunque sabía que el anillo de Shil-de protegía a Hale, nada le impedía entretenerlo para que no salvase a Remy a tiempo.

La joven escudriñó la estancia en busca de ayuda. Sin éxito. Las brujas arrojaban llamaradas a los soldados restantes y Bern, los Águila y Carys se enfrentaban a los guardias y los cortesanos que quedaban en un campo de sangre y cadáveres.

Otros cuatro soldados subieron en tromba las escaleras para socorrer a su rey. Remy bajó a por su daga, pero un guardia la alejó de ella de una patada. Tres espadas la apuntaban desde todos los ángulos.

El soldado de su derecha resolló y empezó a salirle sangre del cuello. Se oyó un fragor metálico y el soldado cayó de bruces al suelo. A su espalda, un criado sujetaba una bandeja de plata abollada y un cuchillo de trinchar manchado de sangre. No, no era un criado.

Fenrin.

Fenrin, vestido con el uniforme de los criados norteños, jadeaba.

El alivio de Remy duró poco, pues un dolor agudo le recorrió el brazo. El rey Vostemur le había hecho un corte en el bíceps que hizo que se girase para encararse con él.

—Adiós, princesa. —Sonrió y levantó su espada.

De repente, Vostemur gruñó al quedarse sin aire. Se le abrieron los ojos de forma exagerada; parecía que se le iban a salir del cráneo. La chaqueta se le empapó de sangre, pero no se veía ninguna herida. Soltó la espada y miró detrás de Remy.

—No puede ser. —Apenas se lo oía con la cantidad de sangre que manaba de su boca.

Cuando Remy se giró, el corazón le dio un vuelco.

Ruadora, princesa de la corte de la Alta Montaña, empuñaba la Hoja Inmortal.

La espada irradiaba un resplandor blanco y etéreo que envolvía a su hermana pequeña. Sus cabellos ondeaban a su espalda movidos por un viento invisible y sus ojos refulgían. Poseída por el poder de la Hoja Inmortal, sonrió. Giró la espada fulgurante y el rey del Norte chilló de dolor y cayó de rodillas.

—Esto va por mi gente y por mi familia —dijo como una gata montés mientras trazaba un arco con la espada brillante.

El rey Vostemur gritó, pero nada impidió que Rua asestara el tajo. Su cabeza cercenada voló hacia la multitud, que chillaba. Remy observó maravillada cómo nada más y nada menos que su hermana pequeña mataba al enemigo declarado de su familia.

La batalla había finalizado, o eso creía ella. Se dio cuenta de que había cometido un error garrafal al darle la espalda al guardia restante. Fenrin gritó su nombre.

Qué raro oírlo gritar; gritaban su nombre desde todos los rincones.

¿Por qué?

La sala se movía más despacio, se le nubló la vista y en sus oídos resonaban gritos sordos, como si estuviera bajo el agua. Notó que un líquido calentito le bajaba por la barriga y las perneras. Miró abajo y lo vio: la punta de una espada larga sobresalía de su torso.

Le sacaron la hoja. El mundo volvió a acelerar a la vez que Remy se desplomaba en el suelo de mármol blanco. Qué apropiado que fuese a morir sobre las mismas baldosas que el resto de su familia.

Uno a uno, los gritos de su alrededor cesaron. Rua liquidó a los soldados restantes con movimientos sencillos y sin que fuese necesario que la hoja tocase a sus víctimas.

Entonces, el rostro ensangrentado de Hale apareció ante ella.

Le brillaban los ojos y tenía las manos empapadas de sangre. De su sangre, se dio cuenta Remy. Ya no sentía las piernas; solo la sangre pegajosa y caliente que formaba un charco debajo de ella.

Hale arrugaba el ceño con pesar. Las lágrimas empañaban el gris de sus ojos. No era la primera vez que Remy moría en sus brazos, pero aquello..., aquello era diferente. Ahora era su destinado. Era como si su alma viviese fuera de su cuerpo. Estaban tan entrelazados que sabía que, incluso muerta, seguiría viviendo en su corazón.

El dolor atroz y punzante era lo que la mantenía consciente. Se le pasó el estupor y aceptó la cruda realidad: era una herida mortal.

Sentía que la cabeza no le pesaba nada y que todo le daba vueltas. Vio borroso a Hale, que lloraba, y empezaron a darle náuseas. Sabía que los mellizos Águila también estaban ahí, expectantes. Lamentó no poder despedirse de ellos.

¿Cómo se le había ocurrido pensar que podría derrocar al rey del Norte?

Su cuerpo le exigía que descansase. Se le cerraban los ojos, solo para abrirse de nuevo al notar las punzantes oleadas de dolor que le surcaban el pecho. Iba adormeciéndose, solo para que un dolor agudo la despertase una y otra vez sin piedad.

Remy gimoteó y a Hale se le descompuso el rostro. No sería ella la que tendría que borrar las espantosas imágenes de aquel día, sino él. Remy sabía que no olvidaría su rostro cadavérico.

Le tocó la mejilla con una mano ensangrentada. Le temblaba tanto el brazo que le costaba apoyarla.

Quiso decirle que sabía que era el final, y que él la consolase y le dijese que no era verdad. Quiso rogar por su vida y gritar que no estaba preparada para morir y que aún les quedaba mucho por vivir juntos.

Pero no lo hizo.

Mientras sus propias lágrimas mojaban sus cabellos, lo único que dijo fue:

—Te quiero.

Hale sollozó y le dio un beso húmedo en los labios. Remy saboreó la sal de sus lágrimas. Cuando Hale se retiró, se le había manchado la comisura de sangre. No se la limpió.

Remy expulsó más sangre. Se acercaba el final. Cerró los ojos y relajó los músculos. Trató de respirar hondo. Otra vez. Pero con cada respiración le daban punzadas.

No podía tomar aire.

Le pesaba el pecho al resollar. De pronto no sentía nada. Ni dolor ni pánico al respirar, y eso la alivió profundamente. Pronto se acabaría todo y descansaría para siempre.

—Remy —susurró una voz trémula, pero no era la de Hale.

Abrió los ojos y vio a Heather encima de ella. Iba de sirvienta, como Fenrin. Las marcas de su rostro indicaban que había llorado, pero sonrió a Remy, quien, pese a todo, le devolvió la sonrisa.

Vio a su madre por última vez. Porque eso es lo que era y había sido Heather siempre: su madre. Independientemente de que no tuvieran la misma sangre. Eran familia.

Entonces, cuando vio que agarraba con fuerza una daga, adivinó qué pasaría.

Remy rompió a llorar de nuevo y negó con la cabeza.

—No —articuló con los labios, pero no emergió ningún sonido de su boca ensangrentada.

Heather asintió mientras sonreía con calma y dulzura. Sería la última vez que se verían, sí, pero no porque Remy fuera a dejar este mundo.

—Te quise desde el momento en que te vi, mi Remy —dijo Heather, que sonreía a su hija hecha un mar de lágrimas—. Hablaba en serio cuando juré que daría mi vida por ti.

Remy se esforzó por hablar, pero Heather la tranquilizó poniéndole una mano en el hombro.

—Guía este mundo hacia un futuro mejor. Sé valiente y amable, fuerte e inteligente, como has sido siempre. —Heather sonrió y añadió—: Sé todo lo que intenté inculcarte, pero, sobre todo, mi Remy, sé amada.

Acto seguido, miró arriba y, mientras entonaba el *midon brik dzaraas*, se hundió la daga en el pecho. Remy no podía moverse ni gritar. Su cuerpo y su mente embotados se desvanecieron con ella.

# Capítulo Veintinueve

Los rayos del sol calentaban la piel de Remy cuando abrió los ojos. Estaba tumbada en una cama gigantesca y un grueso edredón celeste la tapaba hasta el pecho. Se habría quitado la otra manta de piel mientras dormía.

Oyó un libro cerrarse. Hale, sentado a su lado, se apoyaba en el cabecero revestido de terciopelo.

Le sonrió pletórico y profundamente aliviado. Remy se acurrucó más en su mullida almohada. Se le habían bajado los tirantes de su arrugado camisón blanco mientras dormía. Hale le acarició el hombro desnudo y le subió la tira.

—Debo de estar en el más allá —dijo la joven con una sonrisa.

—¿Por qué? ¿Porque la cama es muy cómoda o porque tu destinado es muy apuesto? —inquirió Hale con una sonrisa de oreja a oreja.

Remy, soñolienta, le tocó la rodilla.

—Por mi destinado —susurró mientras sonreía contra la almohada.

Hale tomó su mano lánguida y la besó. Sin prisa, fue dejándole besos por el antebrazo.

Se detuvo para decir:

—Prométeme una cosa.

Remy abrió los ojos al oír eso. Hale dejó su mano y le tocó la mejilla.

—Prométeme que no tendré que volver a verte morir. —Lo dijo con aire jocoso, pero no pudo disimular el dolor que rezumaba su voz.

—Sabes que no puedo. —Remy le acarició el antebrazo.

—Pues miénteme —le pidió con voz ronca.

Remy le apartó un mechón castaño de la frente. Le encantaba gozar de la libertad de tocarlo cuando quisiera; hacía tiempo que soñaba con ello.

—Rezo para que, tras una vida de dicha, nos vayamos juntos en una cama igual de grande y cómoda que esta.

—Ojalá —deseó Hale, que le acarició la mejilla con el pulgar.

Remy observó el fuego del hogar, las alfombras que decoraban el suelo, las recias cortinas de terciopelo azul, idénticas a las que había en… el salón del trono del rey del Norte.

—¿Dónde estamos? —preguntó mientras se incorporaba de golpe.

Le habían dejado un vaso de agua en la mesita de noche. Se lo bebió entero y volvió a llenárselo con la jarra de al lado.

—Nos hemos adueñado del palacio del Norte —dijo Hale, lo que confirmaba los peores temores de Remy.

—¿Es seguro quedarse aquí? Puede que el rey esté muerto, pero su pueblo no se rendirá tan fácilmente a la corte de la Alta Montaña ni…

Como si fuera una señal, llamaron a la puerta. Hale miró a Remy y aguardó su reacción.

—Adelante —gritó la joven.

Remy se apartó el pelo enredado de la cara y se alisó su camisón arrugado. Volvió a taparse hasta el pecho con la manta de piel y se recostó en el cabecero.

Se abrió la puerta, y ahí estaba Bern, cual lobo ártico plateado, sonriendo con sus ojos celestes. Parecía un guerrero, pero vestido con sus galas de cortesano y con un chaleco del color de la bruma, a juego con sus ojos claros.

Estaba alarmantemente quieto. Remy le sonrió y él tragó saliva; el único indicio de que estaba reprimiendo sus sentimientos.

—Qué bien que estéis viva. —Rio sin ganas.

Fue hasta la cabecera. *Ha estado todo este tiempo trabajando para mi hermano*, pensó Remy. Fue Bern el que informó a Hale de la existencia de las brujas rojas y los talismanes. Bern había estado trabajando para Raffiel.

Remy recordó a su hermano y los gritos de dolor que profirió Bern mientras sostenía su cuerpo.

—No sabía que seguía vivo —dijo Remy. Hale la abrazó por los hombros a la vez que le invadía una pena repentina que se oponía a su incredulidad. Raffiel se había ido. Heather se había ido. Sintió que la apuñalaban en el pecho con un atizador al rojo vivo. Se habían ido.

—Yo tampoco lo sabía. No con certeza. —Hale miró a Bern con los ojos entornados. El fae de cabellos plateados le había dicho que las brujas rojas acampaban en las montañas y le había revelado la ubicación del anillo de Shil-de que llevaba en el dedo…, pero no le había hablado de Raffiel.

—Siento no habértelo dicho —le dijo Bern a Hale—. No podía permitir que el hijo del rey del Este supiera qué tramábamos, por si acaso. —Por si acaso Gedwin Norwood no era un fiel aliado de la corte de la Alta Montaña, como resultó ser.

Bern volvió a mirar a Remy y le preguntó:

—¿No oísteis los rumores?

Como de costumbre, aparentó picardía, pero esa vez con un deje de tristeza. Tenía ojeras, el rostro avejentado y estaba despeinado.

—Confío en que fueras tú el que los hiciera correr —dijo Remy, que miró al cortesano de cabellos plateados con los ojos húmedos—. Entonces, ¿Raffiel era el jefe para el que participaste en la timba de Ruttmore?

—Llevábamos una temporada reuniendo fuerzas en las montañas que separan Yexshire de la corte Oeste. Baba Morganna nos dijo que en Harbruck encontraríamos a una bruja roja a la que apodaba Gorrioncillo. —Bern frunció el ceño—. Pero no nos dijo que erais vos. Sabíamos que Hale buscaba a una bruja roja, así que lo pusimos al corriente. Pero cuando os vi en la partida de póquer…, cambiamos de planes.

A Remy le carcomió la culpa. Cambiaron de planes por ella, y ahora Raffiel estaba muerto. Al apresarla, se vieron obligados a atacar sin estar preparados. Su hermano mayor fue a rescatarla solo para acabar asesinado. No lo superaría nunca. Era la culpable de que su hermano hubiera fallecido.

—¿Tú también sabías quién era yo? —Remy trató de disimular su congoja mientras, ceñuda, se miraba la muñeca—. ¿Otra vez estas dichosas pecas?

Bern enarcó una ceja y contestó:

—Entonces, ¿no creíais que fuera a reconoceros solo con veros? —Alzó las cejas y prosiguió—: Incluso en vuestra forma de bruja, el parecido con vuestro hermano es extraordinario. De haber sabido que seguíais viva, habríamos ido antes a buscaros. —Al mirarla a los ojos, se le borró la sonrisa forzada y se perdió en su mirada un instante. Cuando volvió a hablar, bajó la voz—: Ambos tenéis los ojos de los Dammacus…, como vuestra hermana.

—Rua —musitó Remy, que recordó que su hermana blandió la Hoja Inmortal—. ¿Está bien?

—Sí —dijo Bern, aunque con cierta brusquedad—. Le comunicaremos que estáis despierta.

—¿Sabías que estaba viva? —preguntó Remy.

—Sí, hace años que lo sé —contestó Bern mientras asentía—. Una bruja roja que se ocultaba en las Altas Montañas me dijo que Baba Morganna vivía. Me contó que Rua estaba con ellas en las montañas de enfrente, a salvo. Nada más enterarnos fuimos a verlas. Intentamos visitar los campamentos de brujas rojas lo máximo posible, pero estábamos ocupados reuniendo a los supervivientes de la corte de la Alta Montaña.

A Remy le temblaron las manos, por lo que Hale entrelazó sus dedos con los de ella. Su hermana se había criado con el aquelarre de su corte, en los bosques de su tierra. Todo ese tiempo había vivido en la otra punta de las montañas.

—¿Cuántos quedan? —inquirió.

—Cuatrocientos o así —contestó Bern—. La cifra siempre varía. Muchos no son originarios de Yexshire, sino ciudadanos de otras cortes que pedían asilo. Nos trajimos a los más fuertes y a los mejores guerreros.

Cuatrocientos.

Era más de lo que se había atrevido a soñar, y, sin embargo, era infinitamente menos que las decenas de miles de habitantes que hubo una vez en Yexshire.

—¿Y las brujas rojas? —preguntó al recordar a las que el rey del Norte había asesinado antes de traerse a las cinco restantes a su corte.

—No lo sabemos. —Ceñudo, Bern miró el suelo—. Baba Morganna y la otra bruja roja pusieron rumbo a Yexshire en cuanto acabó la batalla. Me dijo que decenas de brujas habían huido a los bosques cuando las capturaron. Ahora que es seguro, las que estaban desperdigadas por el reino saldrán de su escondite.

Remy tragó saliva. Las cifras eran desalentadoras, pero había una chispa de esperanza, una chispa que esperaba que se convirtiese en llama.

—Partiremos esta noche con los soldados. Acamparemos en Yexshire para supervisar la reconstrucción del palacio y la ciudad. Al menos ese era el plan de Raffiel. Pero vos sois la soberana de la corte de la Alta Montaña, majestad; tal vez deseéis enviar a los soldados a otro lugar.

—De momento nos ceñiremos al plan de Raffiel. —Remy frunció los labios; Bern la había llamado *majestad*. Por un breve instante, creyó que no tendría que ascender al trono. Al morir Raffiel, volvían a privarla de libertad.

Bern miró a Hale y dijo:

—Tú tendrías que presentarte en la corte Este.

—No reclamaré el trono —repuso Hale—. Ni tengo derecho ni quiero. —Bern quiso hablar, pero Hale continuó—: Asimismo, soy consciente de que no podemos permitir que reinen Augustus o los consejeros del difunto rey. Podríamos ir allí y establecer un gobierno interino mientras pensamos en un monarca permanente. Se me ocurre alguien que supervisaría la selección de maravilla —añadió con una sonrisa.

Bern asintió con la cabeza y dijo:

—Te ofrezco cincuenta de nuestros soldados para que te acompañen, pero necesitamos a los demás para reconstruir Yexshire.

—Yo también reuniré a mis tropas en Falhampton —dijo Hale—. Augustus tendría que ser necio para enfrentarse a nosotros.

—¿Y qué pasa con la corte Norte? —inquirió Remy.

—Renwick regirá la corte Norte —contestó Bern.

—¡¿Cómo?! ¡¿El matabrujas?! —Remy se envaró y casi se levantó de la cama de un brinco—. ¿Vais a permitir que gobierne un Vostemur?

—Reconozco que cuesta creerlo, pero Renwick lleva un tiempo siendo nuestro aliado —dijo Bern—. Se ha pasado muchos años transitando la fina línea que separaba un bando del otro. Es el que me metió en este embrollo. Y el que te entregó la daga a escondidas, Remy. —Bern señaló con la cabeza la daga que yacía en la mesita de noche—. Además, su pueblo lo escuchará más a él que a una fae de la Alta Montaña.

—A lo mejor nos está engañando —protestó Remy—. A lo mejor quiere asegurarse la corona o curarse en salud... No podemos confiar en él.

—Tengo motivos para creer que sí —dijo Bern. Y antes de que lo interrumpiese, agregó—: De todos modos, yo también creo que debemos ser prudentes, por eso Rua se quedará a vigilar el cambio de gobierno.

—¿Rua? —se quejó Remy—. ¡¿Vais a dejar a mi hermana pequeña con nuestro enemigo declarado?!

—Fue ella la que se ofreció. —Bern rio—. Y no hace falta que te recuerde que Rua posee la Hoja Inmortal. Representa una amenaza terrible. Su mera presencia bastará para que los norteños se replanteen si les conviene amotinarse.

Remy se estremeció. Era cierto. Mantener la Hoja Inmortal en el Norte sería una forma muy ingeniosa de intimidar a sus habitantes. Pero no le hacía gracia que Rua tuviera que cargar con ella. ¿Acaso sabía manejar una espada?

—Entonces, tú te vas a las Montañas —concluyó Remy mirando a Bern—, yo al Este y Rua se queda en el Norte. Otra vez repartidos por las cortes.

—Con suerte no por mucho tiempo. —Bern sonrió con pesar y se sacó algo del bolsillo de su chaleco de satén—. Ten.

Extrajo una larga cadena de oro de la que pendía una gema roja, brillante y pesada: el amuleto de Aelusien. Al principio, Remy se negó a aceptarlo, pero Bern lo depositó en sus manos.

—Quédatelo tú. Al fin y al cabo, casi pierdes la vida por conseguirlo.

Remy miró a Hale, que esbozó una sonrisilla. Le habría contado a Bern la historia de cómo se hicieron con el amuleto.

—Y así también le das un empujoncito a la corte Este —añadió Bern mientras ladeaba la cabeza.

—¿Eras su general? El de Raffiel, digo —quiso saber Remy, que miró a Bern. Al macho se le volvió a descomponer el rostro al oír el nombre de su hermano.

—No —contestó Bern—. Era su destinado.

Remy salió del baño y regresó al opulento dormitorio. Se había recogido el pelo con un pañuelo bermellón y llevaba una túnica dorada y fresca con bordados rojos, unos pantalones ajustados y botas de montar. El amuleto de Aelusien le pendía del cuello.

Hale había insistido en que se quedaran una noche más en la corte Norte, pero Remy se negó y reiteró que debían partir hacia el Este enseguida. Debían intervenir antes de que al supuesto hermano de Hale, Augustus, y a los consejeros del rey fallecido les diera tiempo a reorganizarse. No tardarían en enterarse de lo ocurrido la noche pasada, y Hale y Remy debían llegar a la vez que la noticia, listos para apoderarse de la corte Este.

Hale también se había limpiado. Estaba de pie ante la jofaina, con la camisa blanca arremangada. Se había afeitado la barba que le había crecido durante sus días de cautiverio. Ya volvía a ser el guerrero de aspecto principesco. Se apartó el pelo de los ojos. A sus cabellos castaños también les hacía falta un corte. Lo tenía más largo por los lados y la parte de arriba le llegaba por debajo de la nariz, lo que lo obligaba a echarse las ondas hacia atrás.

—¿Lista? —le preguntó mientras se bajaba las mangas.

Remy fue a abrazarlo. Hale sonrió pegado a su hombro y le dio un besito.

—Te quiero —susurró Remy contra su pecho fornido.

Hale la estrechó más fuerte un segundo y después la soltó y tomó su rostro. Remy creyó que no se acostumbraría nunca a su forma de mirarla. Se quedaría en sus ojos grises como el humo para siempre.

—Y yo a ti. —Su semblante era muy bello y franco en ese momento.

Se inclinó y besó a Remy con ternura y lentitud. Era un beso que prometía muchos besos más; más dulces y lentos. Prometía muchas noches en las que se tomarían su tiempo para explorar al otro con pasión…, aunque Remy no les hacía ascos a sus encuentros frenéticos y apresurados. Quería vivir en cuerpo y alma con el apuesto macho que tenía delante. Quería pasar toda una vida con su destinado.

Hale interrumpió el beso y dejó a Remy con las ganas. Clavó los ojos entornados en el anillo de Shil-de que llevaba en la mano con la que le tocaba la mejilla.

—No deberías habérmelo puesto —dijo con tono plañidero—. Te pertenece a ti, pertenece a tu familia, y ya no puedo quitármelo.

—Tú eres mi familia —susurró Remy.

Hale, sensible y vulnerable, la miró al momento. Su familia había sido una farsa. No era más que un peón en los ambiciosos planes de su padre adoptivo. Nunca lo había tratado como a un hijo.

—Ni siquiera sé qué significa *familia.*

—Ni yo —convino Remy con una sonrisa triste—. No sé si debería sentirme más unida a la hermana a la que no he visto en catorce años. No sé cuánto ayudará que tengamos la misma sangre. Pero sí sé lo que Heather…

Remy se atragantó con las lágrimas. Se agolparon en sus ojos de golpe en cuanto volvió a ser consciente de que Heather se había ido. La pena la invadió de nuevo.

Hale le limpió las lágrimas que le resbalaban por la mejilla con el pulgar. A Remy le encantaba que no lo agobiara que llorase. Se quedaba ahí, dejaba que gestionara sus emociones y le daba el tiempo que necesitase para volver a hablar.

—Heather era mi familia —dijo Remy con voz trémula, y agachó la cabeza.

Volvió a remorderle el arrepentimiento. Deseó haber sido más amable con Heather. Deseó no haber desahogado su rabia con su tutora todo el tiempo. Deseó haberla llamado madre porque eso es lo que fue en realidad. Heather fue una bruja marrón que defendió a Remy a capa y espada y que la protegió y la quiso como una madre.

Remy se juró para sus adentros que, en cuanto volviesen a Yexshire, erigiría una lápida en su honor a los pies del castillo, y que haría lo mismo por los demás miembros de su familia que ya no estaban. Y cada Día de los Espíritus, visitaría a sus dos madres.

Tocó a Hale en el pecho y lo miró.

—No sé qué nos deparará el futuro, pero sé algo: que soy tu destinada y tu familia. —Remy miró a los ojos a su pareja y vio que le hacían mella sus palabras.

Hale tragó saliva mientras asentía. Remy sabía que no podía hablar.

Antes de que pudiese preguntarle qué hacía, se desató la cinta roja que llevaba en la muñeca. La partió por la mitad con los dientes. Había sobrevivido a un lago envenenado, a un encierro en unas mazmorras y a una batalla. Y, sin embargo, ahí estaba. Remy se la había puesto y le había dicho que era suyo.

—Tengo intención de comprar un anillo mucho más bonito en el Este —dijo Hale, que hincó una rodilla—, pero no puedo esperar.

A Remy se le desencajó la mandíbula. Hale sostuvo en alto los dos trozos de tela idénticos. Era su alma gemela, la persona con la que quería vivir el resto de su vida, y, aun así, la tomó por sorpresa.

—Remini Maescia Dammacus, reina de la corte de la Alta Montaña, ¿quieres casarte conmigo? —Su sonrisa hizo que le flaquearan las rodillas. Era una sonrisa excepcional: radiante y optimista.

Remy creyó que le explotaría el corazón.

—Sí. —No estaba segura de si rio o lloró.

Hale se puso en pie de un salto y sonrió con más ganas mientras le anudaba la cinta roja en el dedo. En un periquete, Remy ató el otro trozo en su dedo.

Hale acercó su rostro y fundió sus labios con los suyos. Remy enredó los dedos en sus sedosos cabellos y lo atrajo hacia sí.

Era un beso desesperado en el que se mezclaban los horrores de los que habían sido testigos y la esperanza de un futuro prometedor. El caos del pasado y lo que estaba por venir chocaron, pero lo único que importaba era ese beso.

Hale se separó para darle besos por el cuello y la clavícula mientras la agarraba de las caderas y juntaba sus pelvis.

—¿Cómo sabes mi segundo nombre? —le preguntó Remy tras recordar sus palabras.

Hale se apartó lo menos posible y le sonrió.

—Lo busqué en las bibliotecas privadas de la corte Este la última vez que estuvimos. —Sonrió como un pecador y agregó—: Quería saber tu nombre completo antes de pedirte matrimonio.

—¿Ya querías pedírmelo ahí? —Remy palideció.

Rememoró el día en que cruzaron el río Crushwold. El beso que se dieron en la posada de Ruttmore. Ella también hacía mucho que deseaba a Hale, pero saber que él llevaba tanto tiempo queriendo casarse con ella…

—Llevo queriendo casarme contigo desde que casi me aplastaste con un pino al volver a Harbruck —contestó con esa voz susurrada tan sexi y exquisita que hizo que se le contrajera el estómago.

Era real. Siempre había sido una verdad ineludible. Su destinado.

Remy soltó a Hale y fue hasta la puerta de su alcoba. Miró al joven y echó el pestillo.

—¿Ya no tienes prisa por volver al Este? —le preguntó Hale con una sonrisa traviesa.

—El Este puede esperar —contestó Remy, quien, como una leona, volvió con su destinado, con su prometido. El mundo podía esperar. La única persona que importaba en ese momento era Hale, y lo necesitaba en todos los sentidos. Necesitaba que sus cuerpos se fundiesen en uno, como sus almas.

El techo derruido se abría a un cielo gris y neblinoso. Hale y Remy enfilaron el pasillo nevado y se abrieron paso entre los escombros. Tras la ira de Baba Morganna, el castillo había quedado prácticamente en ruinas. Se dirigieron a la entrada principal en zigzag. Allí, una hilera de carruajes los esperaba para llevarlos a Yexshire. Las escalofriantes salas estaban vacías, las secuelas de la batalla se manifestaban cada pocos pasos: manchas de sangre seca y marrón, armaduras abolladas, zapatos abandonados y cubiertos de nieve.

—¡Remy! —gritó alguien con alegría a su espalda. Y acto seguido—: ¡Hale!

A Remy no le dio tiempo a prepararse para el impacto de los tres guerreros fae que se abalanzaron sobre ella y Hale. Los estamparon contra la pared con tanto ímpetu que le bajaron la capucha. Abrazó a los Águila y Carys con fuerza; se aferró a ellos con la potente mezcla de júbilo y tristeza que le corría por las venas.

—Estuviste sensacional —exclamó Talhan. Miró a Hale y añadió—: ¿La viste? ¡Se enfrentó a cinco soldados con armadura con una daga diminuta!

—Le enseñé todo lo que sabe —se jactó Bri, que le dio una palmada en el hombro—. No has muerto, Rem.

—En realidad sí —masculló Remy mientras Carys la abrazaba por la cintura y la atraía hacia sí.

—Siento mucho lo de Heather —dijo Carys con voz entrecortada mientras el grupo se serenaba—. Era una persona increíble y la echaremos muchísimo de menos.

Se apretujaron más y se estrecharon más fuerte para llorar la muerte de la bruja marrón.

—Y a Raffiel —dijo Talhan con ojos tristes—. Los han lavado y vestido y ya están listos para descansar por fin.

Remy se mordió el labio para no echarse a llorar. Los enterraría en las colinas que había detrás de las ruinas del castillo de Yexshire. Les daría el sepelio que sus padres no recibieron. Sus tumbas siempre estarían decoradas con flores blancas y frescas. Se aseguraría de que no se olvidase su sacrificio.

—También han trasladado las coronas de la Alta Montaña a los carruajes —dijo Carys, que miró a Remy y Hale alternativamente—. Vuestras coronas.

Bri reparó en la cuerda que llevaba Remy en el dedo. Pegó a su hermano en el pecho y dijo:

—Te lo dije, ¿a que sí? Era su destinada. —Le dedicó a Remy su sonrisa felina y añadió—: Lo adiviné de pleno.

Talhan se partió de risa y dijo:

—No tenía ni idea.

—Nosotros vamos a Yexshire. —Remy suspiró y miró a Hale y después a sus amigos—. ¿Y vosotros?

—Alguien tiene que ir al Este y controlar Wynreach hasta que se elija a un nuevo soberano —contestó Carys—. Mantendremos el orden.

—Ahora que volvíamos a estar juntos… —se lamentó Talhan.

—Iremos a la corte Este a visitarte, Tal —dijo Remy, que apoyó la cabeza en el hombro de Hale—. Cuando guiemos a nuestra gente a Yexshire.

—Ya no me debéis lealtad —dijo Hale una octava más baja mientras se miraba las manos—. Ya no soy el príncipe de la corte Este.

Bri resopló y dijo:

—Tienes razón, eres el futuro rey de la corte de la Alta Montaña.

Talhan sonrió de oreja a oreja y miró a Hale y a Remy.

—Estamos con vosotros. Siempre.

Remy se tragó el nudo que se le había formado en la garganta y les sonrió.

—Va, a los carruajes. —Bri los empujó para que avanzasen—. Que me quiero echar una siesta.

—Pero si es media mañana. —Remy rio entre dientes y notó que les olía el aliento al persistente tufo del aguardiente y la cerveza.

—Por eso. —Talhan le pasó a Remy su robusto brazo por el hombro y la condujo por el pasillo—. Hora de dormir.

Sus carcajadas resonaron en los fríos muros de piedra; su alborozo contrastaba con la destrucción que los envolvía. Remy echó un vistazo a la pared que se desmoronaba ante ella. Aunque estuvieran sumidos en la miseria, también estaban impresionados. Habían sobrevivido contra todo pronóstico.

Habían viajado por todas las cortes de Okrith juntos, salvo por la suya. Esperaba que hubiera noches de borrachera y contar anécdotas junto al fuego del restaurado castillo de Yexshire. Deseaba que volvieran a subir a la azotea del salón Lavanda y tomar vino con miel en los jardines de Saxbridge. Pero, sobre todo, rezaba para que vivieran más aventuras juntos que separados.

Se ciñó más su elegante capa de piel y siguió a Hale al exterior, donde había ventisca. Un carruaje los aguardaba en la entrada. A su espalda, el castillo del Norte no era más que ruinas; solo una ínfima parte había sobrevivido a la ira de Baba Morganna. Dos criados del grupo de Bern se dispusieron a ayudar a Remy a subir al vehículo.

Bern bajaría la cuesta a caballo. Rodeado de cincuenta soldados, se preparó para dirigir a sus tropas hacia el sur, hacia Yexshire. Carys, Talhan y Bri fueron con sus monturas y esperaron para poner rumbo al este.

En eso consistía la vida de Remy ahora: en carruajes y criados.

Incluso en los campamentos de Yexshire, mientras reconstruyesen el castillo, la tratarían como a una reina. Era la reina, aunque la coronación tendría que esperar.

Su destino se extendía ante ella.

Por un brevísimo instante, pensó que no le tocaría, que Raffiel ascendería al trono y ella podría relajarse y vivir su vida con Hale. Pero no era esa la verdad que llevaba catorce años royéndole las entrañas. Era consciente de que, si quería que Yexshire resurgiese, tendría que ocupar el trono. Sabía que no vendría nadie a sustituirla.

El mundo no la haría a ella; ella haría el mundo.

Un soldado se apartó del pelotón de delante. Les sacaba una cabeza a los de su alrededor. Era larguirucho y delgado, pero corpulento. A Remy se le fueron los pies solos.

Fenrin.

Remy impidió que el brujo marrón se postrase ante ella y lo abrazó. Lo estrujó a más no poder y se obligó a no llorar. Su pueblo la miraba, pero no le importó. Que vieran que lo abrazaba.

—No te tortures por lo que hizo, Remy. Lo decidió ella, y decidió bien —dijo Fenrin, que sabía que su amiga se culpabilizaba por la muerte de Heather. A Remy no le hizo falta decir ni una palabra para que Fenrin supiera que lo quería, que lo apreciaba; le bastó con ese abrazo—. Sabes que volvería a hacerlo.

Remy se mordió tan fuerte el labio que pensó que se haría sangre. No volvería a derramar ni una lágrima delante de la gente que había arriesgado su vida para salvarla. Debía mostrar entereza.

Dejaron de abrazarse y observaron la hilera de gente y caballos que se dirigían a Yexshire.

—Es demasiado, Fen —dijo Remy mientras miraba a su pueblo.

—Siempre has sido una reina, Remy. Siempre. Pero ahora se lo demuestras a los demás —dijo Fenrin.

—Necesitaré a una bruja marrón en Yexshire. Seguro que muchos de los míos necesitarán la ayuda de una bruja marrón de palacio. ¿Te interesa el puesto?

—Claro —dijo con un brillo en la mirada. Esbozó una sonrisilla y agregó—: Tengo muchas ideas para que diseñes tu palacio.

—Estupendo. —Remy sonrió. Llevaban desde los doce soñando con construir una casa en Yexshire. Si alguien sabía cómo quería que fuera su palacio, ese era Fenrin.

El joven miró detrás de Remy y dijo:

—Tu destinado es un buen hombre, Remy. Me alegro por ti.

Remy despidió un suspiro que llevaba tiempo conteniendo. No sabía lo mucho que necesitaba oír aquello. Agradeció que Fenrin ya no estuviera enamorado de ella. Quería que aprobase a Hale. Deseó que Heather también le hubiera dado el visto bueno.

—Majestad. —Carys tosió a su espalda.

Remy se volvió y, bajo la arcada de piedra de la entrada de palacio, vio a su hermana. Subió corriendo la ladera; la nieve se adhería a sus cabellos negros.

Rua se erguía estoicamente ante ella, con la mano en la empuñadura rubí de la Hoja Inmortal. Se parecía muchísimo a Rivitus. También tenía pecas oscuras por su tez de un marrón dorado, ojos marrón verdoso y reflejos rubicundos en sus ondas oscuras. Su figura era etérea y esbelta, pero su expresión era pétrea. Se erguía a la perfección, con los hombros atrás y el mentón arriba. A sus dieciocho años, parecía lista para conquistar el mundo.

Remy dudó un momento si abrazar a su hermana. Lloró a lágrima viva cuando dio el paso. No pudo evitarlo: estaba abrazando al último miembro vivo de su familia. Nunca imaginó que volvería a verla, y ahí estaba, bella y fuerte. Rua alzó un brazo y le tocó la espalda a Remy con indecisión; el otro seguía en su espada.

Cuando se separaron, la expresión de Rua no había cambiado. Seguía impasible tras un abrazo tan largo. Aquello le dolió a Remy, que se preguntó qué le habría ocurrido en su infancia para volverse así… O quizá la espada le había hecho algo a su hermana.

Apareció Renwick, que se quedó bajo la arcada mientras ella se enjugaba las lágrimas. Remy le echó una mirada asesina y él rio por la nariz.

Se volvió hacia su hermana y dijo:

—No hace falta que te quedes. Puedes volver a casa con nosotros.

A casa. Qué gusto daba decirlo.

Iban a casa. Remy y su pueblo reconstruirían su hogar. El futuro de su gente volvía a ser próspero. Que se enterase el reino de lo que era ser un fae de la Alta Montaña. Volvería a guiar a su pueblo hacia la luz de una nueva era.

—Estaré bien —repuso Rua. No lo dijo ni con rabia ni con frustración, sino con una frialdad y un estoicismo que preocuparon a Remy más que cualquier otra emoción. No era la misma chica que temblaba y gritaba mientras los soldados norteños liquidaban a las brujas de su lado.

Rua gruñó al mirar a Renwick. Bien. Una emoción al menos.

—Haré que recuerden el poder de las Altas Montañas.

Remy se quedó un rato más mirando a Rua. Su hermana pequeña era temible. Se preguntó cómo habría sido criarse en secreto con las brujas rojas. Se figuró que crecer con ellas en los bosques había sido totalmente distinto a crecer con Heather en las tabernas. Fuera cual fuera su educación, la había convertido en la persona que se erguía ante ella. Le aterraba imaginar lo que podría hacer su hermana con esa espada.

—Me comunicaré contigo mediante los fuegos fae. Con frecuencia. No falta mucho para el solsticio de invierno. Espero que vengas a casa entonces, bueno…, vengáis, tú y Renwick —añadió Remy con un deje de fastidio que hizo sonreír a su hermana. Al menos coincidían en que no lo soportaban. A lo mejor podrían estrechar lazos a partir de ahí—. Ponte en contacto conmigo cuando puedas.

Rua asintió por toda respuesta. A su hermana no le afectó la mirada triste de Remy. No era el reencuentro que esperaba.

Notó que alguien se plantaba a su lado y dejaba un morral de cuero raído en el suelo. Miró a su lado y vio a Bri.

—Ya estoy harta del Este —dijo mirando a Remy—. Con vuestro permiso, majestad, desearía quedarme y ofrecerle mi protección a la princesa Ruadora.

Remy se relajó, aliviada.

Iba a romper a llorar otra vez solo de ver que su amiga se ofrecía a quedarse. No confiaba en que se quedara alguno de los soldados de Bern. No los conocía. Y tampoco sentía que tuviera derecho a mandar sobre los guerreros de Hale. Supuso que se acostumbraría a dar órdenes a diestro y siniestro. Pero Bri se había ofrecido a quedarse al verla tan angustiada.

—No necesito tu ayuda —dijo Rua.

—Sé que no la necesitas —le dijo Remy a su hermana—. Has demostrado tu poder y tu valía —agregó para envanecerla—. Pero aún son muchos los súbditos norteños que le son fieles al rey fallecido. Aunque tengas la espada, necesitas descansar. Deja que otro par de ojos vele por ti. Por favor.

Remy detestó que tuviera que suplicar. Sabía que podía exigírselo y que su hermana no podría negarse, pero no iba a desafiarla, y menos ahora que acababan de reencontrarse.

Así que rogó. Que su hermana creyera que tenía voz y voto. Su relación ya era más frágil de lo que esperaba Remy, pero si se quedaba Bri, al menos sabía que Rua estaría a salvo.

—De acuerdo. —Rua miró a Bri con sus ojos moteados de verde. El Águila hizo lo propio con sus ojos dorados. Vaya pareja más interesante.

Remy sonrió a medias a su hermana por última vez y se giró. Se acabó. Volvió al carruaje en el que la esperaba Hale arrastrando los pies. Él se irguió orgulloso y la miró.

Entrelazó sus cálidos dedos con los de ella. Remy notó la cuerda roja que llevaba atada al dedo anular.

—Dale tiempo —murmuró Hale.

Remy le apretó más la mano.

Su destinado lo había visto todo: lo desesperada que estaba porque su hermana la quisiera y lo mucho que necesitaba que establecieran un vínculo.

Ya llegaría. Hale tenía razón. Rua había sufrido un trauma horrible. Necesitaba tiempo. Al menos eso esperaba Remy: que solo necesitara tiempo. No soportaba abandonarla en el Norte, pero tampoco quería que Renwick campara a sus anchas. Al menos estarían con Bri.

Remy oteó el horizonte azotado por la blanca ventisca. Sería una larga travesía con ese tiempo, pero no podía esperar. Y sabía que su pueblo tampoco. Preferían capear la tormenta de nieve y llegar a su tierra que aguardar una noche más en el castillo de su enemigo. No era más que el principio. El nuevo día que el mundo llevaba catorce años esperando había despuntado. Y era Remy la que obraría ese cambio junto a su rey.

# Capítulo Treinta

Desde el acantilado, oteaban las playas de piedras escabrosas y, al fondo, el mar. Remy no se esperaba para nada las inmensas olas cerúleas que se extendían ante ella; ni las gigantescas ondas que chocaban con las rocas; ni el rumor del océano al devolver las piedras a las profundidades marinas. El olor le resultaba muy familiar pese a que nunca había visto el mar. Se trataba del aroma de Hale; era como si las olas se hubieran grabado a fuego en su alma.

Al contemplar el espumoso y majestuoso mar azul que se extendía hacia el horizonte, los problemas mundanos se antojaban nimiedades.

Tras la muerte del rey Vostemur, las cortes se habían rebelado y el mundo se había sumido en el caos: las brujas azules se alzaban en el Norte, Augustus Norwood había huido a las montañas del Este con un batallón para recuperar su trono, e hileras de brujas rojas refugiadas y yexshirios exiliados regresaban a la corte de la Alta Montaña. Sin embargo, allí reinaba la paz.

El viento azotaba las puntiagudas orejas de Remy y no le dejaba escuchar el corazón acelerado de Hale. Miró a su izquierda, al sinuoso camino que conducía a una cabaña construida en la roca y al pueblecito pesquero de Haastmouth Beach.

Cabañas destartaladas salpicaban los estrechos caminos que conducían a un paseo marítimo levantado sobre pilotes y un largo embarcadero con botes de pesca amarrados en el puerto para protegerlos de los fuertes vientos.

Pero Hale solo tenía ojos para la primera cabaña. Llevaba un ramo de violetas en la mano. Remy se puso a su lado y lo agarró de la otra.

—Estoy aquí —le dijo mientras se la apretaba.

No le garantizaba que iría bien ni lo consolaba con palabras vacías. Pero estaba ahí, a su lado. Y siempre lo estaría.

Afrontarían las dificultades juntos.

Hale le devolvió el apretón y le soltó la mano. Bajó a trompicones las escaleras tambaleantes que daban a la entrada.

Remy lo siguió en silencio.

Los fuertes vientos habían ajado la puerta hecha con madera de deriva. Las desvencijadas paredes estaban cubiertas de algas. Desde fuera parecía un hogar más personal que derruido. Remy había vivido en suficientes tabernas como para notar la diferencia. Unos hilos con conchas colgaban de la ventana empañada que había junto a la puerta. La brisa hacía que chocaran.

Hale se plantó ante la puerta y recolocó el ramo que sostenía. Su otra mano colgaba sin fuerzas a un costado y se rascaba el índice con el pulgar de los nervios. Alzó el puño dos veces y volvió a bajarlo. Remy se quedó detrás de él insuflándole amor y ánimo.

Si hacía falta, se quedaría ahí toda la noche. Tal y como había hecho Hale por ella en numerosas ocasiones.

El sol ya se ponía en el horizonte e iluminaba las nubes con brillos rosas y dorados. Remy no había visto nunca el sol ocultarse tras el mar. La vista era espectacular. Un golpe firme y decidido la sacó de su asombro.

Una mujer esbelta y mayor que ella abrió la puerta sin dilación. Por un instante, se quedó de piedra al ver a Hale. Sus cabellos también eran castaños, pero estaban salpicados de canas. Su melena despeinada y ondulada hacía que pareciera una sirena que emergía del mar. Como Hale, tenía los ojos claros, pero en los suyos destellaba una pizca de sabiduría.

Lo miró estupefacta un segundo más y, de inmediato, lo abrazó. Hale la estrechó entre sus brazos, agachó la cabeza y se le destensaron los hombros.

Remy observó la escena con lágrimas en los ojos, pues se acordó de Heather y, con más vaguedad, de su madre, la reina.

Un maullido hizo que mirara al suelo. Rascó al gato negro, que se arqueaba contra su mano estirada. El gato ronroneó cuando Remy se acuclilló y le susurró:

—Hola, bonito. —El felino le dio cabezazos en la palma a modo de respuesta—. ¿Crees que soy bruja?

Remy rascó al gato mientras veía cómo el sol besaba el horizonte y el cielo se llenaba de nubes acuosas por encima del océano. La madre y su hijo se abrazaron largo y tendido. Remy se relajó y se despidió en voz baja de sus dudas y sus miedos; que se fueran con el sol. Cuando el astro rutilante se alzase por encima de la inmensidad del mar al día siguiente, estaría preparada para reinar.

# Agradecimientos

Primero de todo, quisiera dar las gracias a mi maravilloso marido Glen. Gracias por apoyar mis sueños, por soportar mis rabietas (tanto las pequeñas como las grandes) y por mantener el barco a flote mientras escribía esta historia. Eres un marido y un padre excepcional y estaré eternamente agradecida de que nos conociéramos hace años en Guatemala.

Gracias a los soles brillantes, radiantes y energizantes de mis hijos. Os quiero con locura. Gracias por ser pacientes conmigo (o, al menos, por intentarlo con todas vuestras fuerzas) mientras persigo mis sueños. Seguramente leáis esto en un futuro. Si no es así, ¡caray! ¡Enhorabuena!, ya sabéis leer.

A papá y mamá, gracias por animarme siempre a escribir y por seguir haciéndolo incluso ahora. Estoy muy agradecida de que creyerais en mi narrativa y apoyarais mi creatividad desde una edad muy temprana.

Y a mi hermano, gracias por imaginar historias fantásticas conmigo. Siempre hemos sido los que tenían alma de cuentacuentos. (Por cierto, ¿qué tal todo? Dame un toque y quedamos.)

Para las asombrosas amistades que he hecho en TikTok: ¡gracias por apoyarme y acogerme en la mejor comunidad de lectores del mundo! Gracias a todos y cada uno de vosotros. Que sí, vale, que vuelva a hacer *playback* y holgazanear. #OsQuiero

A mi pedazo de equipo de lectores beta, gracias por apoyarme y sacarle el máximo partido a esta novela con vuestros comentarios. Valoro muchísimo vuestras reacciones y opiniones.

Gracias a los lectores que recibieron una copia anticipada. Gracias por dar a conocer esta historia *urbi et orbi*.

A Hayley, gracias por ser una de mis lectoras cero y autoproclamarte presidenta de mi club de fans. Estoy inmensamente agradecida de que formes parte de mi vida. Te quiero, cielo.

A mis deliciosos y crujientes tacos, gracias por estar siempre a la vuelta de la esquina y ayudarme a sobrellevar los días duros. No sé qué haría sin vosotros.

Gracias a Hannah Close, de Reedsy, por su impecable edición y por ensalzar mi historia con su asesoramiento editorial.

Gracias a Carolyn Bahm por ser una editora fabulosa y por sacarle todo el jugo posible a esta historia.

Gracias a Norma Gambini, de Normas Nook Proofreading, por apoyarme y ser una correctora magnífica.

A mi compi de podcast, K. Elle Morrison, gracias por animarme a seguir e impedir que me viniera abajo tantas y tantas veces mientras escribía esta historia. ¡Me encanta ser tu compañera en *Indies Fully Booked*!

Gracias a Kelli, de Ediciones KDL, por tu vista de lince para las erratas.

Gracias a Kristen Timofeev por la preciosidad de mapa.

Gracias a Bianca Bordianu (www.bbordianudesign.com) por la fantasía de portada.

Y, por último, me gustaría darle las gracias a Ziggy, mi querido *labradoodle*, por ser el perro más cariñoso y paciente del universo y por no enfadarse conmigo cuando estaba tan enfrascada en una historia, que le servía el desayuno más tarde.

# Acerca de la autora

A. K. Mulford es una autora de fantasía superventas y exbióloga de fauna silvestre que cambió su vida de salvadora de monos por escribir novelas. Tanto ella como sus libros pretenden crear historias diferentes que transporten a los lectores a nuevos reinos y hagan que se enamoren de la fantasía por primera vez o se reenamoren de ella. Actualmente, reside con su marido y sus dos jóvenes primates humanos en Nueva Zelanda, donde crea personajes de fantasía encantadores y hace payasadas en TikTok (@akmulfordauthor).